Für meine Mutter, Ruby J. C. Tom,
in Liebe

Prolog

Andhra Pradesh
Indien

Der Mann weigerte sich strikt, ihn auch nur einen Meter weiter zu fahren.

Kurz nachdem sie die verlassene Octagon-Fabrik passiert hatten, war die Teerstraße in einen halb zugewucherten Feldweg übergegangen. Jetzt, ein oder zwei Kilometer weiter, klagte der Fahrer, dass das Gestrüpp ihm den Lack zerkratze und der Wagen in den Schlammlöchern, die sich nach den jüngsten Regenfällen gebildet hatten, stecken zu bleiben drohe. Und dann? Dann würden sie hier festsitzen, hundertfünfzig Kilometer von Hyderabad entfernt. Howard Redfield ließ die lange Litanei der Einwände über sich ergehen und wusste doch, dass das alles nur Vorwände waren, die von dem wahren Grund für die Weigerung des Fahrers ablenken sollten. Niemand gibt gerne zu, dass er Angst hat.

Redfield hatte keine andere Wahl. Er würde zu Fuß weitergehen müssen.

Er beugte sich vor, um dem Fahrer ins Ohr zu sprechen, und ranziger Schweißgeruch stieg ihm in die Nase. Aus dem mit klappernden Holzperlen behängten Rückspiegel starrten die dunklen Augen des Fahrers ihn an.

»Sie warten doch hier auf mich, nicht wahr?«, fragte Redfield. »Bleiben Sie einfach auf der Straße stehen.«

»Wie lange?«

»Eine Stunde vielleicht. So lange, wie es eben dauert.«

»Ich sage Ihnen doch, da gibt es nichts zu sehen. Es ist niemand mehr dort.«

»Warten Sie einfach hier, okay? Warten Sie. Ich zahle Ihnen das Doppelte, wenn wir wieder in der Stadt sind.«

Redfield schnappte sich seinen Rucksack, stieg aus und tauchte augenblicklich in ein Meer von Feuchtigkeit ein. Er hatte keinen Rucksack mehr getragen, seit er als junger, mittelloser Collegestudent durch Europa getrampt war, und er kam sich ein wenig komisch vor, als er sich ihn nun, als einundfünfzigjähriger Mann, über die hängenden Schultern streifte. Aber er würde den Teufel tun, in dieser Waschküche von einem Land auch nur einen Schritt ohne seine Grundausstattung zu machen – eine Flasche mit abgekochtem Trinkwasser, Insektenschutzmittel, Sonnencreme und Durchfallmedizin. Und seine Kamera – die konnte er unmöglich zurücklassen.

Schwitzend stand er in der Nachmittagssonne, blickte zum Himmel und dachte: Na großartig – die Sonne geht bald unter, und in der Dämmerung kommen die Moskitos aus ihren Löchern. Hier ist euer Abendessen, ihr kleinen Mistviecher.

Er marschierte los. Der Weg war von hohem Gras überwuchert; er stolperte über eine Furche und sank mit seinen Trekkingschuhen knöcheltief im Matsch ein. Offenbar war hier schon seit Monaten kein Fahrzeug mehr entlanggekommen, und die Natur hatte sich ihr Territorium rasch zurückerobert. Redfield blieb stehen, rang keuchend nach Luft, schlug nach Insekten. Als er sich umdrehte, war von dem Wagen nichts mehr zu sehen. Das beunruhigte ihn. Konnte er sich darauf verlassen, dass der Fahrer auf ihn warten würde? Der Mann hatte ihn nur widerstrebend so weit gefahren, und mit jedem Kilometer, den sie auf der immer holpriger werdenden Straße zurückgelegt hatten, war er nervöser geworden. Da draußen seien böse Menschen, hatte der Fahrer gesagt; schreckliche Dinge seien in dieser Gegend passiert. Sie könnten beide verschwinden, und wer würde sich dann die Mühe machen, nach ihnen zu suchen?

Redfield kämpfte sich weiter vor.

Die feuchte Luft schien immer dichter zu werden. Er konnte das Wasser in der Flasche schwappen hören, und schon jetzt quälte ihn der Durst, doch er wollte keine Pause machen. Es würde nur noch eine gute Stunde hell sein, und er hatte keine Zeit zu verlieren. Im Gras summten die Insekten, über ihm in den Kronen der Bäume schrien Vögel – das nahm er jedenfalls an, auch wenn die Geräusche nichts mit irgendwelchen Vogelstimmen gemein hatten, die er kannte. Alles an diesem Land kam ihm fremd und unwirklich vor, und in einer albtraumhaften Trance setzte er einen Fuß vor den anderen, während der Schweiß ihm die Brust hinabrann. Mit jedem Schritt schien sein Atem schneller zu gehen. Laut Karte konnten es nicht mehr als zweieinhalb Kilometer sein, doch der Marsch schien sich endlos hinzuziehen, und das Insektenschutzmittel, mit dem er sich erneut eingerieben hatte, schien die Moskitos nicht abzuschrecken. Ihr nervöses Gesumme tönte ihm in den Ohren, und bald war sein Gesicht von juckenden Quaddeln überzogen.

Erneut stolperte er in eine tiefe Furche und landete auf den Knien im hohen Gras. Da hockte er nun und spuckte einen Mund voll Grünzeug aus, entmutigt und erschöpft, am Ende seiner Kräfte. Er beschloss, dass es an der Zeit war, umzukehren. Die Segel zu streichen und nach Cincinnati zurückzufliegen. Es war nun mal weniger gefährlich, ein Feigling zu sein – und wesentlich bequemer.

Er seufzte und wollte sich eben mit der Hand am Boden abstützen, um sich aufzurichten, als er plötzlich erstarrte, den Blick auf die Erde gerichtet. Dort, zwischen den Grashalmen, glitzerte es metallisch. Es war nur ein billiger

Blechknopf, aber in diesem Moment erschien er ihm wie ein Zeichen, ein Talisman. Er steckte ihn in die Hosentasche, rappelte sich auf und ging weiter.

Nach nur wenigen hundert Schritten weitete sich die Straße plötzlich zu einer von hohen Bäumen umstandenen Lichtung. Am anderen Ende erblickte er ein einzelnes Gebäude, einen niedrigen Bau aus Hohlblocksteinen mit rostigem Blechdach. Trockene Zweige trieben raschelnd in dem leichten Wind, der durch das Gras strich.

Das ist es, dachte er. Hier ist es passiert.

Sein Atem schien plötzlich zu laut. Mit pochendem Herzen streifte er seinen Rucksack ab, zog den Reißverschluss auf und nahm seine Kamera heraus. Du musst alles dokumentieren, dachte er. Octagon wird versuchen, dich als Lügner hinzustellen. Sie werden alles daransetzen, deine Aussagen in Zweifel zu ziehen, und deshalb musst du dir deine Verteidigung zurechtlegen. Du musst beweisen können, dass du die Wahrheit sagst.

Er trat auf die Lichtung hinaus und ging auf einen Haufen schwarzer Zweige zu. Als er die Äste mit der Schuhspitze anstieß, stieg ihm der beißende Geruch verkohlten Holzes in die Nase. Er wich zurück, und ein eiskalter Schauer überlief ihn.

Es waren die Überreste eines Scheiterhaufens.

Mit verschwitzen Fingern nahm er die Schutzkappe vom Objektiv und begann zu fotografieren. Das Auge an den Sucher gedrückt, schoss er ein Foto nach dem anderen. Eine niedergebrannte Hütte. Eine Kindersandale im Gras. Ein bunter Stofffetzen, herausgerissen aus einem Sari. Wohin er blickte, sah er ins Angesicht des Todes.

Er schwenkte nach rechts. Eine grüne Wand glitt vor seinem Objektiv vorüber. Gerade wollte er das nächste Foto schießen, als sein Finger auf dem Auslöser mitten in der Bewegung erstarrte.

Eine Gestalt huschte am äußersten Rand des Bildausschnitts vorüber.

Er ließ die Kamera sinken und hob den Kopf, starrte zum Waldrand hinüber. Doch es war nichts mehr zu sehen, nur die Äste, die sich im Wind wiegten.

Da – hatte sich da nicht am Rand seines Gesichtsfelds etwas bewegt? Nur für einen Sekundenbruchteil hatte er eine dunkle Gestalt zwischen den Bäumen erblickt. War es ein Affe gewesen? Er musste weiterfotografieren. Das Tageslicht schwand rapide.

Er ging an einem gemauerten Brunnen vorbei auf das Gebäude mit dem Blechdach zu. Das hohe Gras streifte seine Hosenbeine, während seine Blicke nach links und rechts schossen. Als er näher kam, erkannte er, dass die Mauern des Gebäudes von Rauch geschwärzt waren. Vor dem Eingang lag ein Haufen Asche mit verkohlten Aststücken darin. Noch ein Scheiterhaufen.

Er machte einen Bogen darum und warf einen Blick durch die offene Tür.

Zuerst konnte er in dem Dämmerlicht kaum etwas erkennen. Die Nacht brach schon herein, und drinnen war es noch dunkler, eine Palette von Schwarz- und Grautönen. Er verharrte einen Moment regungslos, während seine Augen sich an die Dunkelheit gewöhnten. Mit wachsendem Erstaunen registrierte er das Glitzern von frischem Wasser in einem irdenen Krug. Den Duft von Gewürzen. Wie war das möglich?

Hinter ihm knackte ein Zweig.

Er wirbelte herum.

Auf der Lichtung stand eine einsame Gestalt. Das Rauschen in den Bäumen ringsum hatte sich gelegt, und selbst die Vögel waren verstummt. Die Gestalt kam mit merkwürdig ungelenken Bewegungen auf Redfield zu und blieb wenige Schritte vor ihm stehen.

Die Kamera fiel ihm aus den Händen. Er wich entsetzt zurück, den Blick auf die Gestalt geheftet.

Es war eine Frau. Und sie hatte kein Gesicht.

1

Man nannte sie die »Königin der Toten«.

Zwar wagte es niemand, den Spitznamen in ihrer Gegenwart auszusprechen, doch ab und zu hörte sie, wie sich die Leute ihn hinter ihrem Rücken zuflüsterten, wenn sie zwischen Tatort, Leichenschauhaus und Gerichtssaal ihrem düsteren Geschäft nachging. Bisweilen konnte sie einen Unterton von finsterem Sarkasmus aus den Kommentaren heraushören: *Ach, sieh da, die Herrin der Unterwelt holt wieder eine arme Seele in ihr Reich!* Manchmal schwang auch ein nervöses Tremolo in den geflüsterten Bemerkungen mit, wie in dem Getuschel der Frommen, wenn ein gottloser Fremder vorübergeht. Es war die Unruhe derer, die nicht begreifen konnten, warum sie freiwillig in den Fußstapfen der Toten wandelte. *Macht ihr das vielleicht Spaß?*, fragten sie sich. Übt die Berührung von erkaltetem Fleisch, der Geruch der Verwesung einen solchen Reiz auf sie aus, dass sie dafür den Lebenden den Rücken kehrt? Sie finden das einfach nicht normal – sie werfen ihr verstörte Blicke zu und registrieren Details, die sie nur in ihrer Überzeugung bestärken, dass sie ein ziemlich schräger Vogel ist. Die elfenbeinfarbene Haut, das rabenschwarze Haar mit dem schlichten Kleopatra-Schnitt; die grellrot geschminkten Lippen, wie eine blutige Wunde. Wer außer ihr trägt denn zu einer Leichenuntersuchung Lippenstift? Aber vor allem ist es ihre unerschütterliche Ruhe, die diese Beobachter beunruhigt, die kühle, hoheitsvolle Miene, mit der sie einen grausigen Anblick aufnimmt, bei dem sich ihnen selbst der Magen umdreht. Im Gegensatz zu ihnen wendet sie sich nicht angewidert ab. Im Gegenteil, sie beugt sich herab, geht ganz nahe heran, tastet – und schnuppert.

Und später schwingt sie dann unter den grellen Lampen ihres Autopsiesaals das Skalpell.

So wie jetzt. Ruhig führte sie die Klinge durch die gekühlte Haut, durch das gelblich glänzende subkutane Fett. Ein Mann, der eine Vorliebe für Hamburger und Pommes frites gehabt hatte, dachte sie, als sie zu einer gewöhnlichen Gartenschere griff, um die Rippen zu durchtrennen und den dreieckigen Schild des Brustbeins anzuheben, wie man die Tür eines Tresors öffnet, um an die darin verborgenen Juwelen heranzukommen.

Das Herz lag in seinem schwammigen Bett aus Lungengewebe. Neunundfünfzig Jahre lang hatte es das Blut durch die Adern von Mr. Samuel Knight gepumpt. Es war mit ihm gewachsen, mit ihm gealtert, hatte sich verändert in dem Maße, wie aus seinem einst jugendlich-muskulösen Körper allmählich diese Ansammlung von Fettpolstern geworden war. Jede Pumpe versagt irgendwann den Dienst, so auch das Herz in Mr. Knights Brust. Er hatte in seinem Hotelzimmer in Boston vor dem Fernseher gesessen, ein Glas Whisky aus der Minibar neben sich auf dem Nachttisch, als es seinen letzten Schlag getan hatte.

Sie stellte keine Spekulationen darüber an, welches seine letzten Gedanken gewesen waren, oder ob er vielleicht Schmerzen oder Angst empfunden hatte. Auch wenn sie seinen Körper in allen intimen Einzelheiten erkundete, auch wenn sie seine Haut aufschlitzte und sein Herz in den Händen hielt, blieb Mr. Samuel Knight für sie ein Fremder – stumm und anspruchslos, bereit, ihr seine sämtlichen Geheimnisse zu offenbaren. Die Toten sind geduldig. Sie beklagen sich nicht, sie drohen und sie schmeicheln nicht.

Die Toten verletzen uns nicht; das tun nur die Lebenden.

Mit ruhigen, effizienten Bewegungen schnitt sie nun die Thoraxorgane heraus und legte das Herz vorsichtig in eine Schale. Draußen fiel der erste Schnee des Dezembers, kleine weiße Flocken, die mit leisem Knistern an die Fensterscheiben prasselten und sich auf den Asphalt senkten. Doch hier im Labor waren die einzigen Geräusche das Plätschern des Wassers und das Surren des Ventilators. Mauras Assistent Yoshima glitt lautlos durch den Raum; es war beinahe unheimlich, wie er ihren Anweisungen zuvorkam und immer dann an ihrer Seite auftauchte, wenn sie ihn brauchte. Sie arbeiteten erst anderthalb Jahre zusammen, und doch funktionierten sie schon wie ein einziger Organismus, verbunden durch die Telepathie zweier logisch denkender Gehirne. Sie musste ihn nicht bitten, die Lampe neu auszurichten – es war bereits passiert: Der Lichtstrahl fiel auf das bluttriefende Herz, und die Schere hielt er auch schon in der Hand, sie musste sie nur noch entgegennehmen.

Die dunkel gefleckte Wand der rechten Herzkammer und die weißliche Narbe an der Spitze des Organs erzählten ihr die traurige Geschichte dieses Herzens. Durch einen Myokardinfarkt, der sich vor Monaten oder gar Jahren ereignet hatte, war bereits ein Teil der linken Ventrikelwand zerstört worden. Und irgendwann innerhalb der letzten vierundzwanzig Stunden war es dann zu einem neuerlichen Infarkt gekommen. Eine Thrombose hatte die rechte Koronararterie verstopft und damit die Blutversorgung des rechten Kammermuskels unterbunden.

Sie resezierte Gewebe für die Histologie, doch sie wusste bereits, was sie unter dem Mikroskop finden würde. Blutgerinnsel und nekrotisiertes Gewebe. Die Invasion der weißen Blutkörperchen, die wie eine Armee zur Verteidigung herbeiströmten. Vielleicht hatte Mr. Samuel Knight die Beschwerden in seiner Brust schlicht für Sodbrennen gehalten. Ein allzu üppiges Mittagessen – hätte mich wohl doch bei den Zwiebeln ein bisschen zurückhalten sollen. Nun, ein Beutel Maaloxan würde sicher Abhilfe schaffen. Oder womöglich hatte es noch bedrohlichere Anzeichen gegeben, die er aber geflissentlich ignoriert hatte: das Druckgefühl auf der Brust, die Kurzatmigkeit. Gewiss war es ihm nicht in den Sinn gekommen, dass er einen Herzinfarkt hatte.

Dass er tags darauf seinen massiven Herzrhythmusstörungen erliegen würde.

Jetzt lag das Herz aufgeschnitten auf dem Sektionsbrett. Ihr Blick fiel auf den seiner Organe beraubten Brustkorb. So endet also deine Dienstreise nach Boston, dachte sie. Ein Fall ohne große Überraschungen. Keine Anzeichen für einen gewaltsamen Tod – wenn man von der schleichenden Gewalt absieht, die du deinem eigenen Körper zugefügt hast, Mr. Samuel Knight.

Die Sprechanlage knackte. »Dr. Isles?« Es war Louise, ihre Sekretärin.

»Ja?«

»Detective Rizzoli ist am Apparat und will Sie sprechen. Können Sie den Anruf annehmen?«

»Ja, ich gehe dran.«

Maura streifte die Latexhandschuhe ab und ging zum Wandtelefon. Yoshima, der am Waschbecken gestanden und Instrumente gespült hatte, drehte den Wasserhahn zu. Er wandte sich zu ihr um und beobachtete sie mit seinen ruhigen Tigeraugen. Yoshima wusste genau, was ein Anruf von Rizzoli bedeutete.

Als Maura schließlich auflegte, fing sie seinen fragenden Blick auf.

»Heute geht es früh los«, meinte sie. Dann zog sie ihren Kittel aus und machte sich auf, um ein neues Opfer in ihr Reich zu holen.

Der morgendliche Schneefall war mittlerweile in eine tückische Mischung aus Schnee und Eisregen übergegangen, und von den Räumfahrzeugen der Stadt war weit und breit nichts zu sehen. Vorsichtig lenkte sie den Wagen den Jamaica Riverway entlang. Zischend pflügten die Reifen durch den tiefen Schneematsch, und die Scheibenwischer kratzten über die vereiste Windschutzscheibe. Es war der erste Schnee dieses Winters, und die Autofahrer hatten sich noch nicht auf die veränderten Bedingungen eingestellt. Einige Pechvögel waren bereits von der Straße abgekommen, und einmal passierte sie einen Streifenwagen, der mit flackerndem Blaulicht am Straßenrand stand. Ein Polizist und der Fahrer eines Abschleppwagens waren ausgestiegen und blickten in den Straßengraben, wo ein verunglücktes Auto auf der Seite lag.

Die Räder ihres Lexus begannen nach links auszubrechen, und für einen Moment sah es so aus, als steuerte sie direkt auf den Gegenverkehr zu. In Panik stieg sie auf die Bremse und spürte, wie das elektronische Stabilitätsprogramm des Wagens in Aktion trat. Mit wild pochendem Herzen lenkte sie ihr Fahrzeug auf ihre eigene Spur zurück. Verdammter Mist, dachte sie. Ich ziehe wieder nach Kalifornien. Sie verlangsamte die Fahrt zu einem ängstlichen Schleichen, ohne sich daran zu stören, dass die Leute hinter ihr zu hupen begannen und sie den ganzen Verkehr aufhielt. Na los, überholt mich doch, ihr Idioten. Ich habe schon zu viele Fahrer von eurer Sorte auf den Sektionstisch gekriegt.

Bald hatte sie Jamaica Plain erreicht, ein Stadtviertel im Bostoner Westen mit alten Villen und Herrenhäusern, ausgedehnten Grünflächen, ruhigen Parkanlagen und Spazierwegen am Fluss. Im Sommer bot diese grüne Oase Zuflucht vor dem Lärm und der unerträglichen Hitze der Bostoner City, doch an einem Tag wie diesem, wenn der Himmel verhangen war und ein eisiger Wind über die öden Grasflächen fegte, überwog der Eindruck von Trostlosigkeit und Leere.

Die Adresse, zu der man sie bestellt hatte, wirkte ebenfalls wenig einladend. Das Gebäude lag abseits der Straße hinter einer hohen, von Efeu überwucherten Steinmauer. Ein Schutzwall gegen die Außenwelt, dachte sie. Alles, was sie von der Straße aus sehen konnte, waren die gotisch anmutenden Türme eines Schieferdachs und ein einzelnes, hohes Giebelfenster, das sie wie ein dunkles Auge anzustarren schien. Der Streifenwagen, der neben dem Eingangstor parkte, bestätigte ihr, dass sie hier richtig war. Nur wenige andere Fahrzeuge waren bereits eingetroffen – die Stoßtrupps, die der Armee von Polizisten und Spurensicherungs-Experten vorangingen.

Sie parkte auf der anderen Straßenseite und stieg aus, den Kopf gesenkt, um sich vor dem ersten eisigen Windstoß zu schützen. Als sie den Fuß auf den Boden setzte, rutschte sie aus und konnte den Sturz nur noch vermeiden, indem sie sich krampfhaft an der Autotür festhielt. Als sie sich hochzog, spürte sie, wie ihr eiskaltes Wasser über die Waden rann – der Saum ihres Mantels war in den Schneematsch geraten.

Einige Sekunden lang stand sie einfach nur reglos und erschrocken da, während der Schneeregen ihr ins Gesicht peitschte. Es war alles so schnell gegangen.

Ihr Blick fiel auf den Streifenwagen und den Beamten, der darin saß. Sie sah, dass er sie beobachtete. Gewiss hatte er auch ihren Ausrutscher mitbekommen. In ihrem Stolz verletzt, schnappte sie sich ihren Koffer vom Vordersitz, schlug die Tür zu und schritt unter Aufbietung ihrer ganzen Würde über die vereiste Straße auf das Haus zu.

»Alles in Ordnung, Doc?«, rief ihr der Streifenpolizist durch das offene Wagenfenster zu. Es wäre ihr lieber gewesen, wenn er sich nicht so besorgt gezeigt hätte.

»Ja, alles klar.«

»Mit den Schuhen müssen Sie wirklich aufpassen. Im Hof ist es noch glatter.«

»Wo ist Detective Rizzoli?«

»Sie sind alle in der Kapelle.«

»Und wo finde ich die?«

»Sie können sie nicht verfehlen. Es ist die Tür mit dem großen Kreuz.«

Sie ging weiter bis zum Tor, fand es jedoch verschlossen. An der Mauer war eine eiserne Glocke befestigt. Sie zog an dem Seil, und der altertümliche Klang des Läutens verhallte im Geriesel des Eisregens. Direkt unter der Glocke war eine Bronzetafel befestigt, deren Inschrift von einer braunen Efeuranke teilweise verdeckt wurde.

GRAYSTONES ABBEY
ORDEN DER SCHWESTERN UNSERER LIEBEN FRAU VOM HIMMLISCHEN LICHT
»Die Ernte ist groß, aber wenige sind der Arbeiter.
Darum bittet den Herrn der Ernte, dass er
Arbeiter in seine Ernte sende.«

Auf der anderen Seite des Tores tauchte plötzlich eine ganz in Schwarz gekleidete Frau auf. Sie hatte sich so lautlos genähert, dass Maura erschrocken zusammenzuckte, als sie das Gesicht bemerkte, das sie durch die Gitterstäbe anblickte. Es war ein uraltes Gesicht, so zerfurcht und zerklüftet, dass es in sich zusammenzufallen schien; doch die Augen waren hell und wach wie die eines Vogels. Die Nonne sprach kein Wort, sondern sah Maura nur fragend an.

»Ich bin Dr. Isles vom Rechtsmedizinischen Institut«, sagte Maura. »Die Polizei hat mich herbestellt.«

Das Tor tat sich quietschend auf.

Maura trat in den Hof. »Ich möchte zu Detective Rizzoli. Ich glaube, sie ist in der Kapelle.«

Die Nonne zeigte auf die gegenüberliegende Seite des Innenhofs; dann wandte sie sich ab und überließ es Maura, den Weg zur Kapelle zu finden. Sie selbst verschwand hinter der nächsten Tür.

Schneeflocken wirbelten zwischen den Nadeln des Eisregens umher und umtanzten wie Schmetterlinge ihre schwerfälligeren Vettern. Der kürzeste Weg wäre quer über den Hof gewesen, doch das Pflaster war mit einer Eisschicht überzogen, und Maura hatte schon erfahren müssen, wie ungeeignet ihre profillosen Sohlen für diese Witterung waren. Also zog sie es vor, sich an den überdachten Gang zu halten, der um den Innenhof herum führte. Hier war sie zwar vor dem Eisregen geschützt, doch der offene Bogengang bot kaum Schutz vor dem Wind, der durch ihren Mantel drang. Die Kälte erinnerte sie wieder einmal daran, wie unbarmherzig der Dezember in Boston sein konnte. Sie hatte den größten Teil ihres bisherigen Lebens in San Francisco verbracht, wo der Anblick einer Schneeflocke ein seltenes Vergnügen war und nicht etwa eine Qual – wie diese spitzen Nadeln, die durch die Arkaden wehten und ihr ins Gesicht peitschten. Sie hüllte sich fester in den Mantel und drückte sich dicht an die Hauswand mit den dunklen Fenstern. Von draußen drang das leise Rauschen des Verkehrs auf dem Jamaica Riverway an ihr Ohr. Bis auf die alte Nonne, die sie eingelassen hatte, schien das Kloster verlassen.

Umso mehr erschrak sie, als sie plötzlich in drei Gesichter blickte, die sie von einem Fenster aus anstarrten. Die Nonnen standen schweigend und reglos da, wie dunkel gewandete Geister hinter Glas, und beobachteten die Fremde, die in ihren stillen Zufluchtsort eingedrungen war. Die drei Augenpaare folgten ihr in einer einzigen Bewegung, als sie an dem Fenster vorüberging.

Der Eingang zur Kapelle war mit gelbem Absperrband umspannt, das in der Mitte durchhing und bereits mit einer Eiskruste überzogen war. Sie hob es an, schlüpfte darunter hindurch und schob die schwere Tür auf.

Ein greller Lichtblitz traf ihre Augen, und sie erstarrte in der Bewegung, während hinter ihr die Tür mit einem leisen Seufzen ins Schloss fiel. Sie blinzelte und wartete, bis das Nachbild verschwunden war, das sich in ihre Netzhäute eingebrannt hatte. Als sie wieder klar sehen konnte, erblickte sie Reihen von Holzbänken, weiß getünchte Wände und – am anderen Ende der Kapelle – einen Altar, über dem ein riesiges Kruzifix hing. Es war ein kalter, schmuckloser Raum, dessen Atmosphäre durch die Buntglasfenster, die nur trübe Schlieren von Licht einließen, noch zusätzlich verdüstert wurde.

»Stopp – passen Sie bitte auf, wo Sie hintreten!«, sagte der Fotograf.

Maura blickte auf den Steinboden zu ihren Füßen und sah Blut. Und Fußabdrücke – ein chaotisches Gewirr von Spuren, dazwischen medizinische Abfälle: Spritzenhüllen und aufgerissene Verpackungen. Die Hinterlassenschaften eines Notarztteams. Aber keine Leiche.

Sie ließ den Blick in einem weiteren Radius schweifen und erfasste das von Fußabdrücken verschmutzte Stück weißen Stoffs im Mittelgang, die roten Spritzer auf den Bänken. Es war so kalt in dem Raum, dass sie ihren eigenen Atem sehen konnte, und die Temperatur schien noch weiter zu sinken – die Kälte drang ihr bis ins Mark, als sie die Reihe von Blutflecken sah, die sich über die Bänke hinzog, und sofort begriff, was hier geschehen war.

Der Fotograf knipste eifrig weiter, und jeder Blitz war wie eine Attacke auf Mauras Augen.

»He, Doc!« Hinter den Bänken in der Nähe des Altars tauchte ein dunkler Haarschopf auf. Detective Jane Rizzoli richtete sich auf und winkte ihr zu. »Das Opfer ist hier hinten.«

»Was ist denn mit dem Blut hier an der Tür?«

»Das stammt von dem zweiten Opfer, Schwester Ursula. Die Sanis haben sie ins St. Francis gebracht. Dort im Mittelgang ist noch mehr Blut, und da sind auch Fußabdrücke, die wir gerne sichern würden, also gehen Sie besser links um die Bänke herum und bleiben ganz dicht an der Wand.«

Maura zog rasch ein Paar Überschuhe aus Plastik an und ging dann vorsichtig an der Wand entlang nach vorne. Erst als sie die vorderste Bank passiert hatte, erblickte sie die Leiche der Nonne. Sie lag auf dem Rücken, und der Stoff ihres Ordensgewands war wie eine dunkle Lache, die in einen noch größeren, blutroten See überging. Beide Hände steckten in Plastikhüllen, die verhindern sollten, dass mikroskopische Spuren verwischt wurden. Maura registrierte mit einem leisen Schock, wie jung das Opfer war. Die Nonne, die sie eingelassen hatte, war eine ältere Frau gewesen, ebenso wie die drei, die sie im Fenster erblickt hatte. Diese Frau jedoch war wesentlich jünger. Es war ein Gesicht von ätherischer Zartheit, die blassblauen Augen in einem seltsam verklärten Blick erstarrt. Ihr Kopf war entblößt, das blonde Haar auf Streichholzlänge geschnitten. Die aufgeplatzte Kopfhaut und der verformte Schädel zeugten von den brutalen Schlägen, die sie getötet hatten.

»Ihr Name ist Camille Maginnes. Schwester Camille. Stammt aus Hyannisport«, sagte Rizzoli. Sie klang nüchtern und ungerührt, wie ein weiblicher Philip Marlowe. »Schwester Camille war die erste Novizin hier seit fünfzehn Jahren. Im Mai wollte sie ihr ewiges Gelübde ablegen.« Nach einer Pause fuhr sie fort: »Sie war erst zwanzig.« Ihre Stimme bebte jetzt vor Zorn, ein Riss in der coolen Fassade.

»So jung.«

»Ja. Er muss auf sie eingedroschen haben wie ein Irrer.«

Maura streifte Handschuhe über und machte sich daran, die Verletzungen zu inspizieren. Die Mordwaffe hatte gezackte Risswunden in der Kopfhaut hinterlassen, aus denen Knochensplitter ragten. Ein Klumpen grauer Hirnmasse war ausgetreten. Die Gesichtshaut war weitgehend unversehrt, jedoch dunkelviolett angelaufen.

»Sie lag auf dem Bauch, als sie starb. Wer hat sie umgedreht?«

»Die Schwestern, die sie gefunden haben«, antwortete Rizzoli. »Sie haben nach einem Puls gesucht.«

»Um wie viel Uhr wurden die Opfer gefunden?«

»Heute Morgen gegen acht.« Rizzoli warf einen Blick auf ihre Uhr. »Vor fast zwei Stunden.«

»Wissen Sie, was passiert ist? Was haben die Schwestern Ihnen erzählt?«

»Es war nicht leicht, ihnen irgendwelche brauchbaren Angaben zu entlocken. Es sind nur noch vierzehn Nonnen übrig, und sie stehen alle unter Schock. Sie haben sich hier sicher gefühlt. In der Hand Gottes. Und dann bricht so ein Wahnsinniger in ihr Kloster ein.«

»Gibt es Anzeichen für ein gewaltsames Eindringen?«

»Nein, aber es dürfte auch nicht allzu schwierig gewesen sein, auf das Grundstück zu gelangen. Die Mauern sind ganz mit Efeu überwuchert – da kann man mühelos drüberklettern. Und es gibt auch noch eine Hinterpforte, die auf ein freies Feld führt, wo die Nonnen ihre Gärten haben. Der Täter könnte auch auf diesem Weg eingedrungen sein.«

»Fußspuren?«

»Hier drin gibt's ein paar. Aber draußen dürfte so ziemlich alles zugeschneit sein.«

»Wir wissen also nicht, ob er tatsächlich eingebrochen ist. Er könnte auch durch den Haupteingang eingelassen worden sein.«

»Es ist ein strenger Orden, Doc. Normalerweise lassen

sie hier niemanden rein, bis auf den Pfarrer, der die Messe liest und den Nonnen die Beichte abnimmt. Und dann ist da noch die Frau, die ihnen im Haushalt hilft. Sie darf ihre kleine Tochter mitbringen, wenn sie keinen Babysitter findet. Aber das war's dann auch schon. Sonst kommt ohne Erlaubnis der Äbtissin niemand hier rein. Und die Schwestern müssen drin bleiben. Sie dürfen das Kloster nur verlassen, um zum Arzt zu gehen, oder aus dringenden familiären Gründen.«

»Mit wem haben Sie bis jetzt gesprochen?«

»Mit der Äbtissin, Mutter Mary Clement. Und mit den beiden Schwestern, die die Opfer gefunden haben.«

»Was haben die Ihnen erzählt?«

Rizzoli schüttelte den Kopf. »Nichts gesehen, nichts gehört. Ich bezweifle auch, dass wir von den anderen sehr viel erfahren werden.«

»Wieso?«

»Haben Sie denn nicht gesehen, wie alt die alle sind?«

»Das heißt doch nicht, dass sie nicht ihre fünf Sinne beisammen haben.«

»Eine sitzt nach einem Schlaganfall im Rollstuhl, und zwei andere haben Alzheimer. Die meisten schlafen in Zimmern ohne Fenster zum Hof, also werden sie kaum irgendwas gesehen haben.«

Zunächst beugte Maura sich nur über Camilles Leiche, ohne sie zu berühren. Sie gönnte der Toten einen letzten Moment der Würde. Jetzt kann dir nichts mehr etwas anhaben, dachte sie. Sie begann den Schädel abzutasten und fühlte, wie die losen Knochenfragmente unter der Haut aneinander rieben. »Es waren mehrere Schläge. Am Scheitel und am Hinterkopf …«

»Und das blau angelaufene Gesicht? Sind das nur Totenflecke?«

»Ja. Und sie lassen sich nicht wegdrücken.«

»Die Schläge kamen also von hinten und von oben.«

»Der Täter war vermutlich größer als sie.«

»Oder sie hat am Boden gekniet, und er hat direkt vor ihr gestanden.«

Mauras Hände verharrten reglos auf dem kühlen Fleisch der Toten. Vor ihrem inneren Auge sah sie die junge Nonne vor ihrem Mörder knien, sah die brutalen Schläge auf ihren gesenkten Kopf niederfahren, und das erschütternde Bild ließ sie innehalten.

»Was ist das nur für ein Untier, das unschuldigen Nonnen den Schädel einschlägt?«, fragte Rizzoli. »Was ist bloß los mit dieser beschissenen Welt?«

Rizzolis Ausdrucksweise ließ Maura zusammenfahren. Sie konnte sich zwar nicht erinnern, wann sie zuletzt eine Kirche betreten hatte, und sie hatte schon vor Jahren aufgehört, an Gott zu glauben, doch solche lästerlichen Worte an einem geweihten Ort empfand sie immer noch als unpassend – so tief saßen die Regeln, die man ihr als Kind eingebläut hatte. Selbst heute noch, da Geschichten von Heiligen und Wundern für sie nur noch Hirngespinste waren, würde ihr im Angesicht des Kreuzes niemals ein Fluch über die Lippen kommen.

Aber Rizzoli war so wütend, dass es ihr völlig gleichgültig war, welche Worte aus ihrem Mund hervorsprudelten, geweihter Ort hin oder her. Ihre Frisur war noch zerzauster als sonst, eine wilde schwarze Mähne, in der geschmolzene Schneeflocken glitzerten. Die blasse Haut spannte sich über scharf hervortretende Wangenknochen, und ihre Augen funkelten vor Wut wie glühende Kohlen im Halbdunkel der Kapelle. Gerechter Zorn war immer schon Jane Rizzolis Lebenselixier gewesen, das, was sie dazu trieb, Ungeheuer in Menschengestalt zu jagen. Heute jedoch schien ihre Wut zur Fieberglut gesteigert, und ihr Gesicht war schmaler als sonst, als ob das Feuer sie nun von innen verzehrte.

Maura wollte es nicht noch weiter schüren. Sie bemühte sich, mit unbewegter Stimme zu sprechen, ihre Fragen nüchtern zu formulieren. Ganz die Wissenschaftlerin, der es um Fakten und nicht um Emotionen zu tun war.

Sie fasste Schwester Camilles Arm und prüfte, ob das Ellenbogengelenk sich beugen ließ. »Es ist schlaff. Keine Totenstarre.«

»Also weniger als fünf oder sechs Stunden?«

»Es ist allerdings ziemlich kalt hier.«

Rizzoli lachte tonlos auf und stieß dabei eine weiße Dampfwolke aus. »Was Sie nicht sagen.«

»Knapp über null Grad, schätze ich. Das verzögert normalerweise das Eintreten der Totenstarre.«

»Wie lange?«

»Fast unbegrenzt.«

»Was ist mit ihrem Gesicht? Mit den Totenflecken?«

»Die können schon nach einer halben Stunde auftreten. Das hilft uns nicht sehr viel weiter bei der Bestimmung des Todeszeitpunkts.«

Maura öffnete ihren Koffer und griff nach dem chemischen Thermometer, um die Umgebungstemperatur zu messen. Mit einem Blick auf die diversen Schichten von Kleidung, in die das Opfer gehüllt war, beschloss sie, die Rektaltemperatur erst zu messen, nachdem die Tote in das Leichenschauhaus gebracht worden war. Das Licht war schlecht; es würde ihr nicht erlauben, mit ausreichender Sicherheit eine Vergewaltigung auszuschließen, ehe sie das Thermometer einführte. Beim Versuch, den leblosen Körper eines Opfers zu entkleiden, konnte es passieren, dass man wertvolle Mikrospuren vernichtete. Stattdessen nahm sie nun eine Spritze heraus, um Glaskörperflüssigkeit für die Bestimmung der postmortalen Kaliumkonzentration zu entnehmen. Das war *eine* Methode, den Todeszeitpunkt näher einzugrenzen.

»Was können Sie mir über das andere Opfer sagen?«, fragte Maura, während sie die Nadel in den linken Augapfel senkte und die Glaskörperflüssigkeit langsam in das Röhrchen zog.

Rizzoli stöhnte angesichts der Prozedur angewidert auf und wandte sich ab. »Bei dem Opfer, das an der Tür gefunden wurde, handelt es sich um Schwester Ursula Rowland, achtundsechzig. Muss ganz schön zäh sein, die Alte. Angeblich hat sie die Arme bewegt, als sie sie in den Rettungswagen geschoben haben. Sie sind gerade mit ihr weggefahren, als Frost und ich hier eintrafen.«

»Wie schwer war sie verletzt?«

»Ich habe sie selbst nicht gesehen. Das Letzte, was wir vom St.-Francis-Hospital gehört haben, war, dass sie im OP sei. Multiple Schädelfrakturen und Gehirnblutungen.«

»Wie bei diesem Opfer hier.«

»Genau. Wie bei Camille.« Wieder schwang Zorn in Rizzolis Stimme.

Maura richtete sich auf und schlang fröstelnd die Arme um den Leib. Ihre Hosenbeine hatten sich mit dem Wasser aus dem durchtränkten Saum ihres Mantels vollgesogen, und sie hatte das Gefühl, dass ihre Waden in Eisblöcken steckten. Am Telefon hatte man ihr gesagt, der Tatort sei in einem geschlossenen Raum, also hatte sie Schal und Handschuhe im Wagen gelassen. Doch in dieser ungeheizten Kapelle war es kaum wärmer als draußen auf dem mit Schnee und Eis bedeckten Innenhof. Sie steckte die Hände in die Manteltaschen und fragte sich, wie Rizzoli, die auch weder Schal noch Handschuhe trug, es so lange in dieser Kälte aushielt. Rizzoli schien eine eigene Wärmequelle in sich zu tragen – das Fieber ihrer Wut und Empörung; und obwohl ihre Lippen bereits blau anliefen, schien sie es nicht eilig zu haben, einen wärmeren Raum aufzusuchen.

»Warum ist es hier eigentlich so kalt?«, fragte Maura. »Ich

kann mir nicht vorstellen, dass es ihnen Vergnügen macht, hier Messen zu feiern.«

»Das tun sie auch nicht. Dieser Teil des Gebäudes wird im Winter gar nicht genutzt – es wäre zu teuer, ihn zu heizen. Und sie sind ja auch nur noch eine Hand voll. Für die Messe benutzen sie eine kleine Kapellc, die zum Wohntrakt gehört.«

Maura musste an die drei Nonnen denken, die sie durch die Fensterscheibe gesehen hatte, alle drei nicht mehr die Jüngsten. Diese Schwestern waren wie heruntergebrannte Kerzen, die eine nach der anderen erloschen.

»Wenn die Kapelle nicht genutzt wird«, fragte sie, »was haben die Opfer dann hier getan?«

Rizzoli seufzte und ließ dabei eine Dampfwolke entweichen, die einem fauchenden Drachen gut angestanden hätte. »Das weiß kein Mensch. Die Äbtissin sagt, sie habe Ursula und Camille zuletzt gestern Abend gegen neun Uhr beim Gebet gesehen. Als sie nicht zum Morgengebet erschienen, machten die Schwestern sich auf die Suche nach ihnen. Sie hätten nie damit gerechnet, sie hier zu finden.«

»All diese Schläge auf den Kopf. Das sieht nach blinder Wut aus.«

»Aber sehen Sie sich das Gesicht an«, sagte Rizzoli und deutete auf Camille. »Er hat sie nicht ins Gesicht geschlagen. Das Gesicht hat er verschont. Das deutet doch auf ein eher unpersönliches Motiv hin. Als ob er es nicht auf sie selbst abgesehen hätte, sondern auf das, was sie darstellt. Das, wofür sie steht.«

»Autorität?«, fragte Maura. »Macht?«

»Seltsam. Ich hätte eher auf so etwas wie Glaube, Liebe und Hoffnung getippt.«

»Nun ja, ich war eben auf einer katholischen Oberschule.«

»Sie?« Rizzoli lachte ungläubig auf. »Das hätte ich jetzt nicht gedacht.«

Maura sog die eisige Luft tief in ihre Lungen und blickte zu dem Kreuz auf, während sie an ihre Jahre auf der Holy Innocents Academy zurückdachte. Und an die erlesenen Qualen, die ihre Geschichtslehrerin Schwester Magdalene ihr hatte zuteil werden lassen. Es waren keine körperlichen, sondern seelische Qualen gewesen, die diese Frau denjenigen Mädchen zugefügt hatte, die in ihren Augen – und ihr Blick war untrüglich – ein Übermaß an Selbstvertrauen an den Tag legten. Im Alter von vierzehn Jahren waren Mauras beste Freunde nicht Menschen, sondern Bücher gewesen. Sie hatte den Unterrichtsstoff stets mühelos bewältigt und war auch noch stolz darauf gewesen. Damit hatte sie sich den Zorn von Schwester Magdalene zugezogen. In Mauras eigenem Interesse musste dieser sündhafte Stolz in ihrem Herzen unterdrückt und durch christliche Demut ersetzt werden. Schwester Magdalene hatte sich mit grimmiger Begeisterung dieser Aufgabe gewidmet. Sie hatte Maura vor der ganzen Klasse lächerlich gemacht, hatte ihre tadellosen Aufsätze mit bissigen Randbemerkungen versehen und jedes Mal vernehmlich geseufzt, wenn Maura die Hand gehoben hatte, um eine Frage zu stellen. Am Ende war Maura nur resigniertes Schweigen geblieben.

»Sie haben mich immer ziemlich eingeschüchtert«, sagte Maura. »Die Nonnen, meine ich.«

»Ich dachte, Sie hätten vor gar nichts Angst, Doc.«

»Ich habe vor vielen Dingen Angst.«

Rizzoli lachte. »Bloß nicht vor Leichen, wie?«

»Es gibt auf dieser Welt vieles, wovor man sich mehr fürchten muss als vor Leichen.«

Sie ließen Camille auf ihrem Lager aus kaltem Stein zurück und gingen an der Wand der Kapelle entlang zurück zum Eingangsbereich, zu der blutbefleckten Stelle am Boden, wo Schwester Ursula noch lebend gefunden worden war. Der Fotograf hatte seine Arbeit beendet und war gegangen; jetzt waren Maura und Rizzoli allein in der Kapelle, zwei Frauen, deren Stimmen von den kahlen Wänden widerhallten. Maura hatte immer geglaubt, ein Gotteshaus sei ein universeller Zufluchtsort, wo selbst die Seele des Ungläubigen Trost suchen und finden konnte. Aber für sie gab es keinen Trost an diesem kalten Ort, einem Ort des Grauens, wo der Tod blutige Ernte gehalten hatte, ohne jede Rücksicht auf die Symbole des Heiligen.

»Sie haben Schwester Ursula genau hier gefunden«, sagte Rizzoli. »Sie lag mit dem Kopf zum Altar, die Füße zeigten zur Tür.«

Als hätte sie sich vor dem Kruzifix in den Staub geworfen.

»Dieser Kerl ist eine verdammte Bestie«, stieß Rizzoli wütend hervor, ihre Worte abgehackt und scharf wie Eissplitter. »Wir haben es mit einem Monster zu tun, einem Verrückten. Oder mit irgendeinem bekifften Arschloch, das nur irgendwas klauen wollte.«

»Wir wissen nicht sicher, ob es ein Mann war.«

Rizzoli machte eine ungehaltene Geste in Richtung von Schwester Camilles Leiche. »Glauben Sie etwa, das ist das Werk einer Frau?«

»Eine Frau kann sehr wohl mit einem Hammer zuschlagen. Und einem Menschen den Schädel einschlagen.«

»Wir haben einen Fußabdruck gefunden. Da, ungefähr in der Mitte des Gangs. Sah mir ganz nach einem Männerschuh aus, schätzungsweise Größe 45.«

»Einer der Sanitäter vielleicht?«

»Nein, die Abdrücke der Jungs vom Rettungsdienst können Sie hier vorne an der Tür sehen. Der im Mittelgang sieht anders aus. Der ist von *ihm.*«

Der auffrischende Wind ließ die Fensterscheiben klirren,

und die Tür knarrte, als ob unsichtbare Hände daran rüttelten. Rizzolis Lippen waren blau vor Kälte, ihr Gesicht war leichenblass, doch immer noch schien es sie nicht zu drängen, sich in einen wärmeren Raum zurückzuziehen. Das war typisch Rizzoli – viel zu stur, als dass sie als Erste die Segel gestrichen hätte. Zu stur, um zuzugeben, dass sie am Ende ihrer Kräfte war.

Maura blickte auf den Steinboden herab, auf dem Schwester Ursula gelegen hatte, und sie konnte Rizzolis intuitiver Einschätzung nicht widersprechen, dass dieser Überfall die Tat eines Geisteskranken war. Es war der schiere Wahnsinn, der aus diesen Blutflecken sprach. Aus den Schlägen, die Schwester Camilles Schädel zertrümmert hatten. Entweder Wahnsinn oder abgrundtiefe Bosheit.

Ein eiskalter Schauer lief ihr über den Rücken. Fröstelnd richtete sie sich auf und starrte das Kruzifix an. »Mir ist schrecklich kalt«, sagte sie. »Kann man sich hier irgendwo aufwärmen? Und vielleicht eine Tasse Kaffee trinken?«

»Sind Sie hier fertig?«

»Ich habe gesehen, was es zu sehen gibt. Alles andere wird uns die Autopsie verraten.«

2

Sie traten aus der Kapelle ins Freie und stiegen über das Absperrband, das sich inzwischen ganz vom Türrahmen gelöst hatte und mit einer Eisschicht überzogen am Boden lag. Der Wind wehte ihnen Schneeflocken ins Gesicht und zerrte an ihren Mänteln, als sie mit zusammengekniffenen Augen den überdachten Gang entlangstapften. Nach einer Weile traten sie durch eine Tür in eine düstere Diele, und Maura spürte einen kaum merklichen Hauch von warmer Luft an ihren vor Kälte tauben Wangen. Es roch nach Eiern und alter Farbe, vermischt mit dem muffigen Geruch einer vorsintflutlichen Heizung, die mehr Staub als Wärme auszustrahlen schien.

Sie folgten dem Klappern von Geschirr und gingen einen schwach beleuchteten Korridor entlang, der sie zu einem in helles Neonlicht getauchten Raum führte – in dieser Umgebung ein irritierend modernes Detail. Grell und unbarmherzig schien es in die zerfurchten Gesichter der Nonnen, die an einem ramponierten Esstisch saßen. Es waren ihrer dreizehn – eine Unglückszahl. Ihre Aufmerksamkeit war von bunt geblümten Stoffquadraten, Seidenbändern und Schalen mit getrocknetem Lavendel und Rosenblättern in Anspruch genommen. Handarbeitsstunde, dachte Maura, während sie zusah, wie arthritische Hände in Schalen mit Kräutern griffen und Duftsäckchen mit Seidenbändern verschnürten. Eine der Nonnen saß zusammengesunken und schief in einem Rollstuhl. Eine Hand lag zu einer Klaue verkrampft auf der Armlehne, und eine Gesichtshälfte hing herab wie bei einer Wachsmaske, die zu nahe ans Feuer geraten ist. Die grausamen Folgen eines Schlaganfalls. Und doch war sie es, die die beiden Eindringlinge als Erste bemerkte. Sie stöhnte leise, worauf die anderen Schwestern aufblickten und Maura und Rizzoli fragend ansahen.

Maura blickte in die verhutzelten Gesichter, schockiert über die Gebrechlichkeit, die sie darin sah. Das waren nicht die strengen Ebenbilder der Autorität, die sie von ihrer Schulzeit her kannte; nein, es waren die Gesichter verwirrter, verängstigter Frauen, die von ihr eine Erklärung für diese Tragödie erhofften. Ihr war nicht wohl in ihrer Haut; es ging ihr wie einer erwachsenen Tochter, wenn ihr zum ersten Mal klar wird, dass sie und ihre Eltern die Rollen getauscht haben.

»Kann mir jemand sagen, wo Detective Frost ist?«, fragte Rizzoli.

Die Frage wurde von einer gehetzt aussehenden Frau beantwortet, die soeben mit einem Tablett voller frisch gespülter Kaffeetassen aus der angrenzenden Küche gekommen war. Sie trug einen verblichenen blauen Pullover mit Fettflecken, und zwischen den Seifenblasen an ihrer linken Hand blitzte ein Ring mit einem winzigen Diamanten auf. Keine Nonne, dachte Maura, sondern die Haushaltshilfe, die dieser immer gebrechlicher werdenden Gemeinschaft zur Hand ging.

»Er spricht noch mit der Äbtissin«, sagte die Frau. Sie deutete mit einem Kopfnicken zur Tür, und eine Strähne ihres braunen Haars fiel ihr in die von Sorgenfalten gezeichnete Stirn. »Ihr Büro ist am anderen Ende des Flurs.«

Rizzoli nickte. »Ich kenne den Weg.«

Aus dem harten Licht des Speisesaals tauchten sie wieder in den düsteren Korridor ein. Maura spürte einen Luftzug, einen eiskalten Hauch – als ob gerade ein Geist an ihr vorübergehuscht wäre. Sie glaubte nicht an ein Leben nach dem Tod, doch wenn sie in den Fußstapfen von kürzlich

Verstorbenen wandelte, fragte sie sich bisweilen, ob die Toten nicht eine Art Spur hinterließen, so etwas wie ein schwaches Energiefeld, das jeder, der an diesem Ort vorbeikam, spüren konnte.

Rizzoli klopfte an die Tür des Büros der Äbtissin, worauf eine zittrige Stimme »Herein!« rief.

Als Maura den Raum betrat, stieg ihr köstlicher Kaffeeduft in die Nase. Sie erblickte mit dunklem Holz verkleidete Wände und einen Schreibtisch aus Eichenholz, über dem ein schlichtes Kruzifix hing. Hinter dem Schreibtisch saß eine Nonne mit gebeugtem Rücken, deren Brillengläser ihre Augen wie blaue Seen erscheinen ließen. Sie schien mindestens so alt wie ihre Mitschwestern drüben im Refektorium, und ihre Brille wirkte so schwer, dass man unwillkürlich befürchtete, ihr Gewicht müsse die zerbrechliche Frau auf die Schreibtischplatte hinabziehen. Doch die Augen, die Maura durch die dicken Gläser musterten, waren hellwach und intelligent.

Rizzolis Partner Barry Frost stellte sofort seine Kaffeetasse ab und erhob sich höflich von seinem Platz. Frost war die Verkörperung des netten Jungen von nebenan; der einzige Cop im ganzen Morddezernat, der es fertig brachte, einen Vernehmungsraum zu betreten und den Verdächtigen glauben zu machen, sein bester Freund sei gerade zu Besuch gekommen. Er war zudem der Einzige im Team, der absolut kein Problem damit zu haben schien, mit der launischen Rizzoli zusammenzuarbeiten, die jetzt gerade neidisch seine Kaffeetasse beäugte. Es war ihr keineswegs entgangen, dass ihr Partner hier in diesem geheizten Zimmer gesessen und Kaffee geschlürft hatte, während sie in der Kapelle gefroren hatte.

»Ehrwürdige Mutter«, sagte Frost, »darf ich Ihnen Dr. Isles vom Rechtsmedizinischen Institut vorstellen. Doc, das ist Mutter Mary Clement.«

Maura ergriff die Hand der Äbtissin. Sie fühlte sich gichtig an, die Haut wie trockenes Papier über bloßen Knochen. Während sie sie schüttelte, bemerkte Maura ein Stück beigefarbenen Stoffs, das unter dem schwarzen Ärmel hervorlugte. Das war also der Trick, mit dem die Nonnen es in diesen schlecht geheizten Räumen aushielten – unter ihrer wollenen Tracht trug die Äbtissin lange Unterwäsche.

Verzerrte blaue Augen fixierten sie durch die dicken Gläser. »Vom Rechtsmedizinischen Institut? Heißt das, Sie sind Ärztin?«

»Ja. Ich bin Pathologin.«

»Sie untersuchen also Todesursachen?«

»Richtig.«

Die Äbtissin hielt inne, als müsste sie all ihren Mut zusammennehmen, um die nächste Frage zu stellen. »Sind Sie schon in der Kapelle gewesen? Haben Sie sie gesehen…«

Maura nickte. Sie wollte der Frage zuvorkommen, von der sie schon wusste, dass sie kommen würde, doch sie brachte es einfach nicht fertig, in Gegenwart einer Nonne ihre guten Manieren über Bord zu werfen. Auch mit ihren vierzig Jahren konnte der Anblick einer schwarzen Tracht sie immer noch nervös machen.

»Hat sie…« Mary Clements Stimme erstarb zu einem Flüstern. »Hat Schwester Camille sehr leiden müssen?«

»Leider kann ich Ihre Frage noch nicht beantworten. Dazu muss ich erst die Ergebnisse der… Untersuchungen abwarten.« Sie hatte *Autopsie* sagen wollen, doch das Wort schien zu kalt, zu technisch für Mary Clements behütete Ohren. Und es widerstrebte ihr auch, die furchtbare Wahrheit zu enthüllen: dass sie nämlich eine ziemlich präzise Vorstellung davon hatte, was mit Camille passiert war. Jemand hatte der jungen Frau in der Kapelle aufgelauert, hatte ihr nachgesetzt, als sie in Panik durch den Mittelgang auf den Altar zugelaufen war, und ihr dabei den weißen Novizinnenschleier vom Kopf gerissen. Dann waren seine Schläge auf ihren Schädel niedergefahren, bis das Blut auf die Bänke gespritzt war, doch sie war noch ein paar Schritte weiter getaumelt, bis sie schließlich gestrauchelt und vor ihm auf die Knie gesunken war. Aber selbst jetzt hatte der Täter noch nicht genug gehabt. Immer und immer wieder hatte er auf sie eingeschlagen und ihre Schädeldecke zertrümmert wie eine Eierschale.

Maura wich Mary Clements Blick aus und hob die Augen für einen kurzen Moment zu dem Holzkreuz, das hinter dem Schreibtisch an der Wand hing, doch auch der Anblick dieses eindrucksvollen Symbols vermochte ihr keinen Trost zu spenden.

Rizzoli brach das Schweigen. »Wir haben die Schlafzimmer noch nicht gesehen.« Wie üblich war sie die Sachlichkeit in Person, ganz auf den nächsten notwendigen Schritt konzentriert.

Mary Clement blinzelte die Tränen weg, die ihr in die Augen gestiegen waren. »Ja. Ich wollte eben Detective Frost nach oben bringen, um ihm die Zimmer der beiden zu zeigen.«

Rizzoli nickte. »Also gut, wir wären dann so weit.«

Die Äbtissin führte sie über eine unbeleuchtete Treppe hinauf ins Obergeschoss. Nur ein schwacher Schein von Tageslicht sickerte durch die Buntglasfenster herein. An sonnigen Tagen schmückte wohl eine bunte Farbpalette die Wände des Treppenhauses, doch an diesem düsteren Wintermorgen waren lediglich verschiedene Schattierungen von Grau zu sehen.

»Die meisten Zimmer im oberen Stock stehen jetzt leer. Im Laufe der Jahre mussten immer mehr Schwestern ins Erdgeschoss umziehen«, erklärte Mary Clement, während sie langsam Stufe um Stufe erklomm und sich dabei an das Geländer klammerte, als würde sie sich daran hochziehen. Maura rechnete jedem Moment damit, dass sie hinterrücks die Treppe hinunterfallen würde, und so blieb sie dicht hinter ihr und zuckte jedes Mal zusammen, wenn die Äbtissin in ihrem schwankenden Anstieg innehielt. »Schwester Jacinta hat ein schlimmes Knie, also wird sie auch nach unten umziehen. Und Schwester Helen ist neuerdings ziemlich kurzatmig. Es sind nur noch so wenige von uns übrig …«

»So ein großes Haus macht ja sicher auch viel Arbeit«, meinte Maura.

»Groß und alt.« Die Äbtissin blieb stehen, um einen Moment zu verschnaufen. Mit einem betrübten Lachen fügte sie hinzu: »Alt wie wir selbst. Und so teuer im Unterhalt. Wir dachten schon, wir müssten es verkaufen, aber Gott hat einen Weg gefunden, es uns zu erhalten.«

»Wie das?«

»Letztes Jahr hat sich ein großzügiger Spender gefunden. Jetzt haben wir mit den Renovierungsarbeiten begonnen. Das Schieferdach ist neu, und wir haben den Dachstuhl isolieren lassen. Als Nächstes wollen wir eine neue Heizung einbauen lassen.« Sie drehte sich zu Maura um. »Ob Sie es glauben oder nicht, im Vergleich zum letzten Jahr kommt uns das Haus schon richtig wohnlich vor.« Die Äbtissin holte tief Luft und setzte ihren mühevollen Anstieg fort. Sie konnten die Perlen ihres Rosenkranzes klappern hören. »Wir waren einmal fünfundvierzig Schwestern hier im Haus. Als ich damals nach Graystones kam, waren hier alle Zimmer belegt. In beiden Flügeln. Aber heute fehlt es uns an Nachwuchs.«

»Wie lange sind Sie schon hier, Ehrwürdige Mutter?«, fragte Maura.

»Ich bin mit achtzehn als Postulantin in den Orden eingetreten. Da gab es einen jungen Mann, der mich gerne geheiratet hätte. Ich fürchte, es hat seinen Stolz sehr verletzt, als ich ihn abwies, um mich Gott zuzuwenden.« Sie blieb auf der Treppe stehen und wandte sich um. Zum ersten Mal bemerkte Maura das Hörgerät unter dem straff anliegenden Schleier. »Das können Sie sich wahrscheinlich nicht vorstellen, oder, Dr. Isles? Dass ich einmal so jung war?«

Nein, das konnte Maura nicht. Sie konnte sich Mary Clement unmöglich anders vorstellen, als sie sie jetzt vor sich sah: als eine gebrechliche Greisin. Gewiss nicht als begehrenswerte Frau, der die Männer den Hof machten.

Endlich war die Treppe bewältigt, und ein langer Gang erstreckte sich vor ihnen. Hier oben war es wärmer, fast behaglich, weil sich die warme Luft unter den niedrigen dunklen Decken sammelte. Die freiliegenden Dachbalken sahen aus, als wären sie mindestens hundert Jahre alt.

Die Äbtissin ging weiter bis zur zweiten Tür und verharrte mit der Hand auf dem Knauf. Endlich drehte sie ihn um und öffnete die Tür. Aus dem Zimmer fiel fahles Licht auf ihr Gesicht. »Das ist Schwester Ursulas Kammer«, sagte sie leise.

Der Raum war kaum groß genug, um ihnen allen Platz zu bieten. Frost und Rizzoli traten ein, während Maura in der Tür stehen blieb und den Blick über volle Bücherregale und Blumentöpfe mit blühenden Usambaraveilchen schweifen ließ. Das durch einen Mittelpfosten geteilte Fenster und die niedrige Balkendecke verliehen dem Raum eine mittelalterliche Atmosphäre. Eine ordentliche kleine Dachkammer, geeignet für Gebet und stilles Studium, ausgestattet nur mit einem Bett, einer Kommode und einem Schreibtisch mit Stuhl.

»Ihr Bett ist gemacht«, sagte Rizzoli mit einem Blick auf die säuberlich eingesteckten Laken.

»So haben wir es heute Morgen vorgefunden«, sagte Mary Clement.

»Ist sie gestern Abend nicht schlafen gegangen?«

»Es ist wohl wahrscheinlicher, dass sie sehr früh aufgestanden ist. Wie es ihre Gewohnheit ist.«

»Wie früh?«

»Sie ist oft schon Stunden vor den Laudes auf den Beinen.«

»Den Laudes?«, fragte Frost.

»Das ist unser Morgengebet um sieben Uhr. Diesen Sommer war sie immer schon in aller Frühe draußen im Garten. Die Gartenarbeit ist ihr Steckenpferd.«

»Und im Winter?«, fragte Rizzoli. »Was macht sie da so früh am Morgen?«

»Ob sommers oder winters, es gibt immer viel zu tun – für diejenigen unter uns, die noch arbeiten können. Aber so viele von unseren Mitschwestern sind inzwischen zu gebrechlich. Dieses Jahr mussten wir Mrs. Otis für die Arbeit in der Küche einstellen. Und selbst mit ihrer Hilfe können wir den Haushalt kaum noch bewältigen.«

Rizzoli öffnete die Tür des Wandschranks. Sie erblickten eine schmucklose Kollektion in Schwarz- und Brauntönen. Kein Farbtupfer, keine Verzierung. Es war die Garderobe einer Frau, für die ihre Arbeit für Gott wichtiger als alles andere war, die auch die Auswahl ihrer Kleider ganz dem Dienst des Herrn unterordnete.

»Sind das alle Kleider, die sie besitzt? Was man hier in dem Schrank sieht?«, fragte Rizzoli.

»Wir legen ein Armutsgelübde ab, wenn wir dem Orden beitreten.«

»Heißt das, dass Sie alles aufgeben müssen, was Sie besitzen?«

Mary Clement lächelte geduldig, wie eine Mutter, deren Kind gerade eine ziemlich absurde Frage gestellt hat. »Es ist gar keine so große Entbehrung, Detective. Wir behalten unsere Bücher und auch ein paar persönliche Erinnerungsstücke. Wie Sie sehen, hat Schwester Ursula Freude an ihren

Usambaraveilchen. Aber es stimmt, wir lassen fast alles zurück, wenn wir hier eintreten. Dies ist ein kontemplativer Orden, und wir halten uns fern von den Zerstreuungen der Welt außerhalb des Klosters.«

»Entschuldigen Sie bitte, Ehrwürdige Mutter«, sagte Frost. »Ich bin nicht katholisch und weiß leider mit diesem Begriff nichts anzufangen. Was bitte ist ein kontemplativer Orden?«

Seine Frage war unaufdringlich und von Respekt geprägt, und so schenkte Mary Clement ihm ein wärmeres Lächeln als zuvor Rizzoli. »Ein kontemplativer Mensch führt ein beschauliches, nach innen gerichtetes Leben. Ein Leben in Gebet, stiller Andacht und Meditation. Das ist der Grund, weshalb wir uns hinter Mauern zurückziehen und Besucher in der Regel abweisen. Für uns ist die Abgeschiedenheit ein Segen.«

»Und was ist, wenn eine von ihnen die Regeln verletzt?«, fragte Rizzoli. »Schmeißen Sie sie dann raus?«

Maura sah, wie Frost bei der derb formulierten Frage seiner Partnerin zusammenzuckte.

»Unsere Regeln basieren auf Freiwilligkeit«, antwortete Mary Clement. »Wir halten sie ein, weil wir es so wollen.«

»Aber es muss doch immer mal wieder vorkommen, dass irgendeine Nonne eines Morgens aufwacht und sagt: ›Heute hätte ich mal Lust, an den Strand zu gehen.‹«

»Das kommt nicht vor.«

»Es muss aber doch vorkommen. Sie sind schließlich auch nur Menschen.«

»Es kommt nicht vor.«

»Niemand bricht die Regeln? Niemand klettert über die Mauer?«

»Wir haben es nicht nötig, die Abtei zu verlassen. Mrs. Otis kauft für uns Lebensmittel ein, und für unsere spirituellen Bedürfnisse ist Pater Brophy da.«

»Was ist mit Briefen? Oder Anrufen? Selbst in einem Hochsicherheitsgefängnis dürfen die Insassen ab und zu mal telefonieren.«

Frost schüttelte den Kopf, seine Miene wirkte gequält.

»Wir haben ein Telefon hier im Haus, für Notfälle«, antwortete Mary Clement.

»Und das dürfen alle benutzen?«

»Warum sollten sie das tun wollen?«

»Was ist mit Post? Dürfen Sie Briefe bekommen?«

»Manche von uns ziehen es vor, keine Post anzunehmen.«

»Und wenn man einen Brief schreiben will?«

»An wen?«

»Spielt das eine Rolle?«

Mary Clements Miene war zu einem verkrampften »Herr-schenke-mir-Geduld«-Lächeln erstarrt. »Ich kann mich nur wiederholen, Detective. Wir sind keine Gefangenen. Wir haben dieses Leben freiwillig gewählt. Wer mit den Regeln nicht einverstanden ist, dem steht es frei, zu gehen.«

»Und wie soll so jemand in der Welt da draußen zurechtkommen?«

»Sie scheinen zu glauben, dass wir keine Ahnung von jener Welt haben. Aber einige der Schwestern haben in Schulen oder in Krankenhäusern gedient.«

»Ich dachte, Sie dürften das Kloster nicht verlassen.«

»Manchmal ruft uns Gott zu Aufgaben, für die wir diese Mauern verlassen müssen. Vor einigen Jahren fühlte Schwester Ursula die Berufung, im Ausland zu dienen, und ihr wurde Exklaustration gewährt – das ist die Erlaubnis, außerhalb des Klosters zu leben, ohne jedoch das Gelübde aufzugeben.«

»Aber sie ist wiedergekommen.«

»Ja, letztes Jahr.«

»Es hat ihr also nicht gefallen da draußen in der Welt?«

»Ihre Mission in Indien war nicht einfach. Und sie war von Gewalt überschattet – Terroristen haben ihr Dorf überfallen. Danach ist sie zu uns zurückgekommen. Hier konnte sie sich wieder sicher fühlen.«

»Sie hatte keine Familie, zu der sie hätte gehen können?«

»Ihr nächster Verwandter war ein Bruder, der vor zwei Jahren gestorben ist. *Wir* sind jetzt ihre Familie, und Graystones ist ihr Zuhause. Wenn Sie der Welt überdrüssig sind und Trost brauchen, Detective«, fragte die Äbtissin mit sanfter Stimme, »gehen Sie dann nicht auch nach Hause?«

Die Frage schien Rizzoli aus der Fassung zu bringen. Ihr Blick ging zu dem Kruzifix an der Wand, zuckte aber ebenso schnell wieder weg.

»Ehrwürdige Mutter?«

Die Frau mit dem fettbespritzten Pullover stand vor der Tür und schaute mit teilnahmslosem, gleichgültigem Blick zu ihnen herein. Noch mehr Strähnen ihres braunen Haars hatten sich aus dem Pferdeschwanz gelöst und hingen ihr wirr um das hagere Gesicht. »Pater Brophy sagt, er ist auf dem Weg hierher, um sich um die Reporter zu kümmern. Aber es haben schon so viele angerufen, dass Schwester Isabel den Hörer ausgehängt hat. Sie weiß einfach nicht, was sie ihnen sagen soll.«

»Ich komme sofort, Mrs. Otis.« Die Äbtissin wandte sich an Rizzoli. »Wie Sie sehen, haben wir alle Hände voll zu tun. Bitte lassen Sie sich so viel Zeit, wie Sie wollen. Ich bin unten, wenn Sie mich brauchen.«

»Bevor Sie gehen«, erwiderte Rizzoli, »sagen Sie uns bitte noch, welches Schwester Camilles Zimmer ist?«

»Es ist die vierte Tür.«

»Und es ist nicht abgeschlossen?«

»An diesen Türen gibt es keine Schlösser«, antwortete Mary Clement. »Die hat es noch nie gegeben.«

Der Geruch von Reinigungsmittel und Bohnerwachs war das Erste, was Maura registrierte, als sie Schwester Camilles Schlafkammer betrat. Wie Schwester Ursulas Zimmer hatte auch dieses ein längs geteiltes Fenster und eine niedrige Decke mit Holzbalken. Aber während man bei Ursula den Eindruck hatte, dass hier tatsächlich ein Mensch aus Fleisch und Blut wohnte, war Camilles Kammer so penibel aufgeräumt und blank geputzt, dass sie steril wirkte. Die weiß getünchten Wände waren kahl bis auf ein hölzernes Kruzifix, das über dem Fußende des Betts hing. Es musste der erste Gegenstand gewesen sein, den Camille morgens erblickt hatte, wenn sie die Augen aufschlug – ein Symbol für ihren einzigen Lebensinhalt. Dies war die Zelle einer Büßerin.

Als Maura den Fußboden betrachtete, entdeckte sie Stellen, an denen die Dielen durch hartnäckiges Scheuern aufgehellt waren. Sie konnte die junge Camille vor sich sehen, wie sie am Boden kniete und das Parkett mit Stahlwolle abschmirgelte, um – ja, um was zu entfernen? Die Flecken von hundert Jahren? Die Spuren sämtlicher Frauen, die vor ihr hier gewohnt hatten?

»Junge, Junge«, meinte Rizzoli. »Wenn ihr Herz so rein war wie ihr Zimmer, dann war diese Frau eine Heilige.«

Maura trat an den Schreibtisch, der vor dem Fenster stand. Ein aufgeschlagenes Buch lag darauf: *Die heilige Brigitta von Irland. Eine Biografie.* Sie stellte sich vor, wie Camille an diesem kahlen Schreibtisch gesessen und gelesen hatte, während das Licht, das durch die Scheibe fiel, auf ihrem fein geschnittenen Gesicht gespielt hatte. Sie fragte sich, ob Camille je an besonders warmen Tagen ihren weißen Novizinnenschleier abgelegt und sich barhäuptig ans Fenster gesetzt hatte, um sich die warme Brise durch das kurz geschorene blonde Haar wehen zu lassen.

»Hier ist Blut«, sagte Frost.

Maura drehte sich um und sah, dass er am Bett stand und auf die zerknitterten Laken hinunterblickte.

Rizzoli zog die Decke zurück. Auf dem Bettbezug waren mehrere dunkelrote Flecken zu sehen.

»Menstruationsblut«, sagte Maura. Sie registrierte, wie Frost errötete und das Gesicht abwandte.

Das Läuten der Glocke lenkte Mauras Blick wieder zum Fenster. Sie beobachtete, wie eine Nonne aus dem Haus herauskam, um die Pforte zu öffnen. Vier Besucher in gelben Regenjacken betraten den Hof.

»Die Spurensicherung ist da«, sagte Maura.

»Ich gehe runter und nehme sie in Empfang«, erwiderte Frost und verließ das Zimmer.

Immer noch fiel Eisregen vom Himmel; die gefrorenen Tropfen schlugen knisternd gegen die Fensterscheibe, und eine Reifschicht verzerrte die Sicht auf den Hof. Maura sah verschwommen, wie Frost aus dem Gebäude trat, um den Trupp der Kriminaltechniker zu begrüßen. Wieder eine Gruppe von Eindringlingen, die den Klosterfrieden störten. Und jenseits der Mauer warteten noch andere darauf, es ihnen gleichzutun. Sie sah einen Übertragungswagen des Fernsehens im Schritttempo an der Pforte vorbeifahren, zweifellos mit laufender Kamera. Wie hatten sie so schnell hierher gefunden? War der Geruch des Todes so überwältigend?

Sie wandte sich zu Rizzoli um. »Sie sind doch katholisch, Jane, nicht wahr?«

Rizzoli, die immer noch Camilles Kleiderschrank durchstöberte, schnaubte verächtlich. »Ich? Den Religionsunterricht habe ich jedenfalls immer geschwänzt.«

»Wann haben Sie aufgehört, an Gott zu glauben?«

»Ungefähr um die Zeit, als ich auch aufgehört habe, an den Weihnachtsmann zu glauben. Die Firmung habe ich schon nicht mehr mitgemacht, was mir mein Dad bis heute übel nimmt. Mein Gott, was für eine langweilige Garderobe! *Mal sehen, soll ich heute die schwarze oder die braune Tracht anziehen?* Was bringt ein normales Mädchen dazu, Nonne werden zu wollen?«

»Nicht alle Nonnen tragen eine Tracht. Jedenfalls seit dem Zweiten Vatikanischen Konzil nicht mehr.«

»Schon, aber an der Geschichte mit der Keuschheit hat sich doch nichts geändert. Stellen Sie sich mal vor, Sie dürften für den Rest Ihres Lebens keinen Sex mehr haben.«

»Ich weiß nicht«, erwiderte Maura. »Es wäre vielleicht sogar eine Erleichterung, nicht mehr an Männer denken zu müssen.«

»Ich bin mir nicht sicher, ob das überhaupt geht.« Rizzoli schloss die Tür des Wandschranks und blickte sich suchend im Zimmer um.

Was hoffte sie zu finden? Den Schlüssel zu Camilles Persönlichkeit? Die Erklärung dafür, dass ihr Leben so früh und so brutal ausgelöscht worden war? Maura konnte hier nichts erkennen, was sie einer Antwort auf diese Fragen näher gebracht hätte. Dieses Zimmer war so keimfrei, dass kaum Spuren seiner Bewohnerin darin zu finden waren. Und das war vielleicht der aufschlussreichste Hinweis auf Camilles Charakter. Eine junge Frau, die unermüdlich putzte und scheuerte im ständigen Kampf gegen den Schmutz. Gegen die Sünde?

Rizzoli ging zum Bett und ließ sich auf Hände und Knie nieder, um einen Blick darunter zu werfen. »Mensch, das ist so blitzsauber hier unten, dass man vom Boden essen könnte!«

Der Wind rüttelte am Fenster, und der Eisregen prasselte gegen die Scheibe. Maura drehte sich wieder um und sah, wie Frost mit den Männern von der Spurensicherung auf die Kapelle zuging. Einer der Beamten rutschte plötzlich auf dem vereisten Pflaster aus und ruderte wild mit den Armen, um das Gleichgewicht nicht zu verlieren. Wir müssen alle aufpassen, dass wir nicht straucheln, dachte Maura. Wir müssen ständig gegen die Versuchung ankämpfen, so wie dieser Mann eben gegen die Schwerkraft. Und wenn wir dann doch fallen, sind wir jedes Mal vollkommen überrascht.

Das Team verschwand in der Kapelle, und sie stellte sich vor, wie sie dort stumm im Kreis standen und auf Schwester Ursulas Blut hinabblickten, während ihr Atem in weißen Dampfwolken aufstieg.

Ein polterndes Geräusch hinter ihrem Rücken ließ sie herumfahren. Erschrocken sah sie Rizzoli neben dem umgefallenen Stuhl am Boden sitzen, den Kopf zwischen die Knie gesenkt.

»Jane.« Maura kniete neben ihr. »Jane?«

Rizzoli machte eine abwehrende Handbewegung. »Ist schon gut, mir fehlt nichts.«

»Was ist passiert?«

»Ich bin nur... Ich glaube, ich bin zu schnell aufgestanden. Mir ist bloß ein bisschen schwindlig...« Rizzoli versuchte sich aufzurichten, ließ aber den Kopf gleich wieder sinken.

»Sie sollten sich hinlegen.«

»Ich muss mich nicht hinlegen. Lassen Sie mir nur ein bisschen Zeit, bis ich wieder klar im Kopf bin.«

Maura erinnerte sich daran, wie schlecht Rizzoli in der Kapelle ausgesehen hatte: die ungesunde Blässe, die dunkel angelaufenen Lippen. Sie hatte es auf die Unterkühlung zurückgeführt, doch jetzt waren sie in einem warmen Zimmer, und Rizzoli sah noch genauso bleich und mitgenommen aus wie zuvor.

»Haben Sie heute Morgen gefrühstückt?«, fragte Maura.

»Hm...«

»Können Sie sich nicht erinnern?«

»Doch, ich habe wohl irgendwas gegessen. Ein bisschen jedenfalls.«

»Was heißt das genau?«

»Eine Scheibe Toast, okay?« Rizzoli schüttelte Mauras Hand ab, eine unwillige Geste, mit der sie die angebotene Hilfe harsch zurückwies. Es war dieser glühende Stolz, der es manchmal so schwierig machte, mit ihr zu arbeiten. »Ich glaube, ich kriege die Grippe.«

»Sind Sie sicher, dass es weiter nichts ist?«

Rizzoli strich sich mit einer unwirschen Bewegung die Haare aus dem Gesicht und setzte sich kerzengerade auf. »Ja. Und ich hätte heute Morgen nicht so viel Kaffee trinken sollen.«

»Wie viel?«

»Drei Tassen, vielleicht vier.«

»Ist das nicht ein bisschen zu viel des Guten?«

»Ich brauchte das Koffein. Aber jetzt frisst mir das Zeug ein Loch in die Magenwand. Mir ist kotzübel.«

»Ich gehe mit Ihnen zur Toilette.«

»Nein.« Rizzoli scheuchte sie weg. »Ich schaffe das schon allein, okay?« Vorsichtig richtete sie sich auf und blieb einen Moment lang stehen, als traute sie ihren Beinen nicht recht zu, sie zu tragen. Dann straffte sie die Schultern, und es war beinahe schon wieder die alte Rizzoli, die mit erhobenem Haupt zur Tür hinausstolzierte.

Wieder ertönte das scheppernde Läuten der Türglocke. Maura sah aus dem Fenster und beobachtete, wie die alte Nonne aus dem Haus kam und ein weiteres Mal mit schlurfenden Schritten zur Pforte ging. Doch dieser neue Besucher musste sich offensichtlich nicht ausweisen, denn die Nonne öffnete sofort das Tor. Ein Mann in einem langen schwarzen Mantel trat in den Hof und legte der Nonne die Hand auf die Schulter – eine tröstende und vertrauliche Geste. Gemeinsam gingen sie auf das Haus zu, wobei der

Mann bewusst seine Schritte verlangsamte, um sich dem arthritischen Gang der Schwester anzupassen. Er neigte den Kopf zu ihr herab, als wollte er nichts von dem verpassen, was sie ihm zu sagen hatte.

Auf halbem Wege blieb er plötzlich stehen und blickte auf, als hätte er gespürt, dass Maura ihn beobachtete.

Für einen Sekundenbruchteil trafen sich ihre Blicke durch das Fenster. Sie sah ein hageres, ausdrucksvolles Gesicht und einen schwarzen, vom Wind zerzausten Haarschopf. Und unter dem hochgeklappten Mantelkragen sah sie ganz kurz etwas Weißes aufblitzen.

Ein Priester.

Als Mrs. Otis gemeldet hatte, Pater Brophy sei auf dem Weg zum Kloster, hatte Maura sich einen älteren, grauhaarigen Mann vorgestellt. Aber der Mann, der jetzt zu ihr aufblickte, war jünger – allenfalls vierzig.

An der Seite der Nonne ging er weiter auf das Haus zu, und bald hatte Maura ihn aus den Augen verloren. Der Innenhof lag wieder verlassen da, doch der zertrampelte Schnee bewahrte die Spuren all derer, die ihn an diesem Morgen überquert hatten. Bald würde der Transporter der Gerichtsmedizin eintreffen, und die Männer mit der Bahre würden die Sammlung von Fußabdrücken noch weiter vergrößern.

Sie holte tief Luft. Es graute ihr bei der Vorstellung, in die eiskalte Kapelle zurückgehen zu müssen, beim Gedanken an die traurige Aufgabe, die vor ihr lag. Sie verließ das Zimmer und ging nach unten, um auf das Eintreffen ihrer Mitarbeiter zu warten.

3

Jane Rizzoli stand am Waschbecken in der Toilette und starrte in den Spiegel. Was sie dort sah, gefiel ihr ganz und gar nicht. Unwillkürlich musste sie sich mit der eleganten Dr. Isles vergleichen, die stets eine so majestätische Gelassenheit und Souveränität ausstrahlte, mit ihrem perfekt frisierten schwarzen Haar, dem glänzenden roten Lippenstift und dem makellosen Teint. Das Gesicht, das Rizzoli aus dem Spiegel entgegenblickte, war weder gelassen noch makellos. Ihre Haare waren ein wirrer Mopp, und die schwarzen Locken ließen das Gesicht, das sie umrahmten, noch blasser und ausgezehrter wirken, als es ohnehin schon war. Ich bin nicht mehr ich selbst, dachte sie. Ich erkenne die Frau dort im Spiegel gar nicht wieder. Wann habe ich mich in diese Fremde verwandelt?

Erneut überkam sie eine plötzliche Welle von Übelkeit. Sie kniff die Augen zusammen, kämpfte mit aller Kraft gegen das Gefühl an, so hartnäckig und verbissen, als hinge ihr Leben davon ab. Doch all ihre Willenskraft reichte nicht aus, um das Unvermeidliche zu vermeiden. Sie presste die Hand auf den Mund und riss die Tür der nächsten Kabine auf – keine Sekunde zu früh. Auch nachdem ihr Magen sich entleert hatte, verharrte sie noch ganze Weile mit dem Kopf über der Schüssel und wagte sich nicht aus der Kabine heraus. *Es muss die Grippe sein*, dachte sie verzweifelt. *Bitte, lass es die Grippe sein.*

Als die Übelkeit schließlich verflogen war, fühlte sie sich unendlich schlapp. Sie setzte sich auf den Toilettendeckel und ließ sich erschöpft gegen die Seitenwand der

Kabine sinken. Sie dachte an die Aufgaben, die vor ihr lagen. All die Vernehmungen, die es zu führen galt, das frustrierende Unterfangen, dieser Gemeinschaft geschockter, sprachloser Frauen die nötigen Informationen zu entlocken. Und das ständige Herumstehen, das war das Allerschlimmste – das ermüdende Herumstehen und Warten, bis die Kollegen von der Spurensicherung ihre langwierige mikroskopische Schatzsuche abgeschlossen hatten. Normalerweise war sie es, die am eifrigsten und unermüdlichsten nach Spuren suchte, die an jedem Tatort, an den sie gerufen wurde, sofort das Heft in die Hand nahm. Und jetzt hockte sie hier und verbarrikadierte sich in der Toilette; und es kostete sie allergrößte Überwindung, ins Kampfgetümmel zurückzukehren, dorthin, wo sie sich sonst immer am wohlsten fühlte. Viel lieber hätte sie sich hier verkrochen, wo es so angenehm still war, wo niemand ihr Gesicht sehen und den inneren Aufruhr bemerken konnte, der sich dort abzeichnete. Sie fragte sich, wie viel Dr. Isles schon gesehen hatte; vielleicht war ihr ja auch gar nichts aufgefallen. Sie schien sich schon immer mehr für die Toten als für die Lebenden interessiert zu haben, und wenn sie am Tatort eines Verbrechens auftauchte, war es stets die Leiche, der ihre ungeteilte Aufmerksamkeit galt.

Endlich raffte Rizzoli sich auf und verließ die Kabine. Ihr Kopf war wieder klar, ihr Magen hatte sich beruhigt, und zumindest ein Schatten der alten Jane Rizzoli schien wieder von ihrem Körper Besitz zu ergreifen. Am Waschbecken spülte sie sich den Mund aus, um den sauren Geschmack loszuwerden, und spritzte sich kaltes Wasser ins Gesicht. Kopf hoch, Mädchen! Sei kein Waschlappen! Wenn die Typen nur einen Riss in deiner Rüstung entdecken, zielen sie sofort darauf. So machen sie es immer. Sie schnappte sich ein Papierhandtuch und trocknete sich das Gesicht ab. Als sie das Tuch eben in den Abfalleimer werfen wollte, fiel ihr plötzlich Schwester Camilles Bett ein, und sie hielt in der Bewegung inne. Das Blut – das Blut auf dem Laken.

Der Abfalleimer war halb voll. In dem Haufen zusammengeknüllter Papierhandtücher entdeckte sie auch ein kleines Bündel Toilettenpapier. Sie unterdrückte ihren Ekel und entfaltete es. Sie wusste bereits, was sie finden würde, aber der Anblick des Menstruationsbluts einer anderen Frau ließ sie trotzdem zusammenfahren. Sie hatte ständig mit Blut zu tun, und gerade eben noch hatte sie eine große Lache davon unter Camilles Leiche gesehen. Und doch war es der Anblick dieser Binde, der sie weit mehr mitnahm. Sie lag schwer in ihrer Hand, voll gesogen mit Blut. Deshalb bist du also aufgestanden, dachte sie. Weil du die feuchte Wärme zwischen deinen Schenkeln gespürt hast, das nasse Laken auf deiner nackten Haut. Du bist aufgestanden und zur Toilette gegangen, um die Binde zu wechseln, und hast die schmutzige hier in den Abfalleimer geworfen.

Und dann… was hast du dann getan?

Rizzoli verließ die Toilette und ging zurück in Camilles Zimmer. Dr. Isles war nicht mehr da, und so stand sie allein vor dem Bett und blickte stirnrunzelnd auf die blutigen Laken – die einzigen Farbflecke im Grau-in-Grau dieser Zelle. Sie trat ans Fenster und blickte auf den Hof hinunter.

Der Zuckerguss aus Schnee und Eis war inzwischen von den Spuren zahlreicher Schuhe durchzogen. Vor dem Tor war ein weiterer Fernsehwagen vorgefahren, das Team bereitete schon die Liveübertragung vor. Die Sensationsstory über die tote Nonne, direkt in die Wohnzimmer der Zuschauer geliefert. Es würde bestimmt die Hauptmeldung in den Fünf-Uhr-Nachrichten sein, dachte sie. Nonnen machen uns alle neugierig. Du musst nur dem Sex abschwören und dich hinter Klostermauern zurückziehen, und schon fragt sich jeder, welche Geheimnisse du wohl unter dieser Tracht verbirgst. Es ist die Keuschheit, die uns so fasziniert – eine Frau, die den Kampf mit dem mächtigsten aller Triebe aufnimmt, die sich dem Plan der Natur so radikal verweigert, ist uns allen ein Rätsel. Es ist ihre Reinheit, die uns klammheimlich erregt.

Rizzoli ließ den Blick über den menschenleeren Hof zur Kapelle schweifen. Da sollte ich jetzt sein, dachte sie, und mit den Jungs von der Spurensicherung in der Kälte stehen. Und nicht hier in diesem nach Putzmittel riechenden Zimmer meine Zeit vertrödeln. Aber nur von hier aus konnte sie sehen, was Camille gesehen haben musste, als sie von ihrem nächtlichen Gang zur Toilette zurückgekommen war. Sie musste das Licht gesehen haben, das in den Buntglasfenstern der Kapelle geschimmert hatte.

Ein Licht, das um diese Zeit nicht hätte brennen sollen.

Maura sah zu, wie die beiden Mitarbeiter des Leichenschauhauses ein sauberes Laken ausbreiteten und Schwester Camille behutsam darauf betteten. Sie hatte schon oft beobachtet, wie Leichen abtransportiert wurden; meistens geschah es mit routinierter Effizienz, bisweilen auch mit unübersehbarem Widerwillen. Aber dann gab es auch immer wieder Opfer, die mit besonderer Vorsicht, ja geradezu Zärtlichkeit behandelt wurden. Kleinen Kindern etwa wurde solche Aufmerksamkeit zuteil – eine Hand stützte vorsichtig den Kopf, und selbst wenn der leblose Körper schon im Leichensack verschlossen war, wurde er niemals grob angefasst. Genau so behandelten sie auch Schwester Camille – fast so, als ginge ihnen ihr Tod persönlich nahe.

Maura hielt ihnen die Tür der Kapelle auf, damit sie die Bahre hinausschieben konnten, und folgte ihnen, als sie sie langsam über den Hof zum Wagen rollten. Auf der anderen Seite der Mauer wimmelte es von Fernsehleuten; Kameras wurden geschultert, um das klassische Bild der Tragödie einzufangen: die Leiche auf der Bahre, die Plastikhülle, unter der sich deutlich eine menschliche Gestalt abzeichnete. Zwar bekamen die Zuschauer das Opfer nicht zu Gesicht, doch sie würden hören, dass es sich um eine junge Frau handelte, und sie würden den Leichensack sehen und seinen Inhalt im Geiste sezieren. Ihre Fantasie würde Camilles Intimsphäre auf eine Art und Weise verletzen, wie Mauras Skalpell es niemals könnte.

Kaum hatte die Bahre die Klosterpforte passiert, als sich der Ring aus Reportern und Kameraleuten schon um sie zu schließen begann. Der Streifenbeamte, der auf die Meute einschrie und befahl zurückzutreten, wurde völlig ignoriert.

Dem Pfarrer gelang es schließlich, sie in die Schranken zu weisen. Er trat mit entschlossenem Schritt aus dem Tor, eine imposante Gestalt in Schwarz, vor der die Menge sich teilte. Seine zornige Stimme übertönte mühelos den chaotischen Lärm.

»Diese arme Schwester verdient Ihren Respekt! Warum benehmen Sie sich nicht entsprechend? Lassen Sie sie durch!«

Selbst Reporter sind bisweilen fähig, Scham zu empfinden, und ein paar von ihnen traten zurück, um die Männer mit der Bahre durchzulassen. Aber die Fernsehkameras liefen weiter, während sie in den Transporter geschoben wurde. Dann wandten sie sich gierig dem nächsten Opfer zu: Maura, die soeben unauffällig aus dem Tor getreten war und auf ihren Wagen zuging, eng in ihren Mantel gehüllt, als könnte sie dadurch der Aufmerksamkeit entgehen.

»Dr. Isles! Haben Sie ein Statement für uns?«

»Was war die Todesursache?«

»…irgendwelche Hinweise darauf, dass es ein Sexualverbrechen war?«

Während die Reporter sie umzingelten, kramte sie ihren Autoschlüssel aus der Handtasche hervor und drückte auf den Knopf, um die Zentralverriegelung zu lösen. Sie hatte gerade die Wagentür aufgerissen, als sie hörte, wie jemand ihren Namen rief. Doch diesmal lag echte Panik in der Stimme.

Als sie sich umdrehte, sah sie einen Mann reglos auf dem Gehsteig liegen. Mehrere Helfer beugten sich besorgt über ihn.

»Da liegt ein Kameramann am Boden!«, schrie jemand. »Wir brauchen einen Krankenwagen!«

Maura schlug die Tür zu und eilte an die Seite des Gefallenen. »Was ist passiert?«, fragte sie. »Ist er ausgerutscht?«

»Nein, er ist gelaufen – und plötzlich ist er einfach so zusammengeklappt…«

Sie ging neben ihm in die Hocke. Man hatte ihn bereits auf den Rücken gedreht, und sie erblickte einen korpulenten Mann zwischen fünfzig und sechzig, dessen Gesicht bereits dunkel anlief. Neben ihm im Schnee lag eine Fernsehkamera mit der Aufschrift *WVSU*.

Er atmete nicht mehr.

Sie legte ihm den Kopf in den Nacken, streckte den fleischigen Hals so weit wie möglich, um die Atemwege freizumachen. Dann beugte sie sich vor, um mit der Mund-zu-Mund-Beatmung zu beginnen. Der Geruch von Kaffee und abgestandenen Tabakrauch stieg ihr in die Nase, und sie musste gegen die aufsteigende Übelkeit ankämpfen. Sie dachte an Hepatitis und Aids und all die anderen mikroskopischen Schrecken, die in Körperflüssigkeiten lauerten, und musste sich zwingen, ihre Lippen auf die seinen zu legen. Dann atmete sie aus und sah, wie sein Brustkorb sich hob, als die Lungen sich mit Luft füllten. Noch zweimal beatmete sie ihn, dann tastete sie an der Halsschlagader nach einem Puls.

Nichts.

Als sie den Reißverschluss seiner Jacke öffnen wollte, stellte sie fest, dass jemand anderes ihr zuvorgekommen war. Sie blickte auf und sah, dass der Priester ihr gegenüber kniete und mit seinen kräftigen Händen bereits die Brust des Mannes nach Orientierungspunkten abtastete. Jetzt legte er die Handflächen auf das Brustbein und sah Maura fragend an, um sich zu vergewissern, dass er mit der Herzmassage beginnen sollte. Sie blickte in strahlend blaue Augen, ein Gesicht, das grimmige Entschlossenheit ausdrückte.

»Fangen Sie an«, sagte sie. »Los!«

Er machte sich voller Eifer an die Arbeit und zählte bei jeder Kompression laut mit, damit sie die Beatmung darauf abstimmen konnte. »Einundzwanzig, zweiundzwanzig…« Keine Panik in seiner Stimme, nur das ruhige, regelmäßige Zählen eines Mannes, der genau wusste, was er tat. Sie musste ihm keine Anweisungen erteilen – sie arbeiteten zusammen, als wären sie schon immer ein Team gewesen. Zweimal wechselten sie sich ab, um ihre Kräfte zu schonen.

Als der Rettungswagen endlich eintraf, waren Mauras Hosenbeine vom Knien im Schnee schon klatschnass, und trotz der Kälte schwitzte sie. Mit steifen Gliedern richtete sie sich auf und sah erschöpft zu, wie die Sanitäter einen intravenösen Zugang legten und den Tubus in den Hals des Patienten einführten, bevor sie die Trage in den Wagen schoben.

Inzwischen hatte bereits ein anderer Mitarbeiter des Senders WSVU die Kamera geschultert, die sein Kollege hatte fallen lassen. Die Show muss weitergehen, dachte sie, während sie beobachtete, wie die Reporter den Rettungswagen belagerten. Auch wenn die Top-Story jetzt der Zusammenbruch des eigenen Kollegen ist.

Sie wandte sich zu dem Priester um, der neben ihr stand. Auch seine Hose war an den Knien von geschmolzenem Schnee durchnässt. »Danke für Ihre Hilfe«, sagte sie. »Das war bestimmt nicht Ihre erste Wiederbelebung, oder?«

Er lächelte und zuckte mit den Achseln. »Bis jetzt habe ich es nur an einer Plastikpuppe ausprobieren können. Ich hätte nicht geglaubt, dass ich das Gelernte je würde anwenden müssen.« Er gab ihr die Hand. »Ich bin Daniel Brophy. Und Sie sind sicher die Gerichtsmedizinerin?«

»Maura Isles. Ist das hier Ihr Pfarrbezirk, Pater Brophy?«

Er nickte. »Meine Kirche ist drei Straßen weiter.«

»Ja, ich habe sie gesehen.«

»Glauben Sie, dass wir den Mann gerettet haben?«

Sie schüttelte den Kopf. »Wenn man so lange wiederbelebt, ohne dass man einen Puls bekommt, ist das normalerweise kein sehr gutes Zeichen.«

»Aber er hat eine Überlebenschance?«

»Keine sehr gute.«

»Ich hoffe dennoch, dass unsere Bemühungen nicht umsonst waren.« Sein Blick ging zu den Reportern, die immer noch den Krankenwagen belagerten. »Darf ich Sie zu Ihrem Wagen begleiten? Sonst kommen Sie ja doch nicht hier weg, ohne dass sich Ihnen irgendeine Fernsehkamera in den Weg stellt.«

»Als Nächstes werden sie sich auf Sie stürzen. Sind Sie darauf vorbereitet?«

»Ich habe ihnen schon versprochen, dass sie ein Statement von mir bekommen. Ich weiß allerdings nicht so recht, was sie überhaupt von mir hören wollen.«

»Das sind Kannibalen, Pater Brophy. Sie wollen nichts weniger als ein Pfund von Ihrem Fleisch. Oder noch besser zehn.«

Er lachte. »Dann sollte ich sie warnen, ich bin nämlich ganz schön zäh.«

Er ging mit ihr zum Wagen. Die nasse Hose klebte ihr an den Knien, und im eisigen Wind wurde der Stoff bereits hart. Sie würde einen OP-Anzug anziehen und ihre Hose zum Trocknen aufhängen müssen, sobald sie im Institut ankam.

»Wenn ich nachher mit der Presse spreche«, sagte er, »gibt es da irgendetwas, was ich wissen sollte? Was Sie mir sagen können?«

»Da müssen Sie sich an Detective Rizzoli wenden. Sie leitet die Ermittlungen.«

»Glauben Sie, dass dieses Verbrechen ein Einzelfall war? Oder haben andere Pfarrgemeinden auch Grund zur Besorgnis?«

»Ich nehme nur die Opfer in Augenschein, nicht die Täter. Über die Motive kann ich Ihnen nichts sagen.«

»Das sind doch ältere Frauen, die sich gar nicht wehren können.«

»Ich weiß.«

»Also, was sollen wir ihnen sagen? Ihnen und allen anderen Frauen, die in religiösen Gemeinschaften leben? Dass sie nicht einmal hinter Klostermauern sicher sind?«

»Hundertprozentige Sicherheit gibt es für niemanden.«

»Das ist nicht die Antwort, die ich ihnen geben möchte.«

»Aber es ist die Antwort, die sie hören müssen.« Sie öffnete die Fahrertür. »Ich bin katholisch erzogen worden, Hochwürden. Ich habe immer geglaubt, Nonnen seien unantastbar. Aber ich habe gerade mit eigenen Augen gesehen, was Schwester Camille angetan wurde. Wenn einer Nonne so etwas zustoßen kann, dann ist wirklich niemand mehr unantastbar.« Sie stieg ein. »Viel Glück bei Ihrem Kampf mit der Presse. Sie haben mein volles Mitgefühl.«

Er schlug die Wagentür zu und blieb stehen, um sie durch

das Fenster anzusehen. So eindrucksvoll seine Züge auch waren, es war doch der Priesterkragen, der ihren Blick anzog. Ein schlichtes weißes Band, das ihn aus der Menge heraushob. Das ihn für sie unerreichbar machte.

Er hob die Hand zum Abschiedsgruß, um sich anschließend zu dem Rudel von Reportern umzuwenden, die bereits auf ihn einstürmten. Sie sah, wie er die Schultern straffte und tief durchatmete. Dann ging er ihnen mit festem Schritt entgegen.

»Aufgrund der makroskopischen anatomischen Befunde sowie der dokumentierten Hypertonie des Verstorbenen gelange ich zu dem Schluss, dass eine natürliche Todesursache vorliegt. Die wahrscheinlichste Abfolge der Ereignisse lautet: Akuter Myokardinfarkt innerhalb von vierundzwanzig Stunden vor Eintritt des Todes, gefolgt von einer ventrikulären Arrhythmie als terminales Ereignis. Vermutliche Todesursache: letale Arrythmie infolge akuten Myokardinfarkts. Diktiert von Dr. med. Maura Isles, Rechtsmedizinisches Institut, Staat Massachusetts.«

Maura schaltete das Diktiergerät aus und betrachtete nachdenklich die vorgedruckten Diagramme, in denen sie die besonderen Merkmale von Mr. Samuel Knights Leiche festgehalten hatte. Die alte Blinddarmnarbe. Die Totenflecke am Gesäß und an der Unterseite der Oberschenkel; dort, wo sich in den Stunden, die er leblos auf seinem Bett gesessen hatte, das Blut angesammelt hatte. Keine Zeugen waren in Mr. Knights letzten Stunden in seinem Hotelzimmer zugegen gewesen, aber Maura konnte sich dennoch vorstellen, wie er sie erlebt hatte. Das plötzliche Flattern in der Brust. Vielleicht ein paar Sekunden der Panik, als ihm klar wird, dass es sein Herz ist, das da flattert. Und dann schwinden ihm allmählich die Sinne, ihm wird schwarz vor Augen. Du warst einer der leichteren Fälle, dachte sie. Ein knappes Diktat, und sie konnte Mr. Knight vergessen. Ihre kurze Bekanntschaft würde mit Mauras Unterschrift unter dem Autopsiebericht enden.

Weitere Berichte stapelten sich in ihrem Eingangskorb, abgetippte Diktate, die sie durchzusehen und zu unterschreiben hatte. Und im Kühlraum wartete schon eine neue Bekannte auf sie: Camille Maginnes, deren Autopsie für neun Uhr am nächsten Morgen angesetzt war, wenn Rizzoli und Frost anwesend sein konnten. Während Maura die Berichte durchblätterte und Korrekturen an den Rand notierte, verweilten ihre Gedanken bei Camille. Die Kälte, die sie am Morgen in der Kapelle gespürt hatte, saß ihr noch in den Knochen, und sie behielt ihren Pullover an, während sie am Schreibtisch arbeitete. Allein die Erinnerung an den Besuch im Kloster ließ sie frösteln.

Sie stand auf, um zu fühlen, ob ihre Hose, die sie über den Heizkörper gehängt hatte, schon trocken war. Nun ja, einigermaßen, dachte sie. Rasch löste sie die Kordel der OP-Hose, die sie den ganzen Nachmittag über getragen hatte, und zog sich um.

Dann ließ sie sich wieder in ihren Sessel sinken und saß eine Weile einfach nur da, den Blick auf einen der Blumendrucke an ihrer Bürowand gerichtet. Als Ausgleich für ihren unerfreulichen Job hatte sie ihr Arbeitszimmer mit Dingen geschmückt, die an das Leben und nicht an den Tod erinnerten. In der Ecke stand ein Ficus, der unter der aufmerksamen Pflege von Maura und ihrer Sekretärin Louise prächtig gedieh. Und an der Wand hingen gerahmte Abbildungen von Blumen: ein Strauß aus weißen Pfingstrosen und blauen Schwertlilien, eine Vase mit Gartenrosen, die Blüten so üppig gefüllt, dass die Stängel sich unter dem Gewicht bogen. Wenn der Aktenstapel auf ihrem Schreibtisch zu hoch wurde, wenn die Atmosphäre des Todes zu schwer auf ihr lastete, dann blickte sie zu diesen Bildern auf und dachte an ihren Garten, an den Duft des fetten Mutterbodens und das leuchtende Grün des Rasens im Frühling. Dann dachte sie an Wachstum und Fruchtbarkeit, nicht an Sterben und Verwesung.

Aber nie war ihr der Frühling so fern erschienen wie an diesem Dezembertag. Immer noch prasselte der Eisregen an die Scheibe, und ihr graute beim Gedanken an die Heimfahrt. Sie fragte sich, ob die Straßen schon gestreut waren, oder ob es da draußen immer noch zuging wie in einem Eishockeystadion, mit Autos anstelle von Pucks.

»Dr. Isles«, ertönte Louises Stimme aus der Gegensprechanlage.

»Ja?«

»Da ist ein Gespräch für Sie auf Leitung eins – ein gewisser Dr. Banks.«

Maura stockte der Atem. »Etwa... Dr. Victor Banks?«, fragte sie leise.

»Ja. Er sagte, er sei von der Hilfsorganisation ›One Earth International‹.«

Maura erwiderte nichts. Den Blick starr auf den Hörer gerichtet, verharrte sie reglos wie eine Statue. Das Ticken des Eisregens am Fenster nahm sie nicht mehr wahr, hörte nur noch das Pochen ihres eigenen Herzens.

»Dr. Isles?«

»Ist es ein Ferngespräch?«

»Nein. Er hat vorher schon mal angerufen und eine Nachricht hinterlassen. Er wohnt im Hotel Colonnade.«

Maura schluckte. »Ich kann das Gespräch jetzt nicht annehmen.«

»Er ruft schon das zweite Mal an. Er sagt, er kennt Sie.«

Ja. Das kann man wohl sagen.

»Wann war der erste Anruf?«, fragte Maura.

»Heute Mittag, als Sie noch am Tatort waren. Ich habe Ihnen die Nachricht doch auf den Schreibtisch gelegt.«

Unter einem Stapel Akten entdeckte Maura drei rosafarbene Abwesenheitsnotizen. Ja, da stand es. *Anruf von Dr. Victor Banks, 12.45 Uhr.* Sie starrte den Namen an, und ihr Magen krampfte sich zusammen. *Warum ausgerechnet jetzt?*, fragte sie sich. *Warum plötzlich dieser Anruf, nach so vielen Monaten? Wie kommst du darauf, dass du dich einfach so wieder in mein Leben einmischen kannst?*

»Was soll ich ihm sagen?«, wollte Louise wissen.

Maura holte tief Luft. »Sagen Sie ihm, ich rufe zurück.« *Und zwar dann, wenn ich so weit bin, nicht eher.*

Sie zerknüllte den Zettel und warf ihn in den Papierkorb. Wenige Augenblicke später war ihr klar, dass sie sich nicht mehr auf ihre Arbeit konzentrieren konnte. Sie stand auf und zog den Mantel an.

Louise schien überrascht, sie so gestiefelt und gespornt aus dem Büro kommen zu sehen. Maura ging gewöhnlich als Letzte; vor halb sechs machte sie so gut wie nie Feierabend. Jetzt war es noch nicht fünf, und Louise hatte gerade erst den Computer heruntergefahren.

»Ich will nicht in den Berufsverkehr geraten«, sagte Maura.

»Ich glaube, da sind Sie schon zu spät dran. Haben Sie mal aus dem Fenster geschaut? Die meisten städtischen Behörden haben ihre Angestellten schon nach Hause geschickt.«

»Wann war das?«

»Um vier.«

»Warum sind Sie dann noch hier? Sie hätten auch Feierabend machen sollen.«

»Mein Mann kommt mich abholen. Mein Auto ist doch in der Werkstatt, haben Sie das vergessen?«

Maura zuckte zusammen. Ja, Louise hatte ihr das mit dem Wagen heute Morgen erzählt, und sie hatte es natürlich vergessen. Wie üblich war sie in Gedanken so bei ihren

Toten gewesen, dass sie nicht genug auf die Stimmen der Lebenden gehört hatte. Sie sah zu, wie Louise sich einen Schal um den Hals schlang und ihren Mantel anzog, und sie dachte: Ich höre einfach nicht genug zu. Ich nehme mir nicht die Zeit, die Menschen richtig kennen zu lernen, solange sie noch am Leben sind. Jetzt arbeitete sie schon ein ganzes Jahr in diesem Institut, und noch immer wusste sie nur sehr wenig über das Privatleben ihrer Sekretärin. Louises Mann hatte sie nie kennen gelernt; sie wusste nur, dass er Vernon hieß, konnte sich aber nicht erinnern, wo er arbeitete oder was er genau machte. Das lag zum Teil daran, dass Louise ihr nur selten irgendwelche persönlichen Dinge erzählte. Liegt das vielleicht an mir?, fragte Maura sich. Spürt sie, dass ich keine gute Zuhörerin bin, dass ich mich lieber mit Skalpell und Diktiergerät beschäftige, als auf die Gefühle der Menschen um mich herum einzugehen?

Schweigend gingen sie den Flur entlang zu dem Ausgang, der auf den Mitarbeiterparkplatz führte. Kein Smalltalk – sie waren nur zwei Menschen, die zufällig nebeneinander hergingen, weil sie dasselbe Ziel hatten.

Louises Mann wartete schon im Wagen. Hektisch wedelten die Scheibenwischer im Schneetreiben hin und her. Als Louise und ihr Mann davonfuhren, winkte Maura ihnen zum Abschied zu und erntete prompt einen verdutzten Blick von Vernon, der sich wahrscheinlich fragte, wer diese Frau war, die sie so grüßte, als ob sie alte Bekannte wären.

Als ob es irgendeinen Menschen gäbe, den sie wirklich kannte.

Über den tückisch glatten Asphalt des Parkplatzes eilte Maura auf ihren Wagen zu und zog den Kopf ein, als ihr der Schneeregen spitze Nadeln ins Gesicht schleuderte. Sie hatte noch einen Besuch zu machen. Noch eine Pflichtaufgabe zu erfüllen, bevor ihr Arbeitstag zu Ende war.

Sie fuhr zum St.-Francis-Hospital, um sich nach Schwester Ursulas Zustand zu erkundigen.

Zwar hatte sie seit ihrer Assistenzzeit, die jetzt schon viele Jahre zurücklag, nicht mehr in einem Krankenhaus gearbeitet, doch die letzte Phase ihres praktischen Jahres, die sie auf der Intensivstation zugebracht hatte, war ihr noch in ebenso lebhafter wie unangenehmer Erinnerung. Die Momente der Panik; die Anstrengung, die es gekostet hatte, mit einem vom Schlafmangel benebelten Hirn einen klaren Gedanken zu fassen. Sie erinnerte sich an jene Nacht, in der während ihrer Schicht drei Patienten gestorben waren und alles schief gegangen war, was nur schief gehen konnte. Seither konnte sie keine Intensivstation mehr betreten, ohne dass die Schatten der Vergangenheit sie bedrängten – die Erinnerung an die Last der Verantwortung, an ihr Versagen.

Die chirurgische Intensivstation von St. Francis bestand aus einer Stationszentrale und zwölf Patientenzimmern, die im Kreis um diese angeordnet waren. Maura ging auf den Schreibtisch der Stationssekretärin zu und zeigte ihren Dienstausweis vor.

»Ich bin Dr. Isles vom Rechtsmedizinischen Institut. Dürfte ich bitte die Krankenakte Ihrer Patientin Schwester Ursula Rowland sehen?«

Die Schwester sah sie fragend an. »Aber die Patientin ist doch gar nicht verstorben.«

»Detective Rizzoli hat mich gebeten, nach ihr zu sehen.«

»Ach so. Das Krankenblatt steckt dort drüben im Fach. Nummer zehn.«

Maura ging auf die Regalwand zu und zog das Aluminiumetui mit der Krankenakte für Bett Nr. 10 aus dem Fach. Sie schlug den vorläufigen OP-Bericht auf. Es war eine handgeschriebene Zusammenfassung, die der Neurochirurg unmittelbar nach der Operation aufs Papier gekritzelt hatte.

»Offene rechtsseitige Splitterfraktur des Scheitelbeins gereinigt und gehoben. Durariss geschlossen. Vollständigen OP-Bericht diktiert. Dr. med. James Yuen.«

Sie wandte sich den Aufzeichnungen des Pflegepersonals zu und überflog die Fortschritte der Patientin seit der Operation. Der Schädelinnendruck war dank Gaben von Mannitol und Lasix sowie künstlicher Hyperventilation stabil. Anscheinend wurde alles getan, was unter den Umständen getan werden konnte; jetzt hieß es abwarten – nur die Zeit konnte zeigen, wie groß die neurologischen Schäden wirklich waren.

Mit dem Krankenblatt in der Hand ging sie auf Kabine 10 zu. Vor dem Eingang saß ein Polizist, der sie mit einem Nicken begrüßte. »Hallo, Dr. Isles.«

»Wie geht es der Patientin?«, fragte sie.

»Unverändert, denke ich. Sie ist offenbar noch nicht aufgewacht.«

Mauras Blick fiel auf den geschlossenen Vorhang. »Wer ist gerade bei ihr?«

»Die Ärzte.«

Sie klopfte an den Türrahmen und schlüpfte durch den Vorhang hinein. Zwei Männer standen am Bett. Der eine war groß und schlank, von asiatischer Herkunft, mit finster-durchdringendem Blick und einer üppigen silbergrauen Mähne. Der Neurochirurg, dachte sie, als sie sein Namensschild las: *Dr. Yuen.* Der Mann, der neben ihm stand, war jünger – in den Dreißigern –, und sein weißer Kittel spannte sich über den massigen Schultern. Das lange blonde Haar war zu einem ordentlichen Pferdeschwanz gebunden. Ein männliches Supermodel mit Stethoskop, dachte Maura, als sie in das sonnengebräunte Gesicht des Mannes mit den tief liegenden grauen Augen blickte.

»Entschuldigen Sie die Störung«, sagte sie. »Ich bin Dr. Isles vom Rechtsmedizinischen Institut.«

»Von der Rechtsmedizin?«, wiederholte Dr. Yuen und sah sie fragend an. »Kommt Ihr Besuch nicht ein wenig früh?«

»Die leitende Ermittlerin hat mich gebeten, nach Ihrer Patientin zu sehen. Sie wissen ja, dass es noch ein zweites Opfer gegeben hat.«

»Ja, wir haben davon gehört.«

»Ich werde die Leiche morgen obduzieren und würde gerne die Verletzungsmuster bei beiden Opfern vergleichen.«

»Ich glaube kaum, dass es für Sie hier sehr viel zu sehen gibt. Jedenfalls nicht jetzt, so unmittelbar nach der OP. Da werden die Röntgenaufnahmen und die Schädel-CTs wesentlich aufschlussreicher sein.«

Sie betrachtete die Patientin und musste ihm wohl oder übel Recht geben. Ursulas Kopf war dick bandagiert; ihre Verletzungen waren durch den wiederherstellenden Eingriff des Chirurgen verändert. Sie lag in einem tiefen Koma, atmete nur mit Hilfe des Respirators. Im Gegensatz zu der schlanken, zierlichen Camille war Ursula eine Frau von üppigen Proportionen, grobknochig, mit dem derben, runden Gesicht einer Bauersfrau. Infusionsschläuche schlängelten sich über ihre fleischigen Arme. Am linken Handgelenk trug sie ein Metall-Armband mit der eingravierten Warnung *Allergisch gegen Penizillin.* Eine hässliche Narbe, dick und weiß, zog sich über den linken Ellenbogen – die Folge einer alten Verletzung, die schlecht genäht worden war. Vielleicht ein Souvenir von einem ihrer Auslandseinsätze?

»Ich habe im OP getan, was ich konnte«, sagte Yuen. »Jetzt wollen wir hoffen, dass mein Kollege Dr. Sutcliffe eventuelle Komplikationen abwenden kann.«

Sie sah den jungen pferdeschwänzigen Arzt an, der ihr lächelnd zunickte. »Ich bin Matthew Sutcliffe, Schwester Ursulas Internist«, sagte er. »Es ist schon einige Monate her, dass sie zuletzt bei mir war. Ich habe gerade erst erfahren, dass sie ins Krankenhaus eingeliefert wurde.«

»Haben Sie die Telefonnummer ihres Neffen?«, fragte Yuen ihn. »Ich habe vergessen, ihn danach zu fragen, als er mich anrief. Er sagte, er wolle auch noch mit Ihnen sprechen.«

Sutcliffe nickte. »Ja, die habe ich. Es wird das Einfachste sein, wenn ich in Kontakt mit der Familie bleibe. Ich werde sie über ihren Zustand auf dem Laufenden halten.«

»Wie ist denn ihr Zustand?«, fragte Maura.

»Vom internistischen Standpunkt her würde ich sagen, stabil«, meinte Sutcliffe.

»Und aus neurologischer Sicht?« Sie sah Yuen an.

Er schüttelte den Kopf. »Es ist noch zu früh für ein Urteil. Im OP ist alles gut gelaufen, aber, wie ich eben zu Dr. Sutcliffe sagte, selbst wenn sie das Bewusstsein wiedererlangt – und das ist durchaus zweifelhaft –, ist es unwahrscheinlich, dass sie sich an irgendwelche Einzelheiten des Überfalls erinnern wird. Schädelverletzungen gehen häufig mit retrograder Amnesie einher.« Das Piepsen seines Pagers unterbrach ihn. »Entschuldigen Sie mich bitte, ich werde gerufen. Dr. Sutcliffe kann Ihnen ja alle Fragen zur Krankengeschichte der Patientin beantworten.« Mit zwei raschen Schritten war er draußen.

Sutcliffe hielt Maura sein Stethoskop hin. »Wenn Sie möchten, können Sie sie selbst untersuchen.«

Maura nahm das Stethoskop und trat ans Bett. Einige Sekunden lang sah sie einfach nur zu, wie Schwester Ursulas Brust sich hob und senkte. Es kam nicht oft vor, dass sie einen lebenden Menschen untersuchte; sie musste sich erst ihre klinischen Kenntnisse wieder ins Gedächtnis rufen. Und sie war sich peinlich bewusst, dass Dr. Sutcliffe nun Zeuge wurde, wie sehr sie aus der Übung war, wenn es darum ging, einen Körper zu untersuchen, in dem noch ein Herz schlug. So lange schon arbeitete sie nur mit Toten, dass sie sich inzwischen am Bett einer lebenden Patientin einigermaßen verloren vorkam. Sutcliffe stand am Kopfende, eine einschüchternde Erscheinung mit seinen breiten Schultern und seinem durchdringenden Blick. Er sah aufmerksam zu, wie sie mit einer Taschenlampe in die Augen der Patientin leuchtete und ihren Hals abtastete. Behutsam glitten ihre Finger über die warme Haut – so ganz anders als das gekühlte Fleisch, das sie bei ihrer täglichen Arbeit berührte.

Sie hielt inne. »Auf der rechten Seite ist kein Karotispuls zu finden.«

»Was?«

»An der linken Halsschlagader kann ich einen starken Puls tasten, aber nicht rechts.« Sie griff nach dem Krankenblatt und schlug das OP-Protokoll auf. »Ah, der Anästhesist erwähnt es hier: ›Fehlen der rechten Arteria carotis communis festgestellt. Höchstwahrscheinlich normale anatomische Abweichung.‹«

Er runzelte die Stirn, und sein gebräuntes Gesicht lief dunkelrot an. »Das hatte ich vergessen.«

»Das Fehlen eines Pulses auf dieser Seite war also bekannt?«

Er nickte. »Angeboren.«

Maura setzte sich das Stethoskop auf die Ohren und schlug den OP-Kittel zurück, so dass Ursulas große Brüste frei lagen. Trotz ihrer achtundsechzig Jahre war ihre Haut noch makellos weiß und jugendlich. Schließlich war sie auch über Jahrzehnte durch die Nonnentracht vor den verderblichen Strahlen der Sonne geschützt worden. Sie drückte die Membran auf Ursulas Brust und hörte einen regelmäßigen, kräftigen Herzschlag. Das Herz einer Kämpferin, das ungebrochen weiterpumpte.

Eine Krankenschwester steckte den Kopf durch den Vorhang. »Dr. Sutcliffe? Die Röntgenabteilung hat gerade angerufen. Die Brustaufnahmen wären fertig, wenn Sie runtergehen und einen Blick drauf werfen möchten.«

»Danke.« Er sah Maura an. »Wir können uns auch die Schädelaufnahmen anschauen, wenn Sie wollen.«

Sie teilten die Aufzugskabine mit sechs jungen Praktikantinnen mit rosigen Wangen und glänzenden Haaren, die Dr. Sutcliffe schmachtende Blicke zuwarfen und dabei verlegen kicherten. Er war ja auch tatsächlich sehr attraktiv, schien jedoch gar nicht zu registrieren, dass er im Zentrum ihrer Aufmerksamkeit stand. Stattdessen fixierte er mit ernster Miene die Anzeige mit den wechselnden Stockwerksnummern. Die Aura, die so ein weißer Kittel verleiht, dachte Maura, während sie an ihre eigene Zeit als freiwillige Helferin im St.-Luke's-Hospital in San Francisco zurückdachte. Als Teenager waren ihr die Ärzte wie unantastbare, über allem schwebende Halbgötter vorgekommen. Jetzt, da sie selbst ausgebildete Ärztin war, wusste sie nur zu gut, dass ein weißer Kittel sie nicht vor folgenschweren Irrtümern bewahren konnte. Dass er sie nicht unfehlbar machte.

Sie betrachtete die Praktikantinnen in ihren frisch gestärkten Uniformen und dachte daran, wie sie selbst mit sechzehn gewesen war – nicht albern und gickelig wie diese Mädchen, sondern still und ernst. Schon damals hatte sie eher die dunkleren Töne im Konzert des Lebens wahrgenommen. Hatte sich instinktiv zu Melodien in Moll hingezogen gefühlt.

Die Fahrstuhltür glitt auf, und die Mädchen drängten hinaus, eine fröhliche, rot-weiß gestreifte Schar. Maura und Sutcliffe bleiben allein zurück.

»Die machen mich fertig«, sagte er. »Diese unbändige Energie. Ich wünschte, ich hätte nur ein Zehntel davon, besonders nach einer Nachtschicht mit Bereitschaft.« Er sah Maura an. »Kommt das bei Ihnen auch öfter vor?«

»Nachtschichten? Wir wechseln uns turnusmäßig ab.«

»Ihre Patienten dürften allerdings etwas geduldiger sein als meine.«

»Na ja, bei Ihnen hier an der Front geht es sicher ein bisschen anders zu.«

Er lachte – und verwandelte sich augenblicklich in einen blonden Surferboy mit strahlenden Augen. »Bei uns an der Front. Ja, so kommt es einem manchmal vor. Wie ein Kriegsschauplatz.«

Die Röntgenaufnahmen lagen schon in der Stationszentrale für sie bereit. Sutcliffe nahm den großen Umschlag und ging damit in einen Nebenraum mit Leuchtkästen an der Wand. Er klemmte eine Reihe von Aufnahmen an den Kasten und drückte auf den Schalter.

Das Licht flackerte auf, und Aufnahmen eines Schädels wurden sichtbar. Bruchlinien durchzogen den Knochen wie erstarrte Blitze. Maura konnte erkennen, dass sie von zwei verschiedenen Punkten ausstrahlten. Der erste Schlag hatte das Opfer am rechten Schläfenbein getroffen, von dort zog sich eine einzelne, feine Linie zum Ohr hin. Der zweite, heftigere Schlag war weiter hinten aufgetroffen und hatte die Schädeldecke eingedrückt.

»Er hat sie zuerst an der Schläfe getroffen«, sagte sie.

»Woher wissen Sie, dass es der erste Schlag war?«

»Weil die Frakturlinie des zweiten Schlags auf die des ersten zuläuft und dort abrupt endet.« Sie zeigte auf den Punkt, wo die Linien aufeinander trafen. »Sehen Sie, sie hört hier auf, wo sie auf die erste Fraktur trifft. Die Bruchlinie kann diese Lücke nicht einfach überspringen. Das verrät mir, dass der Schlag gegen die rechte Schläfe der erste war.

Vielleicht hat sie den Kopf weggedreht. Oder sie hat ihn nicht gesehen, weil er sich von der Seite genähert hat.«

»Er hat sie überrascht«, sagte Sutcliffe.

»Und der Schlag dürfte heftig genug gewesen sein, um sie ins Wanken zu bringen. Dann hat der zweite Schlag sie getroffen, und zwar hier, etwas weiter hinten am Schädel.« Sie deutete auf die zweite Bruchlinie.

»Ein schwererer Schlag«, sagte er. »Das Schädeldach wurde eingedrückt.«

Er nahm die Röntgenbilder ab und ersetzte sie durch die CT-Aufnahmen. Mittels Computertomographie lässt sich das Innere des menschlichen Schädels sichtbar machen; das Gehirn kann als Reihe hauchdünner Schnitte dargestellt werden. Maura sah eine Stelle, an der sich Blut aus einem der zerstörten Gefäße angesammelt hatte. Dadurch war ein wachsender Druck auf das Gehirn ausgeübt worden. Es war eine Verletzung, die sehr wohl ebenso verheerende Folgen hätte haben können wie diejenigen, die Schwester Camille zugefügt worden waren.

Doch die anatomischen Gegebenheiten wie auch die Widerstandskraft des Organismus sind von Mensch zu Mensch verschieden. Während die wesentlich jüngere Nonne ihren Verletzungen erlegen war, hatte Ursulas Herz weitergeschlagen; ihr Körper hatte hartnäckiger am Leben festgehalten. Ein Wunder war das nicht – nur eine jener Launen des Schicksals, wie bei dem Kind, das einen Sturz aus dem sechsten Stock bis auf ein paar Kratzer unverletzt übersteht.

»Dass sie das überlebt hat, erstaunt mich doch sehr«, murmelte er.

»Mich auch.« Sie sah Sutcliffe an. Der Lichtschein aus dem Kasten fiel seitlich auf sein Gesicht und hob die markanten Linien der Wangenknochen hervor. »Wer so zuschlägt, hat nur eine Absicht – zu töten.«

4

Camille Maginnes hatte junge Knochen, dachte Maura, als sie am Leuchtkasten des Rechtsmedizinischen Instituts die Röntgenaufnahmen betrachtete. Die Jahre hatten die Gelenke der Novizin noch nicht abgenutzt, ihre Wirbelsäule war nicht verkrümmt, ihre Rippenknorpel nicht verkalkt, und jetzt war es zu spät für dieses zerstörerische Werk der Zeit. Camilles Skelett würde immer das einer jungen Frau bleiben, auch nachdem man sie zu Grabe getragen hatte.

Yoshima hatte die Leiche geröntgt, als sie noch vollständig bekleidet gewesen war; eine Vorsichtsmaßnahme, mit der man sicherstellen wollte, dass keine losen Geschosse oder anderen Metallfragmente, die in der Kleidung hingen, übersehen wurden. Bis auf das Kruzifix und ein paar kleinere Objekte auf der Brust, die durch ihre Form eindeutig als Sicherheitsnadeln zu identifizieren waren, ließen die Röntgenaufnahmen keine Metallgegenstände erkennen.

Maura hängte die Aufnahmen des Rumpfes ab. Die steife Folie gab ein melodisches, schwirrendes Geräusch von sich, als sie sich in Mauras Hand bog. Nun griff sie nach den Schädelbildern und klemmte sie an den Kasten.

»Mein Gott«, murmelte Detective Frost.

Die Kopfverletzungen waren in der Tat grauenhaft. Einer der Schläge war so hart gewesen, dass Knochensplitter tief in das Schädelinnere hineingetrieben worden waren. Obwohl Maura noch keinen einzigen Schnitt geführt hatte, konnte sie sich die Verwüstung im Schädelinneren lebhaft vorstellen: die zerrissenen Gefäße, die Ansammlungen von geronnenem Blut. Und das Gehirn, das sich unter dem wachsenden Druck der Blutergüsse verformt hatte.

»Erzählen Sie uns was, Doc«, forderte Rizzoli sie nüchtern und knapp auf. Sie sah wesentlich besser aus als am Tag zuvor. Mit ihrem gewohnten forschen Schritt war sie in das Institut gestürmt – ihre alte Kampfeslust schien wieder erwacht. »Was sehen Sie da?«

»Drei voneinander unabhängige Schläge«, antwortete Maura. »Der erste hat sie hier getroffen, am Scheitel.« Sie deutete auf eine einzelne Bruchlinie, die sich diagonal zur Stirn hin zog. »Danach folgten zwei weitere Schläge auf den Hinterkopf. Ich vermute, dass sie zu diesem Zeitpunkt mit dem Gesicht nach unten am Boden lag. Sie war in diesem Moment vollkommen wehrlos – und da zerschmetterte ihr der letzte Schlag den Schädel.«

Die Szene, die sie schilderte, war so grauenvoll, dass die beiden Ermittler für eine Weile verstummten, während sie sich ausmalten, wie die gestürzte Frau dort in der Kapelle gelegen hatte, das Gesicht auf den Steinboden gepresst. Wie der Angreifer den Arm gehoben hatte, die Mordwaffe fest in der Hand. Und dann das Geräusch zerberstender Knochen, das die Stille zerriss.

»Wie ein Robbenbaby, das mit der Keule erschlagen wird«, sagte Rizzoli. »Sie hatte keine Chance.«

Maura drehte sich zum Obduktionstisch um, auf dem Camille Maginnes in ihrer blutgetränkten Novizinnentracht lag. »Jetzt wollen wir sie ausziehen.«

Yoshima hatte schon Kittel und Handschuhe übergezogen und stand wartend da, der gute Geist des Autopsiesaals. Lautlos hatte er im Hintergrund gewirkt, hatte die Instrumente ausgelegt, die Lampen ausgerichtet und Probenbehälter bereitgestellt. Maura musste so gut wie nichts sagen – ein Blick genügte, und er wusste, was sie von ihm wollte.

Zunächst entfernten sie die schwarzen Lederschuhe – hässlich, aber praktisch. Dann zögerten sie angesichts der vielen Kleidungsschichten, in die das Opfer gehüllt war. Eine Nonne zu entkleiden, war eine Aufgabe, mit der sie noch nie konfrontiert gewesen waren.

»Als Erstes sollten wir ihr die Haube abnehmen«, sagte Maura. »Aber ich kann an der Vorderseite keinen Verschluss entdecken. Und auf dem Röntgenbild war auch kein Reißverschluss zu erkennen. Drehen wir sie auf die Seite, damit ich hinten nachsehen kann.«

Der Körper, bei dem inzwischen die Totenstarre eingesetzt hatte, fühlte sich leicht an, wie der eines Kindes. Gemeinsam rollten sie ihn auf die Seite, und Maura zog die Säume der Haube auseinander.

»Ein Klettverschluss«, sagte sie.

Frost lachte ungläubig auf. »Sie machen Witze.«

»Mittelalter und Neuzeit treffen aufeinander.« Maura nahm der Toten die Haube ab, faltete sie zusammen und legte sie auf eine Plastikfolie.

»Das finde ich irgendwie ziemlich desillusionierend. Nonnen, die Klettverschlüsse benutzen.«

»Wäre es Ihnen lieber, wenn sie im Mittelalter stehen geblieben wären?«, fragte Rizzoli.

»Ich hatte mir eben vorgestellt, dass sie ein bisschen traditionsbewusster wären.«

»Tut mir Leid, Sie enttäuschen zu müssen, Detective Frost«, sagte Maura, während sie die Kette mit dem Kruzifix entfernte. »Aber heutzutage haben manche Klöster sogar schon ihre eigenen Websites.«

»Ach du liebes bisschen. Nonnen im Internet. Das haut mich echt von den Socken.«

»So, als Nächstes ist wohl das Skapulier dran«, meinte Maura. Sie deutete auf den ärmellosen Überwurf, der von den Schultern bis zu den Knöcheln reichte. Behutsam zog sie ihn über den Kopf der Toten. Der Stoff war steif von getrocknetem Blut. Maura legte das Skapulier auf einer separaten Plane ab, dann löste sie den ledernen Gürtel.

Sie hatten sich jetzt bis zu einem schwarzen, wollenen Unterkleid vorgearbeitet, das Camilles schlanke Gestalt lose umhüllte. Die letzte Barriere gegen die Verletzung ihrer Würde.

Maura hatte in den Jahren ihrer Berufstätigkeit schon viele Leichen ausgezogen, doch nie hatte es ihr so widerstrebt, ein Mordopfer vollständig zu entkleiden. Diese Frau hatte sich für ein Leben im Verborgenen entschieden, fern von den neugierigen Blicken der Menschen; jetzt würden sie sie brutal ans Licht zerren, in allen Einzelheiten untersuchen und erforschen und Abstriche von allen Körperöffnungen nehmen. Allein der Gedanke an diese Verletzung der Intimsphäre ließ einen bitteren Geschmack in Mauras Kehle aufsteigen, und sie musste erneut innehalten, um sich zu sammeln. Sie bemerkte Yoshimas fragenden Blick. Falls er innerlich aufgewühlt war, ließ er sich jedenfalls nichts anmerken.

Sie konzentrierte sich wieder auf die Aufgabe, die vor ihr lag. Zusammen mit Yoshima hob sie das Unterkleid an und zog es über Schenkel und Hüften der Toten. Es war weit geschnitten, so dass sie die Totenstarre in den Armen nicht brechen mussten, um es ihr über den Kopf zu ziehen. Darunter kamen noch mehr Kleidungsstücke zum Vorschein – eine weiße Baumwollkapuze, die auf die Schultern herabgerutscht war und vorne mit Sicherheitsnadeln an einem weißen, blutbespritzten T-Shirt befestigt war – den Nadeln, die Maura schon auf dem Röntgenbild entdeckt hatte. Die Beine steckten in einer dicken schwarzen Strumpfhose. Darunter trug Camille einen weißen Baumwollslip von übertrieben züchtigem Schnitt, der möglichst viel Haut bedecken sollte. Die Unterwäsche einer alten

Dame, nicht die einer attraktiven jungen Frau. Unter dem Baumwollstoff wölbte sich eine Monatsbinde. Wie Maura schon aus den blutigen Bettlaken hatte schließen können, hatte Camille ihre Periode gehabt.

Nun wandte Maura sich dem T-Shirt zu. Sie öffnete eine der Sicherheitsnadeln, riss einen weiteren Klettverschluss auf und streifte die Kapuze ab. Das T-Shirt ließ sich jedoch wegen der Totenstarre nicht so ohne weiteres entfernen. Sie nahm eine Schere und schnitt es einfach vom Saum her auf. Der Stoff teilte sich, und darunter kam noch eine weitere Schicht zum Vorschein.

Verblüfft starrte sie auf das Stoffband, das eng um die Brust der Toten gewickelt und vorne mit zwei Sicherheitsnadeln befestigt war.

»Wozu ist denn das gut?«, fragte Frost.

»Sieht aus, als hätte sie ihre Brüste eingeschnürt«, erwiderte Maura.

»Warum?«

»Ich habe keine Ahnung.«

»Als BH-Ersatz?«, riet Rizzoli.

»Ich kann mir nicht vorstellen, wieso sie das hier anstelle eines BHs getragen haben sollte. Sehen Sie nur, wie eng es gewickelt ist. Das muss doch unbequem gewesen sein.«

Rizzoli schnaubte verächtlich. »Ja, BHs sind ja auch so furchtbar bequem.«

»Das ist doch nicht etwa auch so was Religiöses, oder?«, meinte Frost. »Ein Teil der Tracht?«

»Nein, das ist eine ganz gewöhnliche elastische Bandage, wie man sie in der Drogerie kaufen kann, für verstauchte Knöchel und Ähnliches.«

»Aber woher wissen wir denn, was Nonnen normalerweise tragen? Ich meine, es würde mich nicht wundern, wenn sie alle unter diesen ganzen Hauben und Schleiern schwarze Spitzenunterwäsche und Netzstrümpfe anhätten.«

Niemand lachte.

Maura sah Camille an, und plötzlich ging ihr die symbolische Bedeutung der eingeschnürten Brust auf. Es war eine Verhüllung, eine Unterdrückung der weiblichen Formen. Ein Versuch, ihre Natur mit Gewalt zu bezwingen. Was war Camille durch den Kopf gegangen, als sie sich die Stoffbahn um die Brust gewickelt und so fest gezogen hatte, bis das elastische Band ganz eng an ihrer Haut anlag? Hatten diese sichtbaren Zeichen ihrer Weiblichkeit sie angewidert? Hatte sie sich reiner, unbefleckter gefühlt, wenn ihre Brüste unter der Bandage verschwunden waren, wenn sie ihre Rundungen verbergen und so ihre sexuelle Identität leugnen konnte?

Maura löste die zwei Sicherheitsnadeln und legte sie auf ein Tablett. Dann begann sie mit Yoshimas Hilfe die Bandage zu lösen und Streifen um Streifen nackter Haut freizulegen. Doch auch ein noch so fest gewickeltes elastisches Band hatte diesem jungen, gesunden Fleisch nichts anhaben können. Die letzte Bahn fiel und enthüllte volle, feste Brüste, deren Haut vom Abdruck des Stoffs getüpfelt war. Andere Frauen wären auf solche Brüste stolz gewesen – Camille Maginnes hatte sie versteckt, als ob sie sich ihrer schämte.

Ein Kleidungsstück war noch übrig. Der Baumwollslip.

Maura griff in das Gummiband und zog die Unterhose über die Hüfte der Toten und weiter über die Oberschenkel. Die Binde, die im Slip klebte, war nur leicht mit Blut befleckt.

»Eine frische Binde«, stellte Rizzoli fest. »Sieht aus, als hätte sie sie erst vor kurzem gewechselt.«

Aber Maura schien die Binde gar nicht zu beachten, ihr Blick war wie gebannt auf den Bauch der Toten gerichtet, die schlaffen Muskeln zwischen den hervorspringenden Beckenknochen. Die blasse Haut war mit silbrigen Streifen überzogen. Einen Moment lang sagte sie gar nichts, registrierte nur schweigend die Bedeutung dieser Streifen. Und dachte wieder an die eng umwickelten Brüste.

Maura drehte sich zu dem Tablett um, auf dem sie die abgerollte Bandage deponiert hatte, und wickelte den Stoff langsam auf, um ihn zu inspizieren.

»Wonach suchen Sie?«, fragte Rizzoli.

»Nach Flecken«, antwortete Maura.

»Das Blut ist doch deutlich zu sehen.«

»Nein, ich meine nicht die Blutflecken…« Maura hielt inne und blickte auf die ausgebreitete Bandage herab, auf die dunklen Ringe, die eine getrocknete Flüssigkeit hinterlassen hatte. Mein Gott, dachte sie. Wie ist das möglich?

Sie sah Yoshima an. »Bringen wir sie in Position für eine Beckenuntersuchung.«

Yoshima runzelte die Stirn. »Sollen wir die Leichenstarre brechen?«

»Ihre Muskulatur ist nicht sehr stark entwickelt.« Camille war eine zierliche Frau; das würde ihnen die Aufgabe erleichtern.

Yoshima ging zum Fußende des Tisches. Während Maura das Becken festhielt, packte er den linken Oberschenkel mit beiden Händen und versuchte mit aller Kraft, das Hüftgelenk zu beugen. Das Brechen der Totenstarre war eine Prozedur, die genauso brutal war, wie sie sich anhörte – das gewaltsame Zerreißen erstarrter Muskelfasern. Angenehm war so etwas niemals, doch Frost war sichtlich entsetzt – kreidebleich wich er vom Seziertisch zurück. Yoshima legte sich noch einmal mit aller Kraft ins Zeug, und dann spürte Maura eine Vibration, die sich über das Becken der Toten auf ihre Finger übertrug: Das Muskelgewebe war gerissen.

»O Mann«, sagte Frost und wandte sich angewidert ab.

Aber es war Rizzoli, die nun mit unsicheren Schritten auf den Stuhl neben dem Waschbecken zuging, sich setzte und den Kopf in die Hände sinken ließ. Rizzoli, die Unerschütterliche, die sich niemals über die grausigen Anblicke und Gerüche des Autopsiesaals beklagte, schien plötzlich nicht einmal mehr die bloßen Vorbereitungen ertragen zu können.

Maura ging um den Tisch herum und hielt erneut das Becken fest, während Yoshima den rechten Oberschenkel in Angriff nahm. Sie hatte in ihrer medizinischen Ausbildung so manches durchmachen müssen, doch nichts war ihr in so unangenehmer Erinnerung wie ihr Praktikum in der Orthopädie. Das Bohren und Sägen an Knochen, die brutale Gewalt, die notwendig war, um ein Hüftgelenk zu exartikulieren. Mit dem gleichen Abscheu registrierte sie jetzt das Reißen des Muskels. Das rechte Hüftgelenk gab plötzlich nach, und selbst in Yoshimas stoischer Miene blitzte so etwas wie Widerwille auf. Aber es war die einzige Möglichkeit, freie Sicht auf den Genitalbereich zu erhalten, und es drängte sie, ihren Verdacht so schnell wie möglich zu bestätigen.

Sie drehten beide Oberschenkel nach außen, und Yoshima richtete eine Lampe auf das Peritoneum, den Damm. In der Scheide hatte sich Blut angesammelt – normales Menstruationsblut, hätte Maura noch vor wenigen Minuten gesagt. Jetzt starrte sie es an, sichtlich betroffen von dem, was sie da sah. Sie griff nach einem Tupfer und wischte vorsichtig das Blut ab, um die Schleimhaut darunter freizulegen.

»Da ist ein Riss zweiten Grades in der Sechs-Uhr-Position«, sagte sie.

»Möchten Sie Abstriche machen?«

»Ja. Und wir werden en bloc resezieren müssen.«

»Kann mich mal jemand aufklären, was hier vorgeht?«, fragte Frost.

Maura sah ihn an. »Ich tue das nicht sehr oft, aber in diesem Fall werde ich die Beckenorgane auf einmal entfernen. Das Schambein durchtrennen und alles zusammen herausheben.«

»Glauben Sie, dass sie vergewaltigt wurde?«

Maura antwortete nicht. Sie ging um den Tisch herum zum Instrumententablett und wählte ein Skalpell aus. Dann trat sie an den Leichnam heran und setzte zum T-Schnitt an, mit dem der Rumpf eröffnet wurde.

Die Sprechanlage knackte. »Dr. Isles?« Es war Louise.

»Ja?«

»Anruf für Sie auf Leitung eins. Es ist wieder Dr. Victor Banks, von dieser Organisation One Earth.«

Maura erstarrte. Ihre Finger krampften sich um den Griff des Skalpells, dessen Spitze auf der Haut der Toten ruhte.

»Dr. Isles?«, sagte Louise.

»Ich bin nicht zu sprechen.«

»Soll ich ihm sagen, dass Sie ihn zurückrufen?«

»Nein.«

»Er ruft heute schon zum dritten Mal an. Und er hat gefragt, ob er Sie zu Hause erreichen könnte.«

»Geben Sie ihm nur ja nicht meine Privatnummer!« Ihre Antwort klang schärfer, als sie beabsichtigt hatte. Sie sah, dass Yoshima sich zu ihr umdrehte. Und sie spürte, dass auch Frost und Rizzoli sie beobachteten. Nachdem sie tief durchgeatmet hatte, fuhr sie mit ruhigerer Stimme fort: »Sagen Sie Dr. Banks, dass Sie mich nicht erreichen können. Und sagen Sie es ihm immer wieder, so lange, bis er es aufgibt.«

Eine Pause trat ein.

»Ja, Dr. Isles«, antwortete Louise schließlich. Sie klang verletzt.

Maura war sich bewusst, dass sie noch nie in diesem Ton mit ihrer Sekretärin gesprochen hatte. Sie würde sich irgendeine Form der Wiedergutmachung ausdenken müssen, um ihren Fauxpas auszubügeln. Das Gespräch hatte sie ganz aus der Fassung gebracht, und als sie nun auf Camille Maginnes' Rumpf hinabblickte, musste sie sich zwingen, ihre Aufmerksamkeit wieder den anstehenden Aufgaben zuzuwenden. Dennoch schweiften ihre Gedanken immer wieder ab, und die Hand, die das Skalpell hielt, zitterte.

Die anderen konnten es auch sehen.

»Warum nervt Sie One Earth denn so?«, wollte Rizzoli wissen. »Wollen die, dass Sie ihnen etwas spenden?«

»Das Ganze hat nichts mit One Earth zu tun.«

»Und was ist es dann?«, hakte Rizzoli nach. »Belästigt dieser Typ Sie vielleicht?«

»Er ist einfach nur jemand, dem ich gerne aus dem Weg gehen möchte.«

»Scheint aber ziemlich hartnäckig zu sein.«

»Wenn Sie wüssten …«

»Wollen Sie, dass ich Ihnen den Kerl vom Hals schaffe? Soll ich ihm mal so richtig die Meinung sagen?« Das war nicht mehr nur die Polizistin Rizzoli, die da sprach, es war die Frau – und die konnte aufdringliche Männer auf den Tod nicht ausstehen.

»Es ist eine persönliche Angelegenheit«, sagte Maura.

»Wenn Sie Hilfe brauchen, müssen Sie's nur sagen.«

»Danke, aber ich werde schon allein mit ihm fertig.« Maura drückte die Skalpellspitze auf die Haut der Toten. Nur nicht dieses Thema – nur nicht über Victor Banks reden müssen. Sie holte tief Luft, und es schien ihr voller Ironie, dass ihr der Geruch toten Fleisches weniger unangenehm war als die bloße Erwähnung seines Namens. Dass die Lebenden ihr so zusetzten, wie es die Toten niemals könnten. Hier in ihrem Institut gab es niemanden, der sie verletzte oder betrog. Hier in ihrem Reich der Toten hielt sie das Heft in der Hand.

»Wer ist denn der Typ?«, wollte Rizzoli wissen. Es war die Frage, die ihnen allen keine Ruhe ließ. Die Frage, die Maura früher oder später würde beantworten müssen.

Sie schnitt in das Fleisch und beobachtete, wie die Haut sich wie ein weißer Vorhang teilte. »Mein Exmann«, sagte sie…

Sie führte den T-Schnitt und klappte die bleichen Hautlappen zurück. Yoshima benutzte eine einfache Gartenschere, um die Rippen zu durchtrennen, und hob den dreieckigen Block von Brustbein und Rippen heraus. Darunter kamen Herz und Lungen zum Vorschein, beides normal ausgebildet. Auch Leber, Milz und Bauchspeicheldrüse waren frei von Krankheitssymptomen. Die sauberen, gesunden Organe einer Frau, die weder geraucht noch getrunken hatte – und die nicht lange genug gelebt hatte, um unter verengten und verkalkten Arterien zu leiden. Maura sprach nicht viel, während sie die Organe entfernte und in einer Metallschüssel ablegte. Sie hatte es eilig, ihrem eigentlichen Ziel näher zu kommen: Der Untersuchung der Beckenorgane.

Eine En-bloc-Exzision der Beckenorgane führte sie gewöhnlich nur bei Opfern von Sexualmorden durch, da dieses Vorgehen eine wesentlich detailliertere Sektion ermöglichte als eine Standard-Autopsie. Das Ausweiden der Beckenhöhle war kein sehr angenehmer Vorgang, und als sie und Yoshima die Schambeinäste durchsägten, war sie nicht überrascht, dass Frost den Blick abwandte. Doch auch Rizzoli wich vom Tisch zurück. Jetzt redete niemand mehr über die Anrufe von Mauras Exmann; niemand bedrängte sie, persönliche Details preiszugeben. Die grausige Prozedur auf dem Autopsietisch unterband jedes Gespräch über andere Themen, und Maura empfand darüber eine geradezu abartige Erleichterung.

Nun hob sie die Beckenorgane mitsamt den äußeren Geschlechtsorganen und dem Schambein in einem Block heraus und legte alles auf ein Schneidbrett. Schon bevor sie den Uterus öffnete, verriet ihr sein äußeres Erscheinungsbild, dass sie mit ihrer Vermutung richtig gelegen hatte. Das Organ war größer als normal, der Fundus lag deutlich über Schambeinhöhe, die Wände waren schwammig. Sie schlitzte die Gebärmutter auf, um das Endometrium freizulegen. Die Schleimhaut war noch dick und mit Blut vollgesogen.

Maura blickte zu Rizzoli auf. In scharfem Ton fragte sie: »Hat diese Frau das Kloster irgendwann innerhalb der letzten Woche verlassen?«

»Das letzte Mal, dass Camille das Kloster verlassen hat, war im März, als sie ihre Familie in Cape Cod besucht hat. Das hat Mary Clement mir jedenfalls gesagt.«

»Dann müssen Sie das Haus und das Grundstück durchsuchen lassen. Und zwar sofort.«

»Wieso? Wonach sollen wir suchen?«

»Nach einem Neugeborenen.«

Die Antwort schien Rizzoli zu treffen wie ein Schlag. Kreidebleich starrte sie Maura an. Dann fiel ihr Blick auf Camille Maginnes' Leiche, die ausgestreckt auf dem Tisch lag. »Aber ... sie war eine Nonne.«

»Ja«, erwiderte Maura. »Und sie hat vor kurzem ein Kind zur Welt gebracht.«

5

Es schneite wieder, als Maura an diesem Nachmittag das Institut verließ. Zarte, filigrane Flocken flatterten vom Himmel wie weiße Schmetterlinge und senkten sich sanft auf die geparkten Autos. Heute war sie auf das Winterwetter vorbereitet und trug hohe Stiefel mit Profilsohlen. Aber dennoch trat sie äußerst vorsichtig auf, als sie über den vereisten, mit einer dünnen Schicht Neuschnee bedeckten Asphalt des Parkplatzes ging. Jedes Mal, wenn sie ein wenig ins Rutschen kam, spannte sie in Erwartung eines Sturzes alle Muskeln an, und als sie endlich ihren Wagen erreicht hatte, seufzte sie erleichtert auf. Dann begann sie in ihrer Handtasche nach dem Schlüssel zu kramen. Die Suche nahm ihre Aufmerksamkeit so in Anspruch, dass sie kaum registrierte, wie ganz in der Nähe eine Autotür ins Schloss fiel. Erst als sie Schritte hörte, drehte sie sich zu dem Mann um, der auf sie zukam. Wenige Meter vor ihr blieb er stehen. Er sprach kein Wort, stand einfach nur da und schaute sie an, die Hände in den Taschen seiner Lederjacke vergraben. Schneeflocken fielen auf sein blondes Haar und blieben in seinem sorgsam gestutzten Bart hängen.

Mit einem Blick auf ihren Lexus sagte er: »Ich hatte mir schon gedacht, dass der Schwarze dir gehört. Du trägst doch immer Schwarz. Warst schon immer mehr für die düsteren Töne. Und wer außer dir hält sein Auto so penibel in Schuss?«

Endlich fand sie ihre Stimme wieder. Doch sie klang merkwürdig heiser, wie die einer Fremden. »Was tust du hier, Victor?«

»Es schien mir die einzige Möglichkeit, dich endlich zu sehen.«

»Du meinst, mir auf dem Parkplatz aufzulauern?«

»Kommt es dir wirklich so vor?«

»Du hast hier in deinem Wagen gesessen und auf mich gewartet. Das nenne ich auflauern.«

»Du hast mir ja kaum eine Wahl gelassen. Du hast mich nie zurückgerufen.«

»Ich bin nicht dazu gekommen.«

»Und du hast mir nie deine neue Telefonnummer gegeben.«

»Du hast auch nie danach gefragt.«

Er blickte zum Himmel auf, aus dem die Schneeflocken wie Konfetti herabrieselten, und seufzte. »Tja. Ist schon wieder ganz wie früher, was?«

»Zu sehr, wenn du mich fragst.« Sie wandte sich ihrem Wagen zu und drückte auf den Knopf der Fernbedienung. Die Zentralverriegelung löste sich mit einem Klacken.

»Willst du wissen, warum ich hier bin?«

»Ich muss jetzt los.«

»Da setze ich mich extra ins Flugzeug und komme nach Boston, und du fragst noch nicht mal, warum.«

»Also schön.« Sie sah ihn an. »Warum?«

»Drei Jahre, Maura.« Er trat näher, und sie konnte seinen Duft riechen. Leder und Seife. Schnee, der auf warmer Haut schmolz. Drei Jahre, dachte sie, und er hat sich kaum verändert. Immer noch diese jungenhafte Haltung, immer noch diese Lachfalten um die Augen. Und selbst jetzt im Dezember sah sein Haar sonnengebleicht aus – keine künstlichen Strähnchen aus der Flasche, sondern echtes Blond, das Resultat vieler Stunden an der frischen Luft. Von Victor Banks ging eine ganz eigene Anziehungskraft aus, und sie war nicht minder anfällig dafür als andere Frauen. Schon spürte sie, wie es sie mit aller Macht zu ihm hinzog – ganz wie früher.

»Hast du dich nicht auch irgendwann mal gefragt, ob das Ganze nicht ein Fehler war?«, fragte er.

»Was – die Scheidung? Oder die Ehe?«

»Es ist doch wohl klar, wovon ich rede. Schließlich stehe ich hier vor dir.«

»Du hast dir lange Zeit gelassen, um mir das zu sagen.« Sie drehte sich wieder zum Wagen um.

»Du hast nicht wieder geheiratet.«

Sie hielt inne. Wandte sich erneut zu ihm um. »Und du?«

»Nein.«

»Tja, vermutlich sind wir beide gleich schwer zu ertragen.«

»Du bist nicht lang genug bei mir geblieben, um das herauszufinden.«

Sie lachte. Ein bitterer, harscher Laut in der weißen Stille. »Du warst doch derjenige, der ständig zum Flughafen rasen musste. Immer auf Achse, um die Welt zu retten.«

»Ich bin nicht derjenige, der vor der Ehe davongelaufen ist.«

»Und ich bin nicht diejenige, die eine Affäre hatte.« Sie fuhr herum und riss die Wagentür auf.

»Verdammt, kannst du vielleicht noch einen Moment warten? Hör mich an!«

Seine Finger schlossen sich um ihren Arm. Der Zorn, den sie in diesem Griff spürte, verblüffte sie. Sie starrte ihn an, und ihr kalter Blick sagte ihm, dass er zu weit gegangen war.

Er ließ ihren Arm los. »Es tut mir Leid. Mein Gott, so hatte ich mir das ganz und gar nicht vorgestellt.«

»Was hattest du denn erwartet?«

»Dass da zwischen uns noch irgendetwas wäre.«

Und da ist noch etwas, dachte sie. Zu viel sogar – und

deshalb musste sie diesem Gespräch ein Ende setzen. Sie hatte Angst, wieder hineingezogen zu werden. Schon jetzt spürte sie, wie ihr Widerstand nachließ.

»Hör zu«, sagte er. »Ich bin nur für ein paar Tage in der Stadt. Morgen habe ich einen Termin an der Harvard School of Public Health, aber danach habe ich noch nichts vor. Es ist bald Weihnachten, Maura. Ich dachte, wir könnten die Feiertage zusammen verbringen. Falls du nichts anderes geplant hast.«

»Und hinterher setzt du dich einfach wieder ins Flugzeug und schwebst davon.«

»Wenigstens könnten wir uns mal wieder in aller Ruhe unterhalten. Kannst du nicht ein paar Tage Urlaub nehmen?«

»Ich habe einen Job, Victor. Da kann ich mir nicht einfach so freinehmen.«

Er warf einen Blick auf das Gebäude, aus dem sie gekommen war, und lachte ungläubig auf. »Ich weiß sowieso nicht, was du an einem Job wie diesem eigentlich findest.«

»Die düsteren Töne – hast du das schon wieder vergessen? Das bin ich.«

Er sah sie an und sagte mit sanfterer Stimme: »Du hast dich nicht verändert. Kein bisschen.«

»Du auch nicht – und genau das ist das Problem.« Sie stieg in ihren Wagen und schlug die Tür zu.

Er klopfte ans Fenster. Sie sah, wie er zu ihr hereinspähte, sah die Schneeflocken auf seinen Wimpern glitzern, und es blieb ihr nichts anderes übrig, als das Fenster herunterzudrehen und die Unterhaltung fortzusetzen.

»Wann können wir weiterreden?«, fragte er.

»Ich muss jetzt fahren.«

»Gut, dann eben später. Heute Abend.«

»Ich weiß nicht, wann ich zu Hause sein werde.«

»Ach, komm schon, Maura.« Er beugte sich ganz nahe

zu ihr herab. Und sagte leise: »Gib dir einen Ruck. Ich wohne im Colonnade. Ruf mich an.«

Sie seufzte. »Ich werde drüber nachdenken.«

Er streckte die Hand durchs Fenster und drückte ihren Arm. Wieder rief sein Duft warme Erinnerungen in ihr wach, Erinnerungen an Nächte, die sie eng umschlungen unter einer Decke verbracht hatten. An lange, leidenschaftliche Küsse, die nach Wodka-Lemon schmeckten. Zwei Jahre Ehe hinterlassen unauslöschliche Erinnerungen, gute wie schlechte; und in diesem Augenblick, da seine Hand ihren Arm berührte, waren es die guten, die überwogen.

»Ich warte auf deinen Anruf«, sagte er. Offenbar glaubte er, schon gewonnen zu haben.

Denkt er, dass es so einfach ist? Die Frage drängte sich ihr auf, als sie in Richtung Jamaica Plain davonfuhr. *Ein Lächeln, eine Berührung, und alles ist vergeben und vergessen?*

Plötzlich brachen die Räder auf der eisbedeckten Fahrbahn aus, und sie packte das Lenkrad mit beiden Händen, von einer Sekunde auf die andere nur noch darauf konzentriert, die Kontrolle über den Wagen wiederzuerlangen. So aufgewühlt war sie gewesen, dass sie gar nicht bemerkt hatte, wie schnell sie gefahren war. Die Limousine schlingerte, die Reifen drehten durch, fanden keinen Halt auf der glatten Fahrbahn. Erst als sie es endlich geschafft hatte, ihn wieder in die Spur zu bringen, konnte sie durchatmen. Und ihrer Wut freien Lauf lassen.

Zuerst brichst du mir das Herz. Und dann bringst du mich beinahe um.

Ein irrationaler Gedanke, aber sie hatte ihn nun einmal gedacht. Victor hatte ein Talent, einen auf irrationale Gedanken zu bringen.

Als sie schließlich gegenüber von Graystones Abbey am

Straßenrand parkte, war sie von der Fahrt wie gerädert. Sie blieb noch eine Weile im Wagen sitzen und versuchte ihre Gefühle in den Griff zu bekommen. *Selbstbeherrschung*, das war ihr Schlüsselwort. Sobald sie aus dem Wagen stieg, stand sie im Licht der Öffentlichkeit, den Blicken von Polizisten und Presseleuten ausgesetzt. Sie erwarteten von ihr, dass sie einen ruhigen und besonnenen Eindruck machte, und so würde sie ihnen den Gefallen tun. Ein Großteil ihrer Arbeit, so schien es ihr bisweilen, bestand in der Kunst, dem Rollenbild zu entsprechen.

Sie stieg aus, und dieses Mal lief sie sicher über die Straße. Mit diesen Sohlen würde sie nicht ausrutschen. Die Straße war von Polizeiwagen gesäumt, und zwei Fernsehteams saßen in ihren Übertragungswagen und warteten auf neue Entwicklungen. Das winterliche Tageslicht begann bereits zu schwinden.

An der Pforte läutete sie. Die schwarze Tracht einer Nonne löste sich aus den Schatten. Die Schwester erkannte Maura wieder und ließ sie ein, ohne dass ein Wort gesprochen wurde.

Der Schnee im Innenhof war bereits von Dutzenden von Schuhen zertrampelt. Es war nicht mehr derselbe Ort, den Maura am gestrigen Morgen betreten hatte. Die gewohnte Ruhe war dahin, zerstört durch die Suchaktion, die bereits in vollem Gange war. Die Fenster waren hell erleuchtet, und aus den Torbögen tönten ihr Männerstimmen entgegen. Als sie die Eingangshalle betrat, stieg ihr der Geruch von Tomatensauce und Käse in die Nase. Das Aroma rief unangenehme Erinnerungen an die fade, zähe Lasagne wach, die in der Cafeteria des Krankenhauses, in dem sie gelernt hatte, immer wieder auf dem Speisezettel gestanden hatte.

Maura warf einen Blick in den Speisesaal und sah die Nonnen um den langen Tisch sitzen. Schweigend verzehrten sie ihre Abendmahlzeit. Zitternde Hände führten Gabeln an zahnlose Münder, und sie sah Milch über runzlige Kinne rinnen. Diese Frauen hatten den größten Teil ihres Lebens in vollkommener Abgeschiedenheit zugebracht, waren hinter diesen Mauern alt geworden. Trauerte die eine oder andere von ihnen vielleicht insgeheim dem nach, was sie versäumt hatte – dem Leben, das sie hätte führen können, wenn sie einfach zum Tor hinausgegangen und nie mehr zurückgekommen wäre?

Sie ging weiter den Flur entlang, und wieder hörte sie männliche Stimmen, fremd und verstörend in diesem Haus der Frauen. Zwei Polizisten winkten ihr zu, als sie sie wiedererkannten.

»Hallo, Doc.«

»Haben Sie etwas gefunden?«, fragte sie.

»Noch nicht. Wir machen Schluss für heute.«

»Wo ist Rizzoli?«

»Oben bei den Schlafräumen.«

Auf der Treppe kamen ihr zwei weitere Polizisten aus dem Durchsuchungsteam entgegen, die auf dem Weg nach unten waren – zwei Kadetten, die aussahen, als hätten sie gestern noch die Schulbank gedrückt. Das Gesicht des jungen Mannes war noch von Jugendakne entstellt, und die Frau trug jene unbeteiligte Maske zur Schau, die sich so viele Polizistinnen als Selbstschutz zuzulegen schienen. Die beiden schlugen respektvoll die Augen nieder, als sie Maura erkannten. Sie kam sich richtig alt vor, als sie sah, wie diese jungen Leute höflich zur Seite traten, um ihr Platz zu machen. Wirkte sie so einschüchternd, dass sie in ihr schon gar nicht mehr die ganz normale Frau mit ihren ganz normalen Unsicherheiten sehen konnten? Sie hatte die Rolle der Unbesiegbaren mit der Zeit perfektioniert, und sie spielte sie auch jetzt. Sie neigte den Kopf zu einem flüchtigen Gruß und streifte die beiden jungen Beamten nur kurz mit ihrem Blick. Als sie weiterging, spürte sie deutlich, dass die zwei sie beobachteten.

Sie fand Rizzoli in Schwester Camilles Zimmer, wo sie zusammengesunken auf dem Bett saß. Sie wirkte erschöpft.

»Außer Ihnen sind wohl schon alle nach Hause gegangen«, sagte Maura.

Rizzoli drehte sich zu ihr um. Sie hatte dunkle Ringe unter den Augen, und Maura entdeckte Falten um ihren Mund, die sie zuvor nie bemerkt hatte.

»Wir haben nichts finden können. Dabei suchen wir schon den ganzen Nachmittag. Aber es braucht nun mal Zeit, bis man sich jeden Schrank und jede Schublade vorgenommen hat. Und dann gibt es ja noch das Feld hinter dem Haus und den Garten – wer weiß, was sich da unter dem Schnee verbirgt? Sie könnte es auch einfach in Lumpen gewickelt und vor ein paar Tagen schon in die Mülltonne geworfen haben. Oder sie hat es irgendwem durch das Tor nach draußen gereicht. Wir könnten Tage damit zubringen, nach etwas zu suchen, was vielleicht gar nicht hier ist.«

»Was sagt die Äbtissin dazu?«

»Ich habe ihr nicht gesagt, wonach wir suchen.«

»Warum nicht?«

»Ich will nicht, dass sie es erfährt.«

»Aber sie könnte Ihnen vielleicht helfen.«

»Oder sie könnte dafür sorgen, dass wir es ganz bestimmt *nicht* finden. Glauben Sie nicht, dass die Erzdiözese vorläufig genug von Skandalen hat? Meinen Sie, die Äbtissin will, dass alle Welt erfährt, dass eine Schwester aus ihrem Orden ihr eigenes Baby getötet hat?«

»Wir wissen nicht, ob das Kind tot ist. Wir wissen nur, dass es verschwunden ist.«

»Und Sie sind sich absolut sicher, was Ihren Autopsiebefund betrifft?«

»Ja. Camille war hochschwanger. Und ich glaube im

Übrigen nicht an so etwas wie eine unbefleckte Empfängnis.« Sie setzte sich zu Rizzoli aufs Bett. »Der Vater dieses Kindes ist vielleicht der Schlüssel zu dem Verbrechen. Wir müssen ihn identifizieren.«

»Ja. Ich habe auch gerade über dieses Wort nachgedacht. Vater – das klingt so ähnlich wie ›Pater‹.«

»Pater Brophy?«

»Gut aussehender Mann. Haben Sie ihn schon gesehen?«

Maura erinnerte sich an die strahlenden blauen Augen, die sie über den am Boden liegenden Kameramann hinweg angeblickt hatten. An den Mann, der aus dem Klostertor getreten war wie ein schwarz gewandeter Krieger, um sich dem Wolfsrudel der Reporter entgegenzustellen.

»Er hatte regelmäßig Zugang zum Kloster«, sagte Rizzoli. »Er hat die Messe gelesen. Er hat ihnen die Beichte abgenommen. Gibt es etwas Intimeres, als einem anderen in einem Beichtstuhl seine Geheimnisse anzuvertrauen?«

»Dann gehen Sie also davon aus, dass es sich um einvernehmlichen Sex gehandelt hat.«

»Ich sage nur, dass der Typ gut aussieht.«

»Wir wissen nicht, ob das Kind hier im Kloster gezeugt wurde. Hat Camille nicht im März ihre Familie besucht?«

»Ja. Nach dem Tod ihrer Großmutter.«

»Zeitlich würde es gut passen. Wenn sie das Kind im März empfangen hat, wäre sie jetzt im neunten Monat gewesen. Es könnte während dieses Familienbesuchs passiert sein.«

»Und es könnte auch hier passiert sein. In diesen Mauern.« Rizzoli lachte zynisch auf. »So viel zum Thema Keuschheitsgelübde.«

Sie saßen eine Weile schweigend da und blickten beide zu dem Kruzifix an der Wand auf. Wie unvollkommen wir Menschen doch sind, dachte Maura. Wenn es einen Gott gibt, warum stellt er derart überhöhte Anforderungen an uns? Warum setzt er uns Ziele, die wir nie erreichen können?

»Ich wollte früher auch einmal Nonne werden«, sagte Maura.

»Ich dachte, Sie glauben nicht an Gott?«

»Ich war damals erst neun. Und ich hatte gerade erfahren, dass ich adoptiert war. Meine Cousine hatte die Katze aus dem Sack gelassen – eine dieser scheußlichen Enthüllungen, die mit einem Schlag alles erklären. Warum ich meinen Eltern nicht ähnlich sah. Warum es keine Bilder von mir als Baby gab. Ich habe mich das ganze Wochenende in meinem Zimmer verkrochen und mir die Augen aus dem Kopf geweint.« Sie schüttelte den Kopf. »Meine armen Eltern. Sie wussten nicht, was sie tun sollten, und so sind sie mit mir ins Kino gegangen, um mich aufzumuntern. Wir sahen uns *The Sound of Music* an – es kostete nur fünfundsiebzig Cent, weil es ein alter Film war.« Sie machte eine Pause. »Ich fand Julie Andrews wunderschön. Ich wollte so sein wie Maria. Und ins Kloster gehen.«

»Hey, Doc, soll ich Ihnen ein Geheimnis verraten?«

»Was denn?«

»Mir ging's genauso.«

Maura starrte sie an. »Sie machen wohl Witze.«

»Gut, ich habe vielleicht den Religionsunterricht geschwänzt. Aber wer kann schon Julie Andrews widerstehen?«

Darüber mussten sie beide lachen, doch es war ein beklommenes Lachen, das bald ins Stocken geriet und verstummte.

»Und was hat Sie davon abgebracht?«, fragte Rizzoli. »Von dem Plan, Nonne zu werden?«

Maura stand auf und trat ans Fenster. Sie blickte hinunter in den dunklen Hof und sagte: »Meine Einstellung dazu hat sich ganz einfach geändert. Irgendwann habe ich aufgehört, an Dinge zu glauben, die ich nicht sehen oder berühren konnte. An Dinge, die sich nicht wissenschaftlich beweisen ließen.« Nach einer Pause fügte sie hinzu: »Ach ja, und ich habe angefangen, mich für Jungs zu interessieren.«

»O ja, die Jungs.« Rizzoli lachte. »Die kommen einem doch immer in die Quere.«

»Das ist ja auch der eigentliche Zweck des Lebens – vom biologischen Standpunkt aus betrachtet.«

»Sex?«

»Fortpflanzung. Das ist es, was unsere Gene verlangen. Dass wir hingehen und uns mehren. Wir glauben, unser Leben selbst bestimmen zu können, dabei sind wir immer nur die Sklaven unserer DNA, die uns auffordert, Kinder in die Welt zu setzen.«

Maura wandte sich um und sah zu ihrer Bestürzung Tränen in Rizzolis Wimpern glitzern. Doch im nächsten Moment waren sie schon wieder verschwunden, weggewischt mit einer hastigen Handbewegung.

»Jane?«

»Ich bin nur müde. Ich habe nicht besonders gut geschlafen.«

»Und sonst fehlt Ihnen nichts?«

»Was sollte mir denn fehlen?« Die Antwort kam ein wenig zu schnell, zu abwehrend. Rizzoli schien es selbst bemerkt zu haben, denn sie errötete. »Ich muss mal eben zur Toilette«, sagte sie und stand auf, als hätte sie es eilig, diesem Gespräch zu entfliehen. An der Tür blieb sie stehen und drehte sich um. »Übrigens, Sie haben doch das Buch dort auf dem Schreibtisch gesehen, das Camille gelesen hat, nicht wahr? Also, ich habe den Namen mal nachgeschlagen.«

»Welchen?«

»Heilige Brigitta von Irland. Es ist ja eine Biografie. Schon komisch, wie es für alles und jedes einen Schutzpatron gibt. Es gibt einen für Hutmacher, einen für Drogenabhängige – und sogar einen für verlorene Schlüssel, ob Sie's glauben oder nicht.«

»Und die heilige Brigitta?«

»Neugeborene«, antwortete Rizzoli leise. »Brigitta ist die Schutzpatronin der Neugeborenen.« Sie ging hinaus.

Mauras Blick fiel auf das Buch, das auf dem Schreibtisch lag. Noch am Tag zuvor hatte sie sich vorgestellt, wie Camille hier gesessen und bedächtig die Seiten umgeblättert hatte, wie sie sich vom Leben einer jungen Irin, der ein Platz in der Schar der Heiligen bestimmt war, hatte inspirieren lassen. Jetzt formte sich ein anderes Bild vor ihrem geistigen Auge – anstelle der Camille, die im Frieden mit sich und der Welt gelebt hatte, erblickte sie nun eine von Reue geplagte junge Frau, die zur heiligen Brigitta für das Seelenheil ihres toten Kindes betete. *Ich bitte dich, nimm mein Kind in deine gütigen Arme. Trage es hinauf ins Licht, auch wenn es nicht getauft ist. Es ist ohne Schuld. Es ist ohne Sünde.*

Mit neuen Augen sah sie sich in dem schmucklosen Zimmer um. Der blitzsaubere Boden, der Geruch von Reinigungsmittel und Bohnerwachs – all das nahm eine neue Bedeutung an. Reinlichkeit als Metapher für Unschuld. Die »gefallene« Camille hatte verzweifelt die Flecken ihrer Sünde, ihrer Schuld auszulöschen versucht. Schon seit Monaten musste ihr klar gewesen sein, dass sie ein Kind erwartete, verborgen unter den weiten Falten ihrer Tracht. Oder hatte sie sich geweigert, der Realität ins Gesicht zu sehen? Hatte sie die Wahrheit vor sich selbst verleugnet, so wie es schwangere Teenager bisweilen tun, wenn sie das offensichtliche Anschwellen ihres Bauches hartnäckig ignorieren?

Und was hast du getan, nachdem du dein Kind zur Welt gebracht hattest? Bist du in Panik geraten? Oder hast du den Beweis für deine Sünde kaltblütig beseitigt?

Draußen waren Männerstimmen zu hören. Durch das Fenster sah sie die schemenhaften Gestalten von zwei Polizisten aus dem Gebäude treten. Beide blieben kurz stehen, um ihre Mantelkragen hochzuschlagen und zum Nachthimmel aufzublicken, aus dem die Schneeflocken wie Glitzerstaub herabrieselten. Dann überquerten sie den Hof und gingen zum Tor hinaus, das sich quietschend hinter ihnen schloss. Sie lauschte auf weitere Geräusche, weitere Stimmen, doch sie hörte nichts mehr. Nur die Stille einer verschneiten Winternacht. Diese unglaubliche Ruhe, dachte sie. Es ist, als wäre außer mir niemand mehr im Haus. Als hätten sie mich vergessen und allein hier zurückgelassen.

Sie hörte ein Knarren, spürte den Hauch einer Bewegung, ahnte, dass noch jemand im Zimmer war. Ihre Nackenhaare begannen sich aufzurichten, dann lachte sie auf. »Mein Gott, Jane, Sie haben mich vielleicht erschreckt, was müssen Sie auch so…« Sie drehte sich um, und die Worte erstarben ihr im Mund.

Da war niemand.

Einige Sekunden lang rührte sie sich nicht vom Fleck, wagte nicht einmal zu atmen, starrte nur ins Leere. Kahle Wände, blank gebohnerte Dielen. *In diesem Zimmer spukt es*, war ihr erster, irrationaler Gedanke, bevor die Logik wieder das Kommando übernahm. Alte Holzfußböden machten oft merkwürdige Geräusche, Heizungsrohre ebenso. Es waren keine Schritte gewesen, sondern die Dielen, die sich in der Kälte zusammenzogen. Es gab ganz natürliche Erklärungen für ihren Eindruck, dass da jemand mit ihr im Zimmer gewesen war.

Aber immer noch spürte sie, dass da etwas war – dass sie beobachtet wurde.

Jetzt standen auch die Härchen an ihren Armen zu Berge, und ihre Nerven waren zum Zerreißen gespannt. Über ihr war ein Scharren zu hören, wie von Krallen auf Holz. Ihr Blick flog zur Decke. *Ein Tier? Es bewegt sich von mir weg.*

Sie ging zur Tür hinaus, und das wilde Pochen ihres eigenen Herzens übertönte fast die Geräusche von oben. Da war es wieder – es entfernte sich in Richtung Treppe!

Tapp, tapp, tapp.

Sie folgte dem Geräusch, den Blick an die Decke geheftet, und ging so schnell, dass sie beinahe mit Rizzoli zusammengestoßen wäre, die gerade aus der Toilette kam.

»He«, sagte Rizzoli. »Wohin so eilig?«

»Psst!« Maura zeigte auf die dunkle Balkendecke.

»Was?«

»Horchen Sie!«

Sie warteten und lauschten angestrengt. Doch bis auf das Hämmern ihres eigenen Herzens konnte Maura nichts hören. Absolute Stille.

»Vielleicht haben Sie nur das Wasser in den Rohren rauschen gehört«, meinte Rizzoli. »Ich habe eben die Toilettenspülung betätigt.«

»Es waren nicht die Rohre.«

»Was *haben* Sie denn gehört?«

Mauras Blick schoss wieder zu den alten Eichenbalken hoch, die sich unter der Decke entlangzogen. »*Da!*«

Da war es wieder, das scharrende Geräusch – es kam vom Ende des Flurs.

Rizzoli starrte an die Decke. »Was zum Teufel ist das? Ratten?«

»Nein«, flüsterte Maura. »Was immer es ist, es ist größer als eine Ratte.« Lautlos schlich sie den Flur entlang, Rizzoli folgte ihr auf den Fersen. So näherten sie sich langsam dem Punkt, an dem sie das Geräusch zuletzt gehört hatten.

Ohne Vorwarnung setzte plötzlich erneut ein Getrampel ein, das sich in die Richtung bewegte, aus der sie gekommen waren.

»Es läuft auf den anderen Flügel zu!«, sagte Rizzoli.

Sie stürmte voran, Maura folgte ihr. Am Ende des Korridors stieß Rizzoli eine Tür auf und schaltete das Licht auf der anderen Seite ein. Vor ihnen erstreckte sich ein verlassener Flur. Es war kühl hier, die Luft stickig und feucht. Durch die offenen Türen erblickten sie offensichtlich unbewohnte Zimmer, die geisterhaften Silhouetten mit Tüchern verhängter Möbel.

Was immer es war, was sich in diesen Flügel geflüchtet hatte, jetzt war es still und verriet mit keinem Laut seinen Aufenthaltsort.

»Hat Ihr Team diesen Teil des Gebäudes auch durchsucht?«, fragte Maura.

»Ja, wir haben diese Zimmer alle gefilzt.«

»Und was ist da oben? Über dieser Decke?«

»Nur der Dachstuhl.«

»Trotzdem – da bewegt sich irgendwas«, sagte Maura leise. »Und dieses Etwas ist intelligent genug, um zu merken, dass wir ihm auf den Fersen sind.«

Maura und Rizzoli standen gebückt auf der Empore der Kapelle und inspizierten das Mahagonipaneel. Hier, so hatte Mary Clement ihnen gesagt, war der Durchgang zum Dachstuhl des Gebäudes. Rizzoli stieß das Paneel leicht an, und es klappte geräuschlos auf. Sie starrten in die Dunkelheit und horchten, ob sich drinnen irgendetwas bewegte. Ein Hauch warmer Luft wehte ihnen ins Gesicht. Im Dachstuhl sammelte sich die aufsteigende Warmluft des Gebäudes, die jetzt durch die Öffnung in der Holztäfelung entweichen konnte.

Rizzoli leuchtete mit der Taschenlampe hinein. Sie erblickten massive Dachbalken und eine rosafarbene Verkleidung – die neu verlegte Isolierung, von der die Äbtissin gesprochen hatte. Am Boden schlängelten sich elektrische Leitungen.

Rizzoli kroch als Erste durch die Öffnung. Dann schaltete Maura ebenfalls ihre Taschenlampe ein und folgte ihr. Sie musste sich bücken, um nicht mit dem Kopf an die Eichenbalken zu stoßen. Die Lichtkegel ihrer Taschenlampen schufen eine kreisförmige Insel der Helligkeit inmitten der Finsternis. Dahinter lag unbekanntes Gelände – und Maura merkte, wie ihr Atem sich beschleunigte. Die niedrige Decke und die abgestandene Luft gaben ihr das Gefühl, lebendig begraben zu sein.

Sie hätte beinahe einen Satz gemacht, als sie eine Hand auf ihrem Arm spürte. Es war Rizzoli, die wortlos nach rechts deutete.

Die Dielen knarrten unter ihren Sohlen, als sie – Rizzoli voran – durch das Dunkel vorrückten.

»Warten Sie«, flüsterte Maura. »Sollten Sie nicht Verstärkung holen?«

»Wieso?«

»Wir wissen ja schließlich nicht, womit wir es hier zu tun haben.«

»Ich rufe doch keine Verstärkung, nur um festzustellen, dass wir bloß hinter einem blöden Waschbären herjagen …« Sie blieb stehen und schwenkte die Lampe nach links, dann nach rechts. »Ich glaube, wir sind jetzt über dem Westflügel. Ganz schön warm hier oben. Schalten Sie Ihre Taschenlampe aus.«

»Was?«

»Machen Sie sie aus. Ich will was überprüfen.«

Widerstrebend schaltete Maura ihre Taschenlampe aus. Rizzoli tat es ihr gleich.

In der plötzlichen totalen Finsternis fühlte Maura, wie

ihr Puls raste. *Wir können nicht sehen, was um uns herum ist. Was vielleicht in diesem Moment auf uns zukommt.* Sie blinzelte, versuchte ihre Augen zu zwingen, sich schneller an die Dunkelheit zu gewöhnen. Und dann sah sie etwas Helles – dünne Lichtfäden, die durch die Ritzen im Boden schimmerten. Hier und da fiel auch ein breiterer Strahl durch ein Astloch oder eine Lücke zwischen den verzogenen Dielen.

Maura hörte Rizzolis knarrende Schritte. Dann sah sie ihre schemenhafte Gestalt plötzlich in die Knie gehen. Sie drückte das Gesicht an den Boden und verharrte eine Weile in dieser Haltung. Dann lachte sie leise auf. »He, das ist wie damals auf der Revere High, wenn wir heimlich die Jungs in der Umkleide beobachtet haben.«

»Was sehen Sie da?«

»Camilles Zimmer. Wir sind direkt darüber. Hier ist ein Astloch.«

Maura tastete sich durch die Dunkelheit zu der Stelle, wo Rizzoli am Boden kauerte. Sie kniete sich neben sie und spähte durch das Loch.

Sie konnte direkt auf Camilles Schreibtisch sehen.

Maura richtete sich auf, und ein Schauder überlief sie, wie eiskalte Finger, die ihr über das Rückgrat strichen. *Was immer es ist, was hier oben lauert – es konnte mich sehen, als ich in dem Zimmer war. Es hat mich beobachtet.*

Tapp, tapp, tapp.

Rizzoli wirbelte so urplötzlich herum, dass sie Maura den Ellbogen in die Seite stieß.

Mit zitternden Fingern schaltete Maura ihre Taschenlampe ein. Wild zuckte der Strahl hin und her, auf der Jagd nach dem unbekannten Wesen, das hier lauerte. Spinnweben und massive, tief hängende Querbalken blitzten vor Mauras Augen auf und verschwanden wieder in der Schwärze. Es war so warm hier oben, so dumpf und stickig, und das Gefühl, keine Luft zu bekommen, steigerte ihre Panik noch.

Sie und Rizzoli hatten instinktiv eine Verteidigungshaltung eingenommen und standen Rücken an Rücken. Maura konnte Rizzolis angespannte Muskeln spüren, konnte ihre schnellen Atemstöße hören, als sie die dunklen Winkel absuchten und jeden Moment damit rechneten, in ein funkelndes Augenpaar, eine bedrohliche Fratze zu blicken.

Maura versuchte so hastig ihre ganze Umgebung zu erfassen, dass sie es beim ersten Mal, als der Lichtkegel ihrer Lampe darüber hinwegglitt, noch übersah. Erst als sie ihn in die andere Richtung schwenkte, wurde der Strahl am äußersten Ende durch eine Unregelmäßigkeit auf dem groben Dielenboden abgelenkt. Sie hielt inne und schaute genauer hin – und konnte nicht glauben, was sie da sah.

Sie ging einen Schritt darauf zu, und je näher sie kam, desto mehr wuchs ihr Entsetzen. Immer mehr ähnliche Formen tauchten im Lichtkegel auf – der ganze Boden lag voll davon. So viele …

Um Gottes willen – es ist ein Friedhof. Ein Friedhof für Neugeborene.

Der Lichtstrahl wackelte. Sie, die am Autopsietisch stets mit ruhiger Hand das Skalpell geführt hatte, zitterte jetzt am ganzen Leib. Sie blieb stehen und leuchtete mit der Taschenlampe direkt in ein Gesicht. Blaue Augen strahlten sie an, glänzend wie Murmeln. Sie starrte sie an, und nach und nach wurde ihr klar, was sie da vor sich hatte.

Und sie lachte. Ein halb erstickter Laut der Verblüffung.

Inzwischen stand Rizzoli schon neben ihr und leuchtete das Gesicht mit ihrer eigenen Lampe an – die rosige Haut, den Schmollmund, die leblosen Augen. »Was haben Sie denn?«, sagte sie. »Das ist ja bloß eine Puppe.«

Maura ließ den Strahl ihrer Lampe über die anderen Gegenstände gleiten, die auf dem Boden lagen. Sie erblickte glatte Plastikhaut, mollige Gliedmaßen. Glasaugen funkelten sie an. »Es sind alles Puppen«, sagte sie. »Eine ganze Sammlung davon.«

»Sehen Sie, wie ordentlich sie aufgereiht sind? Wie in einer Säuglingsstation.«

»Oder wie bei einem Ritual«, sagte Maura leise. Ein gottloses Ritual in diesem christlichen Haus.

»O Mann. Jetzt fange ich auch an, mich zu gruseln.«

Tapp, tapp, tapp.

Sie fuhren beide herum, die Lichtkegel ihrer Taschenlampen durchschnitten die Dunkelheit – und fanden nichts. Das Geräusch war leiser gewesen als zuvor. Was immer hier mit ihnen auf dem Dachboden war, hatte sich von ihnen wegbewegt, außer Reichweite ihrer Lampen. Erschrocken registrierte Maura, dass Rizzoli ihre Waffe gezogen hatte – es war so schnell gegangen, dass sie es gar nicht mitbekommen hatte.

»Ich glaube nicht, dass es ein Tier ist«, sagte Maura.

Nach einer Weile kam Rizzolis Antwort: »Ich auch nicht.«

»Lassen Sie uns von hier verschwinden. Bitte.«

»Okay.« Rizzoli atmete tief durch, und Maura registrierte bei ihr zum ersten Mal das Tremolo der Angst. »Okay, gut. Kontrollierter Rückzug. Wir wollen ja nichts überstürzen.«

Sie blieben dicht hintereinander, als sie zum Ausgang zurückgingen. Die Luft wurde kühler und feuchter – vielleicht war es aber auch nur die Angst, die Maura frösteln ließ. Als sie sich der Öffnung in der Holztäfelung näherten, wäre sie am liebsten mit einem Satz nach draußen gesprungen.

Sie schlüpften hinaus auf die Empore der Kapelle. Maura sog die kalte Luft in ihre Lungen, und ihre Angst verflüchtigte sich mit jedem Atemzug. Hier, wo es hell war, konnte sie sich wieder als Herrin der Lage fühlen, hier konnte sie wieder logisch denken. Was hatte sie denn wirklich gesehen dort auf diesem dunklen Dachboden? Eine Reihe von Puppen, mehr nicht. Plastikkörper, Glasaugen und Haare aus Nylon.

»Es war kein Tier«, sagte Rizzoli. Sie war in die Hocke gegangen und fixierte den Boden der Empore.

»Was?«

»Hier ist ein Fußabdruck.« Rizzoli zeigte auf ein Muster aus feinen Staubkörnchen. Das Profil einer Turnschuhsohle.

Maura blickte über die Schulter und sah, dass auch sie Staub aus dem Dachboden auf die Empore hinausgetragen hatte. Wer auch immer diesen Abdruck hinterlassen hatte, war kurz vor ihnen hinausgeschlüpft.

»Na, da hätten wir ja unser unbekanntes Wesen«, meinte Rizzoli kopfschüttelnd. »Mein Gott, ich bin bloß froh, dass ich nicht geschossen habe. Allein die Vorstellung …«

Maura starrte den Abdruck an und erschauderte. Er stammte von einem Kind.

6

Grace Otis saß am Esstisch im Refektorium und schüttelte missbilligend den Kopf. »Sie ist doch erst sieben. Sie können ihr kein Wort glauben. Mich lügt sie auch ständig an.«

»Wir würden trotzdem gerne mit ihr sprechen«, erwiderte Rizzoli. »Natürlich nur mit Ihrer Erlaubnis.«

»Worüber denn?«

»Wir wollen sie fragen, was sie da oben auf dem Dachboden gemacht hat.«

»Hat sie irgendwas kaputtgemacht? Ist es das?« Grace' Blick zuckte nervös zu Mutter Mary Clement. Die Äbtissin hatte Grace aus der Küche hergeholt. »Sie wird ihre Strafe bekommen, Ehrwürdige Mutter. Ich versuche immer, sie im Auge zu behalten, aber sie lässt sich nie was anmerken, wenn sie wieder was angestellt hat. Ich weiß die halbe Zeit nicht, wo sie steckt...«

Mary Clement legte ihre gichtige Hand auf Grace' Schulter. »Bitte, lassen Sie doch die Polizei mit ihr sprechen.«

Grace verharrte eine Weile in unentschlossenem Schweigen. Ihre Schürze war von der Arbeit in der Küche mit Fettflecken und Tomatensauce bespritzt, und ein paar Strähnen ihres glanzlosen braunen Haars hatten sich aus dem Knoten gelöst und hingen ihr matt in das verschwitzte Gesicht. Es war ein grobes, verhärmtes Gesicht, das vermutlich nie schön gewesen war und nun durch Falten, die die Verbitterung gegraben hatte, zusätzlich entstellt war. Doch solange die anderen auf ihre Entscheidung warteten, hatte sie sie in der Hand, was sie weidlich auszukosten schien. Und sie zögerte den Moment so lange wie irgend möglich hinaus und ließ Rizzoli und Maura zappeln.

»Wovor haben Sie denn Angst, Mrs. Otis?«, fragte Maura mit ruhiger Stimme.

Die Frage schien Grace zu verärgern. »Ich habe vor nichts Angst.«

»Und warum wollen Sie uns dann nicht mit Ihrer Tochter sprechen lassen?«

»Weil man ihr nichts glauben kann.«

»Ja, wir wissen ja, dass sie erst sieben ist …«

»Sie lügt!«, stieß Grace aggressiv hervor. Ihr ohnehin nicht sehr attraktives Gesicht nahm einen noch hässlicheren Ausdruck an. »Sie lügt bei jeder Gelegenheit. Auch bei ganz albernen Kleinigkeiten. Sie können ihr nicht glauben – kein Wort.«

Maura sah die Äbtissin an, doch diese schüttelte nur ratlos den Kopf.

»Das Mädchen ist eigentlich immer ganz still und unauffällig gewesen«, sagte Mary Clement. »Deshalb haben wir Grace auch gestattet, sie zur Arbeit mitzubringen.«

»Ich kann mir keinen Babysitter leisten«, warf Grace ein. »Ich kann mir eigentlich gar nichts leisten. Ich könnte gar nicht arbeiten gehen, wenn ich sie nicht nach der Schule mitnehmen könnte.«

»Und sie wartet hier einfach nur auf Sie?«, fragte Maura. »So lange, bis Sie Feierabend haben?«

»Was soll ich denn mit ihr machen? Ich muss schließlich arbeiten. Es ist ja nicht so, als würden sie meinen Mann dort umsonst pflegen. Heutzutage lassen sie einen noch nicht mal sterben, wenn man nicht das nötige Kleingeld hat.«

»Wie bitte?«

»Ich rede von meinem Mann. Er liegt im St.-Catherine's-Hospiz. Der liebe Gott weiß, wie lange er es da noch aushalten muss.« Der Blick, den Grace der Äbtissin zuwarf, war wie ein Giftpfeil. »Dass ich hier arbeite, gehört mit zu der Vereinbarung.«

Offenbar keine Vereinbarung, mit der alle Beteiligten glücklich waren, dachte Maura. Grace war höchstens Mitte dreißig, aber es musste ihr so vorkommen, als hätte sie ihr Leben schon hinter sich. Sie war gefangen in ihren Verpflichtungen – gegenüber einer Tochter, für die sie offensichtlich kaum etwas empfand, und gegenüber einem Ehemann, der sich mit dem Sterben zu viel Zeit ließ. Für Grace Otis war Graystones Abbey kein Zufluchtsort, sondern ein Gefängnis.

»Warum ist Ihr Mann in St. Catherine's?«, fragte Maura behutsam nach.

»Das habe ich Ihnen doch schon gesagt. Er liegt im Sterben.«

»Und was hat er?«

»ALS. Amyotrophische Lateralsklerose«, antwortete Grace mit unbewegter Stimme, doch Maura kannte die schreckliche Wirklichkeit hinter diesem Namen. Als Medizinstudentin hatte sie einmal einen Patienten mit amyotrophischer Lateralsklerose untersucht. Obwohl er bei vollem Bewusstsein war und Schmerzen empfinden konnte, hatte der Muskelschwund ihn bereits vollständig gelähmt – reduziert auf ein Gehirn, das in einem unbrauchbaren Körper gefangen war. Sie hatte sein Herz und seine Lungen untersucht und seinen Bauch abgetastet und hatte gespürt, dass er sie unentwegt ansah. Doch sie hatte seinen Blick gemieden, weil sie um die Verzweiflung wusste, die ihr aus seinen Augen entgegenblicken würde. Und als sie endlich sein Krankenzimmer verlassen hatte, da hatte sie sowohl Erleichterung als auch einen leisen Anflug von schlechtem Gewissen empfunden – aber nur einen Anflug. Seine Tragödie war schließlich nicht die ihre. Sie war nur eine Studentin, die flüchtig mit seinem Schicksal in Berührung gekommen war, und nichts verpflichtete sie dazu, die Bürde seines Unglücks mitzutragen. Es stand ihr frei, ihrer Wege zu gehen, und genau das hatte sie getan.

Aber Grace Otis konnte das nicht. Und das Ergebnis stand ihr in Falten des Grolls und der Verbitterung ins Gesicht geschrieben; es sprach aus den vorzeitig ergrauten Strähnen in ihrem Haar. »Ich habe Sie jedenfalls gewarnt«, sagte sie. »Man kann ihr nicht trauen. Sie erzählt gerne Geschichten. Und die sind manchmal absolut lächerlich.«

»Wir haben schon verstanden«, sagte Maura. »Das tun alle Kinder.«

»Aber wenn Sie mit ihr reden wollen, muss ich mit dabei sein. Ich muss doch aufpassen, dass sie sich anständig benimmt.«

»Natürlich. Das ist Ihr gutes Recht als Mutter.«

Jetzt endlich stand Grace auf. »Noni versteckt sich in der Küche. Ich gehe sie holen.«

Es vergingen einige Minuten, bis Grace wiederkam. An der Hand zerrte sie ein kleines Mädchen mit dunklen Haaren hinter sich her. Es war nicht zu übersehen, dass Noni nicht herauskommen wollte, und sie leistete bis zuletzt Widerstand, sträubte sich mit jeder Faser ihres kleinen Körpers gegen Grace' erbarmungslosen Griff. Schließlich packte die Mutter das Mädchen kurzerhand unter den Armen und pflanzte es auf einen Stuhl, wobei sie es nicht gerade sanft anfasste, sondern vielmehr mit dem angewiderten Überdruss einer Frau, die am Ende ihrer Nerven ist. Das Mädchen blieb einen Moment lang ganz still sitzen; dass ihr Widerstand so schnell gebrochen worden war, schien ihr die Sprache verschlagen zu haben. Sie war ein lockenköpfiger Kobold mit trotzig vorgerecktem Kinn und lebhaften dunklen Augen, die rasch alle Gesichter am Tisch erfassten. Für Mary Clement hatte sie nur einen flüchtigen Blick übrig. Ein wenig intensiver musterte sie Maura, doch dann fanden ihre Augen Rizzoli und blieben an ihr haften, als wäre sie es als Einzige wert, beachtet zu werden. Wie ein Hund, der sich ausgerechnet den einzigen Asthmatiker unter den Anwesenden als Opfer aussucht, hatte Noni sich die Person herausgepickt, die am wenigsten mit Kindern anfangen konnte.

Grace stieß ihre Tochter an. »Du musst mit ihnen reden.«

Noni verzog widerwillig das Gesicht. Und stieß mit einem heiseren Krächzen nur zwei Wörter hervor: »Mag nich'.«

»Es ist mir egal, ob du magst oder nicht. Die Leute sind von der Polizei.«

Noni fixierte weiterhin Rizzoli. »Die sehen aber nicht aus wie Polizisten.«

»Aber es sind trotzdem welche«, sagte Grace. »Und wenn du ihnen nicht die Wahrheit sagst, werfen sie dich ins Gefängnis.«

Jeder Polizist hasste es, wenn Eltern so etwas sagten. So brachte man den Kindern bei, sich vor den Menschen zu fürchten, denen sie eigentlich vertrauen sollten.

Rizzoli gab Grace rasch ein Zeichen, um sie zum Schweigen zu bringen. Dann ging sie vor Nonis Stuhl in die Hocke, so dass sie mit dem Mädchen auf Augenhöhe war. Mit ihren dunklen Locken und ihren ernsthaften Augen sahen sie einander so ähnlich, dass Rizzoli meinte, sich selbst in einer Miniaturausgabe vor sich zu haben. Wenn Noni auch noch genauso dickköpfig war wie sie, dann würden hier bald die Fetzen fliegen.

»Eins wollen wir gleich mal klarstellen, okay?«, sagte Rizzoli zu dem Mädchen. Ihr Ton war brüsk und direkt, als ob sie es nicht mit einem Kind, sondern einer kleinen Erwachsenen zu tun hätte. »Ich werde dich nicht ins Gefängnis werfen. Ich werfe nie Kinder ins Gefängnis.«

Das Mädchen beäugte sie skeptisch. »Auch nicht, wenn sie böse sind?«, fragte sie kritisch nach.

»Auch nicht, wenn sie böse sind.«

»Auch nicht, wenn sie ganz, ganz böse sind?«

Rizzoli zögerte, und in ihren Augen blitzte Unwille auf. Noni wollte einfach nicht lockerlassen. »Okay«, gestand sie. »Die ganz, ganz *Superbösen* schicke ich in die Jugendstrafanstalt.«

»Das ist ein Gefängnis für Kinder.«

»Ja, so was Ähnliches.«

»Also wirfst du doch Kinder ins Gefängnis.«

Rizzoli warf Maura einen Blick zu, der sagte: *Ist das denn zu glauben?* »Okay«, seufzte sie. »Der Punkt geht an dich. Aber *dich* werde ich nicht ins Gefängnis werfen. Ich will bloß mit dir reden.«

»Wieso hast du denn keine Uniform an?«

»Weil ich von der Kriminalpolizei bin. Wir tragen keine Uniform. Aber ich bin ein richtiger Polizist.«

»Aber du bist doch eine Frau.«

»Ja, okay – ich bin eine Polizistin. Also, willst du mir jetzt vielleicht erzählen, was du da oben auf dem Dachboden gemacht hast?«

Noni zog den Kopf ein und stierte Rizzoli einfach nur an wie ein Ölgötze. Eine volle Minute lang fixierten sie einander, während jede darauf wartete, dass die andere zuerst das Schweigen brach.

Endlich riss Grace der Geduldsfaden, und sie knuffte Noni unsanft in die Schulter. »Los! Sag's ihr schon!«

»Bitte, Mrs. Otis«, sagte Rizzoli. »Das ist doch nicht nötig.«

»Aber Sie sehen doch, was das für eine ist! Auf die einfache Tour geht bei der gar nichts. Ständig macht sie nur Ärger.«

»Jetzt wollen wir doch mal ganz locker bleiben, okay? Ich kann warten.« *Ich kann genauso lange warten wie du, Kleine,* ließ Rizzolis Blick das Mädchen wissen. »Also komm schon, Noni. Sag uns, wo du diese Puppen her hast. Die, mit denen du da oben gespielt hast.«

»Ich hab sie nicht gestohlen.«

»Das habe ich ja auch nicht gesagt.«

»Ich hab sie gefunden. Eine ganze Kiste voll.«

»Wo?«

»Auf dem Dachboden. Da oben gibt's noch mehr Kisten.«

»Du hättest gar nicht da oben sein dürfen«, mischte sich Grace ein. »Du sollst in der Nähe der Küche bleiben und niemanden ärgern.«

»Ich hab niemand geärgert. Und hier ist doch sowieso niemand, den man ärgern könnte.«

»Du hast die Puppen also auf dem Dachboden gefunden«, sagte Rizzoli, um wieder auf das eigentliche Thema zurückzukommen.

»Eine ganze Kiste voll.«

Rizzoli sah Mary Clement fragend an, worauf diese erklärte: »Sie stammen von einem Wohltätigkeitsprojekt, das wir vor einigen Jahren durchgeführt haben. Wir haben Puppenkleider genäht, als Teil einer Spende für ein Waisenhaus in Mexiko.«

»Du hast also die Puppen gefunden«, sagte Rizzoli zu Noni. »Und du hast da oben mit ihnen gespielt?«

»Es hat ja niemand sonst sie gebraucht.«

»Und woher wusstest du, wie man in den Dachboden reinkommt?«

»Ich hab den Mann da reingehen sehen.«

Den Mann? Rizzoli warf Maura einen raschen Blick zu. Dann rückte sie ein Stück näher an Noni heran. »Welchen Mann denn?«

»Der hatte so Sachen an seinem Gürtel.«

»Sachen?«

»Einen Hammer und so.« Sie zeigte mit dem Finger auf die Äbtissin. »Sie hat ihn auch gesehen. Sie hat mit ihm geredet.«

Mutter Mary Clement lachte erleichtert auf. »Ach, jetzt weiß ich, wen sie meint. Wir hatten in den letzten Monaten hier verschiedene Renovierungsarbeiten. Die Handwerker waren auch auf dem Dachstuhl, um die neue Isolierung zu verlegen.«

»Wann war das?«, wollte Rizzoli wissen.

»Im Oktober.«

»Haben Sie von allen diesen Männern die Namen?«

»Ich kann in den Büchern nachsehen. Wir führen Buch über sämtliche Zahlungen an Handwerker.«

Es war also gar keine so sensationelle Enthüllung. Das Mädchen hatte gesehen, wie die Handwerker in einen verborgenen Winkel des Hauses eingestiegen waren, von dem sie nichts gewusst hatte. Eine rätselhafte Kammer, in die man nur durch eine Geheimtür gelangen konnte. Kein normales Kind hätte der Versuchung widerstehen können, einen Blick hineinzuwerfen – und schon gar nicht ein so neugieriges Mädchen wie Noni.

»Und es hat dir gar nichts ausgemacht, dass es da oben so dunkel ist?«, fragte Rizzoli.

»Ich hab doch eine Taschenlampe.« *Was für eine doofe Frage*, schien Nonis Tonfall zu besagen.

»Du hattest gar keine Angst? So ganz allein?«

»Wieso denn?«

Ja, wieso? Das fragte Maura sich auch. Dieses kleine Mädchen war furchtlos; es ließ sich von der Dunkelheit ebenso wenig einschüchtern wie von der Polizei. Da saß sie und blickte Rizzoli ganz ruhig in die Augen, als ob sie es wäre, die das Gespräch führte. Aber so selbstsicher sie auch wirkte, sie war dennoch ein Kind, und dazu ein ziemlich verwahrlostes. Ihr Haar war ein wirrer Mopp, gepudert mit Staub vom Dachboden. Ihr rosa Sweatshirt sah aus, als hätten es schon mehrere Kinder vor ihr getragen; es war ein paar Nummern zu groß, und die umgeschlagenen Ärmel starrten vor Schmutz. Nur ihre Schuhe sahen neu aus – modische Kindersportschuhe mit Klettverschluss. Ihre Füße reichten nicht ganz bis auf den Boden, und sie schwang sie unentwegt in einem monotonen Rhythmus hin und her. Ein Metronom, gespeist von überschüssiger Energie.

»Glauben Sie mir, ich habe nicht gewusst, dass sie sich da oben rumgetrieben hat«, sagte Grace. »Ich kann doch nicht pausenlos hinter ihr her sein. Ich muss schließlich dafür sorgen, dass das Essen rechtzeitig auf dem Tisch steht, und hinterher muss ich noch abräumen und spülen. Vor neun kommen wir nicht hier raus, und bis ich sie im Bett habe, ist es meistens zehn.« Grace sah Noni an. »Das ist ein Teil des Problems, wissen Sie. Sie ist immer müde und quengelig, und deshalb gibt es ständig Streit. Letztes Jahr habe ich wegen ihr ein Magengeschwür gekriegt. Hat mich so gestresst, dass mein Magen angefangen hat, sich selbst zu verdauen. Ich habe mich vor Schmerzen gekrümmt, aber meinen Sie, das hätte sie interessiert? Sie hat trotzdem jedes Mal Theater gemacht, wenn sie ins Bett oder in die Badewanne sollte. Kein Gedanke an andere. Aber so sind sie nun mal, die lieben Kleinen. Totale Egoisten. Die ganze Welt dreht sich nur um *sie.*«

Während Grace ihrem Frust Luft machte, beobachtete Maura Nonis Reaktion. Das Mädchen saß vollkommen reglos da, es hatte aufgehört, mit den Füßen zu baumeln, und starrte mit störrisch zusammengepressten Lippen ins Leere. Doch in den dunklen Augen schimmerten kurz Tränen auf. Im nächsten Moment waren sie wieder verschwunden, verstohlen weggewischt mit einem schmutzigen Ärmelaufschlag. Sie hat schließlich Augen und Ohren im Kopf, dachte Maura. Sie hört den Zorn in der Stimme ihrer Mutter. Gewiss vermittelt Grace ihr Tag für Tag auf ein Dutzend verschiedene Arten und Weisen ihre Ablehnung. Und das Kind begreift. Kein Wunder, dass Noni schwierig ist; kein Wunder, dass sie Grace wütend macht. Denn diese Wut ist dic einzige Gefühlsäußerung, die sie ihrer Mutter abringen kann, der einzige Beweis, dass sie überhaupt noch irgendwelche Gefühle für ihre Tochter hegt. Sie ist erst sieben Jahre alt, und sie weiß jetzt schon, dass alle ihre Bemühungen, die Liebe ihrer Mutter zu gewinnen, gescheitert sind. Sie weiß mehr, als die Erwachsenen ihr zutrauen, und was sie sieht und hört, kann nur schmerzhaft für sie sein.

Rizzoli hatte schon zu lange vor Nonis Stuhl gehockt. Jetzt richtete sie sich auf, um ihre Beine zu strecken. Es war schon acht Uhr, sie hatten das Abendessen ausfallen lassen, und Rizzolis Energiereserven schienen fast aufgebraucht. Sie stand da und betrachtete das Mädchen, dessen Haar genauso zerzaust war wie das ihre, dessen Miene genauso entschlossen war wie ihre eigene. Mit dem Ausdruck strapazierter Geduld fragte Rizzoli: »Gehst du oft rauf auf den Dachstuhl, Noni?«

Die Antwort war ein Nicken, das die staubigen Locken fliegen ließ.

»Und was machst du da so?«

»Nichts.«

»Du hast doch gerade gesagt, dass du mit deinen Puppen spielst.«

»Aber das *weißt* du doch schon.«

»Und was machst du sonst noch?«

Das Mädchen zuckte mit den Schultern.

Rizzoli ließ nicht locker. »Na komm schon, es muss doch langweilig sein da oben. Ich kann mir nicht vorstellen, dass du so viel Zeit oben auf dem Dachboden verbringst, wenn es da nicht irgendwas Interessantes zu sehen gibt.«

Noni schlug die Augen nieder.

»Guckst du vielleicht auch mal den Schwestern zu? Du weißt schon – einfach nur, um zu sehen, was sie so machen?«

»Ich sehe sie doch die ganze Zeit.«

»Und wenn sie in ihren Zimmern sind?«

»Da darf ich nicht rein.«

»Aber schaust du ihnen nicht auch manchmal zu, wenn sie dich nicht sehen können? Wenn sie nicht wissen, dass du sie beobachtest?«

Noni hielt den Kopf immer noch gesenkt. »Das darf man nicht«, nuschelte sie in ihr Sweatshirt.

»Und du wirst dich hüten, so etwas zu tun!«, sagte Grace. »Das ist eine Verletzung der Privatsphäre, das habe ich dir schon einmal gesagt.«

Noni verschränkte die Arme vor der Brust und verkündete mit lauter Stimme: »Eine Verletzung der *Privatfähre*!« Es hörte sich ganz so an, als machte sie sich über ihre Mutter lustig. Grace lief rot an und machte eine Bewegung auf ihre Tochter zu, als ob sie sie schlagen wollte.

Rizzoli gebot ihr mit einer raschen Geste Einhalt. »Würde es Ihnen etwas ausmachen, uns für ein paar Minuten allein zu lassen, Mrs. Otis? Ehrwürdige Mutter?«

»Sie haben gesagt, ich dürfte dabei sein«, protestierte Grace.

»Ich glaube, bei Noni müssen wir unsere speziellen polizeilichen Überredungsmethoden einsetzen. Es wird besser funktionieren, wenn Sie nicht dabei sind.«

»Ach so.« Grace nickte, und ihre Augen funkelten bösartig. »Selbstverständlich.« Rizzoli hatte die Frau richtig eingeschätzt: Grace war keineswegs daran interessiert, ihre

Tochter zu schützen. Vielmehr wollte sie Noni bestraft wissen. Wollte sehen, wie sie eingeschüchtert, gefügig gemacht wurde. Grace warf Noni einen Blick zu, der sagte: *Jetzt bist du fällig.* Dann verließ sie den Raum, gefolgt von der Äbtissin.

Eine Zeit lang sagte niemand etwas. Noni saß mit gesenktem Kopf da, die Hände im Schoß verschränkt. Die kindliche Unschuld in Person. Was für eine Schauspielerin sie doch war.

Rizzoli zog einen Stuhl heran und setzte sich dem Mädchen gegenüber. Und dann wartete sie einfach nur ab, ohne ein Wort zu sprechen. Ließ die Stille für sich arbeiten.

Endlich schielte Noni zwischen wirren Locken hindurch verstohlen nach Rizzoli. »Worauf wartest du denn?«, fragte sie.

»Darauf, dass du mir sagst, was du in Camilles Zimmer gesehen hast. Ich weiß nämlich, dass du sie heimlich beobachtet hast. Ich habe das auch gemacht, als ich klein war. Die Erwachsenen ausspioniert. Um rauszukriegen, was für komische Sachen sie machen.«

»Das ist 'ne Verletzung der Privatfähre.«

»Ja, aber es macht Spaß, nicht wahr?«

Langsam hob Noni den Kopf und fixierte Rizzoli mit ihren dunklen, ernsthaften Augen. »Das ist ein Trick.«

»Ich trickse nicht, okay? Ich brauche deine Hilfe. Und ich denke, dass du ein kluges Mädchen bist. Ich wette, du siehst Sachen, die den Erwachsenen gar nicht auffallen. Oder, was meinst du?«

Noni hob genervt die Schultern. »Vielleicht.«

»Dann erzähl mir doch mal, was du gesehen hast. Was treiben die Nonnen denn so?«

»Meinst du die komischen Sachen, die sie machen?«

»Ja.«

Noni beugte sich zu Rizzoli vor und sagte leise: »Schwester Abigail muss eine Windel tragen. Sie macht sich in die Hose, weil sie schon total alt ist.«

»Wie alt ist sie denn, was meinst du?«

»Na, so fünfzig.«

»Ui. Das ist *wirklich* alt.«

»Schwester Cornelia bohrt in der Nase.«

»Igitt!«

»Und dann schnipst sie's auf den Boden, wenn sie denkt, dass niemand hinguckt.«

»Igittigitt!«

»Und dann sagt sie mir, ich soll mir die Hände waschen, weil ich ein schmutziges kleines Mädchen bin. Aber sie selber wäscht sich nicht die Hände, und dabei hat sie Popel an den Fingern.«

»Du verdirbst mir den Appetit, Kleine.«

»Und da hab ich sie gefragt, warum sie sich nicht die Popel abwäscht, und da ist sie ganz böse geworden. Sie hat gesagt, ich würde zu viel reden. Das hat Schwester Ursula auch gesagt, weil ich gefragt hab, warum die Frau keine Finger hat, und da hat sie gesagt, ich soll still sein. Und meine Mama sagt mir immer, ich soll mich entschuldigen. Sie sagt, sie müsste sich für mich schämen. Weil ich mich immer irgendwo rumtreibe, wo ich nichts verloren hab.«

»Okay, okay«, unterbrach sie Rizzoli und zog ein Gesicht, als bekäme sie einen Migräneanfall. »Das ist alles wirklich sehr interessant. Aber weißt du, was ich wirklich gerne hören würde?«

»Was denn?«

»Was du in Camilles Zimmer gesehen hast. Durch dieses Guckloch. Du hast doch da durchgeschaut, nicht wahr?«

Noni starrte wieder auf ihren Schoß. »Kann sein.«

»Ja oder nein?«

Diesmal war die Antwort ein gehorsames Nicken. »Ich wollte bloß sehen …«

»Was wolltest du sehen?«

»Was sie unter ihren Kleidern anhaben.«

Maura musste sich beherrschen, um nicht laut loszulachen. Sie musste an ihre Jahre in der Klosterschule denken, als auch sie sich die Frage gestellt hatte, was die Schwestern wohl unter ihrer Tracht trugen. Die Nonnen waren ihr so rätselhaft erschienen, fremdartige Wesen, die ihre Körperformen unter wallenden schwarzen Gewändern vor neugierigen Blicken verbargen. Was trug eine Braut Christi auf der nackten Haut? Sie hatte sich hässliche lange Unterhosen vorgestellt, die bis zum Nabel reichten, Baumwoll-BHs, die möglichst stark verhüllen und verkleinern sollten, oder dicke Strümpfe, die sich wie Wurstpellen über Beine mit hervorstehenden blauen Krampfadern rollten. Sie hatte sich Körper vorgestellt, die in Lage um Lage schlichten Baumwollstoffs eingewickelt waren. Und dann hatte sie eines Tages beobachtet, wie Schwester Lawrencia, die mit dem verkniffenen Mund, beim Treppensteigen den Saum ihrer Tracht gelüpft hatte, und darunter hatte ein Stück scharlachroten Stoffs aufgeblitzt. Nicht einfach nur ein roter Unterrock, nein – ein rotglänzender *Seidenunterrock*! Nach diesem Erlebnis hatte sie Schwester Lawrencia wie überhaupt alle Nonnen mit gänzlich neuen Augen betrachtet.

»Weißt du«, sagte Rizzoli und rückte näher an das Mädchen heran, »ich habe mich auch immer schon gefragt, was sie eigentlich unter ihrer Tracht tragen. Hast du es gesehen?«

Noni schüttelte ernst den Kopf. »Sie hat ihre Kleider nie ausgezogen.«

»Nicht mal, wenn sie ins Bett gegangen ist?«

»Ich muss doch nach Hause, ehe die Nonnen ins Bett gehen. Das hab ich nie gesehen.«

»Also gut, was hast du denn gesehen? Was hat Camille

gemacht, wenn sie ganz allein dort oben in ihrem Zimmer war?«

Noni verdrehte die Augen, als ob so eine banale Beobachtung kaum der Rede wert wäre. »Sie hat geputzt. Die ganze Zeit. Sie war eine richtige *Putzfrau.*«

Maura dachte an den blitzsauberen Boden, die bis auf das blanke Holz durchgescheuerten Dielen.

»Was hat sie sonst noch getan?«

»Sie hat ihr Buch gelesen.«

»Und sonst?«

Noni hielt kurz inne, bevor sie antwortete: »Sie hat viel geweint.«

»Weißt du, warum sie geweint hat?«

Das Mädchen biss sich auf die Unterlippe und dachte angestrengt nach. Plötzlich hellte sich ihre Miene auf. »Weil sie so traurig war wegen Jesus.«

»Wie kommst du darauf?«

Das Mädchen seufzte genervt. »Weißt du denn nicht, dass Jesus am Kreuz gestorben ist?«

»Vielleicht hat sie ja wegen etwas anderem geweint.«

»Aber sie hat ihn die ganze Zeit angeguckt. Er hängt doch bei ihr an der Wand.«

Maura dachte an das Kruzifix, das über Camilles Bett hing. Und vor ihrem geistigen Auge sah sie die junge Novizin vor diesem Kreuz knien und beten … Aber um was? Um Vergebung ihrer Sünden? Erlösung von den Folgen? Doch mit jedem Monat war das Kind in ihrem Leib größer geworden, und sie hatte gespürt, wie es sich bewegt hatte. Wie es sie mit seinen kleinen Füßchen getreten hatte. Auch noch so viel inbrünstiges Beten und rastloses Schrubben konnte sie von dieser Schuld nicht reinwaschen.

»Sind wir jetzt fertig?«, fragte Noni.

Rizzoli lehnte sich mit einem Seufzer zurück. »Ja, Kleine.

Wir sind fix und fertig. Du kannst wieder zu deiner Mama gehen.«

Das Mädchen sprang von seinem Stuhl herunter und landete geräuschvoll auf dem Boden. Die Locken tanzten um ihre Stirn. »Sie war auch traurig wegen der Enten.«

»Mmh, das wäre jetzt gar nicht so übel«, meinte Rizzoli. »Ein leckerer Entenbraten.«

»Sie hat sie immer gefüttert, aber dann sind alle weggeflogen, weil es Winter war. Meine Mama sagt, manche kommen nie mehr zurück, weil sie da unten im Süden aufgegessen werden.«

»Tja, so ist das Leben.« Rizzoli scheuchte sie weg. »Los, lauf schnell, deine Mama wartet schon.«

Das Mädchen war fast schon an der Küchentür, als Maura ihr nachrief: »Noni? Wo waren denn diese Enten, die Camille immer gefüttert hat?«

»Na, im Teich.«

»In welchem Teich?«

»Na, da hinterm Haus. Sie ist immer noch hingegangen und hat sie gesucht, obwohl sie schon längst weggeflogen waren, aber meine Mama hat gesagt, sie vergeudet nur ihre Zeit, weil sie wahrscheinlich alle in Florida sind. Disneyworld ist auch in Florida«, fügte sie noch hinzu, bevor sie zur Tür hinaushüpfte.

Es war lange still.

Dann wandte Rizzoli sich langsam zu Maura um und sah sie an. »Haben Sie auch gehört, was ich gerade gehört habe?«

»Ja.«

»Denken Sie …«

Maura nickte. »Sie müssen im Ententeich suchen.«

Es war schon fast zehn, als Maura in ihre Einfahrt einbog. Das Licht, das in ihrem Wohnzimmer brannte, erweckte den Eindruck, dass jemand zu Hause war und auf sie wartete, doch sie wusste genau, dass das Haus leer war. Es war immer nur ein leeres Haus, das auf sie wartete, und die Lampen wurden nicht etwa von Menschenhand eingeschaltet, sondern von drei Zeitschaltuhren, die sie für 5,99 Dollar im Supermarkt erstanden hatte. An den kurzen Wintertagen stellte sie sie auf 17.00 Uhr ein, um zu vermeiden, dass sie in ein dunkles Haus zurückkam. Sie hatte sich für den Vorort Brookline im Westen von Boston entschieden, weil er ihr mit seinen ruhigen, von Bäumen gesäumten Wohnstraßen ein Gefühl der Sicherheit vermittelte. Die meisten Leute hier waren Akademiker wie sie, die in der Stadt arbeiteten und jeden Abend vor der Hektik in diese Vorstadtoase flohen. Ihre unmittelbaren Nachbarn waren auf der einen Seite Mr. Telushkin, ein Experte für Robotertechnik aus Israel, und auf der anderen zwei Bürgerrechtsanwältinnen namens Lily und Susan. Im Sommer hielten sie alle ihre Vorgärten tipptopp in Schuss und putzten regelmäßig ihre Autos – eine moderne Version des amerikanischen Traums, in dem lesbische Paare und eingewanderte Ingenieure einander über sorgsam gestutzte Hecken fröhlich zuwinkten. Eine sicherere Wohngegend konnte man kaum finden, jedenfalls nicht in einer vergleichbar zentralen Lage – doch Maura wusste auch, dass alle Vorstellungen von absoluter Sicherheit im Grunde eine Illusion waren. Auf den Straßen, die in die Vorstädte führten, hatten Opfer und Täter gleichermaßen freie Fahrt. Auf ihrem Autopsietisch ging es demokratisch zu, hier gab es keine Vorurteile gegen Hausfrauen aus der Vorstadt.

Trotz des warmen, einladenden Scheins der Lampen im Wohnzimmer kam ihr das Haus kühl vor. Oder vielleicht hatte sie ganz einfach den Winter mit hereingebracht, wie eine dieser Zeichentrickfiguren, denen auf Schritt und Tritt eine dunkle Regenwolke folgt. Sie drehte den Thermostat auf und entfachte die Flamme im Gaskamin – jenem Gerät, das sie früher als spießige Attrappe abgelehnt hatte, das sie aber inzwischen sehr zu schätzen gelernt hatte. Feuer ist Feuer, dachte sie, ob man es nun mit einem Knopfdruck entzündet oder erst mühsam mit Streichholz und Schürhaken hantieren muss. An diesem Abend jedenfalls brauchte sie die Wärme und das beruhigende Flackern des Gasfeuers, und sie war froh, dass sie sich den Wunsch so schnell und einfach erfüllen konnte.

Sie goss sich ein Glas Sherry ein und machte es sich in dem Sessel am Kamin bequem. Durchs Fenster konnte sie die Weihnachtsbeleuchtung an dem Haus gegenüber funkeln sehen wie bunte Eiszapfen, die von der Dachrinne herabhingen. Der Anblick erinnerte sie daran, dass es bei ihr selbst mit der weihnachtlichen Stimmung noch nicht sehr weit her war. Sie hatte bis jetzt weder einen Baum noch irgendwelche Geschenke gekauft; noch nicht einmal Karten hatte sie besorgt. Es war schon das zweite Jahr, in dem sie sich der allgemeinen Weihnachtsseligkeit verweigerte. Vergangenen Winter war sie gerade erst nach Boston gezogen und so damit beschäftigt gewesen, ihre Umzugskisten auszupacken und sich in ihren neuen Job einzuarbeiten, dass sie kaum registriert hatte, wie die Feiertage verflogen waren. Und was hast du diesmal für eine Entschuldigung parat?, fragte sie sich. Es blieb ihr nur noch eine Woche Zeit, den Baum zu kaufen, die Dekoration aufzuhängen und vielleicht ein paar Plätzchen zu backen. Immerhin könnte sie ja ein paar Weihnachtslieder auf dem Klavier spielen, wie sie es als Kind immer getan hatte. Das Buch mit den Noten musste noch im Klavierschemel sein; sie hatte es nicht mehr hervorgeholt, seit …

Seit meinem letzten Weihnachten mit Victor.

Ihr Blick fiel auf das Telefon auf dem Beistelltisch. Sie konnte den Sherry schon spüren, und sie wusste, dass bei jeder Entscheidung, die sie jetzt traf, der Alkohol ein Wort mitreden und sie zum Leichtsinn verführen würde.

Dennoch griff sie zum Hörer. Während sie zu seinem Zimmer durchgestellt wurde, starrte sie in den Kamin und dachte: Das ist ein Fehler. Es wird mir nur das Herz brechen.

»Maura?«, meldete er sich. Obwohl sie noch kein Wort gesprochen hatte, wusste er, dass der Anruf nur von ihr kommen konnte.

»Ich weiß, es ist schon spät«, sagte sie.

»Es ist erst halb elf.«

»Trotzdem, ich hätte nicht anrufen sollen.«

»Und warum hast du es dann getan?«, fragte er leise.

Anstatt gleich zu antworten, schloss sie die Augen. Sie sah die Flammen immer noch vor sich. *Auch wenn du nicht hinschaust, auch wenn du so tust, als wäre es nicht da, brennt das Feuer dennoch weiter. Die Flammen sind da, ob du sie siehst oder nicht.*

»Ich dachte mir, es wird allmählich Zeit, dass ich aufhöre, dir aus dem Weg zu gehen«, sagte sie. »Das lenkt mich nur davon ab, mein eigenes Leben in den Griff zu bekommen.«

»Na, das ist ja ein sehr schmeichelhafter Grund, mich anzurufen.«

Sie seufzte. »Ich habe es vielleicht ein bisschen ungeschickt formuliert.«

»Ich glaube, was du mir sagen willst, lässt sich einfach nicht freundlich formulieren. Das Mindeste, was du tun könntest, wäre, es mir persönlich zu sagen. Und nicht am Telefon.«

»Wäre das freundlicher?«

»Es wäre auf jeden Fall sehr viel mutiger.« Eine Provokation. Er zog ihren Mut in Zweifel.

Sie setzte sich im Sessel auf und blickte wieder ins Feuer. »Wieso wäre das für dich ein Unterschied?«

»Lass uns doch ehrlich sein – wir müssen beide die Vergangenheit hinter uns lassen. Aber wir kommen nicht vom Fleck, weil wir beide nicht begreifen, was eigentlich schief gelaufen ist. Ich habe dich geliebt, und ich glaube, dass du mich auch geliebt hast, aber was ist daraus geworden? Wir können noch nicht einmal mehr Freunde sein. Sag mir, woran das liegt. Warum können zwei Menschen, die immerhin mal miteinander verheiratet waren, nicht wie zivilisierte Menschen miteinander reden? Mit anderen Leuten können wir das doch auch.«

»Weil du nicht irgendjemand bist.« *Weil ich dich einmal geliebt habe.*

»Das kann doch nicht so schwer sein, oder? Sich einfach hinzusetzen und zu reden. Um endlich die Geister der Vergangenheit zu begraben. Ich bin nur für kurze Zeit in der Stadt. Es ist eine einmalige Gelegenheit. Jetzt oder nie – entweder verstecken wir uns weiter voreinander, oder wir gehen offen miteinander um und reden über das, was passiert ist. Gib mir die ganze Schuld, wenn du willst. Ich gestehe, mir steht eine gehörige Portion davon zu. Aber hören wir doch auf, so zu tun, als ob der andere gar nicht existiert.«

Sie betrachtete ihr leeres Sherryglas. »Wo sollen wir uns treffen?«

»Ich könnte gleich vorbeikommen.«

Durch das Fenster sah sie die Lichter der Weihnachtsdekoration von gegenüber plötzlich erlöschen – statt fröhlich funkelnder Eiszapfen nur noch Dunkelheit und Schneetreiben. Eine Woche bis Weihnachten, und noch nie im Leben hatte sie sich so einsam gefühlt.

»Ich wohne in Brookline«, sagte sie.

7

Sie sah die Scheinwerfer seines Wagens durch das Schneegestöber näher kommen. Auf der Suche nach ihrer Hausnummer fuhr er im Schritttempo die Straße entlang und hielt schließlich vor ihrer Einfahrt an. Hast du auch deine Zweifel, Victor?, dachte sie. Fragst du dich auch, ob das Ganze nicht ein Fehler ist, ob du nicht kehrtmachen und in die Stadt zurückfahren solltest?

Er parkte am Straßenrand und stellte den Motor ab.

Maura trat vom Fenster zurück und blieb reglos im Wohnzimmer stehen. Ihr Herz pochte, ihre Hände waren schweißnass. Das Läuten der Türglocke ließ sie zusammenfahren. Sie war nicht darauf vorbereitet, ihm gegenüberzutreten, doch nun war er da, und sie konnte ihn doch nicht einfach draußen in der Kälte stehen lassen.

Es läutete wieder.

Sie ging hin und öffnete die Tür. Schneeflocken wirbelten herein. Sie funkelten auf seiner Jacke, glitzerten in seinen Haaren und in seinem Bart. Es war ein klassischer Moment – der Ex-Lover, der auf ihrer Türschwelle stand und mit hungrigem Blick ihr Gesicht erforschte –, und weil sie nicht wusste, was sie sagen sollte, sagte sie einfach nur: »Komm rein.« Kein Kuss, keine Umarmung, nicht einmal eine flüchtige Berührung.

Er trat ein und streifte seine Jacke ab. Als Maura sie aufhängte, stieg ihr der vertraute Geruch des Leders – *Victors* Geruch – in die Nase, und das schnürte ihr die Kehle zu. Sie schloss den Wandschrank und wandte sich zu ihm um. »Möchtest du was trinken?«

»Wie wär's mit einem Kaffee?«

»Echten Bohnenkaffee?«

»Es ist gerade mal drei Jahre her, Maura. Musst du mich das wirklich fragen?«

Nein, das musste sie nicht. Stark und schwarz, so hatte er seinen Kaffee schon immer gemocht. Ein verstörendes Déjà-vu-Gefühl beschlich sie, als sie ihn in die Küche führte und die Tüte mit Kaffeebohnen der Marke Mt. Sutro Roasters aus dem Gefrierschrank nahm. In San Francisco hatten sie immer nur diesen Kaffee getrunken, und auch heute noch ließ sie sich alle vierzehn Tage eine Tüte von ihrem dortigen Händler zuschicken. Ehen mochten zu Ende gehen, aber auf manche Dinge konnte man einfach nicht verzichten. Während sie die Bohnen mahlte und die Kaffeemaschine einschaltete, registrierte sie, wie er sich langsam in ihrer Küche umsah. Sein Blick schweifte über den Gefrierschrank aus rostfreiem Stahl, den Viking-Herd und die Arbeitsflächen aus schwarzem Granit. Sie hatte die Kücheneinrichtung erneuert, gleich nachdem sie das Haus gekauft hatte, und es erfüllte sie mit einem gewissen Stolz, dass er nun in *ihrem* Reich stand, dass sie sich alles, was er hier sah, mit ihrer eigenen harten Arbeit verdient hatte. In dieser Hinsicht war ihre Scheidung relativ unproblematisch gewesen; sie hatten gegenseitig keinerlei Ansprüche gestellt. Nach nur zwei Jahren Ehe hatte jeder sich einfach wieder das genommen, was ihm gehörte, und war seiner Wege gegangen. Das Haus gehörte ihr ganz allein, und jeden Abend, wenn sie über die Schwelle trat, wusste sie, dass alles noch dort sein würde, wo sie es gelassen hatte. Dass jedes Möbelstück, jeder Einrichtungsgegenstand von ihr selbst ausgesucht und gekauft war.

»Sieht aus, als hättest du dir endlich deine Traumküche geleistet«, sagte er.

»Ich bin sehr froh damit.«

»Aber sag mal ehrlich, schmeckt das Essen denn wirklich besser, wenn es auf einem Luxusherd mit sechs Kochplatten zubereitet ist?«

Der sarkastische Unterton seiner Bemerkung missfiel ihr, und sie konterte gereizt: »Allerdings, ob du's glaubst oder nicht. Und es schmeckt auch besser, wenn man es auf Richard-Ginori-Porzellan serviert.«

»Was ist denn aus den guten alten IKEA-Tellern geworden?«

»Ich habe einfach beschlossen, es mir gut gehen zu lassen, Victor. Ich habe kein schlechtes Gewissen mehr, wenn ich Geld verdiene und es auch ausgebe. Das Leben ist zu kurz, um immer nur wie ein Hippie zu leben.«

»Ich bitte dich, Maura. Hast du es denn wirklich so empfunden, das Leben mit mir?«

»Bei dir hatte ich immer gleich das Gefühl, die hehre Sache zu verraten, wenn ich mir mal ein bisschen was Extravagantes geleistet habe.«

»Welche Sache?«

»Für dich war doch alles eine Frage des sozialen Gewissens. In Angola verhungern die Leute, also ist es eine Sünde, sich edle Bettwäsche zu kaufen. Oder ein Steak zu essen. Oder einen Mercedes zu besitzen.«

»Ich dachte, du hättest auch daran geglaubt.«

»Weißt du was, Victor? Allzu viel Idealismus ist auf die Dauer ermüdend. Ich schäme mich nicht für das Geld, das ich besitze, und ich weigere mich, ein schlechtes Gewissen zu haben, wenn ich es ausgebe.«

Sie schenkte ihm Kaffee ein und fragte sich, ob er sich wohl der Ironie der Situation bewusst war: Er, der Mt.-Sutro-Kaffee-Junkie, schlürfte ein Getränk aus Bohnen, die quer durch das ganze Land transportiert worden waren. Und auf der Tasse, in der sie ihm den Kaffee servierte, prangte das Logo einer Pharmafirma. Dennoch nahm er seine Tasse schweigend entgegen. Erstaunlich zahm für einen Mann, der immer so von Idealismus getrieben gewesen war.

Es war genau diese Leidenschaftlichkeit gewesen, durch die sie zuerst auf ihn aufmerksam geworden war. Sie hatten sich bei einem Kongress über Medizin in Entwicklungsländern in San Francisco kennen gelernt. Sie hatte einen Vortrag über Autopsiequoten in Ländern der Dritten Welt gehalten, er hatte als Hauptredner über die vielen menschlichen Tragödien gesprochen, mit denen die Ärzteteams von One Earth bei ihren Auslandseinsätzen in Berührung kamen. Wie er da vor seiner elegant gekleideten Zuhörerschaft gestanden hatte, hatte Victor sie eher an einen erschöpften und unrasierten Rucksacktouristen und nicht an einen Arzt erinnert. Er war auch tatsächlich gerade erst mit dem Flugzeug aus Guatemala City gekommen und hatte noch nicht einmal Zeit gehabt, das Hemd zu wechseln. Nur mit einem Magazin voller Dias bewaffnet hatte er das Podium betreten. Er hatte keine ausgearbeitete Rede mitgebracht, keine Notizen, nur diese kostbare Sammlung von Bildern, die ihre tragische Geschichte auf der Leinwand erzählten. Die junge äthiopische Mutter, die mit Wundstarrkrampf im Sterben lag. Das peruanische Baby mit Lippen-Kiefer-Gaumen-Spalte, am Straßenrand ausgesetzt und verhungert. Das kasachische Mädchen im Leichentuch – gestorben an einer Lungenentzündung. Alle diese Menschen könnten noch leben, hatte er betont. Sie waren die unschuldigen Opfer von Krieg, Armut und Unwissenheit, und seine Organisation, One Earth, hätte sie retten können. Aber es fehlte ständig an Geld und an Freiwilligen, um auf all die humanitären Krisen entsprechend reagieren zu können.

Maura hatte in einer der hinteren Reihen des abgedunkelten Auditoriums gesessen, und doch hatten seine Worte sie ganz unmittelbar berührt, die flammende Leidenschaft, mit der er vom Aufbau von Zeltkliniken und den Problemen der Hilfsgüterverteilung erzählt hatte, von den vergessenen Ärmsten der Armen, die Tag für Tag von der Weltöffentlichkeit unbemerkt zugrunde gingen.

Als dann das Licht im Saal angegangen war, da hatte sie nicht mehr nur einen zerzausten und zerknitterten Buschdoktor dort am Rednerpult stehen sehen, sondern einen Mann, dessen visionäre Entschlossenheit ihn zu einer charismatischen Erscheinung machte. Sie, der in ihrem eigenen Leben Ordnung und Besonnenheit so wichtig waren, fühlte sich zu einem Mann hingezogen, dessen kompromissloses Engagement beinahe etwas Beängstigendes hatte und dessen Arbeit ihn in die wildesten, chaotischsten Gegenden der Welt führte.

Und was hatte er in ihr gesehen? Gewiss nicht eine Mitstreiterin in seinem Kreuzzug gegen das Elend. Stattdessen hatte sie Beständigkeit und Ruhe in sein Leben gebracht. Sie war diejenige, die ihr Konto ausgeglichen und den Haushalt gemanagt hatte, die zu Hause gewartet hatte, während er von Krisenherd zu Krisenherd gejettet war, von Kontinent zu Kontinent. Er lebte aus dem Koffer, stand permanent unter Hochdruck.

Ist er denn ohne mich so viel glücklicher gewesen mit seinem Leben?, fragte sie sich. Allzu glücklich sah er jedenfalls nicht aus, wie er da an ihrem Küchentisch saß und seinen Kaffee trank. In vielerlei Hinsicht war er immer noch der alte Victor. Seine Frisur war ein wenig wirr, sein Hemd hätte dringend gebügelt werden müssen, und sein Kragen war ausgefranst – all das zeigte, wie unwichtig ihm Äußerlichkeiten waren. Aber in anderen Punkten hatte er sich verändert. Er wirkte älter und müder, ungewöhnlich still, ja bedrückt, sein einstiges Feuer gedämpft durch die Jahre der Reife.

Maura setzte sich mit ihrer Kaffeetasse an den Tisch, und sie sahen einander an.

»Wir hätten dieses Gespräch schon vor drei Jahren führen sollen«, sagte er.

»Vor drei Jahren hättest du mir nicht zugehört.«

»Hast du es denn versucht? Hast du je die Karten auf den Tisch gelegt und mir offen gesagt, dass du es satt hattest, immer nur die Frau des Aktivisten zu sein?«

Sie starrte in ihre Kaffeetasse. Nein, das hatte sie ihm nicht gesagt. Sie hatte es für sich behalten – so, wie sie alle Gefühle für sich behielt, die sie beunruhigten. Zorn, Unmut, Verzweiflung – all das gefährdete ihre eiserne Selbstbeherrschung, und so etwas konnte sie nicht zulassen. Als sie endlich die Scheidungspapiere unterschrieben hatte, hatte sie das merkwürdige Gefühl gehabt, dass dies alles sie gar nicht wirklich betraf.

»Ich habe nie gewusst, wie schwer es für dich war«, sagte er.

»Hätte es etwas geändert, wenn ich es dir gesagt hätte?«

»Du hättest es wenigstens versuchen können.«

»Und was hättest du dann gemacht? Dich aus der Arbeit für One Earth zurückgezogen? Es war kein Platz für Kompromisse. Du warst doch viel zu scharf darauf, den heiligen Victor spielen, die ganzen Auszeichnungen und Lobeshymnen einzuheimsen. Niemand schafft es, auf die Titelseite von *People* zu kommen, indem er einfach nur ein guter Ehemann ist.«

»Du denkst, ich tue es nur dafür? Für die Anerkennung und die Publicity? Mein Gott, Maura. Du weißt doch, wie wichtig unsere Arbeit ist. Das kannst du doch nicht leugnen.«

Sie seufzte. »Du hast Recht, das war nicht fair von mir. Aber wir wissen doch beide, wie sehr dir das fehlen würde.«

»Ja, das stimmt«, gab er zu. Und fügte leise hinzu: »Aber ich habe nicht gewusst, wie sehr *du* mir fehlen würdest.«

Sie ließ seine letzten Worte verhallen, ohne etwas zu erwidern. Ließ die Stille zwischen ihnen anwachsen. Die Wahrheit war, dass sie nicht wusste, was sie sagen sollte. Sein Geständnis hatte sie sprachlos gemacht.

»Du siehst fantastisch aus«, sagte er. »Und du wirkst zufrieden. Bist du es auch?«

»Ja.« Ihre Antwort kam zu prompt, fast automatisch. Sie spürte, wie sie errötete.

»Es läuft gut in deinem neuen Job?«, fragte er.

»Er bietet jedenfalls ständig neue Herausforderungen.«

»Macht wohl mehr Spaß, als die armen Studenten an der Uni in San Francisco zu terrorisieren, oder?«

Sie lachte. »Ich habe keine Medizinstudenten terrorisiert.«

»Die Studenten sind da vielleicht anderer Meinung.«

»Ich habe höhere Anforderungen an sie gestellt, das ist alles. Und sie haben sie auch fast immer erfüllt.«

»Du warst eine gute Dozentin, Maura. Ich bin sicher, die Uni würde dich mit Kusshand wieder einstellen.«

»Nun ja, wir alle entwickeln uns ständig weiter, nicht wahr?« Sie spürte, dass er sie ansah, und bemühte sich, eine neutrale Miene aufzusetzen.

»Ich habe dich gestern im Fernsehen gesehen«, sagte er. »In den Abendnachrichten. Es ging um diesen Überfall im Nonnenkloster.«

»Ich hatte gehofft, ich würde nicht ins Bild kommen.«

»Ich habe dich gleich entdeckt. Sie haben dich gezeigt, wie du gerade aus dem Tor kamst.«

»Das gehört zu den Risiken des Berufs. Man steht immer im Rampenlicht.«

»Besonders in diesem Fall, schätze ich. Sie haben auf allen Kanälen darüber berichtet.«

»Was haben sie denn darüber gesagt?«

»Dass die Polizei noch keine Verdächtigen festgenommen habe. Und dass das Motiv noch unklar sei.« Er schüttelte den Kopf. »Es klingt wirklich vollkommen irrational – ein Mordanschlag auf Nonnen. Es sei denn, es handelte sich um ein Sexualverbrechen.«

»Würde das es rationaler machen?«

»Du weißt, wie ich das meine.«

Ja, das wusste sie, und sie kannte Victor zu gut, als dass sie an seiner Bemerkung Anstoß genommen hätte. Es bestand in der Tat ein großer Unterschied zwischen einem eiskalten, berechnenden Sexualtäter und einem Psychotiker, der keinen Bezug zur Realität hatte.

»Ich habe das Opfer heute früh obduziert«, sagte sie »Multiple Schädelfrakturen. Riss der mittleren Meningealarterie. Er hat wieder und wieder auf sie eingeschlagen, vermutlich mit einem Hammer. Ich weiß nicht recht, ob man eine solche Attacke als rational bezeichnen kann.«

Er schüttelte den Kopf. »Wie hältst du das bloß aus, Maura? Früher hast du nur hübsche, saubere Krankenhausleichen obduzieren müssen, und jetzt so was.«

»Krankenhausleichen sind auch nicht immer so hübsch und sauber.«

»Aber eine Autopsie eines Mordopfers? Und sie war noch sehr jung, nicht wahr?«

»Erst zwanzig.« Sie zögerte. Beinahe hätte sie ihm auch gesagt, was sie sonst noch bei der Autopsie herausgefunden hatte. Als sie miteinander verheiratet gewesen waren, hatten sie sich immer gegenseitig den neuesten Medizinerklatsch erzählt, weil sie sich darauf verlassen hatten, dass der andere solche Informationen vertraulich behandeln würde. Aber dieses Thema war doch zu unerfreulich, und sie wollte nicht, dass der Tod in ihrem Gespräch einen so breiten Raum einnahm.

Sie stand auf, um Kaffee nachzuschenken. Als sie mit der Kanne zurückkam, sagte sie: »Jetzt erzähl mal von dir. Was hat Sankt Victor in letzter Zeit so getrieben?«

»Bitte nenn mich nicht so.«

»Du hast den Spitznamen doch immer witzig gefunden.«

»Jetzt finde ich ihn aber eher bedenklich. Wenn die Presse anfängt, dich einen Heiligen zu nennen, dann kannst du sicher sein, dass sie alle nur auf die erste Gelegenheit warten, dich vom Podest zu stoßen.«

»Mir ist aufgefallen, dass in den Nachrichten ziemlich häufig von dir und One Earth die Rede ist.«

Er seufzte. »Ja, leider.«

»Wieso ›leider‹?«

»Es war ein schlechtes Jahr für internationale Hilfsorganisationen. So viele neue Konflikte, so viele Flüchtlinge auf den Straßen. Das ist der einzige Grund, weshalb wir in den Nachrichten auftauchen. Weil wir immer wieder diejenigen sind, die eingreifen müssen. Zum Glück haben wir dieses Jahr eine ziemlich bedeutende Spende erhalten.«

»Ein Resultat der guten Presse?«

Er zuckte mit den Achseln. »Es kommt eben immer mal wieder vor, dass ein großer Konzern sein soziales Gewissen entdeckt und beschließt, einen Scheck auszustellen.«

»Und dass sie damit Steuern sparen, ist ein angenehmer Nebeneffekt.«

»Aber dieses Geld versickert so schnell. Es muss nur irgendein Irrer irgendwo einen Krieg anzetteln, und schon haben wir es mit einer Million neuer Flüchtlinge zu tun. Mit hunderttausend Kindern, die an Typhus oder Cholera sterben. Das lässt mich nachts nicht schlafen, Maura. Ich muss immer an die Kinder denken.« Er trank einen kleinen Schluck Kaffee, dann stellte er die Tasse weg, als könnte er den bitteren Geschmack nicht mehr ertragen.

Sie betrachtete ihn, wie er so still und nachdenklich dasaß, und sie bemerkte die neuen grauen Strähnen in seinem hellen Haar. Er mag nicht mehr der Jüngste sein, dachte sie, aber er hat nichts von seinem Idealismus verloren. Es war eben dieser Idealismus, der ihn anfangs für sie interessant gemacht – und der sie letztlich in die Trennung getrieben hatte. Sie konnte nicht ständig mit der Not der Dritten Welt um Victors Aufmerksamkeit wetteifern, und sie hätte es überhaupt nie versuchen sollen. Seine Affäre mit der französischen Krankenschwester war letztlich gar nicht so überraschend gekommen. Es war eine Trotzreaktion von ihm gewesen – seine Art, seine Unabhängigkeit von ihr zu behaupten.

Jetzt schwiegen sie sich an und vermieden es, einander in die Augen zu schauen. Zwei Menschen, die sich einmal geliebt hatten und die sich jetzt nichts mehr zu sagen wussten. Maura hörte ihn aufstehen und sah, wie er zum Spülbecken ging, um seine Tasse abzuwaschen.

»Wie geht es eigentlich Dominique?«, fragte sie.

»Woher soll ich das wissen?«

»Arbeitet sie noch für One Earth?«

»Nein. Sie hat aufgehört. Es war für uns beide kein sehr angenehmer Zustand, nachdem …« Er zuckte mit den Achseln.

»Habt ihr keinen Kontakt mehr?«

»Sie war mir nicht wichtig, Maura. Das weißt du.«

»Komisch. Für mich war sie damals sehr wichtig.«

Er drehte sich zu ihr um. »Schaffst du es vielleicht irgendwann einmal, nicht mehr wütend zu sein wegen ihr?«

»Es ist jetzt drei Jahre her. Da sollte ich wohl darüber hinweg sein.«

»Das ist keine Antwort auf meine Frage.«

Sie senkte den Blick. »Du hattest eine Affäre. Ich musste wütend sein. Anders hätte ich es nicht geschafft.«

»Was nicht geschafft?«

»Dich zu verlassen. Dich aus meinem Leben zu streichen.«

Er ging auf sie zu und legte ihr die Hände auf die Schultern. Sie spürte seine Wärme, das vertraute Gefühl seiner Nähe. »Ich will nicht, dass du mich aus deinem Leben streichst«, sagte er. »Und wenn es bedeutet, dass du mich hasst. Dann empfindest du wenigsten noch *irgendetwas* für mich. Das ist es, was mir am meisten wehgetan hat – dass du dich einfach umdrehen und davongehen konntest. Dass dich das alles so kalt zu lassen schien.«

Das ist die einzige Art, wie ich mit so etwas umgehen kann, dachte sie, als er sie in den Arm nahm. Als sie seinen warmen Atem in den Haaren spürte. Sie hatte vor langer Zeit gelernt, all diese chaotischen Gefühle unter Verschluss zu halten. Sie passten so ganz und gar nicht zusammen, er und sie. Der überschwängliche Victor, verheiratet mit der Königin der Toten. Wie hatte sie je glauben können, dass das funktionieren würde?

Weil ich seine hitzige, leidenschaftliche Natur brauchte. Ich habe in ihm das gesucht, was ich selbst nie sein kann.

Das Klingeln des Telefons ließ Victor erstarren. Er nahm die Hände von ihren Schultern und ließ sie mit ihrer Sehnsucht nach seiner Wärme zurück. Sie stand auf und ging zu dem Apparat an der Küchenwand. Ein Blick auf die Nummer auf dem Display genügte, und sie wusste, dass dieser Anruf sie wieder hinaus in die Nacht und das Schneegestöber zerren würde. Während sie mit dem Detective sprach und sich die Wegbeschreibung notierte, sah sie aus dem Augenwinkel, wie Victor resigniert den Kopf schüttelte. Heute Abend war sie diejenige, die dem Ruf der Pflicht folgen musste, und er war es, der allein zurückblieb.

Sie legte auf. »Es tut mir Leid. Ich muss noch mal weg.«

»Anruf vom Sensenmann?«

»Ein Leichenfund in Roxbury. Sie warten schon auf mich.«

Er folgte ihr auf den Flur und zur Haustür. »Möchtest du, dass ich mitkomme?«

»Warum?«

»Um dir Gesellschaft zu leisten.«

»Glaub mir, an so einem Tatort hat man immer reichlich Gesellschaft.«

Er warf einen Blick aus dem Fenster auf das dichte Schneetreiben. »In so einer Nacht sollte man besser nicht Auto fahren.«

»Das gilt auch für dich.« Sie bückte sich, um ihre Stiefel anzuziehen, und war froh, ihm nicht in die Augen sehen zu müssen, als sie sagte: »Du musst bei dem Wetter nicht ins Hotel zurückfahren. Warum bleibst du nicht einfach hier?«

»Du meinst, ich soll bei dir übernachten?«

»Wäre vielleicht praktischer für dich. Du kannst dir das Bett im Gästezimmer beziehen. Ich werde wahrscheinlich ein paar Stunden weg sein.«

Sein Schweigen ließ sie erröten. Sie knöpfte ihren Mantel zu und vermied es immer noch, ihn anzuschauen. Von einem plötzlichen Fluchtinstinkt gepackt, riss sie die Haustür auf.

Und sie hörte ihn sagen: »Ich bleibe auf, bis du wiederkommst.«

Blaulicht blitzte durch den Gazevorhang aus Schneeflocken, als sie hinter einem der Streifenwagen anhielt. Ein uniformierter Polizist kam auf sie zu, das Gesicht halb hinter dem hochgeklappten Kragen verborgen. Er sah aus wie eine Schildkröte, die sich in ihren Panzer verkriecht. Maura ließ das Fenster herunter und blinzelte, als die Taschenlampe des Streifenbeamten sie blendete. Schneeflocken wehten herein und wirbelten über das Armaturenbrett.

»Dr. Isles, Rechtsmedizinisches Institut«, sagte sie.

»Okay, Sie können gleich hier parken, Ma'am.«

»Wo ist die Leiche?«

»Da drin.« Er richtete den Strahl der Taschenlampe auf ein Gebäude auf der anderen Straßenseite. »An der Haustür ist ein Vorhängeschloss – Sie müssen durch den Seiteneingang rein. Der Strom ist abgeschaltet, also passen Sie auf, wo Sie hintreten. Sie werden eine Taschenlampe brauchen – der Durchgang steht voller Kisten und Gerümpel.«

Sie stieg aus und tauchte in eine Wolke aus wirbelnden weißen Flocken ein. An diesem Abend war sie für das winterliche Wetter bestens gerüstet, und sie registrierte dankbar, dass ihre Füße in den Thinsulate-Stiefeln warm und trocken blieben. Die Straße war mit mindestens fünfzehn Zentimetern Neuschnee bedeckt, doch es waren weiche, zarte Flocken, die keinerlei Widerstand boten, als sie mit ihren Stiefeln hindurchpflügte.

An der Einmündung des Durchgangs schaltete sie ihre Taschenlampe ein und erblickte einen Streifen Absperrband, der in der Mitte durchhing und dessen gelbe Farbe schon fast gänzlich unter einem weißen Überzug verschwunden war. Sie stieg darüber und trat dabei einen kleinen Schneeschauer los. Der Durchgang war mit mehreren unförmigen, schneebedeckten Haufen verstellt. Sie stieß mit der Stiefelspitze an etwas Hartes und hörte das Klirren von Glas. Offenbar wurde die Gasse als Müllkippe missbraucht, und sie fragte sich, welcher widerliche Unrat sich wohl unter dieser reinen weißen Decke verbarg.

Sie klopfte an die Tür und rief: »Hallo? Die Gerichtsmedizinerin.«

Die Tür ging auf, und sie blickte in das grelle Licht einer Taschenlampe. Obwohl sie den Mann, der sie in der Hand hielt, nicht sehen konnte, erkannte sie Detective Darren Crowe gleich an der Stimme.

»Hallo, Doc. Willkommen im Kakerlakenparadies.«

»Würde es Ihnen was ausmachen, mit Ihrer Lampe woandershin zu leuchten?«

Der Lichtstrahl senkte sich, und sie konnte seine Silhouette sehen, breitschultrig und ein wenig bedrohlich. Er war einer der jüngeren Detectives in der Mordkommission, und wann immer sie bei einem Fall mit ihm zu tun hatte, konnte sie das Gefühl nicht loswerden, in die Dreharbeiten für einen Fernsehkrimi geraten zu sein, deren Star Darren Crowe war. Er entsprach aber auch wirklich dem Klischee des Bildschirm-Cops, mit seiner Föhnfrisur und dem entsprechenden großspurigen und arroganten Auftreten. Das Einzige, womit sich eine Frau bei Männern wie Crowe Respekt verschaffen konnte, war eine knallharte professionelle Einstellung, und so gab sie sich auch ihm gegenüber. Die männlichen Mitarbeiter der Gerichtsmedizin mochten mit Crowe ihre Witze reißen, aber nicht sie – sie musste die Distanz wahren, klare Grenzlinien ziehen, weil er sonst die erste Gelegenheit nutzen würde, an ihrer Autorität zu kratzen.

Sie legte Handschuhe und Überschuhe an, bevor sie eintrat. Im Schein der Taschenlampe tauchten metallisch glänzende Gegenstände auf – ein riesiger Kühlschrank, Arbeitsflächen, ein Gastronomieherd mit Backofen.

»Das hier war früher mal ein italienisches Restaurant – Mamma Cortina«, sagte Crowe. »Bis dann die Mama das Geschäft aufgegeben und Konkurs angemeldet hat. Das Gebäude wurde vor zwei Jahren für abbruchreif erklärt und die Türen mit Vorhängeschlössern gesichert. Sieht aus, als wäre die Seitentür vor einiger Zeit mal aufgebrochen worden. Die ganze Kücheneinrichtung hier soll versteigert werden, aber ich kann mir nicht vorstellen, dass irgendjemand das Zeug haben will. Es starrt vor Dreck.« Er leuchtete den Gasherd an, auf dem die Fettreste von Jahren schon zu einer schwarzen Kruste angewachsen waren. Ein paar Schaben huschten davon, als der Lichtkegel sie traf. »Hier wimmelt's nur so von den Viechern. So viel leckeres Fett – mmh!«

»Wer hat die Leiche gefunden?«

»Einer unserer Kollegen vom Rauschgiftdezernat. Sie wollten hier in der Nähe einen Dealer hochnehmen. Der Kandidat ist ihnen durch die Lappen gegangen, und sie glaubten, er wäre in dem Durchgang hier verschwunden. Als sie dann hier drin nach ihm gesucht haben, müssen sie ziemlich große Augen gemacht haben.« Er richtete die Lampe auf den Boden. »Hier sind ein paar Schleifspuren im Staub. Sieht aus, als hätte der Täter das Opfer durch diesen Raum geschleppt.« Jetzt schwenkte er den Lichtkegel zum anderen Ende der Küche. »Die Leiche ist da hinten. Wir müssen durch das Lokal gehen.«

»Haben Sie hier drin schon gefilmt?«

»Klar. Mussten zwei Akkus ranschleppen, um genug Licht zu haben. Sind beide schon wieder leer, es wird also ein bisschen düster sein da drüben, fürchte ich.«

Sie folgte ihm zum Ausgang der Küche, wobei sie die Arme dicht am Körper hielt, um nur ja nichts zu berühren – was sie auch freiwillig kaum getan hätte. Ringsum hörte sie ein leises Krabbeln und musste an die Scharen von Insekten denken, die über die Wände huschten und über ihr an der Decke hingen. Blut und grausig entstellte Leichen mochten sie vollkommen kalt lassen, aber Aas fressende Insekten erfüllten sie mit Ekel.

Als sie den Gastraum betraten, schlug ihr ein schaler Geruch entgegen, wie man ihn von Hinterhöfen billiger Restaurants kennt: eine Mischung aus verrottenden Abfällen und abgestandenem Bier. Aber hier kam noch etwas anderes hinzu – ein wohl bekannter Geruch, der ihr Herz schneller schlagen ließ. Er hatte mit dem Zweck ihres Besuchs hier zu tun, und er erweckte in ihr Neugier und Angst zugleich.

»Anscheinend haben Penner hier gehaust«, sagte Crowe. Er hatte seine Taschenlampe auf den Boden gerichtet, und sie erblickte eine alte Decke und ein Bündel Zeitungen.

»Und da drüben sind auch ein paar Kerzen. Können von Glück sagen, dass ihnen die Bude nicht überm Kopf abgebrannt ist, bei all dem Müll, der hier rumfliegt.« Der Lichtstrahl erfasste einen Haufen leerer Konservendosen und Lebensmittelverpackungen. Und obenauf zwei gelbe Augen, die sie anstarrten – eine Ratte. Sie hatte keine Angst – im Gegenteil, ihr frecher Blick schien zu sagen: *Wagt es nur, mir zu nahe zu kommen.*

Ratten und Kakerlaken. Wie viel würden all diese Aasfresser von der Leiche übrig gelassen haben?

»Hier geht's lang.« Mit sicheren, geschmeidigen Bewegungen schlängelte Crowe sich zwischen Tischen und gestapelten Stühlen hindurch. »Bleiben Sie auf dieser Seite. Da drüben sind ein paar Abdrücke, die wir gerne sichern würden. Irgendjemand hat Blut von der Leiche an die Sohlen gekriegt und es über den Boden verteilt. Sie gehen bis ungefähr dorthin und hören dann auf.«

Er führte sie in einen kurzen Flur. Am anderen Ende war ein schwacher Lichtschein zu sehen. Er kam aus der Herrentoilette.

»Doc Isles ist hier«, rief Crowe.

Der Lichtstrahl einer weiteren Taschenlampe fiel durch die Türöffnung. Dann kam Crowes Partner Ed Sleeper aus der Toilette heraus und hob eine behandschuhte Hand zu einem müden Gruß, als er Maura erblickte. Sleeper war der älteste Detective in der Mordkommission, und jedes Mal, wenn sie ihn sah, schienen seine Schultern noch ein wenig tiefer herabzuhängen. Sie fragte sich, in welchem Maße die Tatsache, dass er mit einem Partner wie Crowe gestraft war, für seine permanente Niedergeschlagenheit verantwortlich war. Weder Klugheit noch Erfahrung konnten es mit roher jugendlicher Aggressivität aufnehmen, und so hatte Sleeper längst das Kommando seinem lauten und aufdringlichen Partner überlassen.

»Es ist kein schöner Anblick«, sagte Sleeper. »Wir können bloß froh sein, dass wir nicht Juli haben. Ich mag mir gar nicht vorstellen, wie es hier drin riechen würde, wenn es nicht so verdammt kalt wäre.«

Crowe lachte. »Da ist wohl einer reif für Florida.«

»Was denkst du denn – ich habe mir da unten schon längst eine hübsche kleine Eigentumswohnung ausgesucht. Nur ein paar hundert Meter bis zum Strand. Ich werde den ganzen Tag nur in der Badehose rumlaufen und es mir so richtig gut gehen lassen.«

Sonnige Strände, dachte Maura. Feiner, weißer Sand. Wären wir nicht alle viel lieber dort als in diesem schäbigen, engen Flur, in dem nur unsere drei Taschenlampen ein bisschen Licht spenden?

»Bitte sehr, Doc«, sagte Sleeper.

Sie ging auf die Tür zu. Der Strahl ihrer Lampe fiel auf schmutzige Bodenfliesen in schwarz-weißem Schachbrettmuster. Blutige Fußspuren zogen sich darüber.

»Halten Sie sich dicht an der Wand«, sagte Crowe.

Sie betrat den Raum und fuhr sofort erschrocken zurück, als etwas an ihren Füßen vorüberflitzte. »Mein Gott«, stieß sie hervor und lachte verstört auf.

»Ja, die Ratten hier sind ganz schön fette Brocken«, meinte Crowe. »Und sie haben sich da drin ordentlich die Bäuche voll geschlagen.«

Sie sah einen langen Schwanz unter der Tür einer Toilettenkabine verschwinden und musste an die alte Horrorgeschichte von den Ratten denken, die durch die Kanalisation schwammen und plötzlich in Toilettenschüsseln auftauchten.

Langsam lenkte sie den Lichtstrahl über zwei Waschbecken, an denen die Wasserhähne fehlten, und ein Urinal, dessen Abfluss mit Müll und Zigarettenstummeln verstopft war. Dann ließ sie die Hand sinken und leuchtete die nackte Leiche an, die direkt unter dem Urinal auf der Seite lag. Im grellen Schein der Lampe schimmerten freigelegte Gesichtsknochen zwischen wirren schwarzen Haarsträhnen hervor. Die Aasfresser hatten sich schon an diesem Festmahl aus frischem Fleisch gütlich getan, und der Rumpf war mit Rattenbissen übersät. Aber was Maura am meisten schockierte, waren nicht die Fraßschäden, die die spitzen Nagezähne angerichtet hatten, sondern der auffallend kleine Wuchs des Opfers.

Ein Kind?

Maura ging vor der Leiche in die Hocke. Sie lag mit der rechten Wange auf den Fliesen. Als Maura genauer hinsah, erkannte sie voll entwickelte Brüste – also doch kein Kind, sondern eine kleinwüchsige Frau, deren Züge bis zur Unkenntlichkeit entstellt waren. Hungrige Aasfresser hatten an der frei liegenden Gesichtshälfte genagt und nicht nur die Haut, sondern auch das Knorpelgewebe der Nase abgefressen. Die verbliebene Haut des Rumpfes war dunkel pigmentiert. Eine Latina? Maura ließ den Lichtstrahl über die mageren Schultern und das Rückgrat mit den deutlich hervortretenden Wirbeln gleiten. Der unbekleidete Rumpf war mit dunklen, beinahe violetten Knötchen übersät. Sie leuchtete die linke Hüfte und das Gesäß an und entdeckte noch weitere Male. Der entzündlich aussehende Ausschlag zog sich weiter über Ober- und Unterschenkel bis hin zum …

Sie erstarrte, als der Lichtstrahl auf den Knöchel fiel. »Mein Gott!«, stieß sie hervor.

Der linke Fuß fehlte. Das Bein endete in einem Stumpf; die Verwesung hatte die offene Wunde bereits schwarz verfärbt.

Sie richtete den Strahl auf den anderen Knöchel und sah wieder nur einen Stumpf. Der rechte Fuß fehlte ebenfalls.

»Und jetzt sehen Sie sich mal die Hände an«, sagte

Crowe, der plötzlich neben ihr stand. Gleichzeitig mit ihr richtete er seine Taschenlampe auf die Arme, die bisher im Schatten des Rumpfes gelegen hatten.

Anstelle von Händen sah sie wiederum nur zwei Stümpfe, die bereits Bissspuren von Ratten aufwiesen.

Sie wich geschockt zurück.

»Ich nehme doch an, dass das nicht allein die Ratten gewesen sein können«, sagte Crowe.

Sie schluckte. »Nein. Nein, hier handelt es sich um Amputationen.«

»Glauben Sie, er hat es getan, als sie noch am Leben war?«

Sie blickte auf die Fliesen herab und konnte nur kleine schwarze Flecken sehen, wo das aus den Stümpfen geflossene Blut getrocknet war. Nicht die weit gestreuten Spritzer, die an eine Maschinengewehrsalve erinnerten. »Es war kein Arteriendruck mehr vorhanden, als diese Schnitte geführt wurden. Die Hände und Füße wurden erst nach dem Tod entfernt.« Sie sah zu Crowe auf. »Haben Sie sie vielleicht irgendwo gefunden?«

»Nein. Er hat sie mitgenommen. Weiß der Teufel, wozu.«

»Es gibt einen handfesten Grund, weshalb er es getan haben könnte«, sagte Sleeper aus dem Hintergrund. »So haben wir keine Fingerabdrücke. Wir können sie nicht identifizieren.«

»Aber wenn es ihm darum ging, ihre Identität zu verschleiern …« Maura starrte in das Gesicht mit den weißlich schimmernden Knochen, und wieder packte sie das Grauen, als ihr die wahre Bedeutung dessen aufging, was sie da sah. »Ich muss sie umdrehen«, sagte sie.

Sie nahm eine Einwegplane aus ihrem Ausrüstungskoffer und breitete sie neben der Leiche aus. Sleeper und Crowe rollten die Tote darauf.

Sleeper schnappte erschrocken nach Luft und wich zurück. Jetzt war auch die rechte Gesichtshälfte, die auf dem

Boden aufgelegen hatte, zu sehen, ebenso wie eine einzelne Einschusswunde in der linken Brust.

Aber es war nicht die Schusswunde, die Sleepers Entsetzen ausgelöst hatte. Es war das Gesicht des Opfers, das sie mit lidlosen Augen anstarrte. Da die rechte Seite des Gesichts flach auf den Fliesen gelegen hatte, musste sie vor den Zähnen der Ratten geschützt gewesen sein, und dennoch fehlte die Haut. Die freigelegten Muskelstränge waren zu lederartigen Riemen getrocknet, und dazwischen schimmerte ein perlweißes Stück Wangenknochen hindurch.

»Das ist auch nicht das Werk der Ratten«, meinte Sleeper.

»Nein«, bestätigte Maura. »Das ist definitiv kein Tierfraß.«

»Um Gottes willen – hat er sie etwa einfach abgerissen wie eine ...«

Wie eine Maske. Nur dass die Maske nicht aus Gummi oder Plastik gewesen war, sondern aus menschlicher Haut.

»Er hat ihr Gesicht gehäutet. Die Hände abgehackt. Er hat uns keine Möglichkeit gelassen, sie zu identifizieren«, sagte Sleeper.

»Aber wieso hat er die Füße abgeschnitten?«, fragte Crowe. »Das ergibt keinen Sinn. Man identifiziert doch niemanden anhand der Zehenabdrücke. Außerdem scheint sie mir nicht zu der Sorte Opfer zu gehören, die von irgendwem vermisst wird. Was ist sie eigentlich, eine Schwarze? Eine Latina?«

»Was hat denn ihre ethnische Herkunft mit der Frage zu tun, ob sie vermisst wird oder nicht?«, fragte Maura zurück.

»Ich will damit nur sagen, dass die da wohl keine Hausfrau aus einem wohlhabenden Vorort ist. Was hätte sie sonst in dieser Gegend verloren?«

Maura stand auf. Ihre Abneigung gegen Crowe war plötzlich so stark, dass sie es kaum noch in seiner Nähe aushielt. Sie schwenkte die Taschenlampe und ließ den Lichtkegel im Bogen über Waschbecken und Urinale gleiten.

»Da ist Blut an der Wand.«

»Ich nehme an, dass er sie hier drin abgeknallt hat«, sagte Crowe. »Zerrt sie rein, stößt sie mit dem Rücken gegen die Wand und drückt ab. Und dann amputiert er ihr an Ort und Stelle die Hände und Füße.«

Maura betrachtete nachdenklich die Blutflecken auf den Fliesen. Nur ein paar Tropfen, weil das Opfer bereits tot ist. Sie spürt nichts mehr, als der Mörder sich neben sie kauert und die Klinge seines Messers tief in ihr Handgelenk stößt, um die Gelenke auseinander zu stemmen. Als er ihr Fleisch zerschneidet und ihr die Gesichtshaut abzieht wie ein Bärenhäuter. Und nachdem er seine Trophäen alle eingesammelt hat, lässt er sie wie einen räudigen Kadaver hier liegen, wirft sie den Ratten und Insekten zum Fraß vor, die dieses verlassene Gebäude bevölkern.

Nach Tagen schon würden die Ratten sich durch die ungeschützte Haut bis auf die Muskeln durchgenagt haben.

Nach ein paar Wochen bis auf die Knochen.

Sie blickte zu Crowe auf. »Wo sind ihre Kleider?«

»Alles, was wir gefunden haben, ist ein einzelner Schuh. Ein Tennisschuh, Größe 36. Ich glaube, er hat ihn auf dem Weg nach draußen fallen lassen. Er lag in der Küche.«

»War Blut daran?«

»Ja. Auf der Oberseite waren Spritzer.«

Ihr Blick fiel auf den Stumpf des abgetrennten rechten Fußes. »Er hat sie also hier auf der Toilette ausgezogen.«

»Meinen Sie, dass er sich an der Leiche vergangen hat?«, fragte Sleeper.

Crowe schnaubte verächtlich. »Wer will denn schon eine Frau bumsen, die so einen widerlichen Hautausschlag hat? Was ist das überhaupt? Das ist doch nicht etwa ansteckend – Windpocken oder so was?«

»Nein, diese Hautveränderungen scheinen chronisch zu sein, nicht akut. Sie können sehen, dass sich auf einigen der Pusteln schon eine Kruste gebildet hat.«

»Na, jedenfalls kann ich mir nicht vorstellen, dass irgendjemand die anfassen will – und erst recht nicht vögeln.«

»Möglich ist alles«, meinte Sleeper.

»Vielleicht hat er sie ja auch nur entkleidet, um die Zerstörung der Leiche durch Tierfraß zu beschleunigen«, vermutete Maura.

»Aber warum macht er sich dann die Mühe, die Kleider mitzunehmen?«

»Es könnte eine weitere Maßnahme zur Verschleierung ihrer Identität sein.«

»Ich glaube, er wollte sie einfach nur haben«, sagte Crowe.

Maura sah ihn fragend an. »Wieso?«

»Aus dem gleichen Grund, weshalb er ihr die Hände und Füße und das Gesicht abgeschnitten hat. Er wollte ein paar Andenken mitnehmen.« Crowe erwiderte Mauras Blick, und im schrägen Schein der Taschenlampen wirkte er noch größer als sonst. Bedrohlich. »Ich glaube, unser Knabe ist ein Sammler.«

Die Außenbeleuchtung ihres Hauses war eingeschaltet; sie konnte den gelblichen Schimmer durch das Schneetreiben sehen. Ihr Haus war das einzige in der ganzen Straße, an dem um diese Zeit noch Licht brannte. Wie oft war sie zu später Stunde in ein Haus zurückgekehrt, in dem die Lichter nicht von Menschenhand, sondern von elektrischen Schaltuhren angeknipst worden waren. Heute Nacht, dachte sie, wartet tatsächlich jemand auf mich.

Dann sah sie, dass Victors Wagen nicht mehr am Straßenrand stand. Er ist weggefahren, dachte sie. Ich komme wie üblich in ein leeres Haus zurück. Der Schein der Verandabeleuchtung, den sie als so heimelig und einladend empfunden hatte, kam ihr plötzlich kalt und anonym vor.

Ein Gefühl der Leere breitete sich in ihrer Brust aus, als sie in die Einfahrt einbog. Doch was sie am meisten verstörte, war nicht die Tatsache, dass er gegangen war, sondern ihre eigene Reaktion darauf. Nur ein einziger Abend mit ihm, dachte sie, und schon bin ich wieder da, wo ich vor drei Jahren schon einmal war – meine Entschlossenheit gerät ins Wanken, meine Unabhängigkeit bekommt Risse.

Sie drückte auf den Knopf der Fernbedienung, und das Garagentor öffnete sich rumpelnd. Ein verblüfftes Lachen entfuhr ihr, als sie den blauen Toyota erblickte, der auf dem linken Stellplatz parkte.

Victor hatte nur sein Auto in die Garage gefahren.

Sie stellte ihren Wagen neben dem Toyota ab, und nachdem das Garagentor sich hinter ihr geschlossen hatte, blieb sie noch einen Moment lang sitzen und registrierte sehr bewusst ihren beschleunigten Puls, das Gefühl erregter Erwartung, das wie eine Droge durch ihre Adern strömte. Von abgrundtiefer Verzweiflung zu ekstatischem Triumph in gerade mal zehn Sekunden. Sie musste sich daran erinnern, dass sich zwischen ihnen nichts geändert hatte. Dass sich zwischen ihnen nichts ändern *konnte.*

Sie stieg aus, holte noch einmal tief Luft und betrat das Haus.

»Victor?«

Keine Antwort.

Sie warf einen Blick ins Wohnzimmer und ging dann weiter den Flur entlang zur Küche. Die Kaffeetassen waren gespült und weggeräumt, sämtliche Spuren seines Besuchs beseitigt. Sie schaute in die Schlafzimmer und in ihr Arbeitszimmer – auch dort keine Spur von Victor.

Erst als sie ins Wohnzimmer zurückging, fiel ihr Blick auf seine Füße. Sie steckten in schlichten weißen Socken und lugten hinter der Rückenlehne der Couch hervor. Maura trat näher und betrachtete den Schlafenden. Ein Arm hing schlaff zum Boden herab; sein Gesicht wirkte entspannt. Das war nicht der Victor, den sie von früher in Erinnerung hatte; der Mann, dessen explosive Leidenschaftlichkeit sie zunächst angezogen und später in die Flucht getrieben hatte. Was ihr von ihrer Ehe im Gedächtnis geblieben war, das waren ihre Auseinandersetzungen – die tiefen Wunden, die nur ein Liebender dem anderen zufügen kann. Die Scheidung hatte ihre Erinnerung an ihn verzerrt, hatte ihn in eine dunklere, zornigere Gestalt verwandelt. Sie hatte diese Erinnerungen bewahrt, hatte sie so lange gehegt und gepflegt, dass es ihr nun, als sie ihn so schutzlos vor sich sah, wie Schuppen von den Augen fiel.

Früher habe ich dir oft beim Schlafen zugesehen. Früher einmal habe ich dich geliebt.

Maura ging zum Wandschrank, holte eine Decke und breitete sie über ihn. Sie streckte die Hand aus, um ihm übers Haar zu streichen, und hielt mitten in der Bewegung inne.

Er hatte die Augen aufgeschlagen und beobachtete sie.

»Du bist wach«, sagte sie.

»Ich wollte doch gar nicht einschlafen. Wie spät ist es denn?«

»Halb drei.«

Er stöhnte. »Ich wollte doch noch fahren …«

»Jetzt kannst du auch bleiben. Es schneit wie verrückt.«

»Ich habe das Auto in die Garage gefahren. Ich hoffe, du hast nichts dagegen. Der Schneepflug ist vorbeigekommen …«

»Sie hätten dich abgeschleppt, wenn du das Auto nicht

weggefahren hättest. Das ist schon in Ordnung.« Sie lächelte und fügte leise hinzu: »Schlaf ruhig weiter.«

Ihre Blicke trafen sich. Sie sagte nichts, hin- und hergerissen zwischen Verlangen und Zweifel; zu deutlich waren ihr die Konsequenzen einer falschen Entscheidung bewusst. Gewiss dachten sie beide in diesem Moment dasselbe: dass ihr Schlafzimmer gleich nebenan war. Nur ein paar Schritte, eine zärtliche Umarmung – und schon wäre sie wieder genau dort, von wo sie damals mit so viel Mühe entkommen war.

Sie richtete sich auf – und es kostete sie so viel Kraft, als müsste sie sich aus tückischem Treibsand befreien. »Wir sehen uns dann morgen früh«, sagte sie.

War das Enttäuschung, die sie da in seinen Augen aufblitzen sah? Sie wusste es nicht, aber bei dem Gedanken, dass es immerhin möglich war, machte ihr Herz vor heimlicher Freude einen kleinen Satz.

Und dann lag sie in ihrem Bett und konnte nicht schlafen. Zu wissen, dass er in diesem Moment unter ihrem Dach war, in ihrem Reich – dieser Gedanke ließ ihr keine Ruhe. In San Francisco hatten sie in dem Haus gewohnt, das ihm schon vor ihrer Ehe gehört hatte, und sie hatte es nie wirklich als ihr eigenes betrachtet. Heute Nacht waren die Verhältnisse umgekehrt, und sie selbst hatte alles in der Hand. Was als Nächstes passierte, war ihre Entscheidung.

Die Freiheit erschreckte sie …

Erst als sie die Augen aufschlug, wurde ihr bewusst, dass sie tatsächlich geschlafen hatte. Durch das Fenster fiel fahles Tageslicht. Sie blieb noch einen Moment im Bett liegen und rätselte, was sie wohl geweckt hatte. Was sie zu ihm sagen würde. Dann hörte sie das Rumpeln des Garagentors und das Motorgeräusch des Wagens, der auf die Straße zurücksetzte. Sie stieg aus dem Bett und trat ans Fenster – gerade rechtzeitig, um Victors Wagen davonfahren und um die Ecke biegen zu sehen.

8

Jane Rizzoli erwachte im Morgengrauen. Auf der Straße vor ihrem Haus war es ruhig, der Berufsverkehr hatte noch nicht voll eingesetzt. Sie lag da und starrte im Halbdunkel an die Decke. *Komm schon, du musst es tun*, dachte sie. *Du kannst nicht ewig den Kopf in den Sand stecken.*

Sie schaltete das Licht ein und blieb noch einen Moment auf der Bettkante sitzen, während eine Welle von Übelkeit ihr den Magen umdrehte. Es war kühl in ihrem Schlafzimmer, und dennoch schwitzte sie so sehr, dass ihr das T-Shirt auf der Haut klebte.

Es wurde allmählich Zeit, der Wahrheit ins Gesicht zu sehen.

Barfuß tappte sie ins Bad. Die Packung lag auf dem Toilettendeckel, wo sie sie am Abend hingelegt hatte, um sie nur ja nicht zu vergessen. Als ob sie eine Erinnerung gebraucht hätte. Sie öffnete die Schachtel, riss die Folie auf und nahm das Teststäbchen heraus. Am Abend zuvor hatte sie die Gebrauchsanweisung mehrmals durchgelesen, hatte sie praktisch auswendig gelernt. Trotzdem nahm sie sich jetzt die Zeit, sie noch einmal zu lesen. Auch eine Möglichkeit, den Moment noch etwas hinauszuzögern.

Endlich setzte sie sich auf die Toilette, hielt sich das Teststäbchen zwischen die Beine und pinkelte auf die Spitze, bis sie mit Morgenurin getränkt war.

Zwei Minuten warten, hieß es in der Anleitung.

Sie legte das Stäbchen auf die Ablage und ging in die Küche, wo sie sich ein Glas Orangensaft einschenkte. Dieselbe Hand, die eine Waffe halten, einen Schuss nach dem anderen abfeuern und jedes Mal ins Schwarze treffen konnte, zitterte jetzt wie Espenlaub, als sie das Glas zum Mund führte. Wie gelähmt starrte sie die Küchenuhr an, wartete ungeduldig, bis der Sekundenzeiger seine stockende Umdrehung vollendet hatte. Die zwei Minuten verrannen, und sie spürte, wie ihr Puls schneller und schneller ging. Sie war noch nie ein Feigling gewesen, hatte sich nie davor gedrückt, dem Feind Auge in Auge gegenüberzutreten, aber das hier war eine andere Art von Angst, eine heimliche Angst, die sie innerlich verzehrte. Die Angst, dass sie die falsche Entscheidung treffen und den Rest ihres Lebens dafür büßen würde.

Verdammt noch mal, Jane. Bring's einfach hinter dich.

Wütend auf sich selbst, angewidert von ihrer eigenen Feigheit, stellte sie das Glas ab und ging zurück ins Bad. Ohne noch einmal an der Tür innezuhalten, um ihren Mut abzusammenzunehmen, ging sie schnurstracks auf die Ablage zu und griff nach dem Teststäbchen.

Sie musste nicht erst in der Gebrauchsanweisung nachsehen, um zu wissen, was der lila Streifen im Kontrollfeld bedeutete.

Wie sie wieder ins Schlafzimmer gekommen war, hatte sie vergessen. Das Nächste, woran sie sich erinnerte, war, dass sie auf der Bettkante saß und das Teststäbchen auf dem Schoß hielt. Sie hatte die Farbe Lila nie gemocht – sie fand sie irgendwie zu teeniehaft, zu kitschig. Jetzt wurde ihr schon von dem bloßen Anblick übel. Sie hatte geglaubt, auf alles gefasst zu sein, aber da hatte sie sich getäuscht. Ihre Beine schliefen ein, weil sie zu lange in derselben Haltung verharrt hatte, doch sie schien sich einfach nicht aufraffen zu können. Auch ihr Gehirn war wie gelähmt; jeder Gedanke blieb im Sumpf des Schocks und der Unentschlossenheit stecken. Sie wusste einfach nicht, was sie tun sollte. Das Erste, was ihr in den Sinn kam, war ein absolut kindischer und irrationaler Impuls.

Ich will zu meiner Mama.

Sie war vierunddreißig und stand längst auf eigenen Beinen. Sie hatte Türen eingetreten und Mörder zur Strecke gebracht. Einmal hatte sie einen Mann erschossen. Und jetzt saß sie da und sehnte sich plötzlich nur noch nach den Armen ihrer Mutter.

Das Telefon klingelte.

Sie starrte den Apparat an, als ob sie ihn noch nie gesehen hätte. Erst beim vierten Läuten hob sie endlich ab.

»He, bist du etwa noch zu Hause?«, fragte Frost. »Das ganze Team ist bereits da.«

Sie musste ihre ganze Konzentration zusammennehmen, um den Sinn seiner Worte zu erfassen. Das Team. Der Ententeich. Sie warf einen Blick auf ihren Wecker und erschrak. Acht Uhr fünfzehn.

»Rizzoli? Es ist alles vorbereitet für die Suche. Sollen wir schon mal ohne dich anfangen?«

»Ja, ich komme sofort.« Sie legte auf. Das Geräusch des Hörers, der auf die Gabel fiel, wirkte wie das Fingerschnippen eines Hypnotiseurs. Sie setzte sich kerzengerade auf, ihre Trance war schlagartig verflogen, und von einer Sekunde auf die andere waren ihre Gedanken wieder voll auf die Arbeit konzentriert.

Sie warf das Teststäbchen in den Abfalleimer. Dann zog sie sich an und fuhr zum Einsatzort.

Die Rattenfrau.

Das ist alles, was von einem Menschenleben am Ende übrig bleibt, dachte Maura, als sie auf den Leichnam vor ihr auf dem Tisch blickte. Noch waren die grausigen Details unter einem Laken verborgen. Du hast keinen Namen, kein Gesicht, und wir reduzieren deine gesamte Existenz auf ein Wort, das doch nur die letzte Demütigung betont, mit der dein Leben endete – als Futter für hungrige Nager.

Es war Darren Crowe gewesen, der ihr am Abend zuvor den Namen verpasst hatte, als sie dort in der Restauranttoilette gestanden hatten und das scheue Getier vor den Lichtkegeln ihrer Taschenlampen davongehuscht war. Ganz beiläufig hatte er ihn in Gegenwart des Transportteams der Gerichtsmedizin fallen lassen, und als Maura am nächsten Morgen ins Büro kam, sprachen schon ihre Mitarbeiter von dem Opfer als der Rattenfrau. Sie wusste, dass es bloß ein griffiger Name für eine Frau war, die sonst einfach unter der Bezeichnung »unbekannte Tote« geführt worden wäre, und dennoch zuckte Maura unwillkürlich zusammen, als sie ihn sogar aus dem Mund von Detective Sleeper vernahm. So versuchen wir, mit dem Entsetzen umzugehen. So halten wir die Opfer auf Distanz. Indem wir sie mit einem Spitznamen, einer Diagnose oder einem Aktenzeichen benennen. Nur so können wir vergessen, dass es sich um Menschen handelt, deren Schicksal uns das Herz brechen würde, wenn wir es an uns heranließen.

Sie blickte auf, als Crowe und Sleeper das Labor betraten. Sleeper waren die Spuren der anstrengenden Nachtschicht deutlich anzusehen, und die grellen Lampen des Autopsiesaales beleuchteten gnadenlos sein müdes Gesicht mit den grauen Tränensäcken und den hängenden Wangen. Neben ihm wirkte Crowe wie ein junger Löwe, braun gebrannt, fit und platzend vor Selbstbewusstsein. Crowe war ein Mann, dem man besser nicht zu nahe trat; unter einer arroganten Fassade verbarg sich oft genug eine brutale Natur. Jetzt stand er da und blickte angewidert auf die Leiche herab. Diese Autopsie würde eher eine von der unangenehmen Sorte sein, und selbst Crowe schien der Leichenöffnung mit einer gewissen Beklommenheit entgegenzusehen.

»Die Röntgenbilder hängen schon«, sagte Maura. »Gehen wir doch rüber und schauen sie uns an, bevor wir loslegen.«

Sie ging zum Leuchtkasten an der rückwärtigen Wand des Saals und drückte auf einen Schalter. Das Licht flackerte auf, und schemenhafte Umrisse von Rippen, Wirbelsäule und Becken wurden sichtbar. Über den Rumpf verstreut waren helle, metallisch aussehende Punkte zu erkennen, die sich wie eine kleine Galaxie über Herz und Lungen erstreckten.

»Sieht mir nach einer Schrotladung aus«, meinte Sleeper.

»Das habe ich zuerst auch gedacht«, erwiderte Maura. »Aber wenn Sie genauer hinschauen, erkennen Sie hier gleich neben dieser Rippe einen opaken Schatten. Sehen Sie ihn? Er wird von der Kontur der Rippe fast verdeckt.«

»Metallmantelgeschoss?«, fragte Crowe.

»So scheint es mir jedenfalls.«

»Es war also keine Schrotpatrone.«

»Nein. Das sieht eher nach Glaser-Munition aus. Nach der Anzahl der Projektile zu urteilen, die ich hier erkennen kann, handelt es sich wahrscheinlich um ein Blue-Tip-Geschoss – Kupfermantel, gefüllt mit 12er Schrot.«

Glaser-Munition ist so konstruiert, dass sie weit verheerendere Schäden anrichtet als konventionelle Geschosse. Die Patrone dringt als Ganzes in den Körper ein und explodiert anschließend. Noch ehe Maura den Rumpf aufgeschnitten hatte, wusste sie schon, welche Verwüstungen dieser eine Schuss hinterlassen hatte.

Sie nahm die Brustaufnahmen ab und heftete zwei neue Filme an den Kasten. Die Wirkung dieser Bilder war viel schockierender als die der ersten, und zwar wegen der Teile, die fehlten. Sie blickten auf die Röntgenaufnahmen des rechten und linken Unterarms. Elle und Speiche, die beiden langen Knochen des Unterarms, reichen normalerweise vom Ellenbogen bis zum Handgelenk, wo sie mit den wie kleine Kieselsteine geformten Handwurzelknochen verbunden sind. Doch diese Armknochen endeten abrupt im Nichts.

»Die linke Hand wurde hier abgetrennt – genau an der Stelle, wo der Griffelfortsatz der Speiche und das Kahnbein aufeinander stoßen«, sagte sie. »Der Täter hat mit der Hand auch sämtliche Handwurzelknochen entfernt. Man kann auf den anderen Aufnahmen sogar einige der Kerben erkennen, die die Klinge am Rand des Griffelfortsatzes hinterlassen hat. Er hat den Schnitt genau zwischen Arm- und Handknochen geführt.« Sie zeigte auf die andere Röntgenaufnahme. »Und nun sehen Sie sich den rechten Armstumpf an. Hier hat er nicht ganz so sauber gearbeitet. Er hat nicht wie links genau durch das Handgelenk geschnitten, und beim Entfernen der Hand ist das Hakenbein zurückgeblieben. Sie können die Spuren der Klinge hier sehen. Offenbar ist es ihm nicht gleich gelungen, das Gelenk zu finden, und so hat er blind herumgesägt, bis er es schließlich getroffen hat.«

»Die Hände wurden also nicht einfach abgehackt, mit einer Axt zum Beispiel?«, sagte Sleeper.

»Nein, er hat ein Messer benutzt. Er hat die Hände ungefähr so abgetrennt, wie man ein Huhn tranchiert. Man beugt das Gelenk, um den Zwischenraum zu vergrößern, und durchschneidet die Sehnen. Auf diese Weise muss man nicht den Knochen selbst durchsägen.«

Sleeper verzog das Gesicht. »Ich glaube, ich werde heute Abend lieber kein Huhn essen.«

»Was für eine Art Messer hat er verwendet?«, fragte Crowe.

»Es könnte ein Ausbeinmesser gewesen sein, aber vielleicht auch ein Skalpell. Die Stümpfe sind zu sehr von Ratten zernagt, als dass die Wundränder uns da weiterhelfen könnten. Wir werden das weiche Gewebe abkochen und uns die Schnittspuren unter dem Mikroskop ansehen müssen.«

»Ich denke, ich werde heute Abend auch keine Suppe essen«, meinte Sleeper.

Crowe beäugte amüsiert den Schmerbauch seines Partners. »Du solltest öfter mal einen Abstecher in die Gerichtsmedizin machen. Dann kriegst du vielleicht diesen Rettungsring weg.«

»Du meinst, das ist besser, als seine Zeit im Fitnessstudio zu vergeuden?«, gab Sleeper zurück.

Maura sah ihn überrascht an. Selbst der sonst so umgängliche Sleeper hatte irgendwann einmal genug von den Sprüchen seines Partners.

Doch Crowe lachte nur. Er merkte einfach nicht, wie sehr er seinen Mitmenschen auf den Geist ging. »He, wenn du ernsthaft vorhast, ein paar Zentimeter zuzulegen – ich meine *oberhalb* der Gürtellinie –, dann kannst du gerne mal mitkommen.«

»Wir haben noch weitere Röntgenaufnahmen«, unterbrach Maura das Geplänkel der beiden. Mit knappen, routinierten Bewegungen nahm sie die Filme ab. Yoshima reichte ihr die nächsten, die sie sogleich unter die Clips schob. Die Umrisse von Kopf und Hals der Rattenfrau wurden vor dem Leuchtkasten sichtbar. Als sie am Abend zuvor in das Gesicht der Leiche geblickt hatte, da hatte sie nur rohes Fleisch gesehen, gehäutet und anschließend durch die Zähne der hungrigen Nager noch weiter verwüstet. Aber die Gesichtsknochen darunter waren merkwürdig intakt, bis auf die Spitze des Nasenbeins, die abgebrochen war, als der Mörder sich seine grausige Trophäe heruntergerissen hatte.

»Die Schneidezähne fehlen«, bemerkte Sleeper. »Sie glauben doch nicht, dass er die auch mitgenommen hat?«

»Nein. Das sieht mir eher nach atrophischen Veränderungen aus. Und das ist es, was mich so überrascht.«

»Wieso?«

»Solche Veränderungen treten gewöhnlich bei Menschen mit schlechtem Gebiss im fortgeschrittenen Alter auf. Aber das passt nicht zu einer Frau, die ansonsten einen recht jungen Eindruck macht.«

»Wie können Sie das sagen? Sie hat schließlich kein Gesicht mehr.«

»Die Röntgenaufnahme der Wirbelsäule zeigt keine Anzeichen der üblichen degenerativen Veränderungen, die zum Alterungsprozess gehören. Sie hat auch keine grauen Haare, weder am Kopf noch im Schambereich. Und keine Hornhauttrübung.«

»Wie alt schätzen Sie sie?«

»Ich hätte gesagt, nicht älter als vierzig.« Maura betrachtete die Röntgenaufnahmen. »Aber diese Aufnahmen scheinen eher zu einer älteren Frau zu passen. Ich habe noch nie einen so schweren Fall von Knochenresorption gesehen, schon gar nicht bei einer jungen Frau. Sie hätte gar keine Zahnprothese tragen können, selbst wenn sie es sich hätte leisten können. Diese Frau war aber offensichtlich überhaupt nicht in zahnärztlicher Behandlung.«

»Dann gibt es wohl auch keine Röntgenaufnahmen des Kiefers, die wir zu Vergleichszwecken heranziehen könnten.«

»Ich schätze, dass diese Frau seit Jahrzehnten bei keinem Zahnarzt gewesen ist.«

Sleeper seufzte. »Keine Fingerabdrücke. Kein Gesicht. Keine Zahnarztunterlagen. Wir werden sie nie identifizieren können. Und das hat der Täter wohl auch bezweckt.«

»Aber das erklärt noch nicht, warum er ihr auch die Füße abgeschnitten hat«, sagte sie, ohne den Blick von der Aufnahme des namenlosen Schädels am Leuchtkasten zu wenden. »Ich glaube, seine Motive waren andere. Vielleicht wollte er seine Macht demonstrieren. Oder es war schiere Raserei. Wer einer Frau das Gesicht abreißt, tut mehr, als sich nur eine Trophäe zu nehmen. Er raubt ihr ihre Identität. Ihre Seele.«

»Also, der Typ muss ja schon ziemlich verzweifelt gewesen sein«, meinte Crowe. »Wer will denn schon eine zahnlose Frau mit ekligen Geschwüren am ganzen Leib? Wenn er Gesichter sammelt, sollte man doch meinen, dass er sich eine aussucht, die sich ein bisschen besser über dem Kamin macht.«

»Vielleicht hat er ja erst angefangen«, sagte Sleeper leise. »Vielleicht war das sein erster Mord.«

Maura wandte sich zum Tisch um. »Fangen wir an.«

Während sich Sleeper und Crowe ihre Schutzmasken umbanden, zog sie das Laken zurück. Starker Verwesungsgeruch schlug ihr entgegen. Am Abend hatte sie Glaskörperflüssigkeit für die Bestimmung der Kaliumkonzentration entnommen, und das Resultat verriet ihr, dass das Opfer rund sechsunddreißig Stunden vor seiner Entdeckung verstorben war. Die Totenstarre hatte sich noch nicht gelöst, die Gliedmaßen ließen sich nur mit Mühe bewegen. Trotz der Kühlhaustemperaturen am Fundort hatte der Verwesungsprozess bereits eingesetzt. Die Bakterien hatten ihr Werk begonnen, organische Verbindungen zersetzt und dadurch Gase entstehen lassen, welche die Hohlräume des Körpers aufblähten. Die Kälte hatte diesen Vorgang nur verlangsamt, aber nicht zum Erliegen gebracht.

Obwohl sie das zerstörte Gesicht bereits kannte, schockierte der Anblick sie aufs Neue, ebenso wie der des Hautausschlags, der im hellen Licht des Autopsiesaals ganz deutlich zu sehen war – als Ansammlung dunkler, entzündeter Knötchen, durchsetzt mit Rattenbissen. Im Vergleich mit diesen Verwüstungen nahm sich die Schusswunde eher harmlos aus – nur eine kleine Eintrittsöffnung links vom Brustbein. Glaser-Munition war so konstruiert, dass die Gefahr von Querschlägern möglichst gering war, die inneren Verletzungen nach dem Eindringen des Geschosses in den Körper jedoch umso schwerwiegender. Nachdem der Kupfermantel die Haut glatt durchschlagen hat, explodieren die darin enthaltenen Bleikügelchen mit verheerender Wirkung. Wer nur das kleine, runde Loch in der Brust der Leiche sah, konnte nicht ahnen, was der Schuss im Inneren des Thorax angerichtet hatte.

»Was ist denn nun mit diesem Ausschlag?«, fragte Crowe.

Maura betrachtete die Hautpartien, die nicht durch Tierfraß beschädigt waren. Die dunkelroten Pusteln bedeckten den Rumpf ebenso wie die Extremitäten; manche waren mit einer Kruste überzogen.

»Ich weiß nicht, was es ist«, gab sie zu. »Es scheint sich jedenfalls um eine systemische Erkrankung zu handeln. Es könnte eine Reaktion auf Arzneimittel sein. Oder auch eine Erscheinungsform von Krebs.« Nach einer Pause fügte sie hinzu: »Es könnte aber auch bakteriell sein.«

»Sie meinen – ansteckend?«, fragte Sleeper und trat einen Schritt vom Tisch zurück.

»Deshalb habe ich ja vorgeschlagen, dass wir Masken tragen.«

Sie fuhr mit einem behandschuhten Finger über eine der Pusteln, wobei sich einige weißliche Schuppen lösten. »Manche von diesen Flecken erinnern mich ein wenig an Schuppenflechte. Aber die Verteilung passt ganz und gar nicht dazu. Schuppenflechte befällt normalerweise in erster Linie die Ellenbogen und Knie.«

»Sagen Sie, gibt's da nicht ein Mittel dagegen?«, meinte Crowe. »Ich hab früher immer die Werbung im Fernsehen gesehen. ›Schuppenflechte – eine Geißel der Menschheit‹.«

»Es ist eine entzündliche Erkrankung, deshalb spricht

sie auf Steroidsalben an. Eine UV-Therapie kann auch helfen. Aber sehen Sie sich ihr Gebiss an. Diese Frau konnte sich offensichtlich keine teuren Salben und Therapien leisten. Wenn es sich tatsächlich um Schuppenflechte handelt, ist sie wahrscheinlich über Jahre hin nicht behandelt worden.«

Wie musste diese Frau unter ihrer grausamen Hauterkrankung gelitten haben, dachte Maura – besonders im Sommer. Selbst an den heißesten Tagen würde sie es vorgezogen haben, ihre Pusteln unter Hosenbeinen und langärmeligen Blusen zu verbergen.

»Erst sucht dieser Kerl sich ein Opfer ohne Zähne aus«, sagte Crowe, »und dann nimmt er sich auch noch das Gesicht mit, wo dieser widerliche Ausschlag drauf ist.«

»Das Gesicht ist bei Schuppenflechte meistens nicht befallen.«

»Glauben Sie, das hat etwas zu bedeuten? Vielleicht hat er sich nur die Teile mit gesunder Haut abgeschnitten.«

»Ich weiß nicht«, sagte sie. »Ich kann mir beim besten Willen nicht vorstellen, wieso ein Mensch so etwas tut.«

Sie wandte ihre Aufmerksamkeit dem rechten Unterarmstumpf zu. Der Knochen schimmerte weiß durch das bloße Fleisch. Hungrige Aasfresser hatten die offene Wunde benagt und die Spuren des Messers zerstört, aber unter dem Elektronenmikroskop würden an der Schnittstelle des Knochens vielleicht charakteristische Merkmale der Klinge zu erkennen sein. Sie hob den Unterarm hoch, um die Unterseite der Wunde zu untersuchen. Dabei fiel ihr ein gelber Farbtupfer ins Auge.

»Yoshima, reichen Sie mir bitte eine Pinzette«, sagte sie.

»Was ist denn da?«, fragte Crowe.

»Da klebt irgendeine Faser am Wundrand.«

Yoshima bewegte sich so lautlos, dass die Pinzette wie durch Zauberei in ihrer Hand aufzutauchen schien. Sie schwenkte das Vergrößerungsglas über den Stumpf, zupfte mit der Pinzette das Fragment aus der Blutkruste, in die es eingebettet war, und legte es auf ein Tablett.

Durch die Lupe erblickte sie ein eingerolltes Stück eines dicken Fadens von auffallender kanariengelber Farbe.

»Stammt es von ihrer Kleidung?«, fragte Crowe.

»Dafür sieht es eigentlich zu grob aus.«

»Vielleicht eine Teppichfaser?«

»Ein kanariengelber Teppich? Kann ich mir kaum vorstellen.« Sie ließ die Faser in einen verschließbaren Plastikbeutel fallen, den Yoshima ihr hinhielt, und fragte: »Haben Sie am Tatort irgendetwas gefunden, was dazu passen könnte?«

»Nichts Gelbes«, antwortete Crowe.

»Ein gelbes Seil vielleicht?«, meinte Maura. »Möglicherweise hat er sie an den Handgelenken gefesselt.«

»Und dann die durchgeschnittenen Seilenden mitgenommen?« Sleeper schüttelte den Kopf. »Schon verblüffend, wie sauber dieser Kerl arbeitet.«

Maura blickte auf die Leiche herab – nicht größer als die eines Kindes. »Er musste sie vielleicht gar nicht fesseln. Er wird auch so mühelos mit ihr fertig geworden sein.«

Wie leicht es gewesen sein musste, ihr das Leben zu nehmen. Mit diesen dünnen Armen konnte sie sich nicht lange gegen einen Angreifer gewehrt haben, mit diesen kurzen Beine hätte sie kaum vor ihm davonlaufen können.

Du bist schon so schrecklich verstümmelt, dachte sie. Und jetzt wird mein Skalpell auch noch seine Spuren auf deiner Haut hinterlassen.

Sie ging mit ruhigen, routinierten Bewegungen vor, als sie Haut und Muskeln mit ihrer Klinge durchtrennte. Die Todesursache war so deutlich zu erkennen wie zuvor die Schrotkügelchen auf dem Röntgenbild, und als der Brustraum schließlich freigelegt war und sie den prallen Herzbeutel sowie die zahlreichen Blutungen in der Lunge sah, war sie keineswegs überrascht.

Das Glaser-Geschoss hatte die Thoraxwand durchschlagen und war dann explodiert, so dass die tödliche Schrotladung sich im ganzen Brustkorb verteilt hatte. Das Metall hatte Arterien und Venen zerrissen, Herz und Lungen perforiert. Das Pericardium, welches das Herz umschloss, hatte sich mit Blut gefüllt, wodurch der Herzmuskel zusammengedrückt wurde und sich nicht mehr ausdehnen, nicht mehr pumpen konnte. Eine Herzbeuteltamponade.

Der Tod war relativ schnell eingetreten.

Die Sprechanlage begann zu summen. »Dr. Isles?«

Maura drehte sich zum Lautsprecher um. »Ja, Louise?«

»Detective Rizzoli ist auf Leitung eins. Können Sie rangehen?«

Maura streifte die Handschuhe ab und ging zum Telefon. »Rizzoli?«, sagte sie.

»Hallo, Doc. Ich fürchte, wir brauchen Sie hier.«

»Was gibt's denn?«

»Wir sind am Ententeich. Hat eine Weile gedauert, bis wir das ganze Eis rausgeschaufelt hatten.«

»Sind Sie fertig mit der Suche?«

»Mmh. Und wir haben was gefunden.«

9

Ein eisiger Wind fegte über das offene Feld und zerrte an Mauras Mantel und Schal, als sie durch die hintere Klosterpforte trat und auf die Gruppe von Polizisten zusteuerte, die wie eine triste Trauergemeinde am Ufer des Teichs stand. Auf dem Schnee hatte sich eine Eisschicht gebildet, und ihre Stiefel brachen knisternd durch den Harsch wie durch eine dünne Zuckerkruste. Sie spürte, wie alle Augen auf ihr ruhten, als sie das Feld durchquerte. Von der Pforte aus blickten die Nonnen ihr nach, und die Polizisten sahen ihr erwartungsvoll entgegen. Einsam bahnte sie sich ihren Weg durch die weiße Einöde, und in der Stille des Nachmittags schien jeder Laut verstärkt – vom Knirschen ihrer Schritte bis hin zum Geräusch ihres eigenen Atems.

Rizzoli löste sich aus der dicht gedrängten Gruppe und kam auf Maura zu, um sie zu begrüßen. »Danke, dass Sie so schnell gekommen sind.«

»Noni lag also richtig mit ihrer Bemerkung über den Ententeich?«

»Genau. Camille hat schließlich viel Zeit hier draußen verbracht, da ist es nicht weiter verwunderlich, dass sie auf die Idee kam, es im Teich verschwinden zu lassen. Das Eis war da noch relativ dünn. Wahrscheinlich ist der Teich erst in den letzten ein bis zwei Tagen richtig zugefroren.« Rizzoli blickte auf das Wasser. »Beim dritten Versuch hatten wir es endlich im Netz.«

Es war ein recht kleiner Teich, ein schwarzes Oval, in dem sich im Sommer wahrscheinlich blauer Himmel, Wolken und vorüberfliegende Vögel spiegelten. An einer Seite war das Ufer mit Rohrkolben gesäumt, die wie vereiste Stalagmiten aus dem Schnee ragten. Ringsum war die weiße Pracht von zahlreichen Sohlen zertrampelt und mit Matsch vermischt.

Am Ufer lag eine winzige Gestalt, abgedeckt mit einem Einweglaken. Maura ging daneben in die Hocke, worauf Detective Frost mit düsterer Miene das Laken von dem mit feuchtem Schlamm bedeckten Bündel zog.

»Es hat sich angefühlt, als ob es mit Steinen beschwert wäre«, sagte Frost. »Deswegen hat es auch ganz unten am Grund gelegen. Wir haben es noch nicht ausgewickelt – wir dachten, wir warten lieber, bis Sie da sind.«

Maura zog ihre wollenen Fäustlinge aus und streifte sich Gummihandschuhe über. Sie boten natürlich keinerlei Schutz vor der Kälte, und ihre Finger waren bald durchgefroren, als sie sich daranmachte, den Musselinstoff abzuwickeln. Nachdem sie die äußere Hülle entfernt hatte, fielen zwei faustgroße Steine heraus. Die nächste Schicht war ebenfalls klatschnass, aber nicht schlammig. Es war eine himmelblaue Wolldecke. Eine Farbe, die man für einen kleinen Säugling wählen würde, dachte sie. Für eine Decke, in die man ihn behutsam einhüllt, damit er es schön warm hat.

Inzwischen waren ihre Finger taub und steif. Sie schlug eine Ecke der Wolldecke zurück, und ein Fuß kam zum Vorschein. Winzig, fast wie der einer Puppe, die Haut dunkelblau marmoriert.

Maura hatte genug gesehen.

Sie richtete sich auf und wandte sich an Rizzoli. »Bringen wir es ins Institut. Dort können wir es dann fertig auspacken.«

Rizzoli nickte nur und blickte schweigend auf das winzige Bündel. Der kalte Wind hatte bereits eine dünne Eiskruste auf dem durchnässten Stoff entstehen lassen.

Detective Frost brach das Schweigen schließlich. »Wie konnte sie das nur tun? Ihr Baby einfach so ins Wasser werfen?«

Maura streifte die Latexhandschuhe ab und steckte ihre gefühllosen Finger wieder in die Wollfäustlinge. Sie dachte an die hellblaue Decke, in die das Baby gehüllt war. Warme Wolle, wie die ihrer Handschuhe. Camille hätte alles Mögliche benutzen können, um ihr Kind einzuwickeln – Zeitungen, alte Bettlaken, Lumpen –, aber sie hatte eine Wolldecke gewählt, wie um es vor dem eiskalten Wasser des Teichs zu schützen.

»Ihr eigenes Kind zu ertränken«, sagte Frost. »Sie muss doch den Verstand verloren haben.«

»Das Baby war vielleicht schon tot.«

»Na gut, dann hat sie es eben vorher umgebracht. Trotzdem eine Wahnsinnstat.«

»Wir können noch nichts dazu sagen. Nicht, bevor wir das Ergebnis der Autopsie kennen.« Mauras Blick ging zurück zum Kloster. Drei Nonnen standen wie schwarz gekleidete Geister unter dem Torbogen und beobachteten sie. »Haben Sie Mary Clement schon Bescheid gesagt?«, fragte sie Rizzoli.

Rizzoli gab keine Antwort. Sie fixierte immer noch den Fund, den der Teich preisgegeben hatte. Es brauchte nur ein Paar Hände, um das kleine Bündel in einen viel zu großen Leichensack zu stecken und den Reißverschluss zuzuziehen. Bei dem harschen Geräusch zuckte sie zusammen.

»Wissen die Schwestern Bescheid?«, fragte Maura erneut.

Jetzt endlich erwiderte Rizzoli ihren Blick. »Wir haben ihnen gesagt, was wir gefunden haben.«

»Die Schwestern müssen doch einen Verdacht haben, wer der Vater sein könnte.«

»Sie leugnen, dass Camille überhaupt schwanger gewesen sein kann.«

»Aber der Beweis liegt doch hier vor uns.«

Rizzoli schnaubte verächtlich. »Der Glaube ist stärker als alle Beweise.«

Der Glaube woran?, fragte Maura sich. An die Tugend einer jungen Frau? Kein Kartenhaus war doch so wacklig wie das Vertrauen in die menschliche Keuschheit.

Sie verstummten, als der Leichensack abtransportiert wurde. Es war nicht nötig, eine Bahre durch den Schnee heranzuschaffen; der Helfer hatte das Bündel bereits so behutsam in den Arm genommen, als ob es sich um sein eigenes Kind handelte, und marschierte jetzt mit grimmiger Miene durch den eisigen Wind auf das Klostertor zu.

Das Läuten von Mauras Handy zerriss die respektvolle Stille. Sie klappte es auf und meldete sich leise: »Dr. Isles.«

»Ich wollte mich entschuldigen, weil ich heute Morgen gefahren bin, ohne auf Wiedersehen zu sagen.«

Sie spürte, wie ihr das Blut ins Gesicht schoss und ihr Herz zu rasen begann. »Victor.«

»Ich musste nach Cambridge zu meinem Termin und wollte dich nicht wecken. Ich hoffe, du hast nicht geglaubt, ich wollte mich einfach so davonstehlen.«

»Habe ich aber, wenn du's genau wissen willst.«

»Können wir uns später treffen – zum Essen?«

Sie zögerte, als ihr plötzlich klar wurde, dass Rizzoli sie beobachtete. Und als sie sich ihrer körperlichen Reaktion auf Victors Stimme bewusst wurde. Der beschleunigte Puls, die gespannte Erwartung. Schon hat er wieder seinen Platz in meinem Leben besetzt. Und schon fange ich an, über die Möglichkeiten nachzudenken.

Sie wich Rizzolis Blick aus und senkte ihre Stimme zu einem Murmeln. »Ich weiß nicht, wann ich heute Schluss machen kann. Es gibt sehr viel zu tun im Moment.«

»Du kannst mir beim Abendessen von deinem Tag erzählen.«

»Die Ereignisse überschlagen sich jetzt schon.«

»Irgendwann musst du schließlich was essen, Maura. Darf ich dich einladen? In dein Lieblingsrestaurant?«

Zu schnell, zu ungeduldig antwortete sie: »Nein, wir treffen uns bei mir zu Hause. Ich werde versuchen, um sieben dort zu sein.«

»Ich erwarte nicht, dass du mich bekochst.«

»Dann überlasse ich dir das Kochen.«

Er lachte. »Du bist ja ganz schön mutig.«

»Wenn ich mich verspäten sollte, kommst du durch die Seitentür zur Garage rein. Du weißt wahrscheinlich noch, wo du den Schlüssel findest.«

»Erzähl mir nicht, dass du ihn immer noch in diesem alten Stiefel versteckst.«

»Bis jetzt hat ihn noch niemand gefunden. Also, wir sehen uns heute Abend.«

Sie legte auf und stellte fest, dass inzwischen sowohl Rizzoli als auch Frost sie interessiert beobachteten.

»Heißes Date?«, fragte Rizzoli.

»In meinem Alter kann ich froh sein, wenn ich überhaupt noch ab und zu ein Date habe«, erwiderte sie und steckte das Telefon in die Manteltasche. »Wir sehen uns dann im Institut.«

Während sie über das Feld zum Kloster zurückstapfte, spürte sie ihre Blicke im Rücken. Sie atmete erleichtert auf, als sie endlich durch das Tor schlüpfen konnte und hinter den dicken Klostermauern Zuflucht fand. Doch sie war erst wenige Schritte über den Hof gegangen, als plötzlich jemand ihren Namen rief.

Sie drehte sich um und sah Pater Brophy aus einer Tür treten. Er kam auf sie zu, eine ernste Erscheinung in Schwarz. Vor dem Hintergrund des grauen, trüben Himmels leuchtete das Blau seiner Augen besonders intensiv.

»Mutter Mary Clement möchte Sie gerne sprechen«, sagte er.

»Sie sollte sich wahrscheinlich besser an Detective Rizzoli wenden.«

»Sie würde aber lieber mit Ihnen sprechen.«

»Wieso?«

»Weil Sie keine Polizistin sind. Sie scheinen immerhin bereit, sich ihr Anliegen anzuhören. Und Sie versuchen wenigstens zu verstehen.«

»Was zu verstehen, Hochwürden?«

Er schwieg. Der Wind zerrte an ihren Mänteln und peitschte ihnen ins Gesicht.

»Dass man sich über den Glauben anderer Menschen nicht lustig machen sollte«, sagte er schließlich.

Und das war genau der Grund, weshalb Mary Clement nicht mit Rizzoli sprechen wollte – mit Rizzoli, die ihre Skepsis nicht verbergen konnte, die Verachtung, die sie für die Kirche empfand. Etwas so Persönliches wie der Glaube sollte nicht dem Spott preisgegeben werden.

»Es ist ihr sehr wichtig«, sagte Pater Brophy. »Bitte.«

Sie folgte ihm ins Haus. Durch einen düsteren, zugigen Korridor gelangten sie zum Büro der Äbtissin. Mary Clement saß an ihrem Schreibtisch. Sie blickte auf, als die beiden eintraten, und die Augen, die sie durch die dicken Brillengläser anstarrten, versprühten Zorn.

»Nehmen Sie Platz, Dr. Isles.«

Die Jahre in der Holy Innocents Academy lagen zwar lange hinter ihr, doch der Anblick einer erzürnten Nonne konnte Maura immer noch aus der Fassung bringen, und so gehorchte sie schweigend und ließ sich wie ein schuldbewusstes Schulmädchen auf den Stuhl sinken. Pater Brophy blieb ein wenig abseits stehen, ein stiller Beobachter dessen, was nun auf sie zukam.

»Sie haben uns nicht gesagt, was der Grund für diese

Suchaktion war«, begann Mary Clement. »Sie haben Unruhe in unser beschauliches Leben gebracht. Unsere Privatsphäre verletzt. Wir haben die Arbeit der Polizei von Anfang an unterstützt, und doch sind wir behandelt worden, als wären wir der Feind. Der Anstand hätte es geboten, uns wenigstens zu verraten, was es ist, wonach Sie suchen.«

»Ich glaube wirklich, dass Detective Rizzoli in diesem Fall die richtige Ansprechpartnerin ist.«

»Aber Sie waren es, die den Anstoß für die Suche gegeben hat.«

»Ich habe der Polizei nur gesagt, was ich bei der Autopsie herausgefunden hatte. Dass Schwester Camille vor kurzem ein Kind zur Welt gebracht hat. Es war Detective Rizzolis Entscheidung, das Kloster durchsuchen zu lassen.«

»Ohne uns zu sagen, warum.«

»Polizeiliche Ermittlungen werden gewöhnlich verdeckt durchgeführt.«

»Der wahre Grund war, dass Sie uns nicht vertrauen. Habe ich Recht?«

Maura begegnete Mary Clements anklagendem Blick und musste feststellen, dass sie nicht umhin konnte, ihr die Wahrheit zu sagen. »Wir hatten keine Wahl. Wir mussten einfach jedes Risiko ausschließen.«

Anstatt sie noch wütender zu machen, schien Mauras ehrliche Antwort den Zorn der Äbtissin zu dämpfen. Sie wirkte plötzlich kraftlos und ausgelaugt, als sie sich in ihrem Sessel zurücklehnte, und erschien wieder wie die gebrechliche ältere Frau, die sie in Wirklichkeit war. »Was ist das für eine Welt, in der man nicht einmal mehr uns vertrauen kann?«

»Ebenso wenig wie allen anderen, Ehrwürdige Mutter.«

»Aber das ist es ja eben, Dr. Isles. Wir sind nicht wie alle anderen.« Sie sagte das ohne jeden Anflug von Überheblichkeit. Es war eher eine tiefe Traurigkeit, die Maura in ihrer Stimme wahrnahm, und Verwirrung. »Wir hätten Ihnen doch geholfen. Wir hätten Sie unterstützt, wenn wir nur gewusst hätten, wonach Sie suchen.«

»Sie hatten wirklich keine Ahnung, dass Camille schwanger war?«

»Wie hätten wir denn so etwas ahnen sollen? Als Detective Rizzoli es mir heute Morgen sagte, wollte ich es einfach nicht glauben. Ich kann es immer noch nicht glauben.«

»Ich fürchte, den Beweis haben wir im Teich gefunden.«

Die Äbtissin schien in ihrem Sessel noch mehr zusammenzuschrumpfen. Sie senkte den Blick auf ihre knotigen, arthritischen Hände und starrte sie an, als ob sie einer fremden Frau gehörten. Schließlich sagte sie leise: »Wie kann es sein, dass wir nichts bemerkt haben?«

»Es ist durchaus möglich, eine Schwangerschaft zu verheimlichen. Es ist schon vorgekommen, dass Teenager ihren Zustand erfolgreich vor der eigenen Mutter verborgen haben. Manche Frauen verleugnen ihre Schwangerschaft bis zur Geburt sogar vor sich selbst. Camille hat vielleicht auch die Augen vor der Realität verschlossen. Ich muss gestehen, ich war selbst von diesem Resultat der Autopsie sehr betroffen. Damit hätte ich nun wirklich niemals gerechnet bei …«

»… bei einer Nonne«, ergänzte Mary Clement. Sie sah Maura unverwandt an.

»Ich will damit nicht sagen, dass Nonnen nicht auch Menschen sind.«

Ein schwaches Lächeln. »Danke, dass Sie uns das immerhin zugestehen.«

»Und sie war noch so jung …«

»Glauben Sie, dass nur die Jungen mit der Versuchung zu kämpfen haben?«

Maura dachte an ihre unruhige Nacht zurück. An Victor, der nur eine Tür weiter geschlafen hatte.

»Im Laufe unseres Lebens«, sagte Mary Clement, »begegnen wir immer wieder den verschiedensten Verlockungen. Gewiss, die Versuchungen ändern sich mit den Jahren. Wenn wir jung sind, ist es vielleicht ein hübscher Bursche. Später dann Süßigkeiten oder andere Speisen. Und dann, wenn wir alt und müde werden, vielleicht einfach nur die Aussicht, morgens ein Stündchen länger zu schlafen. So viele banale Wünsche und Begehrlichkeiten – nur dass wir sie uns nicht eingestehen dürfen. Unser Gelübde unterscheidet uns von anderen Menschen. Es ist gewiss eine Freude, den Schleier tragen zu dürfen, Dr. Isles. Aber Vollkommenheit ist eine Bürde, die keine von uns so ohne weiteres schultern kann.«

»Am allerwenigsten eine so junge Frau.«

»Es wird nicht leichter mit dem Alter.«

»Camille war erst zwanzig. Sie muss gewisse Zweifel gehabt haben, was ihr ewiges Gelübde betraf.«

Mary Clement gab zunächst keine Antwort. Sie starrte aus dem Fenster, durch das nur eine kahle Wand zu sehen war. Eine Aussicht, die sie jeden Tag daran erinnern musste, dass ihre Welt durch steinerne Mauern begrenzt war. Endlich sagte sie: »Ich war einundzwanzig, als ich mein ewiges Gelübde ablegte.«

»Und hatten Sie irgendwelche Zweifel?«

»Nein, niemals.« Sie sah Maura in die Augen. »Ich wusste, dass ich das Richtige tat.«

»Was gab Ihnen die Gewissheit?«

»Gott. Er hat zu mir gesprochen.«

Maura schwieg.

»Ich weiß, was Sie jetzt denken«, sagte Mary Clement. »Dass nur Psychotiker Stimmen hören. Nur Verrückte behaupten, dass die Engel zu ihnen sprechen. Sie sind Ärztin, und Sie sehen vermutlich alles mit den Augen der Wissenschaftlerin. Sie werden mir sagen, dass es nur ein Traum war. Oder eine Störung des chemischen Gleichgewichts. Eine schizophrene Episode. Ich kenne die ganzen Theorien. Ich weiß, was über die heilige Johanna von Orleans gesagt wird – dass es eine Wahnsinnige war, die damals auf dem Scheiterhaufen verbrannt wurde. Das ist es doch, was Ihnen durch den Kopf geht, nicht wahr?«

»Ich bin nun einmal nicht gläubig.«

»Aber Sie waren es einmal?«

»Ich wurde katholisch erzogen. Das war der Glaube meiner Adoptiveltern.«

»Dann sind Sie mit den Lebensgeschichten der Heiligen vertraut. Viele von ihnen haben Gottes Stimme gehört. Wie erklären Sie sich das?«

Maura zögerte, weil sie wusste, dass ihre Antwort die Äbtissin wahrscheinlich verletzen würde. »Auditive Halluzinationen werden häufig als religiöse Erlebnisse gedeutet.«

Wider Erwarten schien Mary Clement keineswegs gekränkt. Sie blickte Maura nur ruhig in die Augen. »Wirke ich auf Sie wie eine Geistesgestörte?«

»Nein, keineswegs.«

»Und doch sitze ich hier und erzähle Ihnen, dass ich die Stimme Gottes gehört habe.« Ihr Blick schweifte wieder zum Fenster ab. Zu der grauen Wand, auf deren Steinen Eiskristalle glitzerten. »Sie sind erst der zweite Mensch, dem ich das erzähle, denn ich weiß, wie die Leute darüber denken. Ich hätte es auch nicht geglaubt, wenn ich es nicht selbst erlebt hätte. Wenn man erst achtzehn ist und den Ruf des Herrn hört, was bleibt einem da anderes übrig als zuzuhören?«

Sie lehnte sich in ihrem Sessel zurück und sagte leise: »Ich hatte damals einen Verehrer, wissen Sie. Es gab da einen Mann, der mich heiraten wollte.«

»Ja«, sagte Maura. »Das hatten Sie erwähnt.«

»Er hat es nicht verstanden. Niemand verstand, warum

eine junge Frau wie ich vor dem Leben davonlaufen wollte. So hat er es genannt. Als ob es Feigheit wäre, wenn ich meinen Willen dem Gottes unterordne. Natürlich hat er versucht, mich umzustimmen. Meine Mutter ebenso. Aber ich wusste, was ich tat. Ich wusste es von dem Augenblick an, da ich den Ruf hörte. Ich stand im Garten hinter dem Haus und lauschte den Grillen. Und da hörte ich Seine Stimme, laut und deutlich. Und ich wusste, was meine Bestimmung war.« Sie sah Maura an, die nervös auf ihrem Stuhl hin und her rutschte und nur hoffte, dass das Gespräch bald beendet sein würde. Dieses Gerede von göttlichen Stimmen bereitete ihr Unbehagen.

Maura sah auf ihre Uhr. »Ehrwürdige Mutter, ich muss jetzt leider gehen.«

»Sie fragen sich, warum ich Ihnen das erzähle.«

»Ja, allerdings.«

»Ich habe es außer Ihnen nur einem Menschen erzählt. Wissen Sie, wem?«

»Nein.«

»Schwester Camille.«

Maura blickte in die von den Brillengläsern verzerrten blauen Augen. »Warum ausgerechnet Camille?«

»Weil sie die Stimme auch gehört hat. Deswegen kam sie zu uns. Sie kam aus einer enorm reichen Familie. Aufgewachsen ist sie in einer Villa in Hyannisport, nicht weit vom Familiensitz der Kennedys. Aber sie wurde zu diesem Leben berufen, genau wie ich damals. Wenn Sie berufen werden, Dr. Isles, dann wissen Sie, dass Ihnen Gottes Segen zuteil geworden ist, und Sie antworten mit Freude im Herzen. Camille hatte keine Zweifel bezüglich ihres Gelübdes. Sie hatte ihr Leben diesem Orden geweiht.«

»Und wie sollen wir uns dann ihre Schwangerschaft erklären? Wie ist das passiert?«

»Diese Frage hat bereits Detective Rizzoli gestellt. Aber

sie wollte nur Namen und Daten hören. Welche Handwerker haben das Kloster betreten? In welchem Monat hat Camille ihre Familie besucht? Die Polizei ist nur an konkreten Details interessiert, nicht an spirituellen Dingen. An Camilles Berufung.«

»Aber sie ist nun einmal schwanger geworden. Entweder war es ein Moment der Versuchung – oder sie wurde vergewaltigt.«

Die Äbtissin schwieg einen Moment und blickte wieder auf ihre Hände herab. Dann sagte sie leise: »Es gibt noch eine dritte Erklärung, Dr. Isles.«

Maura runzelte die Stirn. »Und welche wäre das?«

»Sie werden darüber spotten, das weiß ich. Sie sind Ärztin. Sie verlassen sich wahrscheinlich auf Ihre Labortests, auf das, was Sie unter dem Mikroskop sehen können. Aber hat es nicht auch in Ihrem Leben Momente gegeben, in denen Sie mit dem Unerklärlichen konfrontiert waren? Wenn ein Patient, der eigentlich tot sein sollte, plötzlich wieder zum Leben erwachte? Haben Sie nicht auch Wunder erlebt?«

»Jeder Arzt erlebt im Laufe seines Berufsleben so manche Überraschung.«

»Ich spreche nicht von bloßen Überraschungen. Sondern von Dingen, die Sie zutiefst in Erstaunen versetzen. Die auch die Wissenschaft nicht erklären kann.«

Maura dachte an ihre Zeit als Assistenzärztin am San Francisco General zurück. »Es gab da eine Frau mit Bauchspeicheldrüsenkrebs.«

»Das ist unheilbar, nicht wahr?«

»Ja. Die Diagnose kommt fast einem Todesurteil gleich. Sie hatte im Grunde keine Überlebenschance. Als ich sie das erste Mal sah, war sie angeblich schon im Endstadium. Verwirrt und ausgezehrt, die Haut gelblich verfärbt. Die Ärzte hatten beschlossen, die künstliche Ernährung einzustellen, weil sie dem Tode schon so nahe war. Ich erinnere mich noch an die Anweisungen im Krankenblatt – es sollte lediglich versucht werden, ihre Beschwerden zu lindern. Das ist das Einzige, was man am Ende noch tun kann. Die Schmerzen eindämmen. Ich war überzeugt, dass ihr Tod nur noch eine Frage von Tagen war.«

»Aber sie hat Sie verblüfft.«

»Eines Morgens wachte sie auf und sagte der Schwester, sie habe Hunger. Vier Wochen später wurde sie entlassen.«

Die Äbtissin nickte. »Ein Wunder.«

»Nein, Ehrwürdige Mutter.« Maura begegnete ihrem Blick. »Eine Spontanremission.«

»Das ist nur ein anderer Ausdruck dafür, dass Sie nicht wissen, was passiert ist.«

»Remissionen kommen bisweilen vor. Ein Krebs kann sich von selbst zurückbilden. Oder vielleicht war die Diagnose von Anfang an falsch.«

»Oder es war etwas anderes. Etwas, was die Wissenschaft nicht erklären kann.«

»Sie wollen, dass ich sage, es war ein Wunder?«

»Ich will, dass Sie auch andere Möglichkeiten in Betracht ziehen. So viele Menschen, die dem Tod sehr nahe waren, berichten, dass sie ein helles Licht gesehen haben. Oder sie sahen ihre verstorbenen Lieben, die ihnen sagten, dass ihre Zeit noch nicht gekommen sei. Wie erklären Sie solche übereinstimmenden Berichte von Visionen?«

»Halluzinationen, ausgelöst durch Sauerstoffmangel im Gehirn.«

»Oder ein Beweis für die Existenz des Göttlichen.«

»Ich wäre glücklich, wenn ich einen solchen Beweis finden könnte. Es wäre ein Trost, zu wissen, dass es jenseits unserer physischen Existenz noch etwas gibt. Aber ich kann es nicht einfach so glauben. Das ist es doch, worauf Sie hinauswollen, oder? Dass Camilles Schwangerschaft eine Art Wunder war – eine Manifestation des Göttlichen.«

»Sie sagen, Sie glauben nicht an Wunder, aber Sie können auch nicht erklären, warum Ihre Patientin den Bauchspeicheldrüsenkrebs überlebt hat.«

»Es gibt nicht immer eine einfache Erklärung.«

»Weil die Medizin das Phänomen des Todes nicht gänzlich begreifen kann. Ist es nicht so?«

»Aber das Phänomen der Empfängnis begreifen wir. Wir wissen, dass dazu eine Eizelle und ein Spermium erforderlich sind. Das ist schlichte Biologie, Ehrwürdige Mutter. Ich glaube nicht an unbefleckte Empfängnis. Was ich glaube, ist, dass Camille Geschlechtsverkehr hatte. Er mag erzwungen oder einvernehmlich gewesen sein. Aber ihr Kind wurde auf natürliche Weise empfangen. Und die Identität des Vaters könnte für die Aufklärung des Mordes von Belang sein.«

»Und wenn der Vater nie gefunden wird?«

»Wir werden die DNA des Kindes haben. Dann brauchen wir nur noch den Namen des Vaters.«

»Sie haben ein solches Vertrauen in Ihre Wissenschaft, Dr. Isles. Sie ist Ihre Antwort auf alle Fragen.«

Maura erhob sich. »An diese Antworten kann ich wenigstens glauben.«

Pater Brophy geleitete Maura hinaus. Die ausgetretenen Dielen knarrten unter ihren Schritten, als sie den düsteren Korridor entlang zum Ausgang gingen.

»Warum sprechen wir das Thema nicht gleich an, Dr. Isles?«, sagte er.

»Welches Thema denn?«

Er blieb stehen und sah sie an. »Die Frage, ob das Kind von mir ist.« Er wich ihrem Blick nicht aus; im Gegenteil, sie war es, die sich am liebsten abgewandt hätte, so eindringlich fixierten sie seine blauen Augen.

»Das ist es doch, was Sie sich fragen, nicht wahr?«, sagte er.

»Sie verstehen sicherlich, wieso.«

»Ja. Wie Sie vorhin sagten, verlangen die unumstößlichen Gesetze der Biologie ein Spermium und eine Eizelle.«

»Sie sind der einzige Mann, der regelmäßig Zugang zu diesem Kloster hat. Sie lesen die Messe und nehmen den Schwestern die Beichte ab.«

»Ja.«

»Sie kennen ihre intimsten Geheimnisse.«

»Nur die, die sie mir anvertrauen.«

»Sie sind eine Autoritätsfigur.«

»Das sind Priester nun einmal in den Augen mancher Menschen.«

»In den Augen einer jungen Novizin ganz gewiss.«

»Und dadurch bin ich automatisch verdächtig?«

»Sie wären nicht der erste Priester, der sein Gelübde bricht.«

Er seufzte und senkte zum ersten Mal die Augen. Nicht, um ihrem Blick auszuweichen, sondern nur zu einem traurigen Nicken. »Wir haben es nicht leicht heutzutage. Die Blicke, die die Leute uns nachwerfen; die Witze, die sie hinter unserem Rücken erzählen. Wenn ich die Messe lese, blicke ich in die Gesichter meiner Gemeinde, und ich weiß, was in den Köpfen vorgeht. Sie fragen sich, ob ich kleine Jungs unsittlich berühre oder junge Mädchen begehre. Sie stellen sich die gleichen Fragen wie Sie. Und Sie vermuten gleich das Schlimmste.«

»Ist das Kind von Ihnen, Pater Brophy?«

Die blauen Augen waren wieder auf sie gerichtet. Sein Blick war fest und ruhig. »Nein. Ich habe mein Gelübde nie gebrochen.«

»Sie verstehen doch, dass wir uns nicht allein auf Ihr Wort verlassen können?«

»Ja, ich könnte schließlich lügen, nicht wahr?« Obwohl er die Stimme nicht erhoben hatte, nahm sie den zornigen Unterton wahr. Er trat näher, und sie verharrte reglos, widerstand dem Impuls zurückzuweichen. »Ich könnte eine Sünde auf die andere häufen, mich immer mehr verrennen. Und wo endet diese Spirale, diese Kette von Sünden, Ihrer Meinung nach? Lüge. Sexueller Missbrauch einer Nonne. Mord?«

»Die Polizei muss alle denkbaren Motive in Erwägung ziehen. Auch die Ihren.«

»Sie werden eine DNA-Probe von mir haben wollen, nehme ich an.«

»Damit könnte belegt werden, dass Sie nicht der Vater des Babys sind.«

»Oder es könnte mich zum Hauptverdächtigen für den Mord machen.«

»Beides ist möglich – das hängt vom Resultat ab.«

»Was glauben *Sie*, was der Test ergeben wird?«

»Ich weiß es nicht.«

»Aber Sie müssen doch eine Vermutung haben. Sie stehen hier vor mir – sehen Sie einen Mörder?«

»Ich verlasse mich ausschließlich auf Beweise.«

»Zahlen und Fakten. Das ist alles, woran Sie glauben.«

»Ja.«

»Und wenn ich Ihnen nun sage, dass ich jederzeit bereit bin, eine DNA-Probe abzuliefern? Dass ich Ihnen hier und jetzt eine Blutprobe geben will, falls Sie bereit sind, sie mir abzunehmen?«

»Eine Blutprobe ist gar nicht erforderlich. Es genügt ein Abstrich von der Mundschleimhaut.«

»Dann eben ein Abstrich. Ich möchte nur klarstellen, dass ich mich freiwillig dafür zur Verfügung stelle.«

»Ich werde es Detective Rizzoli sagen. Sie wird Ihnen die Probe abnehmen.«

»Werden Sie dann Ihre Meinung ändern? Was meine Schuld betrifft?«

»Wie schon gesagt, ich werde es wissen, wenn ich die Resultate vor mir habe.« Sie öffnete die Tür und trat hinaus.

Er folgte ihr in den Hof. Obwohl er keinen Mantel trug, schien die Kälte ihm nicht das Geringste auszumachen. Seine ganze Aufmerksamkeit war auf sie gerichtet.

»Sie sagten, Sie seien katholisch erzogen worden«, sagte er.

»Ich habe eine katholische Mädchenschule besucht. Holy Innocents in San Francisco.«

»Und doch glauben Sie nur an Ihre Blutproben und Abstriche. An Ihre Wissenschaft.«

»Worauf kann ich mich sonst verlassen?«

»Auf Ihren Instinkt? Auf Ihre Menschenkenntnis?«

»Ich soll Ihnen vertrauen, nur weil Sie Priester sind?«

»*Nur*?« Er schüttelte den Kopf und lachte resigniert. Sein Atem war weiß in der eiskalten Luft. »Das beantwortet wohl meine Frage.«

»Ich stelle keine Vermutungen an. Ich fälle keine vorschnellen Urteile über andere Menschen, weil man damit nur allzu oft unliebsame Überraschungen erlebt.«

Sie hatten die Pforte erreicht. Er machte ihr das Tor auf, und sie trat hinaus. Dann fiel das Tor ins Schloss, und ein Gitter trennte plötzlich ihre Welt von der seinen.

»Erinnern Sie sich noch an den Mann, der hier auf dem Gehsteig zusammengebrochen ist?«, fragte er. »Den Kameramann, den wir gemeinsam wiederbelebt haben?«

»Ja.«

»Er lebt. Ich habe ihn heute Morgen besucht. Er ist bei Bewusstsein und kann wieder sprechen.«

»Das freut mich zu hören.«

»Sie haben nicht geglaubt, dass er durchkommen würde.«

»Seine Chancen standen sehr schlecht.«

»Sehen Sie? Manchmal sind Zahlen und Statistiken eben nicht die ganze Wahrheit.«

Sie wandte sich zum Gehen.

»Dr. Isles!«, rief er. »Sie sind doch mit der Kirche aufgewachsen. Ist von Ihrem Glauben wirklich nichts übrig geblieben?«

Sie drehte sich zu ihm um. »Der Glaube kommt ohne Beweise aus«, sagte sie. »Aber ich nicht.«

Autopsien an Kindern waren etwas, wovor es jedem Pathologen graute. Während Maura sich die Gummihandschuhe überstreifte und ihre Instrumente zurechtlegte, vermied sie es, das winzige Bündel auf dem Tisch anzusehen. So lange es ging, versuchte sie die traurige Realität dessen, was sie erwartete, zu ignorieren. Bis auf das Klappern der Instrumente war es still im Saal. Keinem der Anwesenden, die um den Tisch herumstanden, war nach Reden zumute.

Maura hatte immer Wert darauf gelegt, dass an ihrem Arbeitsplatz ein respektvoller Ton eingehalten wurde. Als Medizinstudentin hatte sie Autopsien von Patienten beigewohnt, die sie selbst behandelt hatte. Für die Pathologen, die diese Sektionen durchgeführt hatten, waren die Leichen anonyme Fremde gewesen, doch sie hatte die Patienten gekannt, als sie noch gelebt hatten, und wenn sie vor ihr auf dem Tisch lagen, konnte sie sie nicht ansehen, ohne ihre Stimmen zu hören oder sich daran zu erinnern, wie ihre Augen ausgesehen hatte, als das Leben darin noch nicht erloschen war. Der Autopsiesaal war nicht der Ort für zotige Witze oder den Austausch der neuesten Bettgeschichten. So etwas ließ sie einfach nicht zu. Ein strenger Blick von ihr konnte auch den respektlosesten Polizisten zum Schweigen bringen. Sie wusste, dass es keine Gefühllosigkeit war, die sie dazu trieb; der Humor war einfach ihre Methode, mit den düsteren Seiten ihres Jobs fertig zu werden. Dennoch erwartete sie, dass sie damit aufhörten, wenn sie den Autopsiesaal betraten, wenn sie keine Rüge von ihr riskieren wollten.

Aber wenn die Leiche eines Kindes auf dem Tisch lag, waren solche mahnenden Worte nie nötig.

Sie betrachtete die beiden Detectives vom Morddezernat. Barry Frosts Gesicht zeigte wie üblich eine ungesunde Blässe, und er stand ein wenig abseits vom Tisch, wie um jederzeit fluchtbereit zu sein. Heute waren es nicht die üblen Gerüche, die diese Autopsie schwer erträglich machten; es war das Alter des Opfers. Rizzoli stand neben Frost. Ihre Miene war entschlossen. In einen OP-Kittel gehüllt, der für ihre schmächtige Statur mehrere Nummern zu groß war, stand sie direkt vor dem Tisch, als wollte sie sagen: Ich bin bereit. Ich halte alles aus. Die gleiche Haltung, die Maura bei den Stationsärztinnen in der Chirurgie beobachtet hatte. Die Männer mochten sie Hexen oder Drachen nennen, doch sie wusste, dass es nur Frauen waren, die so hart um Anerkennung in diesem Männerberuf hatten kämpfen müssen, dass sie sich mit der Zeit das Machogehabe ihrer männlichen Kollegen angewöhnt hatten. Rizzoli hatte dieses Gehabe ebenfalls perfekt drauf, doch ihr Gesicht passte nicht ganz zu der furchtlosen Pose. Es war bleich und angespannt, und dunkle Ringe unter den Augen verrieten ihre Erschöpfung.

Yoshima hatte die Lampe auf das Bündel gerichtet und stand neben dem Instrumententablett bereit.

Die Decke war klatschnass, und eiskaltes Teichwasser tropfte herunter, als Maura sie vorsichtig wegzog, um die nächste Schicht Stoff freizulegen. Der winzige Fuß, den sie bereits am Fundort gesehen hatte, ragte aus dem nassen Stoffbündel hervor. Ein weißer, mit Sicherheitsnadeln geschlossener Kissenbezug hüllte den Körper des Kindes ein wie ein Leichentuch. Der Stoff war mit kleinen rosafarbenen Flecken gesprenkelt.

Maura nahm die Pinzette zur Hand, zupfte die rosa Teilchen ab und sammelte sie in einer Schale.

»Was ist das für ein Zeug?«, fragte Frost.

»Sieht aus wie Konfetti«, meinte Rizzoli.

Maura fuhr mit der Pinzette in eine tiefe Falte des nassen Stoffs und zog einen kleinen Zweig heraus. »Das ist kein Konfetti«, sagte sie. »Es sind getrocknete Blumen.«

Es wurde wieder ganz still im Saal, als ihnen allen die Bedeutung dieser Entdeckung klar wurde. Ein Symbol der Liebe, dachte Maura. Der Trauer. Sie erinnerte sich daran, wie gerührt sie vor Jahren gewesen war, als sie gehört hatte, dass die Neandertaler ihre Toten mit Blumen bestattet hatten. Es war ein Zeichen ihrer Trauer und damit ihrer Menschlichkeit. Sie hat um dieses Kind getrauert, dachte Maura. Hat es in weißes Leinen gewickelt, es mit getrockneten Blütenblättern bestreut und in eine Wolldecke gehüllt. Sie hat es nicht einfach beseitigt, sie hat es bestattet. Sich feierlich von ihm verabschiedet.

Sie betrachtete den winzigen Fuß, der aus dem Leichentuch ragte. Die Haut der Sohle war vom Liegen im Wasser verschrumpelt, doch es waren keine offensichtlichen Anzeichen von Verwesung zu erkennen, wie etwa schwärzlich verfärbte, hervortretende Venen. Im Teich hatten Temperaturen um den Gefrierpunkt geherrscht, und die Leiche hätte in diesem nahezu unveränderten Zustand Wochen überdauern können. Den Todeszeitpunkt zu bestimmen wird schwierig, wenn nicht gar unmöglich sein, dachte sie.

Sie legte die Pinzette weg und entfernte die vier Sicherheitsnadeln, mit denen der Kissenbezug unten geschlossen war. Sie klimperten leise, als Maura sie in die Metallschale warf. Dann fasste sie den Bezug am Saum und zog ihn behutsam zurück, um die Beine freizulegen. Die Knie waren angewinkelt, die Oberschenkel gespreizt wie bei einem kleinen Frosch.

Die Größe entsprach der eines Fötus nach der vollen Schwangerschaftsdauer.

Sie legte die Genitalien frei; dann kam ein angeschwollenes Stück Nabelschnur zum Vorschein, abgebunden mit einem roten Seidenband. Plötzlich musste sie an die Nonnen denken, die um den großen Tisch im Speisesaal gesessen und mit ihren knotigen Händen getrocknete Blütenblätter in Säckchen gefüllt und diese mit Seidenbändern zugeknotet hatten. Ein Duftkissen-Baby, dachte sie. Mit Blumen bestreut und mit Seidenband verschnürt.

»Es ist ein Junge«, sagte Rizzoli mit erstickter Stimme.

Maura blickte auf und sah, dass Rizzoli noch blasser geworden war. Sie hatte sich an den Tisch gelehnt, als hätte sie Mühe, sich auf den Beinen zu halten.

»Müssen Sie vielleicht mal raus?«

Rizzoli schluckte. »Es ist bloß…«

»Was?«

»Nichts. Mir fehlt nichts.«

»Das geht einem an die Nieren, ich weiß. Kinder sind immer besonders schwer zu ertragen. Wenn Sie sich hinsetzten möchten…«

»Ich sag doch, mir fehlt nichts.«

Doch das Schlimmste stand ihnen noch bevor.

Maura zog den Kissenbezug vorsichtig über die Brust, wobei sie zuerst den einen und dann den anderen Arm behutsam streckte, damit er nicht an dem nassen Stoff hängen blieb. Die Hände waren perfekt geformt, winzige Finger, wie geschaffen, um sich nach dem Gesicht der Mutter zu strecken, eine Strähne ihres Haars zu greifen. Neben dem Gesicht sind es vor allem die Hände, die einem Wesen menschliche Gestalt verleihen, und daher war dieser Anblick ganz besonders schmerzlich.

Maura griff in den Kissenbezug, um den Kopf des Kindes zu stützen und mit der anderen Hand den Stoff wegzuziehen.

Sofort war ihr klar, dass etwas nicht stimmte.

Ihre Hand umschloss einen Schädel, der sich nicht normal anfühlte – nicht menschlich. Sie hielt inne. Ihre Kehle war plötzlich ganz trocken. Nichts Gutes ahnend, streifte sie den Kissenbezug vollends über den Kopf des Babys.

Rizzoli rang hörbar nach Luft und prallte entsetzt vom Tisch zurück.

»Mein Gott«, stieß Frost hervor. »Was ist denn mit dem passiert?«

Zu geschockt, um etwas zu erwidern, starrte Maura nur mit weit aufgerissenen Augen den offenen Schädel an, das freiliegende Gehirn, das zusammengedrückte Gesicht, das einer zerknautschten Gummimaske glich.

Plötzlich glitt ein Metalltablett vom Tisch und landete scheppernd auf den Fliesen.

Maura hob gerade noch rechtzeitig den Kopf, um zu sehen, wie Jane Rizzoli mit kreidebleichem Gesicht langsam zu Boden sank.

10

»Ich will aber nicht in die Notaufnahme.«

Maura wischte die letzten Blutreste weg und musterte kritisch die knapp drei Zentimeter lange Platzwunde an Rizzolis Stirn. »Ich bin keine Schönheitschirurgin. Ich kann die Wunde nähen, aber ich kann nicht garantieren, dass keine Narbe zurückbleibt.«

»Tun Sie's einfach, okay? Ich habe keine Lust, stundenlang in einem Krankenhausflur rumzuhocken. Wahrscheinlich würden sie doch nur irgendeinen Medizinstudenten auf mich loslassen.«

Maura rieb die Haut mit Betadine ein und griff nach einer Ampulle Xylocain und einer Spritze. »Ich werde Ihnen eine lokale Betäubung verabreichen. Es wird zuerst ein bisschen brennen, aber dann sollten Sie nichts mehr spüren.«

Rizzoli lag vollkommen reglos auf der Couch und starrte an die Decke. Sie zuckte nicht zusammen, als die Nadel sich in ihre Haut bohrte, doch sie ballte die Hände zu Fäusten und verharrte so, während Maura das Lokalanästhetikum injizierte. Kein Wort des Protests, kein Klagelaut kam über ihre Lippen. Dass sie im Autopsiesaal zusammengeklappt war, wäre schon Demütigung genug gewesen, doch dann war ihr auch noch so schwindlig gewesen, dass sie nicht gehen konnte, weshalb Frost sie wie eine Braut über die Schwelle von Mauras Büro getragen hatte. Jetzt lag sie da und biss die Zähne zusammen, fest entschlossen, keine weitere Schwäche zu zeigen.

Während Maura die gebogene Nadel durch die Wundränder zog, fragte Rizzoli mit vollkommen ruhiger Stimme: »Sagen Sie mir jetzt vielleicht, was mit dem Baby passiert ist?«

»Es ist nichts mit ihm passiert.«

»Aber das ist doch nicht normal. Mein Gott, der halbe Kopf hat gefehlt!«

»Es ist so zur Welt gekommen«, antwortete Maura. Sie schnitt den Faden ab und knüpfte einen Knoten. Eine Wunde vernähen war im Grunde so ähnlich wie Socken stopfen, nur dass es sich um lebendes Gewebe handelte. Maura war einfach nur die Schneiderin, die das Loch zunähte und den Faden verknotete. »Das Baby hatte Anenzephalie.«

»Und was bedeutet das?«

»Sein Gehirn hat sich nicht richtig entwickelt.«

»Aber das war doch längst nicht alles. Es sah aus, als hätte man ihm die ganze obere Hälfte des Kopfes abgeschnitten.« Rizzoli schluckte. »Und das Gesicht ...«

»Das ist alles Teil desselben Defekts. Das Gehirn entwickelt sich aus dem so genannten Neuralrohr. Wenn sich dieses nicht richtig schließt, fehlt dem Baby später der größte Teil des Gehirns, des Schädeldachs und der Kopfhaut. Das ist die Bedeutung des Wortes *Anenzephalie* – ohne Gehirn.«

»Haben Sie so etwas schon einmal gesehen?«

»Nur in einem medizinischen Museum. Aber der Defekt ist gar nicht so selten. Er tritt ungefähr bei einer von tausend Schwangerschaften auf.«

»Was ist die Ursache?«

»Das weiß man nicht.«

»Dann könnte es – es kann also jedes Baby treffen?«

»Ja.« Maura verknotete den letzten Stich und schnitt die überstehenden Fadenenden ab. »Dieses Kind ist mit einer sehr schweren Missbildung zur Welt gekommen. Wenn es nicht schon tot geboren wurde, dann ist es mit ziemlicher Sicherheit sehr bald danach gestorben.«

»Camille hat es also nicht ertränkt.«

»Ich werde die Nieren auf Kieselalgen untersuchen. Dadurch lässt sich feststellen, ob das Kind ertrunken ist oder nicht. Aber ich glaube nicht, dass es sich hier um einen Fall von Kindstötung handelt. Ich denke, das Baby ist eines natürlichen Todes gestorben.«

»Gott sei Dank«, sagte Rizzoli leise. »Wenn dieses Wesen weitergelebt hätte ...«

»Das hätte es nicht.« Maura klebte einen Verband auf die Wunde, dann streifte sie die Gummihandschuhe ab. »So, das wär's, Detective. Die Fäden sollten in fünf Tagen raus. Sie können gerne zu mir kommen, dann ziehe ich sie Ihnen. Aber ich finde trotzdem, dass Sie zu einem Arzt gehen sollten.«

»Sie *sind* doch Ärztin.«

»Ich bin aber mehr für Tote zuständig, vergessen Sie das nicht.«

»Sie haben mich trotzdem gerade ganz geschickt zusammengenäht.«

»Ich rede auch nicht davon, eine Platzwunde mit ein paar Stichen zu nähen. Ich mache mir aus anderen Gründen Sorgen um Sie.«

»Wie meinen Sie das?«

Maura beugte sich vor und sah Rizzoli fest in die Augen. »Sie sind vorhin ohnmächtig geworden. Schon vergessen?«

»Ich habe nichts zu Mittag gegessen. Und diese Kreatur – das Baby – das war ein Schock für mich.«

»Für uns alle. Aber Sie sind als Einzige umgekippt.«

»Ich hatte so etwas eben noch nie gesehen.«

»Jane, Sie haben in diesem Autopsiesaal schon jede Menge schreckliche Dinge gesehen. Wir haben sie zusammen gesehen – und gerochen. Sie hatten schon immer einen eisernen Magen. Die Herren der Schöpfung muss ich immer im Auge behalten, die fallen mir um wie Dominosteine. Aber Sie haben das alles immer locker weggesteckt. Bis heute.«

»Vielleicht bin ich ja doch nicht so tough, wie Sie denken.«

»Nein, ich glaube eher, dass Ihnen irgendetwas fehlt. Habe ich Recht?«

»Was soll mir denn fehlen?«

»Vor ein paar Tagen ist Ihnen plötzlich schwindlig geworden.«

Rizzoli zuckte mit den Achseln. »Ich sollte mir vielleicht mal angewöhnen zu frühstücken.«

»Warum tun Sie es denn nicht? Ist Ihnen morgens übel? Und mir ist auch aufgefallen, dass Sie alle zehn Minuten aufs Klo rennen. Sie waren schon zweimal draußen, während ich die Autopsie vorbereitet habe.«

»Was ist das hier eigentlich? Ein Verhör?«

»Sie müssen zum Arzt. Das Mindeste wäre eine gründliche Untersuchung und ein Blutbild, um eine Anämie auszuschließen.«

»Ich brauche bloß ein bisschen frische Luft.« Rizzoli setzte sich auf, doch im nächsten Moment ließ sie den Kopf in die Hände sinken. »Mensch, dröhnt mir der Schädel!«

»Sie sind aber auch ziemlich heftig mit dem Kopf auf dem Boden aufgeschlagen.«

»Ach, das ist nicht das erste Mal, dass ich eins über den Schädel kriege.«

»Aber was mich mehr beschäftigt, ist die Frage, *warum* Sie ohnmächtig geworden sind. Warum Sie so erschöpft waren.«

Rizzoli blickte schweigend zu ihr auf. In diesem Moment war Mauras Frage beantwortet. Sie hatte es schon vermutet, und nun sah sie die Bestätigung in den Augen der Frau, die vor ihr auf der Couch lag.

»Mein Leben ist doch total verpfuscht«, flüsterte Rizzoli.

Die Tränen erschreckten Maura. Sie hatte Rizzoli noch nie weinen sehen. Sie hatte geglaubt, diese Frau sei einfach zu stark, zu zäh, als dass sie je zusammenbrechen würde. Doch jetzt strömten die Tränen über ihre Wangen, und Maura war so geschockt, dass sie nur schweigend zusehen konnte.

Das Klopfen an der Tür ließ sie beide zusammenfahren.

Frost steckte den Kopf herein. »Na, wie sieht's aus…« Er brach ab, als er die feuchten Wangen seiner Kollegin sah. »Oh. Alles okay mit dir?«

Rizzoli wischte sich mit einer ungehaltenen Bewegung die Tränen ab. »Alles in Ordnung.«

»Was ist denn passiert?«

»Ich sagte, es ist alles in *Ordnung*!«

»Detective Frost«, sagte Maura. »Würden Sie uns bitte einen Moment allein lassen. Wir haben etwas zu bereden.«

Frost errötete. »'tschuldigung«, murmelte er und zog sich zurück, indem er leise die Tür schloss.

»Ich hätte ihn nicht anbrüllen sollen«, sagte Rizzoli. »Aber manchmal ist er eben so verdammt begriffsstutzig.«

»Er macht sich nur Sorgen um Sie.«

»Ja, ich weiß. Ich weiß. Wenigstens ist er einer von der anständigen Sorte.« Ihre Stimme versagte. Im krampfhaften Bemühen, nicht zu weinen, ballte sie die Fäuste, doch sie konnte die Tränen nicht zurückhalten. Und dann fing sie an zu schluchzen – erstickte, verlegene Schluchzer, die sie trotz allem Bemühen nicht unterdrücken konnte. Es beunruhigte Maura, zu sehen, wie diese Frau, deren Stärke sie immer so bewundert hatte, vor ihren Augen zusammenbrach. Wenn sogar eine Jane Rizzoli schlappmachte, war niemand dagegen gefeit.

Plötzlich schlug Rizzoli sich mit den Fäusten auf die Knie und atmete ein paarmal tief durch. Als sie schließlich den Kopf hob, waren die Tränen zwar immer noch da, doch der Stolz hatte ihr Gesicht in eine starre Maske verwandelt.

»Das sind nur die verfluchten Hormone. Die machen mich ganz verrückt.«

»Seit wann wissen Sie es?«

»Keine Ahnung. Schon eine ganze Weile. Heute Morgen hab ich dann endlich einen Schwangerschaftstest gemacht. Aber irgendwie war es mir schon seit Wochen klar. Ich konnte den Unterschied spüren. Und meine Periode ist auch ausgeblieben.«

»Wie lange sind Sie schon überfällig?«

Rizzoli zuckte mit den Achseln. »Mindestens einen Monat.«

Maura lehnte sich in ihrem Stuhl zurück. Jetzt, da Rizzoli ihre Gefühle wieder unter Kontrolle hatte, konnte Maura sich auf ihre Rolle als Ärztin zurückziehen. Die nüchterne, sachliche Medizinerin, die mit praktischen Ratschlägen zur Stelle war. »Sie haben noch reichlich Zeit, sich zu entscheiden.«

Rizzoli schnaubte verächtlich und fuhr sich mit dem Handrücken übers Gesicht. »Da gibt es nichts zu entscheiden.«

»Was werden Sie tun?«

»Ich kann es nicht behalten. Das muss Ihnen doch auch klar sein.«

»Warum nicht?«

Rizzoli sah sie an, als zweifelte sie an Mauras Verstand. »Was soll ich denn mit einem Baby anfangen?«

»Dasselbe wie jede andere Mutter.«

»Können Sie sich mich als Mutter vorstellen?« Rizzoli lachte. »Das wäre die reinste Katastrophe. Das Kind würde bei mir keinen Monat überleben.«

»So ein kleines Wurm kann einiges aushalten.«

»Ja, mag sein. Aber ich kann nun mal nicht gut mit Kindern umgehen.«

»Bei der kleinen Noni haben Sie sich doch sehr geschickt angestellt.«

»Na klar.«

»Doch, wirklich, Jane. Und Sie sind als Einzige an sie herangekommen. Mich hat sie ignoriert, und vor ihrer eigenen Mutter scheut sie zurück. Aber mit Ihnen hat sie sich sofort prima verstanden.«

»Das heißt noch lange nicht, dass ich ein Muttertyp bin. Babys machen mich ganz nervös. Ich weiß nicht, was ich mit ihnen anfangen soll, und wenn ich mal eins im Arm habe, reiche ich es möglichst schnell weiter.« Sie atmete hörbar aus, wie zum Zeichen, dass es zu dem Thema nichts mehr zu sagen gab. Abgehakt, erledigt. »Ich kann es nicht. Unmöglich.« Sie stand auf und ging zur Tür.

»Haben Sie es Agent Dean gesagt?«

Rizzoli verharrte mit der Hand am Türknauf.

»Jane?«

»Nein, ich habe es ihm nicht gesagt.«

»Warum nicht?«

»Es erschwert die Kommunikation ganz erheblich, wenn man sich so gut wie nie sieht.«

»Washington ist doch nicht am anderen Ende der Welt. Es ist sogar dieselbe Zeitzone wie Boston. Sie könnten ganz einfach mal zum Hörer greifen. Er wird es sicher wissen wollen.«

»Vielleicht, vielleicht auch nicht. Vielleicht ist es für ihn nur eine dieser Komplikationen, mit denen er lieber nicht behelligt werden will.«

Maura seufzte. »Okay, ich geb's zu, ich kenne ihn nicht besonders gut. Aber in der kurzen Zeit, die wir beruflich miteinander zu tun hatten, habe ich ihn als einen verantwortungsbewussten Menschen kennen gelernt, der seine Verpflichtungen ernst nimmt.«

»Verpflichtungen?« Jetzt endlich drehte Rizzoli sich um und sah sie an. »Ja, genau. Mehr bin ich für ihn nicht. Und dieses Baby, das ist auch nur eine Verpflichtung. Und er hat ja durchaus was von einem Pfadfinder an sich – er wird sich bestimmt nicht davor drücken, seine *Pflicht* zu tun.«

»So habe ich das nicht gemeint.«

»Nein, Sie haben vollkommen Recht. Gabriel *würde* seine Pflicht tun. Aber darauf pfeife ich. Ich will nicht das Problem – die *Verpflichtung* – irgendeines Mannes sein. Außerdem ist es nicht seine Entscheidung, sondern meine. Ich bin schließlich diejenige, die es großziehen müsste.«

»Sie haben ihm ja gar keine Chance gegeben.«

»Eine Chance wozu? Vor mir auf die Knie zu fallen und mir einen Heiratsantrag zu machen?«

»Wieso finden Sie das so abwegig? Ich habe Sie beide zusammen beobachtet. Ich habe gemerkt, wie er Sie anschaut. Das ist doch mehr als nur ein One-Night-Stand.«

»Klar. Es ging ja immerhin über zwei Wochen.«

»Und mehr war es für Sie nicht?«

»Wie hätte denn mehr daraus werden sollen? Er sitzt in Washington und ich hier.« Sie schüttelte konsterniert den Kopf. »Mein Gott, ich kann's einfach nicht fassen, dass es mich erwischt hat. So was passiert doch eigentlich nur naiven Blondinen.« Sie brach ab – und fing an zu lachen. »Na toll, und was bin ich folglich?«

»Mit Sicherheit weder blond noch naiv.«

»Vom Pech verfolgt. Und ganz einfach zu fruchtbar.«

»Wann haben Sie das letzte Mal mit ihm gesprochen?«

»Letzte Woche. Er hat mich angerufen.«

»Und da sind Sie nicht auf die Idee gekommen, es ihm zu sagen?«

»Da war ich ja noch nicht sicher.«

»Aber jetzt sind Sie es.«

»Und ich werde es ihm trotzdem nicht sagen. Ich muss mich für das entscheiden, was für *mich* das Beste ist, und nicht für irgendwen sonst.«

»Was fürchten Sie denn, dass er sagen könnte?«

»Ich habe Angst, dass er mich dazu überredet, mein Leben zu verpfuschen. Dass er mir sagt, ich soll es behalten.«

»Haben Sie wirklich *davor* Angst? Oder nicht vielmehr davor, dass er es nicht haben will? Dass er Ihnen einen Korb gibt, bevor Sie dazu kommen, ihm einen zu geben?«

Rizzoli sah Maura an. »Wissen Sie was, Doc?«

»Was?«

»Manchmal reden Sie ziemlichen Unsinn daher.«

Und manchmal, dachte Maura, als sie Rizzoli nachsah, wie sie ihr Büro verließ – manchmal treffe ich mitten ins Schwarze.

Rizzoli und Frost saßen in ihrem Einsatzwagen. Aus den Heizungsschlitzen strömte kalte Luft, draußen wirbelten Schneeflocken herab und senkten sich auf die Windschutzscheibe. Der graue Himmel passte zu ihrer Stimmung. Fröstelnd kauerte sie in der düsteren Enge des Wagens, und jede Flocke, die sich auf die Scheibe legte, versperrte ihr ein wenig mehr die Sicht. Sie fühlte sich eingeschlossen, lebendig begraben.

»Geht's dir jetzt besser?«, fragte Frost.

»Mir brummt der Schädel, das ist alles.«

»Bist du sicher, dass ich dich nicht ins Krankenhaus fahren soll?«

»Ich muss mir bloß irgendwo Tylenol besorgen.«

»Gut. Okay.« Er legte den Gang ein, überlegte es sich dann aber anders und schaltete auf Parkstellung zurück. Er sah sie an. »Rizzoli?«

»Was?«

»Wenn du mal reden willst – egal über was –, ich höre gerne zu.«

Sie gab keine Antwort, blickte nur starr geradeaus auf die Windschutzscheibe, wo die Schneeflocken sich zu einem weißen Filigran formten.

»Wie lange sind wir jetzt schon ein Team – zwei Jahre? Und ich weiß immer noch verdammt wenig über dein Leben«, sagte er. »Meine Geschichten über mich und Alice kannst du wahrscheinlich schon gar nicht mehr hören. Jeden Krach und jeden Streit von uns kriegst du brühwarm serviert, ob es dich interessiert oder nicht. Du sagst aber auch nie, ich soll den Mund halten, also denke ich mir, es macht dir nichts aus. Aber weißt du, was mir aufgefallen ist? Du bist zwar eine gute Zuhörerin, redest jedoch so gut wie nie über dich selbst.«

»Da gibt es auch nicht viel zu erzählen.«

Er dachte einen Moment lang nach. Und fuhr dann beinahe verlegen fort: »Ich habe dich noch nie weinen sehen.«

Sie zuckte mit den Achseln. »Okay. Für alles gibt es ein erstes Mal.«

»Hör mal, wir sind nicht immer so blendend miteinander ausgekommen …«

»Findest du?«

Frost errötete, wie immer, wenn ihm irgendetwas peinlich war. Der Mann hatte ein Gesicht wie eine Ampel – wurde beim geringsten Anlass knallrot. »Was ich damit sagen will, ist … wir sind nicht gerade, na ja – *Kumpel.*«

»Und jetzt hättest du gerne, dass wir Kumpel sind?«

»Ich hätte nichts dagegen.«

»Okay. Wir sind Kumpel«, sagte sie schroff. »Und jetzt lass uns in die Gänge kommen.«

»Äh … Jane?«

»Was?«

»Ich bin da, wenn du mich brauchst, okay? Das wollte ich dir bloß sagen.«

Sie blinzelte und drehte den Kopf zum Seitenfenster, damit er nicht sehen konnte, welche Wirkung seine Worte auf sie hatten. Zum zweiten Mal innerhalb einer Stunde spürte sie, wie ihr die Tränen in die Augen schossen. Verdammte Hormone. Sie wusste nicht, wieso Frosts Worte sie zum Weinen brachten. Vielleicht lag es nur daran, dass er so rührend um sie besorgt war. Tatsächlich war er schon immer ausgesprochen nett zu ihr gewesen, doch es war ihr nie so deutlich bewusst geworden wie jetzt, und ein kleiner Teil von ihr wünschte sich, dass Frost ein gefühlloser Klotz wäre, der von ihrem ganzen inneren Aufruhr nichts mitbekam. Seine Worte gaben ihr das Gefühl, hilflos und verletzlich zu sein, und so wollte sie auf keinen Fall gesehen werden. So erwarb man sich nicht den Respekt seiner Kollegen.

Sie atmete tief durch und hob den Kopf. Der Moment war vorüber, die Tränen versiegt. Sie konnte ihm in die Augen blicken und sich zumindest den Anschein der alten Stärke geben.

»Also, ich brauche jetzt endlich mein Tylenol«, sagte sie. »Sollen wir vielleicht den ganzen Tag hier rumhocken?«

Er nickte und legte den Gang ein. Die Wischerblätter schoben den Schnee von der Scheibe und gaben den Blick auf grauen Himmel und weiße Straßen frei. Den ganzen langen, brütend heißen Sommer hindurch hatte sie sich auf den Winter gefreut, auf klare Luft und reinen Schnee. Doch jetzt, als sie diese triste Stadtlandschaft vor sich sah, schwor sie sich, nie wieder über die Augusthitze zu schimpfen.

Wenn es am Freitagabend in J. P. Doyle's Bar so richtig hoch herging, konnte man keinen Schritt tun, ohne einem Polizisten auf die Füße zu treten. Das Lokal war nur einen Steinwurf vom Revier Jamaica Plain entfernt, und von Schroeder Plaza, dem Hauptquartier des Boston Police Department, waren es auch nur zehn Minuten. Hier trafen sich die Cops nach Dienstschluss auf ein Bier und einen Plausch. Rizzoli rechnete also damit, das eine oder andere bekannte Gesicht zu sehen, als sie an diesem Abend ins Doyle's kam, um etwas zu essen. Womit sie nicht gerechnet hatte, war, dass sie Vince Korsak hier antreffen würde. Er saß an der Theke und trank ein Bier. Korsak hatte als Detective beim Newton Police Department gearbeitet und war vor kurzem aus dem Dienst ausgeschieden. Das Doyle's lag jedenfalls eindeutig außerhalb seines Reviers.

Er sah sie zur Tür hereinkommen und winkte ihr zu. »He, Rizzoli! Lange nicht gesehen.« Er deutete auf den Verband an ihrer Stirn. »Was ist denn mit Ihnen passiert?«

»Ach, nichts. Im Autopsiesaal ausgerutscht, musste genäht werden. Und was führt Sie hierher?«

»Ich ziehe in dieses Viertel.«

»Was?«

»Hab gerade den Mietvertrag unterschrieben. Die Wohnung ist gleich hier um die Ecke.«

»Und was ist mit Ihrem Haus in Newton?«

»Das ist eine lange Geschichte. Sagen Sie, wollen wir vielleicht was essen? Dann kann ich Ihnen alles erzählen.« Er griff nach seinem Bierglas. »Gehen wir doch nach nebenan und setzen uns an einen Tisch. Diese Scheiß-Raucher verpesten mir bloß die Lungen.«

»Das hat Sie doch früher nie gestört.«

»Na ja, früher war ich ja auch selbst einer von diesen Scheiß-Rauchern.«

Ein Herzinfarkt genügt, und schon wird aus einem Kettenraucher ein militanter Gesundheitsapostel, dachte Rizzoli. Sie folgte Korsak, der mit seinem massigen Leib eine breite Schneise durch das Gedränge pflügte. Zwar hatte er seit seiner Herzattacke einige Pfunde verloren, aber er war immer noch schwer genug, um bei einem Footballspiel als Linebacker einspringen zu können – und das war genau das Bild, das sich ihr aufdrängte, als sie sah, wie er sich durch die lärmende Menge schob.

Durch eine Tür gelangten sie in den Nichtraucherbereich, wo die Luft einen Deut besser war. Er wählte den Tisch direkt unter der irischen Flagge. An der Wand hingen gerahmte Zeitungsausschnitte; vergilbte Artikel aus dem Boston Globe über längst vergessene Bürgermeister und längst verstorbene Politiker. Die Kennedys, Tip O'Neill und andere Söhne der Grünen Insel, von denen viele in Bostons Polizeitruppe gedient hatten.

Korsak zwängte seinen fülligen Leib zwischen den Tisch und die Holzbank. So übergewichtig er war, wirkte er doch schlanker als damals im August, als er und Rizzoli zusammen an der Aufklärung einer Mordserie gearbeitet hatten. Auch jetzt konnte sie ihn nicht ansehen, ohne an ihre gemeinsamen Erlebnisse in diesem Sommer zu denken. Das Summen der Fliegen zwischen den Bäumen, die grausigen Geheimnisse, die der Stadtwald preisgegeben hatte, die sie dort unter dem trockenen Laub des Vorjahrs gefunden hatten. Immer noch blitzten vor ihrem inneren Auge Szenen aus jenen Wochen auf, als zwei Killer sich zusammengetan hatten, um an wohlhabenden Paaren ihre schrecklichen Fantasien auszuleben. Korsak war einer der wenigen Menschen, die wussten, wie nahe ihr dieser Fall gegangen war. Zusammen hatten sie gegen diese Bestien in Menschengestalt gekämpft und überlebt, und die gemeinsam überstandene Krise in den Ermittlungen hatte sie zusammengeschweißt.

Und doch gab es so vieles, was sie an Vince Korsak abstieß.

Sie sah ihm zu, wie er einen kräftigen Schluck von seinem Bier nahm und sich den Schnurrbart aus Schaum von der Oberlippe leckte. Wieder einmal fiel ihr seine gorillahafte Physiognomie auf. Die wulstigen Augenbrauen, die breite Nase, die borstigen schwarzen Haare, die seine Arme bedeckten. Und wenn er ging, wiegte er die Schultern und schwang die langen, kräftigen Arme wie ein Affe. Sie wusste von seiner schwierigen Ehe, und sie wusste, dass er seit seiner Versetzung in den Ruhestand mehr Zeit hatte, als ihm lieb war. Doch als sie ihn jetzt vor sich sah, meldete sich ihr schlechtes Gewissen. Er hatte schon mehrere Nachrichten auf ihrem Anrufbeantworter hinterlassen und immer wieder vorgeschlagen, dass sie doch mal zusammen essen gehen könnten, doch sie war nie dazu gekommen, ihn zurückzurufen.

Die Bedienung kam an ihren Tisch, erkannte Rizzoli und fragte: »Ein Sam Adams Ale, Detective, wie immer?«

Rizzolis Blick fiel auf Korsaks Glas. Er hatte etwas von seinem Bier verschüttet, und eine Spur von feuchten Flecken zog sich über sein Hemd.

»Äh, nein danke«, sagte sie. »Nur eine Cola.«

»Haben Sie schon gewählt?«

Rizzoli schlug die Speisekarte auf. Nach Bier war ihr heute Abend nicht zumute, aber Hunger hatte sie. »Ich nehme den Chefsalat mit extra Thousand-Island-Dressing. Dann Fisch mit Pommes frites und eine Portion Zwiebelringe. Können Sie mir alles zusammen bringen? Ach ja, und wenn ich bitte eine Extraportion Butter zu den Brötchen haben könnte.«

Korsak lachte. »Tun Sie sich nur keinen Zwang an, Rizzoli.«

»Ich habe nun mal Hunger.«

»Wissen Sie überhaupt, was dieses gebratene Zeug mit Ihren Arterien anrichtet?«

»Na schön, dann kriegen Sie eben nichts von meinen Zwiebelringen ab.«

Die Bedienung wandte sich an Korsak. »Und für Sie, Sir?«

»Gegrillten Lachs, aber mit ganz wenig Butter. Und dazu einen Salat mit Essig-Öl-Dressing.«

Nachdem die Bedienung gegangen war, musterte Rizzoli Korsak mit ungläubiger Miene. »Seit wann essen Sie denn gegrillten Fisch?«

»Seit der da oben mir diesen Warnschuss vor den Bug geknallt hat.«

»Ernähren Sie sich wirklich so? Sie wollen mir nicht bloß irgendwas demonstrieren?«

»Ich habe schon über vier Kilo abgenommen. Und das, obwohl ich auch das Rauchen aufgegeben habe; das heißt, ich habe *richtig* Gewicht verloren, nicht bloß Wasser.« Er wirkte ein bisschen zu selbstzufrieden, wie er sich so auf seiner Bank zurücklehnte und verkündete: »Ich trainiere jetzt sogar regelmäßig auf dem Laufband.«

»Sie machen Witze.«

»Bin seit neuestem Mitglied in einem Fitness-Club. Da mache ich Cardio-Training – Sie wissen schon, immer schön den Puls kontrollieren, die alte Pumpe im Auge behalten. Ich fühle mich schon zehn Jahre jünger.«

Sie sehen auch zehn Jahre jünger aus – das war es wahrscheinlich, was er von ihr hören wollte. Aber sie sagte es nicht, denn es wäre eine Lüge gewesen.

»Über vier Kilo? Gratuliere«, sagte sie stattdessen.

»Muss bloß dranbleiben.«

»Und wie kommen Sie dann dazu, Bier zu trinken?«

»Alkohol ist okay, haben Sie das noch nicht gehört? Die neuesten Erkenntnisse aus dem *New England Journal of Medicine.* Ein Glas Rotwein ist gut für die Pumpe.« Mit einem kritischen Blick auf die Cola, die die Bedienung

Rizzoli soeben serviert hatte, fragte er: »Und was ist das? Sie trinken doch sonst immer Adams Ale.«

Sie zuckte mit den Achseln. »Heute Abend mal nicht.«

»Aber sonst ist alles okay bei Ihnen?«

Nein, nichts ist okay. Ich bin schwanger, ich bin fix und fertig, und ich kann noch nicht mal ein Bier trinken, ohne dass mir kotzübel wird. »Ich habe ziemlich viel zu tun«, war alles, was ihr über die Lippen kam.

»Ja, hab schon gehört. Was macht denn Ihr Nonnenmord?«

»Wir wissen noch nicht, wer es war.«

»Ich habe gehört, dass eine von den beiden Nonnen ein Kind hatte.«

»Wo haben Sie das denn her?«

»Ach, Sie wissen schon. Die Leute reden.«

»Was haben Sie denn noch alles gehört?«

»Dass Sie ein Baby aus dem Teich gefischt haben.«

Es war unvermeidlich, dass solche Informationen durchsickerten. Auch unter Polizeibeamten wurde geklatscht. Und beim Frühstück erzählten sie es dann ihren Frauen. Sie dachte an die vielen Helfer, die an der Suche beteiligt gewesen waren, an die Mitarbeiter der Gerichtsmedizin, die Kollegen von der Spurensicherung. Es genügte ein Einziger, der seine Zunge nicht im Zaum halten konnte, und bald schon kannte auch ein pensionierter Detective aus Newton alle Details. Ihr graute bereits vor den Schlagzeilen in den Morgenzeitungen. Mord war an sich schon faszinierender Lesestoff, und jetzt kam auch noch verbotener Sex hinzu, eine pikante Zutat, die den Fall noch lange auf den Titelseiten halten würde.

Die Bedienung brachte ihnen das Essen. Rizzolis Bestellungen nahmen den größten Teil des Tisches ein; es sah aus wie bei einer Familienfeier. Gierig stürzte sie sich auf ihr Essen und verbrannte sich gleich an den Pommes frites den Mund, so dass sie mit eisgekühlter Cola löschen musste.

Korsak schien seine neunmalklugen Kommentare zu gebratenen Speisen schon wieder vergessen haben, so sehnsüchtig beäugte er Rizzolis Zwiebelringe. Dann sah er auf seinen gegrillten Fisch herab, seufzte vernehmlich und griff zur Gabel.

»Möchten Sie ein paar Zwiebelringe?«, fragte sie.

»Nein, danke. Ich sag's Ihnen, ich kremple mein Leben völlig um. Dieser Herzinfarkt war vielleicht das Beste, was mir überhaupt passieren konnte.«

»Ist das Ihr Ernst?«

»Klar. Ich nehme ab, ich hab das Rauchen aufgegeben. Und wissen Sie was, ich glaube, mir wachsen neuerdings wieder mehr Haare.« Er senkte den Kopf, um ihr seine kahle Stelle zu zeigen.

Wenn irgendwo Haare wuchsen, dachte sie, dann *in* seinem Kopf und nicht darauf.

»Ja, ja, bei mir hat sich so einiges getan«, sagte er.

Er verstummte und wandte sich seinem Lachs zu. Doch er schien keine rechte Freude daran zu haben. Am liebsten hätte sie ihm aus purem Mitleid ihren Teller mit den Zwiebelringen zugeschoben.

Doch als er wieder aufblickte, sah er sie an und nicht ihr Essen. »Bei mir zu Hause hat sich auch so manches verändert.«

Irgendetwas am Tonfall seiner Bemerkung machte sie nervös. Die Art, wie er sie ansah – als wollte er vor ihr seine Seele entblößen. Ihr graute jetzt schon vor den unschönen Details, die er vor ihr ausbreiten würde, doch sie konnte sehen, wie er darauf brannte, sich jemandem anzuvertrauen.

»Was tut sich denn bei Ihnen zu Hause?«, fragte sie. Sie ahnte schon, was jetzt kommen würde.

»Diane und ich – na, Sie wissen doch, was da so abgelaufen ist. Sie haben sie ja kennen gelernt.«

Sie hatte Diane zum ersten Mal auf der Intensivstation gesehen, wo Korsak nach seinem Herzinfarkt behandelt worden war. Schon bei ihrer ersten Begegnung waren ihr Dianes schleppende, undeutliche Aussprache und ihr glasiger Blick aufgefallen. Die Frau war eine wandelnde Apotheke, voll gepumpt mit Valium, Kodein – was immer sie von ihren Ärzten erbetteln konnte. Korsak hatte Rizzoli erzählt, dass sie schon seit Jahren unter dieser Tablettensucht litt; doch er hatte weiter zu seiner Frau gestanden, wenn auch nur, weil das nun einmal von einem Ehemann erwartet wurde.

»Wie geht es Diane?«, fragte sie.

»Unverändert. Immer noch ständig high.«

»Sic sagten doch, es habe sich einiges geändert.«

»Das stimmt auch. Ich habe mich von ihr getrennt.«

Sie wusste genau, dass er nur auf ihre Reaktion wartete. Sie starrte ihn an. Sollte sie sich für ihn freuen oder sollte sie erschüttert sein? Sie war sich nicht sicher, was er erwartete.

»Mein Gott, Korsak«, sagte sie schließlich. »Sind Sie sich wirklich sicher?«

»Ich war mir noch nie in meinem ganzen Leben so sicher. Nächste Woche ziehe ich aus. Hab hier in Jamaica Plain 'ne kleine Junggesellenbude gefunden. Die werde ich mir genau so einrichten, wie's mir passt. Also mit Breitbild-Fernseher und so richtig fetten Boxen, die einem das Trommelfell wegblasen.«

Er ist vierundfünfzig, hat einen Herzinfarkt hinter sich und will sich jetzt kopfüber in sein neues Leben stürzen. Und benimmt sich dabei wie ein Teenager, der es kaum erwarten kann, in seine erste eigene Wohnung einzuziehen.

»Sie wird gar nicht merken, dass ich nicht mehr da bin. Solange ich nur schön weiter ihre Apothekerrechnungen bezahle, ist sie glücklich und zufrieden. Mensch, ich weiß gar nicht, warum ich so lange damit gewartet habe. Mein halbes Leben hab ich vergeudet, aber ich sage Ihnen was, jetzt ist Schluss damit. Von jetzt an werde ich jede Minute genießen.«

»Was ist denn mit Ihrer Tochter? Was sagt die dazu?«

Er schnaubte verächtlich. »Der ist das doch völlig schnuppe. Das Einzige, was die von mir will, ist Geld. *Daddy, ich brauche ein neues Auto. Daddy, ich will nach Cancún.* Glauben Sie, dass *ich* jemals in Cancún war?«

Sie lehnte sich zurück und blickte ihn über ihre Zwiebelringe hinweg an, die langsam kalt wurden. »Wissen Sie wirklich, was Sie da tun?«

»Ja. Ich nehme mein Leben selbst in die Hand.« Er schwieg einen Moment und sagte dann mit leicht vorwurfsvollem Unterton: »Ich dachte, Sie würden sich für mich freuen.«

»Das tue ich auch. Irgendwie.«

»Und was soll dann dieser Blick?«

»Was für ein Blick?«

»Sie schauen mich an, als wären mir plötzlich Flügel gewachsen.«

»Ich muss mich erst noch an den neuen Vince Korsak gewöhnen. Ich erkenne Sie gar nicht wieder.«

»Ist das denn so schlecht?«

»Nein. Wenigstens blasen Sie mir jetzt nicht mehr Ihren Rauch ins Gesicht.«

Darüber mussten sie beide lachen. Anders als der alte würde der neue Korsak ihr nicht mehr das Auto mit seinen Zigaretten voll stinken.

Er spießte ein Salatblatt auf und aß es schweigend und mit gerunzelter Stirn, als müsste er sich voll aufs Kauen konzentrieren. Oder all seinen Mut zusammennehmen für das, was er als Nächstes sagen wollte.

»Wie läuft's denn so zwischen Ihnen und Dean? Sehen Sie sich noch?«

Die Frage, die er so beiläufig hingeworfen hatte, traf sie einigermaßen unvorbereitet. Kein Thema war ihr unangenehmer als dieses, und sie hätte niemals damit gerechnet, dass er es anschneiden würde. Er hatte nie einen Hehl daraus gemacht, dass er Gabriel Dean nicht leiden konnte. Auch sie hatte ihn anfangs nicht gemocht, als er im vergangenen August plötzlich am Tatort aufgekreuzt war, seinen FBI-Ausweis gezückt und sich zum Leiter ihrer Ermittlungen aufgeschwungen hatte.

Wenige Wochen später war ihr Verhältnis zu Dean schon ein ganz anderes gewesen.

Rizzoli sah auf ihre halb leer gegessenen Teller hinunter und stellte fest, dass ihr der Appetit vergangen war. Sie spürte, wie Korsak sie beobachtete. Je länger sie zögerte, desto unglaubwürdiger würde ihre Antwort klingen.

»Danke, alles in bester Ordnung«, sagte sie. »Möchten Sie noch ein Bier? Ich könnte auch noch eine Cola vertragen.«

»Hat er Sie in letzter Zeit mal wieder besucht?«

»Wo ist denn bloß diese Bedienung?«

»Wie lange ist das her? Ein paar Wochen? Monate?«

»Ich weiß nicht…« Sie gab der Bedienung ein Zeichen, doch die schien sie nicht gesehen zu haben und verschwand in der Küche.

»Wie, haben Sie es sich etwa nicht gemerkt?«

»Ich habe auch noch andere Sachen im Kopf«, giftete sie ihn an. Es war ihr Tonfall, der sie verriet. Korsak lehnte sich zurück und musterte sie mit seinem Kriminalistenblick. Mit Augen, die mehr sahen, als sie sehen sollten.

»So ein attraktiver Typ wie der – der glaubt bestimmt, dass die Frauen ihm alle zu Füßen liegen.«

»Was soll das denn heißen?«

»Ich bin ja nicht ganz so blöd, wie ich aussehe. Ich sehe doch, dass da was nicht stimmt – das höre ich an Ihrer Stimme. Und es macht mir Sorgen, weil Sie was Besseres verdient haben. Was viel Besseres.«

»Ich will wirklich nicht darüber reden.«

»Ich hab ihm von Anfang an nicht über den Weg getraut. Das hab ich Ihnen ja damals schon gesagt, im August. Und ich hatte den Eindruck, dass Sie ihm damals auch nicht recht getraut haben.«

Wieder winkte sie der Kellnerin. Wieder wurde sie ignoriert.

»Diese FBI-Typen haben alle irgendwie was Verschlagenes an sich. Jedenfalls alle, die ich je kennen gelernt habe. Aalglatt, aber nie offen und geradeheraus. Die spielen einem doch alle was vor. Glauben, sie sind was Besseres als wir einfachen Cops. Dieses ganze überhebliche Agenten-Getue geht mir auf den Geist.«

»Gabriel ist anders.«

»Wirklich?«

»Er ist anders.«

»Das sagen Sie doch bloß, weil Sie auf ihn stehen.«

»Was bezwecken Sie eigentlich mit diesem Gespräch?«

»Ich mache mir Sorgen um Sie. Es ist, als ob Sie eine Klippe runterstürzen und noch nicht mal die Hand ausstrecken, damit jemand Sie festhalten kann. Ich glaube, Sie haben niemanden, mit dem Sie darüber reden können.«

»Ich rede doch mit Ihnen.«

»Das schon, aber Sie *sagen* mir nichts.«

»Was soll ich denn sagen?«

»Er hat sich länger nicht mehr bei Ihnen blicken lassen. Hab ich Recht?«

Sie antwortete nicht, sah ihn nicht einmal an. Stattdessen starrte sie wie gebannt auf das Wandgemälde hinter seinem Rücken. »Wir hatten beide in letzter Zeit viel zu tun.«

Korsak seufzte und schüttelte den Kopf. Eine Geste des Mitleids.

»Es ist ja nicht so, dass ich in ihn verliebt wäre oder so.« Sie besann sich auf ihren Stolz und begegnete endlich seinem Blick. »Sie glauben doch nicht, dass ich heulend zusammenbreche, nur weil irgendein Typ mich sitzen lässt?«

»Na ja, ich weiß nicht.«

Sie lachte, doch es klang künstlich, selbst für ihre Ohren. »Es ist nichts weiter als Sex, Korsak. Man hat seinen Spaß, und dann geht man seiner Wege. Männer machen so was doch ständig.«

»Wollen Sie behaupten, dass Sie nicht anders sind als irgendein Mann?«

»Jetzt kommen Sie mir bloß nicht mit irgendwelchen blöden sexistischen Theorien.«

»Nein, natürlich nicht. Aber wollen Sie wirklich behaupten, dass es Ihnen gar nichts ausmacht? Er lässt Sie sitzen, und Sie finden das ganz prima?«

Sie sah ihn durchdringend an. »Ich komme schon klar damit.«

»Na, das freut mich. Er ist es nämlich nicht wert, Rizzoli. Er ist es nicht wert, dass man ihm auch nur eine Sekunde nachtrauert. Und das werde ich ihm auch sagen, wenn er mir noch mal unter die Augen kommt.«

»Warum tun Sie das?«

»Was?«

»Warum mischen Sie sich ein? Warum spielen Sie sich so auf? Ich brauche das nicht. Ich habe schon genug Probleme.«

»Das weiß ich.«

»Und Sie machen alles bloß noch schlimmer.«

Er sah sie eine Weile mit großen Augen an. Dann senkte

er den Blick. »Es tut mir Leid«, sagte er leise. »Aber wissen Sie, ich will doch einfach nur Ihr Freund sein.«

Er hätte nichts sagen können, was sie so im Innersten getroffen hätte wie diese Worte. Sie musste gegen die Tränen ankämpfen, als sie die kahle Stelle auf seinem gesenkten Kopf betrachtete. Es gab Momente, da stieß er sie ab, und es gab Momente, da brachte er sie zur Weißglut.

Und dann gab es Momente, in denen sie ihn ganz plötzlich so sah, wie er wirklich war – ein hochanständiger Mann mit einem großen Herzen –, und dann schämte sie sich für ihre Unduldsamkeit ihm gegenüber.

Schweigend zogen sie ihre Mäntel an und verließen Doyle's Bar. Aus einer Wolke von Tabakrauch traten sie hinaus in die kalte Nachtluft und den funkelnden Neuschnee. Ein paar Häuser weiter fuhr ein Streifenwagen vom Revier Jamaica Plain los. Ein schimmernder Schleier aus Schneeflocken hüllte sein Blaulicht ein. Sie sahen dem davonbrausenden Wagen nach, und Rizzoli fragte sich, welche Krise das Team wohl erwartete. Immer gab es irgendwo eine Krise. Streitende, prügelnde Paare. Verirrte und vermisste Kinder. Geschockte Fahrer, die neben den Wracks ihrer Autos kauerten. So viele verschiedene Schicksale, auf tausenderlei Arten miteinander verwoben. Die meisten Menschen verbarrikadieren sich erfolgreich in ihrem eigenen kleinen Winkel des Universums. Ein Polizist bekommt das ganze Elend zu sehen.

»Was machen Sie eigentlich an Weihnachten?«, fragte er.

»Ich bin bei meinen Eltern. Mein Bruder Frankie kommt über die Feiertage nach Hause.«

»Das ist doch der, der bei den Marines ist, nicht wahr?«

»Ja. Wenn er aufkreuzt, erwartet er, dass die ganze Familie vor ihm auf die Knie fällt und ihm huldigt.«

»O weh. Höre ich da eine gewisse Geschwisterrivalität heraus?«

»Nein, den Kampf hab ich schon längst verloren. Frankie ist der unumstrittene Boss. Und was haben Sie Weihnachten vor?«

Er zuckte mit den Achseln. »Weiß ich noch nicht.«

Seine Antwort war ein unausgesprochenes, aber dennoch unmissverständliches Flehen um eine Einladung. Rette mich vor einem einsamen Weihnachtsfest. Rette mich vor meinem eigenen verkorksten Leben. Aber sie konnte ihn nicht retten. Sie konnte nicht einmal sich selbst retten.

»Ich habe da so diverse Pläne«, fügte er eilig hinzu. Es hätte sich nicht mit seinem Stolz vertragen, das Schweigen zu lange auszudehnen. »Vielleicht fliege ich nach Florida und besuche meine Schwester.«

»Hört sich gut an.« Sie seufzte und stieß dabei eine weiße Dampfwolke aus. »Also, jetzt muss ich aber nach Hause – ich habe einiges an Schlaf nachzuholen.«

»Wenn Sie mal wieder Lust auf einen Schwatz haben – Sie haben ja meine Handynummer, oder?«

»Ja, die hab ich. Fröhliche Weihnachten.« Sie ging auf ihren Wagen zu.

»Ach, Rizzoli?«

»Ja?«

»Ich weiß, dass Sie noch an Dean hängen. Es tut mir Leid, was ich über ihn gesagt habe. Ich finde eben nur, dass Sie eine bessere Partie machen könnten.«

Sie lachte. »Als ob die Männer bei mir Schlange stehen würden.«

»Na ja«, meinte er und blickte die Straße hinunter, als könnte er ihr plötzlich nicht mehr in die Augen schauen. »Einen gäbe es da schon.«

Sie hielt erschrocken inne und dachte nur: *Bitte, tu mir das nicht an. Zwing mich nicht, dir wehzutun.*

Doch bevor sie etwas erwidern konnte, hatte er sich

schon abrupt zu seinem Wagen umgedreht. Er winkte ihr flüchtig zu, bevor er um die Motorhaube herumging und sich ans Steuer setzte. Sie sah ihm nach, als er davonfuhr, und starrte gedankenverloren auf die glitzernde Schneewolke, die unter den Reifen aufstob.

11

Es war schon sieben Uhr, als Maura endlich nach Hause kam. Während sie in ihre Einfahrt bog, sah sie Lichter im Haus brennen. Nicht das armselige Glimmen von ein paar Glühbirnen, das von einer Zeitschaltuhr gesteuert wurde, sondern den warmen, fröhlichen Schein vieler Lampen, der anzeigte, dass jemand auf sie wartete. Und durch das Wohnzimmerfenster konnte sie eine bunte Lichterpyramide erkennen.

Es war ein Weihnachtsbaum.

Das hätte sie nun wirklich nicht erwartet. Sie hielt in der Einfahrt an, im Anblick der funkelnden Farbtupfer versunken, und dachte an vergangene Weihnachtsfeste. Damals hatte sie den Baum für Victor aufgestellt, hatte behutsam die zerbrechlichen Kugeln aus ihren Strohnestern gehoben und sie an die Zweige gehängt, bis ihre Finger den herben Duft des Fichtenharzes angenommen hatten. Und sie erinnerte sich an die Weihnachtsfeste ihrer Kindheit, als ihr Vater sie auf seine Schultern gehoben hatte, damit sie den silbernen Stern auf die Spitze des Baums stecken konnte. Nicht ein einziges Mal hatten ihre Eltern auf diesen schönen Brauch verzichtet – doch wie schnell hatte sie ihn aus ihrem eigenen Leben verschwinden lassen. Es war ihr alles zu zeitraubend, zu umständlich. Das schwere Ding ins Haus schaffen und später wieder auf die Straße hinausschleppen, wo es dann mit all den anderen vertrockneten braunen Baumleichen auf die Müllabfuhr wartete. Sie hatte sich von den lästigen und unangenehmen Aspekten abschrecken lassen und darüber ganz die Freude vergessen.

Als sie aus der kalten Garage ins Haus trat, stieg ihr der Duft von gebratenem Huhn mit Knoblauch und Rosmarin in die Nase. Was für ein gutes Gefühl es doch war, von köstlichen Essensgerüchen begrüßt zu werden und zu wissen, dass man erwartet wurde! Sie hörte, dass im Wohnzimmer der Fernseher lief, und ging dem Geräusch nach, während sie noch im Flur den Mantel auszog.

Victor saß im Schneidersitz neben dem Baum auf dem Boden. Er versuchte gerade, ein Knäuel Lametta zu entwirren, und als er sie erblickte, lachte er resigniert auf.

»Ich stelle mich immer noch so blöd an wie damals, als wir verheiratet waren.«

»Das ist ja wirklich eine Überraschung«, sagte sie und blickte bewundernd zu dem hell erleuchteten Baum auf.

»Na ja, ich dachte mir, jetzt haben wir schon den achtzehnten Dezember, und du hast noch nicht mal einen Baum.«

»Ich hatte noch keine Zeit, einen zu besorgen.«

»Für Weihnachten hat man immer Zeit, Maura.«

»Das ist ja mal was Neues. Du warst doch immer derjenige, der vor lauter Arbeit nicht dazu kam, die Feste zu feiern, wie sie fallen.«

Er blickte aus dem Gewirr von Silberfäden zu ihr auf. »Und das wirst du mir immer wieder vorwerfen, nicht wahr?«

Sie verstummte und bedauerte sofort ihre letzte Bemerkung. Es war keine gute Art, den Abend zu beginnen, wenn sie gleich wieder alte Wunden aufriss. Sie ging zum Wandschrank, um ihren Mantel aufzuhängen. Ohne sich zu ihm umzudrehen, rief sie: »Möchtest du einen Drink?«

»Gerne – dasselbe wie du.«

»Auch wenn es ein Frauendrink ist?«

»Bin ich je ein Sexist gewesen, wenn es um Drinks ging?«

Sie lachte und ging in die Küche, wo sie Limetten und

Cranberrysaft aus dem Kühlschrank nahm. Sie maß Cointreau und Wodka mit Zitrone ab und gab beides in den Shaker. Nachdem sie die Eiswürfel hinzugefügt hatte, mixte sie alles über dem Spülbecken und fühlte, wie das Metallgehäuse allmählich eiskalt wurde. Das klappernde Geräusch erinnerte sie an ein Würfelspiel. Alles ist doch nur ein Spiel, dachte sie – und die Liebe mehr als alles andere. Das letzte Mal habe ich verloren. Und diesmal – was steht für mich diesmal auf dem Spiel? Eine Chance zur Versöhnung? Oder eine zweite Chance, mir das Herz brechen zu lassen?

Sie goss den eisgekühlten Drink in zwei Martinigläser. Als sie damit hinausgehen wollte, fiel ihr Blick auf den Abfalleimer, der mit leeren Essenskartons voll gestopft war. Maura musste lächeln. Victor hatte sich also doch nicht auf wundersame Weise in einen Meisterkoch verwandelt. Das Abendessen, das er ihr servieren würde, stammte aus einem Delikatessenladen.

Als sie das Wohnzimmer betrat, sah sie, dass Victor den Kampf mit dem Lamettaknäuel aufgegeben hatte und damit beschäftigt war, die leeren Christbaumschmuck-Schachteln wegzuräumen.

»Du hast dir so viel Mühe gemacht«, sagte sie, während sie die Cocktailgläser auf den Couchtisch stellte. »Kugeln, Lichter, alles hast du besorgt.«

»In deiner Garage habe ich keine Weihnachtssachen finden können.«

»Ich habe das ganze Zeug in San Francisco gelassen.«

»Und dir nie selbst was gekauft?«

»Ich habe auch nie einen Baum aufgestellt.«

»Es ist jetzt drei Jahre her, Maura ...«

Sie setzte sich auf die Couch und nippte bedächtig an ihrem Drink. »Und wann hast *du* das letzte Mal die Schachtel mit den Christbaumkugeln aus dem Schrank genommen?«

Er schwieg und blickte nachdenklich auf den Stapel leerer Kartons. Als er dann antwortete, sah er sie nicht an. »Mir war eben auch nicht sehr nach Feiern zumute.«

Der Fernseher lief noch. Zwar hatte Victor den Ton abgestellt, doch die flackernden Bilder wirkten störend. Er griff nach der Fernbedienung und schaltete das Gerät aus. Dann setzte er sich zu ihr auf die Couch – in gebührendem Abstand zwar, aber doch nahe genug, um alle Möglichkeiten offen zu lassen.

Er betrachtete den Drink, den sie ihm hingestellt hatte. »Der ist ja rosa«, sagte er ein wenig verwundert.

»Das ist ein Cosmopolitan. Ich habe dich doch gewarnt – es ist ein Frauendrink.«

Er nahm einen Schluck. »Hm, ich glaube, die meisten Männer wissen gar nicht, was ihnen da entgeht.«

Sie saßen eine Weile schweigend da und nippten an ihren Drinks, während am Baum die Lichter funkelten. Äußerlich eine heimelige, friedvolle Szene – doch Maura konnte sich einfach nicht entspannen. Sie wusste nicht, was sie sich von diesem Abend erwarten sollte, und sie wusste auch nicht, was *er* erwartete. Alles an ihm war ihr so irritierend vertraut. Sein Geruch; die Art, wie das Licht in seinen Haaren spielte. Und diese Kleinigkeiten, die sie immer so liebenswert gefunden hatte, weil sie Ausdruck seiner Bescheidenheit und Anspruchslosigkeit waren: das abgetragene Hemd, die verwaschene Jeans. Dieselbe alte Timex, die er schon getragen hatte, als sie sich kennen lernten. *Ich kann nicht in einem Entwicklungsland aufkreuzen und sagen: ›Ich bin gekommen, um euch zu helfen‹, wenn ich eine fette Rolex am Handgelenk trage,* hatte er erklärt. Victor als Don Quichote, der gegen die Windmühlen der Armut anrannte. Sie selbst hatte schon längst frustriert die Waffen gestreckt, aber er stürzte sich immer noch jeden Tag aufs Neue ins Getümmel.

Und dafür musste sie ihn einfach bewundern.

Er stellte sein Glas ab. »Ich habe heute wieder einen Bericht über diese Nonnen im Fernsehen gesehen.«

»Was haben sie dazu gesagt?«

»Angeblich hat die Polizei einen Teich hinter dem Kloster abgesucht. Was hat es denn damit auf sich?«

Sie lehnte sich zurück. Der Alkohol lockerte allmählich ihre verspannten Schultermuskeln. »Sie haben ein totes Baby im Wasser gefunden.«

»Das Kind der Nonne?«

»Wir müssen noch die DNA-Analyse abwarten.«

»Aber du hast keinen Zweifel, dass es ihr Baby ist?«

»Es muss so sein. Andernfalls würde der Fall unglaublich kompliziert werden.«

»Ihr werdet also in der Lage sein, den Vater zu identifizieren. Wenn die DNA vorliegt.«

»Zuerst einmal brauchen wir einen Namen. Und selbst wenn die Vaterschaft geklärt ist, bleibt immer noch die Frage, ob es sich um einvernehmlichen Sex oder um eine Vergewaltigung handelte. Aber wie sollen wir das herausfinden? Camille kann schließlich nicht mehr aussagen.«

»Trotzdem – das hört sich nach einem möglichen Mordmotiv an.«

»Auf jeden Fall.« Sie leerte ihr Glas und stellte es ab. Es war ein Fehler gewesen, schon vor dem Essen Alkohol zu trinken. Zusammen mit den Nachwirkungen des Schlafmangels benebelte er ihren Verstand. Sie rieb sich die Schläfen, versuchte sich zu zwingen, klar zu denken.

»Ich glaube, du brauchst jetzt was zu essen, Maura. Du siehst aus, als hättest du einen anstrengenden Tag hinter dir.«

Sie lachte gezwungen. »Erinnerst du dich an diesen Film mit dem kleinen Jungen, der immer sagt: ›Ich sehe tote Menschen.‹?«

»*The Sixth Sense*?«

»Ja. Ich sehe auch ständig tote Menschen, und ich habe es allmählich satt. Das ist es, was mir die festliche Laune verdorben hat. In ein paar Tagen ist Weihnachten, und ich bin noch nicht mal auf die Idee gekommen, einen Baum aufzustellen, weil ich, wo ich gehe und stehe, ständig den Autopsiesaal vor mir sehe. Ich habe das Gefühl, dass meine Hände immer noch danach riechen. Wenn ich an einem Tag wie diesem nach zwei Autopsien nach Hause komme, ist mir schon der Gedanke ans Kochen zuwider. Ich kann noch nicht mal ein Stück Fleisch sehen, ohne gleich an Muskelfasern zu denken. Ein Cocktail ist das Einzige, was ich runterkriege. Und wenn ich mir dann meinen Drink gemixt habe und den Alkohol rieche, fühle ich mich schlagartig wieder ins Labor zurückversetzt. Der scharfe Geruch erinnert mich unweigerlich an Formalin.«

»Ich habe dich noch nie so über deine Arbeit reden hören.«

»Sie hat mich auch noch nie so fertig gemacht.«

»Klingt so gar nicht nach der unerschütterlichen Dr. Isles.«

»Du weißt, dass ich das nicht bin.«

»Aber du spielst die Rolle ziemlich gut. Smart und unverwundbar. Ist dir überhaupt klar, wie sehr du deine Studenten an der U. C. eingeschüchtert hast? Sie hatten alle Angst vor dir.«

Sie schüttelte lachend den Kopf. »Die Königin der Toten.«

»Wie bitte?«

»So nennen mich die Cops hier. Natürlich nicht in meiner Gegenwart, aber es ist mir zu Ohren gekommen.«

»Gefällt mir irgendwie. ›Die Königin der Toten‹.«

»Also, ich hasse den Namen.« Sie schloss die Augen und

ließ sich in die Kissen sinken. »Das klingt, als wäre ich ein Vampir. Irgendwie grotesk.«

Sie hatte nicht gehört, wie er sich von der Couch erhoben und sich hinter sie gestellt hatte, und erschrak deshalb, als sie plötzlich seine Hände auf ihren Schultern spürte. Sie verharrte reglos, und seine bloße Berührung jagte ihr einen Schauer über den Rücken.

»Entspann dich«, murmelte er, während seine Finger ihre Muskeln kneteten. »Das ist etwas, was du nie richtig gelernt hast.«

»Lass das, Victor.«

»Du lässt dich nie einfach mal gehen. Du willst immer nur hundertprozentig perfekt erscheinen.«

Seine Finger gruben sich tief in ihre Schultern und ihren Nacken. Tastend, forschend, zudringlich. Sie reagierte, indem sie sich noch mehr verspannte, indem ihre Muskeln sich in einer instinktiven Abwehrhaltung verhärteten.

»Kein Wunder, dass du erschöpft bist«, sagte er. »Du bist ständig in Alarmbereitschaft. Du kannst dich nicht mal zurücklehnen und es genießen, wenn dich jemand berührt.«

»*Lass das!*« Sie wand sich los und stand auf. Als sie sich zu ihm umdrehte, kribbelte ihre Haut immer noch von seiner Berührung. »Was läuft denn hier eigentlich ab, Victor?«

»Ich wollte dir nur helfen, dich zu entspannen.«

»Ich bin entspannt genug, vielen Dank.«

»Du bist so verkrampft, dass deine Muskeln sich anfühlen, als müssten sie jeden Moment reißen.«

»Wundert dich das? Ich weiß ja auch nicht, was du hier tust. Ich weiß nicht, was du willst.«

»Was hältst du davon: Ich will einfach nur, dass wir wieder Freunde sind.«

»Können wir das?«

»Warum nicht?«

Sie sah ihm in die Augen und spürte im gleichen Moment, wie sie errötete. »Weil wir zu viel miteinander erlebt haben. Weil wir uns …« *Immer noch zueinander hingezogen fühlen*, dachte sie. Stattdessen sagte sie: »Ich bezweifle, dass es zwischen Männern und Frauen so etwas wie Freundschaft überhaupt geben kann.«

»Das ist eine sehr pessimistische Einschätzung.«

»Nein, eine realistische. Ich habe jeden Tag mit Männern zu tun. Ich weiß, dass ich sie einschüchtere, und das ist auch meine Absicht. Ich will, dass sie in mir eine Autoritätsperson sehen. Ein Gehirn in einem weißen Kittel. Denn wenn sie einmal anfangen, in mir die Frau zu sehen, kommt sofort der Gedanke an Sex in die Quere.«

Er lachte spöttisch. »Und das würde alles verderben?«

»Ja.«

»Du kannst ihnen noch so autoritär kommen, Maura – die Männer schauen dich an, und was sie sehen, ist eine attraktive Frau. Du könntest dir allenfalls eine Papiertüte über den Kopf stülpen. Es ist nun einmal so. Der Gedanke an Sex liegt immer in der Luft. Du kannst das nicht verhindern.«

»Und deshalb können wir nicht einfach nur Freunde sein.« Sie nahm die leeren Gläser vom Tisch und trug sie in die Küche.

Er folgte ihr nicht.

Sie stand am Spülbecken und starrte auf die Gläser. Der säuerlich-herbe Geschmack von Limetten und Wodka lag ihr noch auf der Zunge, und die Erinnerung an seinen Duft war frisch und lebendig. Ja, der Gedanke an Sex lag in der Luft, und er trieb sein Spiel mit ihr, ließ Bilder vor ihrem geistigen Auge auftauchen, die sie nicht verdrängen konnte, so sehr sie es auch versuchte. Sie dachte an jenen Abend zurück, als sie spät aus dem Kino nach Hause gekommen waren und sich, kaum dass sie über die Schwelle getreten waren, gegenseitig die Kleider vom Leib gerissen hatten. Hemmungslos, fast brutal waren sie auf dem bloßen Parkett übereinander hergefallen, und so tief waren seine Stöße in sie eingedrungen, dass sie sich wie eine Hure vorgekommen war, an der er seine animalische Lust ausließ. Und sie hatte es genossen.

Sie hielt sich am Spülbecken fest, hörte ihren Atem schwerer gehen, spürte, wie ihr Körper seine eigene Entscheidung traf, wie er gegen die Logik aufbegehrte, die sie über so viele Monate zur Enthaltsamkeit verurteilt hatte.

Der Gedanke an Sex liegt immer in der Luft.

Die Haustür fiel ins Schloss.

Maura fuhr erschrocken herum und eilte zurück ins Wohnzimmer. Doch sie sah nur den funkelnden Weihnachtsbaum – keine Spur von Victor. Als sie aus dem Fenster schaute, sah sie ihn in seinen Wagen steigen, und einen Augenblick später hörte sie den Motor anspringen.

Sie stürzte zur Haustür hinaus und schlitterte über den eisglatten Asphalt auf seinen Wagen zu.

»Victor!«

Der Motor ging wieder aus, die Scheinwerfer erloschen. Er stieg aus und sah sie an. Sein Kopf war nur eine schemenhafte Silhouette über dem Autodach. Der Wind wehte ihr kleine, spitze Schneenadeln ins Gesicht, und sie musste blinzeln.

»Warum willst du schon fahren?«, fragte sie.

»Geh wieder rein, Maura. Es ist bitterkalt.«

»Aber warum willst du nicht bleiben?«

Auch im Halbdunkel konnte sie die weiße Wolke seines Atems sehen, als er frustriert aufseufzte. »Es ist doch offensichtlich, dass du mich nicht hier haben willst.«

»Komm zurück. Ich will, dass du bleibst.« Sie ging um das Auto herum und blieb vor ihm stehen. Der kalte Wind drang durch ihre dünne Bluse.

»Wir würden uns doch bloß wieder gegenseitig zerfleischen. Wie wir es immer machen.« Er machte Anstalten, wieder einzusteigen.

Sie packte ihn am Jackenaufschlag und zog ihn an sich. In dem Augenblick, als er sich zu ihr umwandte, wusste sie, was als Nächstes passieren würde. Es war ein Spiel mit dem Feuer, doch das war ihr gleich. Sie wollte, dass es passierte.

Er musste sie nicht in die Arme schließen. Sie war schon dort, drängte sich an seinen warmen Leib, suchte seine Lippen mit den ihren. Der vertraute Geruch, der vertraute Geschmack. Ihre Körper schmiegten sich aneinander, als wären sie füreinander geschaffen. Sie zitterte jetzt – vor Kälte, aber auch vor Erregung. Er schlang die Arme um sie, und sein Körper beschirmte sie vor dem kalten Wind, als sie unter wilden Küssen zur Haustür zurücktaumelten. Sie brachten den Schnee mit ins Haus, in einer glitzernden Wolke stob er zu Boden, als er seine Jacke auszog.

Sie schafften es nicht mehr bis ins Schlafzimmer.

Schon in der Diele nestelte sie an seinen Knöpfen herum, zog ihm das Hemd aus der Hose. Seine Haut fühlte sich glühend heiß an, als sie seine Brust mit ihren durchfrorenen Fingern berührte. Begierig, seine Wärme auf ihrer nackten Haut zu spüren, zerrte sie den hinderlichen Stoff beiseite. Als sie endlich das Wohnzimmer erreicht hatten, war auch ihre Bluse aufgeknöpft, der Reißverschluss ihrer Hose geöffnet. Willig ließ sie ihn wieder ein in ihren Körper. In ihr Leben.

Die Lichter am Baum funkelten wie bunte Sterne, als sie unter ihm auf dem Teppich lag. Sie schloss die Augen, doch immer noch konnte sie die Lichtpunkte über sich blitzen sehen, eine bunte Galaxie. Und dann wanden ihre Körper sich in einem wissenden Tanz, ohne die Unsicherheiten und Ungeschicklichkeiten des ersten Mals. Seine Berührung war ihr vertraut, alle seine Bewegungen, und als die Lust sie überwältigte und sie laut aufschrie, tat sie es ohne einen Anflug von Verlegenheit. Drei Jahre der Trennung, hinweggefegt in diesem einen Akt – und als es vorüber war und sie eng umschlungen inmitten ihrer verstreuten Kleider lagen, da war ihr in seinen Armen so wohlig zumute, als kuschelte sie sich in eine alte Lieblingsdecke.

Als sie die Augen aufschlug, sah sie, dass Victor sie betrachtete.

»Du bist das Beste, was ich jemals unter dem Weihnachtsbaum ausgepackt habe.«

Sie blickte zu einem glitzernden Lamettafaden auf, der an einem Zweig über ihr hing. »So komme ich mir auch vor«, murmelte sie. »Ausgepackt. Entblößt.«

»Wie du es sagst, klingt es, als wäre das etwas Schlechtes.«

»Das hängt davon ab, was als Nächstes passiert.«

»Und was passiert als Nächstes?«

Sie seufzte. »Ich weiß es nicht.«

»Was wünschst du dir denn?«

»Ich will nicht wieder verletzt werden.«

»Und du hast Angst, dass ich dich verletze.«

Sie sah ihn an. »Es wäre ja nicht das erste Mal.«

»Wir haben uns gegenseitig wehgetan, Maura. Auf viele verschiedene Arten. Menschen, die sich lieben, tun das unentwegt, ohne es zu wollen.«

»Du hattest deine Affäre. Und was habe ich getan?«

»Das bringt doch nichts, Maura.«

»Ich will es aber wissen«, sagte sie. »Wie habe ich *dich* verletzt?«

Er wälzte sich zur Seite, so dass er neben ihr zu liegen kam, ohne sie zu berühren, und fixierte einen Punkt an der Decke. »Erinnerst du dich noch an den Tag, als ich nach Abidjan musste?«

»Ja, sehr gut«, antwortete sie. Wenn sie daran dachte, empfand sie immer noch Bitterkeit.

»Ich gebe zu, es war ein denkbar ungünstiger Moment, dich allein zu lassen, aber ich musste einfach hin. Ich war der Einzige, der diese Verhandlungen führen konnte. Ich musste vor Ort sein.«

»Am Tag nach der Beerdigung meines Vaters?« Sie sah ihn durchdringend an. »Da habe ich dich *gebraucht.* Zu Hause, an meiner Seite.«

»One Earth hat mich auch gebraucht. Wir hätten den ganzen Container mit Arzneimitteln verlieren können. Die Situation duldete keinen Aufschub.«

»Das habe ich ja auch akzeptiert, oder etwa nicht?«

»Das ist genau der richtige Ausdruck. Du hast es *akzeptiert.* Aber ich wusste, dass du stinksauer warst.«

»Weil es immer wieder vorkam. Hochzeitstage, Beerdigungen – nichts konnte dich halten. Ich kam immer erst an zweiter Stelle.«

»Und darauf lief es doch letzten Endes hinaus, oder? Ich musste mich zwischen dir und One Earth entscheiden. Ich wollte es nicht; ich wollte nicht wahrhaben, dass es notwendig war. Nicht, wenn ich so viel zu verlieren hatte.«

»Du kannst die Welt nicht im Alleingang retten.«

»Ich kann eine ganze Menge zum Positiven verändern. Das hast du auch einmal geglaubt.«

»Aber jeder ist irgendwann mal am Ende seiner Kräfte. Du bringst Jahre deines Lebens damit zu, dir über die hungernden Menschen in anderen Ländern den Kopf zu zerbrechen. Und dann wachst du eines Tages auf und willst endlich auch einmal an dich denken. Dich auf dein eigenes Leben konzentrieren, vielleicht Kinder haben. Aber auch *dafür* hattest du nie Zeit.« Sie atmete tief durch und merkte, wie ihr der Gedanke an die Babys, die sie wahrscheinlich nie haben würde, die Kehle zuschnürte und Tränen in die Augen trieb.

Und sie musste an Jane Rizzoli denken, deren Schwangerschaft Maura schmerzlich an ihre eigene Kinderlosigkeit erinnert hatte. »Ich hatte es satt, mit einem Heiligen verheiratet zu sein. Ich wollte einen Mann.«

Einige Sekunden verstrichen. Die Farben der Christbaumlichter verschwammen vor ihren Augen.

Er nahm ihre Hand. »Ich bin wohl derjenige, der versagt hat«, sagte er.

Sie schluckte, und die Farbflecke formten sich wieder zu funkelnden Glühbirnchen an einem Draht. »Das haben wir beide.«

Er ließ ihre Hand nicht los; er hielt sie fest, als fürchtete er, sie könnte ihm für immer entgleiten.

»Wir können so lange reden, wie wir wollen«, sagte sie. »Aber ich kann einfach nicht erkennen, dass sich zwischen uns irgendetwas geändert hätte.«

»Wir wissen doch, was schief gelaufen ist.«

»Das heißt noch lange nicht, dass wir die Fehler diesmal vermeiden könnten.«

Leise erwiderte er: »Wir müssen gar nichts tun, Maura. Wir können einfach nur zusammen sein. Ist das nicht genug für den Augenblick?«

Nur zusammen sein. Es klang so einfach. Sie lag neben ihm, nur ihre Hände berührten sich, und sie dachte: Ja, ich kann das. Ich bringe es sehr wohl fertig, mich nur so weit auf dich einzulassen, dass wir miteinander schlafen können und du mir dennoch nicht wehtun kannst. Sex ohne Liebe – für Männer ist das doch eine Selbstverständlichkeit. Warum nicht auch für mich?

Und vielleicht, flüsterte ihr eine boshafte kleine Stimme zu, *vielleicht ist er ja diesmal derjenige, der mit gebrochenem Herzen zurückbleibt.*

12

Die Fahrt nach Hyannisport hätte normalerweise nicht länger als zwei Stunden dauern sollen – auf der Route 3 Richtung Süden und dann über die Route 6 Richtung Cape Cod –, aber sie waren gezwungen, zweimal Halt zu machen, weil Rizzoli zur Toilette musste, und so war es bereits drei Uhr nachmittags, als sie die Sagamore Bridge erreichten. Jenseits der Brücke fanden sie sich plötzlich ins Urlaubsparadies von Cape Cod versetzt. Sie fuhren durch kleine Städtchen, die sich wie Perlen an einer Kette am Ufer der Bucht aneinander reihten. Rizzoli kannte Hyannis bisher nur im Sommer, wenn sich Blechlawinen durch die Stadt wälzten und die Touristen in T-Shirts und Shorts vor den Eiscremebuden Schlange standen. An einem kalten Wintertag wie diesem war sie noch nie hier gewesen. Die Hälfte der Restaurants hatte geschlossen, und nur ein paar Unentwegte stapften mit hochgeklapptem Mantelkragen durch die windigen Straßen.

Als Frost in die Ocean Street einbog, murmelte er beeindruckt: »Mensch, guck dir bloß diese protzigen Villen an!«

»Würdest am liebsten gleich einziehen, was?«, fragte Rizzoli.

»Vielleicht, wenn ich meine ersten zehn Millionen auf dem Konto habe.«

»Dann sag Alice, sie soll zusehen, dass sie die erste Million zusammenkriegt – denn mit deinem Gehalt schaffst du das niemals.«

Der Wegbeschreibung folgend, die sie sich auf einem Zettel notiert hatten, bogen sie zwischen zwei Granitsäulen hindurch in einen breiten Zufahrtsweg ein, der sie zu einem stattlichen Haus direkt am Ufer führte. Rizzoli stieg aus und fröstelte im Wind, während sie die vom Salz silbrig glänzenden Schindeln und die drei Türme mit Meerblick bewunderte.

»Kannst du dir vorstellen, dass sie das alles aufgegeben hat, um Nonne zu werden?«

»Ich denke, wenn Gott einen ruft, muss man einfach folgen.«

Sie schüttelte den Kopf. »Ich nicht. Ich würde einfach gar nicht hinhören.«

Sie stiegen die Stufen zur Veranda hinauf, und Frost drückte auf den Klingelknopf.

Kurz darauf öffnete eine kleine, dunkelhaarige Frau die Tür einen Spalt breit und sah sie fragend an.

»Wir haben angerufen«, sagte Rizzoli. »Wir sind vom Boston Police Department und würden gerne Mrs. Maginnes sprechen.«

Die Frau nickte und trat zur Seite, um sie einzulassen. »Sie ist im Seesalon. Bitte folgen Sie mir.«

Sie gingen über frisch gebohnertes Teakparkett, vorbei an Gemälden, die Schiffe auf stürmischer See zeigten. Rizzoli versuchte sich vorzustellen, wie Camille in diesem Haus aufgewachsen war, wie sie über diese glänzenden Dielen gelaufen war. Aber war sie überhaupt gelaufen? Oder hatte sie nur leise und gesittet zwischen diesen kostbaren Antiquitäten einherschreiten dürfen?

Die Frau führte sie in ein riesiges Zimmer mit Fenstern vom Boden bis zur Decke, die auf das Meer hinausgingen. Der Blick auf die graue, vom Wind aufgewühlte Wasserfläche war so dramatisch, dass Rizzoli wie gebannt hinausstarrte und zunächst gar nichts anderes wahrnahm. Doch bald schon registrierte sie den säuerlichen Geruch, der in der Luft hing. Es stank eindeutig nach Urin.

Als sie sich umsah, erkannte sie, woher der Geruch kam: Ein Mann lag in einem Pflegebett direkt an der Fensterwand. Der Anblick erinnerte an die Installation eines modernen Künstlers. Auf einem Stuhl am Bett saß eine Frau mit rotbraunem Haar, die sich sogleich erhob, um ihre Besucher zu begrüßen. In ihrem Gesicht konnte Rizzoli nichts von Camille erkennen. Camille war von einer zerbrechlichen, fast ätherischen Schönheit gewesen. Diese Frau jedoch war aufwendig geschminkt und gestylt, das Haar zu einem makellosen Helm frisiert, die Augenbrauen sorgfältig gezupft, so dass sie zwei Möwenflügeln glichen.

»Ich bin Lauren Maginnes, Camilles Stiefmutter«, stellte die Frau sich vor und streckte Frost die Hand hin. Gewisse Frauen haben die Neigung, ihre Geschlechtsgenossinnen grundsätzlich zu ignorieren und nur die anwesenden Männer zu beachten, und Lauren Maginnes war eine solche Frau. Sie hatte nur Augen für Barry Frost.

»Hallo«, sagte Rizzoli, »wir haben miteinander telefoniert. Ich bin Detective Rizzoli, und das hier ist Detective Frost. Wir möchten Ihnen unser herzliches Beileid aussprechen.«

Erst jetzt ließ Lauren sich dazu herab, Rizzoli anzusehen. »Danke«, war alles, was sie sagte. Dann wandte sie sich an die dunkelhaarige Frau, die ihnen die Tür geöffnet hatte. »Maria, würdest du bitte den Jungen ausrichten, dass sie herkommen sollen? Die Polizei ist da. – Bitte, nehmen Sie Platz«, forderte sie ihre Besucher auf und deutete auf eine Couch.

Rizzoli kam unmittelbar neben dem Pflegebett zu sitzen. Sie blickte auf die klauenartig verkrampfte Hand, die herabhängende, in einer traurigen Grimasse erstarrte Gesichtshälfte, und sie musste an die letzten Lebensmonate ihres Großvaters denken. Sie sah ihn in seinem Bett im Pflegeheim liegen, sah seine zornig funkelnden Augen, die alles registrierten und doch eingesperrt waren in einem Körper, der seinem Willen nicht mehr gehorchte. Ein ähnlicher Blick begegnete ihr nun in den Augen dieses Mannes. Unverwandt starrte er die unbekannte Besucherin an, und sie las Verzweiflung und Demütigung in seinem Blick. Die Hilflosigkeit eines Mannes, dem seine Menschenwürde geraubt worden war. Er konnte nicht viel älter als fünfzig sein, und doch hatte sein Körper ihm bereits den Dienst aufgekündigt. Ein Speichelfaden glitzerte auf seinem Kinn und tropfte auf das Kopfkissen. Auf einem Tisch neben dem Bett stand alles bereit, was zu seiner Pflege benötigt wurde: Dosen mit Proteingetränken, Gummihandschuhe und feuchte Papiertücher; ein Karton Erwachsenenwindeln. Ein ganzes Leben reduziert auf einen Tisch voller Hygieneprodukte.

»Die Krankenschwester, die Randall abends betreut, ist heute ein bisschen spät dran – ich hoffe, Sie haben nichts dagegen, wenn wir uns hier unterhalten, damit ich ein Auge auf ihn haben kann«, sagte Lauren. »Wir haben ihn in dieses Zimmer gebracht, weil er das Meer immer so geliebt hat. Jetzt kann er es den ganzen Tag sehen.« Sie nahm ein Papiertaschentuch und wischte ihm behutsam den Speichel ab. »So, das hätten wir.« Sie drehte sich zu den beiden Ermittlern um. »Sie sehen selbst, warum ich nicht den weiten Weg nach Boston fahren wollte. Ich lasse ihn ungern für längere Zeit mit den Schwestern allein. Er wird dann immer so unruhig. Er kann zwar nicht sprechen, aber ich weiß dennoch, dass er mich vermisst, wenn ich länger fort bin.«

Lauren lehnte sich im Sessel zurück und sah Frost an. »Haben Sie bei Ihren Ermittlungen irgendwelche Fortschritte gemacht?«

Wieder war es Rizzoli, die antwortete. Sie war entschlossen, die Aufmerksamkeit dieser Frau auf sich zu lenken, und es ärgerte sie, dass sie ihr schon wieder entglitten war.

»Wir verfolgen einige neue Spuren.«

»Aber Sie sind doch nicht eigens nach Hyannis gekommen, nur um mir das zu sagen.«

»Nein. Wir sind gekommen, um uns mit Ihnen über einige Punkte zu unterhalten, die wir lieber in einem persönlichen Gespräch klären würden.«

»Und Sie wollten sich ein Bild von uns machen, nehme ich an.«

»Wir wollten uns einen Eindruck von den Verhältnissen verschaffen, in denen Camille aufgewachsen ist. Von ihrer Familie.«

»Bitte sehr.« Lauren machte eine ausladende Geste. »Das ist das Haus, in dem sie aufgewachsen ist. Es ist kaum vorstellbar, dass sie all das aufgegeben hat, um ins Kloster zu gehen, finden Sie nicht? Randall hat ihr alles gegeben, was ein Mädchen sich nur wünschen kann. Einen nagelneuen BMW zum Geburtstag. Ihr eigenes Pony. Einen Schrank voller Kleider, die sie so gut wie nie getragen hat. Stattdessen hat sie sich dafür entschieden, den Rest ihres Lebens in Schwarz herumzulaufen. Sie hat sich dafür entschieden …« Lauren schüttelte den Kopf. »Wir können es immer noch nicht fassen.«

»Sie waren beide nicht glücklich über ihre Entscheidung?«

»Ach, wissen Sie, ich hatte kein Problem damit. Schließlich ging es um *ihr* Leben. Aber Randall hat es nie akzeptiert. Er hat immer noch gehofft, dass sie es sich anders überlegen würde. Dass sie es irgendwann satt haben würde, den ganzen Tag nur … nun ja, das zu tun, was Nonnen eben den ganzen Tag tun, und dass sie dann wieder nach Hause kommen würde.« Sie sah ihren Mann an, der stumm in seinem Bett lag. »Ich glaube, das war es, was seinen Schlaganfall ausgelöst hat. Sie war sein einziges Kind, und er konnte es einfach nicht fassen, dass sie ihn so im Stich gelassen hatte.«

»Was ist mit Camilles leiblicher Mutter, Mrs. Maginnes? Sie sagten mir am Telefon, dass sie nicht mehr lebt.«

»Camille war erst acht, als es passierte.«

»Als was passierte?«

»Nun, es hieß damals ›versehentliche Überdosis‹, aber ist so etwas jemals einfach nur ein Versehen? Randall war schon seit sieben Jahren Witwer, als wir uns kennen lernten. Wir sind wohl so etwas wie eine Patchwork-Familie. Ich habe zwei Söhne aus erster Ehe, und Randall hat Camille mitgebracht.«

»Wie lange sind Sie und Mr. Maginnes verheiratet?«

»Fast sieben Jahre.« Sie sah wieder ihren Mann an. Und fügte in resigniertem Ton hinzu: »In guten wie in schlechten Tagen.«

»Standen Sie und Ihre Stieftochter sich sehr nahe? Hat sie sich Ihnen oft anvertraut?«

»Camille?« Lauren schüttelte den Kopf. »Ich sage es Ihnen ganz ehrlich, wir haben uns nie sonderlich gut verstanden, wenn es das ist, was Sie wissen wollen. Sie war schon dreizehn, als ich Randall kennen lernte, und Sie wissen ja, wie Mädchen in dem Alter sind. Mit Erwachsenen wollen sie nichts zu schaffen haben. Es ist nicht so, als hätte sie mich wie die böse Stiefmutter behandelt, das nicht. Wir haben einfach keinen … *Draht* zueinander gefunden, wenn Sie so wollen. Ich habe mich bemüht, das können Sie mir glauben, aber sie war immer so …« Lauren brach plötzlich ab, als hätte sie Angst, etwas Falsches zu sagen.

»Was ist das Wort, das Ihnen auf der Zunge liegt, Mrs. Maginnes?«

Lauren dachte darüber nach. »Seltsam«, sagte sie schließlich. »Camille war seltsam.« Ihr Blick fiel auf ihren Gatten, der sie durchdringend anstarrte, und sie beeilte sich hinzuzufügen: »Es tut mir Leid, Randall. Ich weiß, es ist schrecklich von mir, so etwas zu sagen, aber diese Herrschaften sind von der Polizei. Sie wollen die Wahrheit hören.«

»Was meinen Sie mit ›seltsam‹?«, fragte Frost.

»Sie kennen das doch sicher: Sie gehen auf eine Party, und da ist diese Person, die ganz allein irgendwo in der Ecke steht«, erwiderte Lauren. »Die Ihnen nicht in die Augen schaut. So war sie – hat sich immer in irgendeine Ecke verzogen oder in ihrem Zimmer verschanzt. Wir haben ja nicht ahnen können, was sie dort oben die ganze Zeit machte. Gebetet hat sie! Am Boden gekniet und gebetet. Und diese Bücher gelesen, die sie von einer katholischen Schulkameradin bekommen hatte. Dabei sind wir gar nicht katholisch, wir sind Presbyterianer. Aber das war ihr egal; sie hat sich in ihrem Zimmer eingesperrt. Hat sich mit einem Gürtel geschlagen, können Sie sich das vorstellen? Als Buße für ihre Sünden. Wie kommt man nur auf solche Ideen?«

Der Wind wehte einen Schwall Salzwasser gegen die Scheiben. Randall Maginnes stöhnte leise. Rizzoli sah, dass seine Augen auf sie gerichtet waren. Während sie seinen Blick erwiderte, fragte sie sich, wie viel von ihrem Gespräch er verstanden hatte. Alles mitzubekommen, ohne selbst eingreifen zu können, wäre wohl die höchste Qual. Alles zu registrieren, was um ihn herum vorging. Zu wissen, dass seine eigene Tochter, sein einziges leibliches Kind, tot war. Zu wissen, dass seine Frau es als eine Last empfand, ihn pflegen zu müssen. Zu wissen, dass der üble Geruch, den er einzuatmen gezwungen war, von ihm selbst kam.

Hinter sich hörte sie Schritte. Sie drehte sich um und sah

zwei junge Männer das Zimmer betreten. Sie waren auf den ersten Blick als Laurens Söhne zu erkennen. Die gleiche rotbraune Haarfarbe, die gleichen ebenmäßigen Gesichtszüge. Obwohl sie leger gekleidet waren – beide trugen Jeans und Pullover –, strahlten sie eine ähnlich selbstbewusste Vornehmheit aus wie ihre Mutter. Zwei Rassepferde, dachte Rizzoli.

Sie begrüßte beide mit einem kräftigen Händedruck, darauf bedacht, von Anfang an ihre Autorität unter Beweis zu stellen. »Ich bin Detective Rizzoli«, sagte sie.

»Meine Söhne Blake und Justin«, stellte Lauren vor. »Sie verbringen ihre Collegeferien zu Hause.«

Meine Söhne hatte sie gesagt. Nicht *unsere.* In dieser Patchwork-Familie waren die Nähte noch deutlich zu erkennen. Auch nach sieben Jahren Ehe waren ihre Söhne immer noch ihre eigenen, und Randalls Tochter war *sein* Kind.

»Die beiden sind die angehenden Rechtsanwälte in der Familie«, erklärte Lauren. »Bei den Streitereien, die in diesem Haus regelmäßig am Esstisch ausgetragen werden, haben sie schon ausgiebig für ihre Karriere im Gerichtssaal üben können.«

»Diskussionen, Mama«, verbesserte Blake sie. »Wir sagen ›Diskussionen‹ dazu.«

»Der Unterschied ist mir manchmal nicht so ganz klar.«

Die Jungen nahmen mit geschmeidigen, athletischen Bewegungen Platz und sahen Rizzoli an, als warteten sie auf den Beginn der Show.

»Sie gehen also beide aufs College, ja?«, sagte sie. »Und wo?«

»Ich bin in Amherst«, antwortete Blake, »und Justin in Bowdoin.«

Beides nur eine kurze Autofahrt von Boston entfernt.

»Und Sie wollen Rechtsanwälte werden? Alle beide?«

»Ich habe schon bei mehreren juristischen Fakultäten meine Bewerbung eingereicht«, sagte Blake. »Wahrscheinlich werde ich mich auf Medienrecht spezialisieren. Vielleicht gehe ich später nach Kalifornien. Ich will im Nebenfach Filmwissenschaft studieren – damit sollte ich ganz gute Chancen haben.«

»Ja, und er will auch möglichst viele hübsche Schauspielerinnen kennen lernen«, meinte Justin. Für diese Bemerkung wurde er mit einem spielerischen Boxhieb in die Rippen bestraft. »Stimmt doch, Mann!«

Rizzoli wunderte sich über dieses Brüderpaar, das so ausgelassen herumalbern konnte, während die Leiche ihrer kürzlich verstorbenen Stiefschwester noch in der Gerichtsmedizin lag.

»Wann haben Sie Ihre Schwester das letzte Mal gesehen?«, fragte sie.

Blake und Justin tauschten einen Blick und antworteten dann fast gleichzeitig: »Bei der Beerdigung unserer Großmutter.«

»Und das war im März?« Sie sah Lauren an. »Als Camille auch hier war?«

Lauren nickte. »Wir mussten die Kirche schriftlich um Erlaubnis bitten, damit sie zur Beisetzung kommen durfte. Das ist, als ob man für einen Schwerverbrecher Hafturlaub beantragt. Ich konnte es nicht fassen, als sie sie im April nach Randalls Schlaganfall nicht nach Hause fahren ließen. Obwohl es um ihren eigenen Vater ging! Und sie hat die Entscheidung einfach so hingenommen. Hat brav getan, was von ihr verlangt wurde. Man muss sich schon fragen, was in diesen Klöstern so alles vor sich geht, dass sie so eine Angst davor haben, ihre Leute gehen zu lassen. Wer weiß, welche Praktiken die dort vor den Augen der Öffentlichkeit verbergen. Aber vermutlich hat es ihr gerade deshalb so gut gefallen.«

»Wie kommen Sie darauf?«

»Weil sie süchtig nach Strafe war. Nach Schmerzen.«

»Camille?«

»Ich sagte Ihnen doch, dass sie ein bisschen seltsam war, Detective. Als sie sechzehn war, hat sie einmal die Schuhe ausgezogen und ist draußen barfuß herumgelaufen. Im Januar! Bei zehn Grad unter null! Das Mädchen hat sie dann gefunden. Sie stand einfach da, im tiefen Schnee. Natürlich haben es sämtliche Nachbarn auch sehr bald erfahren. Wir mussten sie ins Krankenhaus fahren, weil sie Frostbeulen an den Füßen hatte. Dem Arzt erzählte sie, sie habe es getan, weil die Heiligen gelitten hätten und sie deshalb auch Schmerzen fühlen wollte. Sie dachte, es würde sie Gott näher bringen.« Lauren schüttelte den Kopf. »Was soll man mit so einem Mädchen machen?«

Sie lieben, dachte Rizzoli. Versuchen, sie zu verstehen.

»Ich hätte sie gerne zu einem Psychiater geschickt, aber Randall wollte nichts davon wissen. Er hat nie zugeben wollen, dass seine eigene Tochter…« Lauren brach ab.

»Sag's doch ruhig, Mom«, forderte Blake sie auf. »Sie war verrückt. Das haben wir alle gedacht.«

Camilles Vater stöhnte leise auf.

Lauren stand auf, um ihm erneut einen Speichelfaden vom Kinn zu wischen. »Wo bleibt denn bloß diese Schwester? Sie hätte schon um drei hier sein sollen.«

»Als Camille im März nach Hause kam, wie lange ist sie da geblieben?«, fragte Frost.

Lauren sah ihn zerstreut an. »Ungefähr eine Woche. Sie hätte länger bleiben können, aber sie wollte lieber wieder zurück ins Kloster.«

»Warum?«

»Ich nehme an, sie hat sich unter den vielen Menschen hier nicht wohl gefühlt. Viele meiner Verwandten aus Newport sind zur Beerdigung gekommen.«

»So, wie Sie sie geschildert haben, war sie ja auch sehr kontaktscheu.«

»Das ist noch sehr milde ausgedrückt.«

»Sie hatte wohl nicht viele Freunde, Mrs. Maginnes?«, warf Rizzoli ein.

»Falls sie welche hatte, hat sie sie jedenfalls nie mit nach Hause gebracht.«

»Und in der Schule?« Rizzoli wandte sich an die beiden Jungen, die daraufhin einen kurzen Blick wechselten.

»Nur die Mauerblümchen-Fraktion«, antwortete Justin mit unnötiger Grobheit.

»Ich spreche von männlichen Freunden.«

Lauren lachte verstört auf. »Jungs? Ihr einziger Traum war doch, eine Braut Christi zu werden.«

»Sie war eine attraktive junge Frau«, erwiderte Rizzoli. »Vielleicht ist Ihnen das nicht aufgefallen, aber ich bin sicher, dass es Jungs gab, denen das nicht entgangen ist.« Sie sah Laurens Söhne an.

»Niemand wollte mit ihr gehen«, sagte Justin. »Die wollten sich doch nicht lächerlich machen.«

»Und als sie im März zu Besuch kam, hat sie da Zeit mit irgendwelchen Freunden verbracht? Gab es Männer, die sich besonders für sie interessiert haben?«

»Warum stellen Sie alle diese Fragen?«, wollte Lauren wissen.

Rizzoli sah keine Möglichkeit, noch länger mit der Wahrheit hinter dem Berg zu halten. »Es tut mir Leid, Ihnen das sagen zu müssen, aber … kurz bevor Camille ermordet wurde, hat sie ein Kind zur Welt gebracht. Das Baby ist bei der Geburt gestorben.« Sie sah die Brüder an.

Beide starrten sie fassungslos an.

Für einige Sekunden war nur das Geräusch des Windes zu hören, der über das Meer heranbrauste und an den Fenstern rüttelte.

»Ja, lesen Sie denn keine Zeitung?«, sagte Lauren. »All die schrecklichen Dinge, die diese Priester auf dem Gewissen haben? Sie hat die letzten zwei Jahre in einem Kloster verbracht! Sie stand unter *deren* Aufsicht, sie war in *deren* Gewalt! *Dort* können Sie Ihre Fragen loswerden!«

»Wir haben bereits den einen Priester befragt, der Zugang zu dem Kloster hatte. Er hat uns bereitwillig eine DNA-Probe gegeben. Die Testergebnisse stehen noch aus.«

»Sie wissen also noch gar nicht, ob er der Vater ist oder nicht. Warum belästigen Sie uns dann mit diesen Fragen?«

»Das Baby muss irgendwann im März gezeugt worden sein, Mrs. Maginnes. In dem Monat, in dem sie zu der Beerdigung nach Hause gekommen ist.«

»Und Sie denken, es ist *hier* passiert?«

»Sie hatten das Haus voller Gäste.«

»Und was wollen Sie von mir? Soll ich etwa sämtliche Männer anrufen, die in dieser Woche zufällig hier im Haus waren? ›Ach, übrigens, hast du mit meiner Stieftochter geschlafen?‹«

»Wir haben die DNA des Kindes. Mit Ihrer Hilfe könnten wir vielleicht den Vater identifizieren.«

Lauren sprang auf. »Ich möchte, dass Sie jetzt gehen.«

»Ihre Stieftochter ist tot. Wollen Sie nicht, dass wir ihren Mörder fassen?«

»Sie suchen am falschen Ort.« Sie ging zur Tür und rief: »Maria! Bringst du bitte diese Polizisten hinaus?«

»Mit der DNA hätten wir die Antwort, Mrs. Maginnes. Nur ein paar Speichelproben, und wir könnten allen Verdächtigungen ein Ende bereiten.«

Lauren fuhr herum und funkelte Rizzoli an. »Dann fangen Sie bei den Priestern an. Und lassen Sie meine Familie in Frieden.«

Rizzoli stieg ein und schlug die Wagentür zu. Während Frost den Motor warmlaufen ließ, blickte sie zu dem Haus und erinnerte sich daran, wie beeindruckend es ihr auf den ersten Blick erschienen war.

Bevor sie die Leute kennen gelernt hatte, die darin wohnten.

»Jetzt weiß ich, warum Camille von zu Hause weggegangen ist«, sagte sie. »Stell dir mal vor, du wächst in so einem Haus auf. Mit solchen Brüdern. Mit dieser Stiefmutter.«

»Unsere Fragen haben sie offenbar viel mehr aus der Fassung gebracht als der Tod des Mädchens.«

Während sie zwischen den Granitsäulen hindurchfuhren, warf Rizzoli einen letzten Blick über die Schulter auf das Haus. Sie stellte sich das junge Mädchen vor, das wie ein Schatten durch diese riesigen Zimmer gehuscht war. Ein Mädchen, verspottet von ihren Stiefbrüdern, von ihrer Stiefmutter ignoriert. Ein Mädchen, dessen Hoffnungen und Träume von den Menschen, die sie hätten lieben sollen, verlacht wurden. Jeder Tag in diesem Haus musste wie ein neuer Schlag für ihre geprügelte Seele gewesen sein, ein Schlag, der mehr schmerzte als die Frostbeulen, die sie sich holte, wenn sie barfuß durch den Schnee ging. Du willst Gott näher sein, willst die Wärme seiner bedingungslosen Liebe spüren. Und dafür lachen sie dich aus, oder sie bemitleiden dich, oder sie sagen dir, dass du auf die Couch eines Psychiaters gehörst.

Kein Wunder, dass sie die Aussicht auf ein Leben hinter Klostermauern als so verlockend empfunden hatte.

Mit einem Seufzer wandte Rizzoli sich ab und blickte auf die Straße hinaus, die sich vor ihnen erstreckte. »Komm, fahren wir nach Hause«, sagte sie.

»Ich bin mit meinem Latein am Ende«, sagte Maura.

Sie breitete eine Reihe von Digitalfotos auf dem Tisch des

Besprechungsraums aus. Ihre vier Kollegen zuckten nicht mit der Wimper – sie hatten alle im Autopsiesaal schon weit Schlimmeres zu Gesicht bekommen als diese Bilder von rattenzerfressener Haut und entzündeten Knötchen. Sie schienen sich weit mehr für den Karton mit frischen Blaubeer-Muffins zu interessieren, den Louise für die heutige Morgenbesprechung besorgt hatte. Ohne den Blick von den Fotos zu wenden, bei denen sich jedem normalen Menschen der Magen umgedreht hätte, ließen sie sich die angebotenen Leckereien munden. Wer tagtäglich mit Leichen zu tun hat, lernt mit der Zeit, sich durch die Bilder und Gerüche, denen er bei der Arbeit ausgesetzt ist, nicht den Appetit verderben zu lassen. Unter den am Tisch versammelten Pathologen war einer, dessen besondere Vorliebe für gebratene Gänseleberpastete allgemein bekannt war – ein Genuss, den er sich durch die Tatsache, dass er im Zuge seiner Arbeit regelmäßig menschliche Lebern sezierte, keineswegs trüben ließ. Seinem beachtlichen Leibesumfang nach zu urteilen, ließ Dr. Abe Bristol sich durch absolut gar nichts den Appetit verderben, und er biss gerade genüsslich in seinen dritten Muffin, als Maura das letzte Foto auf den Tisch legte.

»Ist das deine Unbekannte?«, fragte Dr. Costas.

Maura nickte. »Weiblich, Alter etwa dreißig bis fünfunddreißig, Schusswunde in der Brust. Sie wurde rund sechsunddreißig Stunden nach Eintritt des Todes in einem leer stehenden Gebäude gefunden. Postmortale Entfernung der Gesichtshaut sowie Amputation beider Hände und Füße.«

»Puh. Das muss vielleicht ein kranker Typ sein.«

»Es sind diese Hautläsionen, die ich nicht so recht einzuordnen weiß«, sagte sie und deutete auf die ausgebreiteten Fotografien. »Die Ratten haben schon einigen Schaden angerichtet, aber es ist noch genug intakte Hautfläche übrig, um das generelle Erscheinungsbild dieser Gewebeveränderung erkennen zu lassen.«

Dr. Costas nahm eines der Fotos zur Hand. »Ich bin zwar kein Experte«, erklärte er mit ernster Stimme, »aber für mich sieht das nach einem klassischen Fall von roten Beulen aus.«

Alles lachte. Wenn ein Arzt Schwierigkeiten hatte, eine Hautkrankheit zutreffend zu diagnostizieren, begnügte er sich häufig mit einer schlichten Beschreibung der beobachteten Veränderung. Rote Beulen oder Schwellungen können alle möglichen Ursachen haben, von einem viralen Infekt bis hin zu einer Autoimmunerkrankung, und wenige Hautveränderungen sind so spezifisch, dass eine sofortige Diagnose möglich ist.

Zwischen zwei Bissen seines Muffins nahm sich Dr. Bristol die Zeit, auf eines der Fotos zu zeigen und zu bemerken: »Einige der Stellen sind vereitert.«

»Richtig, manche der Knötchen weisen flache Geschwüre mit Krustenbildung auf. Und ein paar sind mit silbrigen Schuppen überzogen, die an Psoriasis denken lassen.«

»Wie sieht's mit Bakterienkulturen aus?«

»Nichts Ungewöhnliches nachzuweisen. Nur Staph epi.«

Staphylococcus epidermidis war ein sehr verbreitetes Hautbakterium. Bristol zuckte nur mit den Achseln. »Wahrscheinlich bloß Kontamination.«

»Und was sagen die Gewebeproben?«, fragte Costas.

»Ich habe mir die Präparate gestern angesehen«, erwiderte Maura. »Es liegen akute entzündliche Veränderungen vor. Ödembildung, Einwanderung von Granulozyten. Einige tiefe Mikroabszesse. Auch in den Blutgefäßen gibt es entzündliche Prozesse.«

»Und kein Bakterienwachstum?«

»Weder mit Gram- noch mit Fite-Faraco-Färbung ließen sich Bakterien nachweisen. Es handelt sich um sterile Abszesse.«

»Du kennst doch schon die Todesursache, nicht wahr?«, sagte Bristol. In seinem dunklen Bart hingen Muffinkrümel. »Ist es da wirklich so wichtig, was das für Knötchen sind?«

»Ich will auf jeden Fall vermeiden, dass mir irgendetwas Offensichtliches entgeht. Wir haben dieses Opfer noch nicht identifizieren können. Wir wissen rein gar nichts über sie, bis auf die Todesursache und die Tatsache, dass sie mit diesen Läsionen übersät war.«

»Und wie lautet nun *deine* Diagnose?«

Maura blickte auf die hässlichen Schwellungen herab, die sich wie ein Gebirge von Karbunkeln über die Haut der Toten zogen. »*Erythema nodosum*«, sagte sie.

»Ursache?«

Sie zuckte mit den Achseln. »Idiopathisch.« Was übersetzt hieß: Ursache unbekannt.

Costas lachte. »Na, das ist ja wohl eine Diagnose für den Papierkorb.«

»Ich weiß nicht, wie ich es sonst nennen soll.«

»Wir auch nicht«, gestand Bristol. »Von mir aus können wir es *Erythema nodosum* nennen.«

Wenig später saß Maura an ihrem Schreibtisch und las den Autopsiebericht über die Rattenfrau, den sie diktiert hatte, noch einmal durch, bevor sie ihre Unterschrift darunter setzte. Sie war nicht zufrieden. Sie kannte den ungefähren Todeszeitpunkt sowie die Todesursache. Auch wusste sie, dass die Frau wahrscheinlich arm gewesen war und dass sie unter ihrem Aussehen gelitten haben musste.

Ihr Blick fiel auf den Kasten mit den Präparaten. Auf dem Etikett stand »Unbekannt, W« und die Fallnummer. Maura nahm einen der Objektträger heraus und schob ihn unter das Mikroskop. Durch das Okular erblickte sie rosafarbene und violette Wirbel. Es war eine Hämatoxylin-Eosin-Färbung der Haut. Maura sah die aktiven Entzündungszellen als dunkle Tupfer und den faserigen Kreis eines von weißen Blutkörperchen infiltrierten Gefäßes – ein Zeichen, dass der Körper sich wehrte, dass er seine Immunabwehr mobilisiert hatte, um … ja, um was zu bekämpfen?

Wo saß der Feind?

Sie lehnte sich in ihrem Sessel zurück und dachte an das, was sie bei der Autopsie gesehen hatte. Eine Frau ohne Gesicht, Hände und Füße, verstümmelt von einem Mörder, der seinem Opfer nicht nur das Leben, sondern auch die Identität raubte.

Aber warum die Füße? Warum hatte er die Füße entfernt?

Wir haben es offenbar mit einem Mörder zu tun, der mit eiskalter Logik vorgeht, dachte sie, und nicht mit einem perversen Triebtäter. Er wählt die effizienteste Munition für den tödlichen Schuss. Er zieht das Opfer aus, aber vergeht sich nicht an ihm. Er amputiert der Leiche die Hände und Füße und zieht ihr die Gesichtshaut ab. Dann lässt er sie an einem Ort liegen, wo die Haut bald von Ratten angenagt werden wird.

Die Füße waren das Problem. Das Entfernen der Füße war logisch nicht zu erklären.

Sie suchte die Röntgenaufnahmen der Rattenfrau heraus und klemmte die Aufnahmen der Beinstümpfe an den Leuchtkasten. Wieder einmal schockierte sie der Anblick des brutal durchtrennten Gewebes, doch konnte sie immer noch keine Hinweise darauf entdecken, was den Killer zu der Amputation veranlasst haben könnte.

Sie nahm die Aufnahmen ab und ersetzte sie durch die Vorder- und Seitenansichten des Schädels. Eingehend betrachtete sie die Gesichtsknochen der Rattenfrau und versuchte sich vorzustellen, wie dieses Gesicht ausgesehen haben mochte. Du warst nicht älter als fünfundvierzig, dachte sie, und doch fehlten dir bereits die Zähne im Oberkiefer, hattest du bereits den Kiefer einer wesentlich älteren Frau. Die Knochen deines Gesichts zersetzen sich von innen her, so dass deine Nase in einem immer weiter werdenden Krater einsinkt. Und dein Rumpf und deine Gliedmaßen sind mit hässlichen Knötchen und Geschwüren übersät. Jeder Blick in den Spiegel muss für dich schmerzhaft gewesen sein. Und gar das Haus zu verlassen, dich den neugierigen Blicken der Leute zu stellen …

Sie starrte auf die weißlich schimmernden Abbildungen der Knochen am Leuchtkasten. Und sie dachte: Ich weiß, warum der Mörder die Füße mitgenommen hat.

Es waren nur noch zwei Tage bis Weihnachten, und als Maura den Campus der Harvard University betrat, fand sie das Gelände fast menschenleer. Der große Innenhof des Harvard Yard war eine einzige weiße Fläche, nur hier und da von Fußspuren durchkreuzt. Mit ihrer Aktentasche und einem großen Umschlag mit Röntgenaufnahmen unter dem Arm stapfte sie den Fußweg entlang. Der scharfe, metallische Geruch, der in der Luft lag, kündigte weitere Schneefälle an. Hier und da hingen noch ein paar verwelkte Blätter an den Bäumen und zitterten in der Brise. Für manche mochte die Szenerie ein idyllisches Motiv für eine Weihnachtskarte sein, doch sie sah nur die monotonen Grautöne des Winters – einer Jahreszeit, deren sie schon jetzt überdrüssig war.

Als sie das zur Universität gehörende Peabody-Museum für Archäologie erreichte, waren ihre Hosenaufschläge schon klatschnass, und kaltes Wasser rann ihr die Knöchel hinunter. Sie stampfte mit den Füßen auf, um den Schnee abzuschütteln, und betrat das Gebäude, durch das ein Hauch von Geschichte wehte. Die Holzstufen knarrten unter ihren Schritten, als sie die Treppe zum Kellergeschoss hinabstieg.

Das Erste, was ihr auffiel, als sie das düstere Büro von Dr. June Cawley betrat, waren die Totenköpfe – mindestens ein Dutzend menschliche Schädel, aufgereiht auf Regalen. Das einzige Fenster, das sich hoch oben in der Wand befand, war halb zugeschneit, und das wenige Licht, das durch die Scheibe drang, schien direkt auf Dr. Cawleys Kopf. Sie war eine gut aussehende Frau mit hochgekämmtem grauem Haar, das in dem winterlichen Licht wie Zinn wirkte.

Sie gaben sich die Hand – eine merkwürdig maskuline Begrüßung unter Frauen.

»Danke, dass Sie sich Zeit für mich nehmen«, sagte Maura.

»Ich bin schon ganz gespannt auf das, was Sie mir zeigen werden.« Dr. Cawley stand auf und schaltete eine Lampe ein. In dem gelblichen Licht wirkte der Raum plötzlich viel wärmer, fast gemütlich. »Ich arbeite gerne im Dunkeln«, erklärte sie und deutete auf ihren Schreibtisch, wo der Monitor eines Laptops seinen schwachen Schein verbreitete. »So kann ich mich besser konzentrieren. Aber es ist natürlich nicht besonders gut für meine geplagten Augen – man wird schließlich nicht jünger.«

Maura öffnete ihre Aktentasche und nahm eine Mappe mit Abzügen von Digitalfotos heraus. »Das sind die Aufnahmen, die ich von der Verstorbenen gemacht habe. Ich fürchte, es ist kein besonders schöner Anblick.« Dr. Cawley schlug die Mappe auf und betrachtete das Foto des verstümmelten Gesichts der Rattenfrau. »Es ist eine Weile her, dass ich zuletzt bei einer Autopsie dabei gewesen bin. Ein Vergnügen ist es jedenfalls nie gewesen.« Sie nahm an ihrem Schreibtisch Platz und atmete tief durch. »Knochen scheinen dagegen so viel sauberer – irgendwie weniger persönlich. Nur beim Anblick von Fleisch dreht sich einem der Magen um.«

»Ich habe auch die Röntgenaufnahmen mitgebracht, falls Sie sich die zuerst anschauen möchten.«

»Nein, die Fotos muss ich auch studieren. Ich muss die Haut sehen.« Bedächtig blätterte sie zum nächsten Foto um. Sie erstarrte, und ihre Augen weiteten sich vor Entsetzen. »Mein Gott«, murmelte sie, »was ist denn mit den Händen passiert?«

»Sie wurden entfernt.«

Cawley sah sie verwirrt an. »Von wem?«

»Wir nehmen an, dass es der Mörder war. Beide Hände wurden amputiert, ebenso wie große Teile der Füße.«

»Gesicht, Hände, Füße – das sind die ersten Körperteile, die ich mir ansehen würde, um die Diagnose stellen zu können.«

»Und genau das könnte der Grund dafür sein, dass er sie entfernt hat. Aber da sind noch andere Fotos, die Sie interessieren könnten. Die Hautläsionen.«

Cawley wandte sich dem nächsten Satz Fotos zu. »Ja«, murmelte sie, während sie langsam weiterblätterte. »Möglich ist es durchaus …«

Mauras Blick ging zu der Reihe von Schädeln auf dem Regal, und sie fragte sich, wie Cawley in diesem Raum arbeiten konnte, inmitten all dieser leeren Augenhöhlen, die sie unentwegt anstarrten. Sie dachte an ihr eigenes Büro mit den Topfpflanzen und den Blumenbildern an der Wand – weit und breit nichts, was sie an den Tod erinnerte.

Aber Cawley hatte sich freiwillig mit diesen sichtbaren Beweisen ihrer eigenen Sterblichkeit umgeben. Als Professorin für Medizingeschichte war sie sowohl Ärztin als auch Historikerin – eine Frau, die aus einem Skelett das ganze Elend und Leid eines Menschenlebens herauslesen konnte. Sie konnte die Schädel auf ihrem Regal betrachten und in jedem eine persönliche Geschichte des Schmerzes erkennen. Eine alte Fraktur, ein impaktierter Weisheitszahn oder ein von einem Tumor durchsetzter Kieferknochen. Lange nachdem das Fleisch abgefallen ist, erzählen die Knochen immer noch ihre Geschichte. Und nach den zahlreichen Fotos an den Wänden zu schließen, die Dr. Cawley bei Ausgrabungen rund um den Globus zeigten, sammelte sie solche Geschichten schon seit Jahrzehnten.

Cawley blickte von einem Foto einer der Hautläsionen auf. »Manche dieser Knötchen erinnern tatsächlich an Schuppenflechte. Ich verstehe, wieso Sie unter anderem diese Diagnose in Betracht gezogen haben. Das könnten auch leukämische Infiltrate sein. Aber wir sprechen hier von einer Krankheit, die in vielen verschiedenen Gestalten auftreten kann. Sie kann alle möglichen Formen annehmen. Ich nehme an, dass Sie Gewebeproben der Haut entnommen haben?«

»Ja, einschließlich Färbung auf säurefeste Bakterien.«

»Und?«

»Ich konnte keine finden.«

Cawley zuckte mit den Achseln. »Vielleicht wurde sie medikamentös behandelt. In diesem Fall wären keine Bakterien mehr nachweisbar.«

»Deshalb bin ich ja zu Ihnen gekommen. Ohne eine aktive Erkrankung, ohne identifizierbare Erreger, weiß ich nicht, wie ich zu einer Diagnose gelangen soll.«

»Lassen Sie mich einen Blick auf die Röntgenaufnahmen werfen.«

Maura reichte ihr den großen Umschlag, und Dr. Cawley ging damit zu dem Leuchtkasten, der an der Wand ihres Büros befestigt war. Zwischen all den Zeugen der Vergangenheit, mit denen das Büro voll gestopft war – den Schädeln, den alten Büchern und den Fotografien aus mehreren Jahrzehnten –, fielen nur der Leuchtkasten und der Laptop als eindeutig moderne Gerätschaften aus dem Rahmen.

Cawley blätterte die Röntgenbilder durch und steckte schließlich eines davon unter die Clips.

Es war eine frontale Schädelaufnahme. Unter dem verstümmelten weichen Gewebe war das Schädelskelett weitgehend intakt geblieben und leuchtete nun mit seinen leeren Augenhöhlen vor dem dunklen Hintergrund auf. Nachdem Cawley das Bild eingehend betrachtet hatte, nahm sie es ab und ersetzte es durch eine laterale Aufnahme, die den Kopf im Profil zeigte.

»Aha. Da haben wir es.«

»Was?«

»Sehen Sie das? Die Stelle, wo die *Spina nasalis anterior* sein sollte?« Cawley fuhr mit der Fingerspitze über die Stelle, wo sich der Nasensattel befunden hatte. »Hier liegt eine weit fortgeschrittene Knochenatrophie vor. Genauer gesagt, die Spitze des Nasenknochens ist fast vollständig zerstört.« Sie ging zu dem Regal mit den Schädeln und nahm einen davon herunter. »Kommen Sie, ich zeige Ihnen ein Beispiel. Dieser Schädel hier wurde in einem mittelalterlichen Grab in Dänemark gefunden. Er war an einem abgelegenen Ort weit außerhalb des Friedhofs begraben. Hier können Sie erkennen, wie die entzündlichen Prozesse so viel vom Knochengewebe zerfressen haben, dass dort, wo die Nase sein sollte, nur noch ein klaffendes Loch ist. Wenn wir die Weichteile von Ihrem Schädel dort« – sie deutete auf das Röntgenbild – »abkochen würden, dann würden Sie eine große Ähnlichkeit mit diesem hier feststellen.«

»Sind das auch keine postmortalen Schäden? Könnte die Spitze des Nasenknochens nicht beim Abziehen der Gesichtshaut abgebrochen sein?«

»Das würde die Schwere der Veränderungen nicht erklären, die ich auf dieser Röntgenaufnahme erkennen kann. Und das ist noch nicht alles.« Dr. Cawley legte den Schädel beiseite und zeigte auf den Röntgenfilm. »Es liegt eine Atrophie und Zurückbildung des Oberkieferknochens vor. Und zwar so massiv, dass die oberen Scheidezähne unterminiert wurden und ausgefallen sind.«

»Ich hatte angenommen, dass das auf schlechte Zahnpflege zurückzuführen sei.«

»Das mag ein Faktor gewesen sein. Aber das hier ist etwas anderes. Das ist weit mehr als nur die Folge einer fortgeschrittenen Zahnfleischerkrankung.« Sie sah Maura an. »Haben Sie auch die anderen Röntgenprojektionen gemacht, die ich vorgeschlagen hatte?«

»Die sind in dem Umschlag. Wir haben eine Waters-Aufnahme und eine Reihe periapikaler Bilder gemacht, um den Oberkieferknochen deutlicher darzustellen.«

Cawley griff in den Umschlag und zog die restlichen Röntgenbilder heraus. Sie hängte eine periapikale Aufnahme auf, die die Unterseite der Nasenhöhle zeigte. Einen Augenblick lang sagte sie nichts, sondern starrte nur wie gebannt auf die weißlich schimmernden Umrisse des Knochens.

»Es ist Jahre her, dass ich so etwas zuletzt gesehen habe«, murmelte sie.

»Die Röntgenaufnahmen erlauben also eine Diagnose?«

Dr. Cawley schien sich mit Gewalt aus ihrer Trance reißen zu müssen. Sie wandte sich ab und nahm wieder den Schädel von ihrem Schreibtisch. »Hier«, sagte sie, indem sie ihn umdrehte, um Maura das Knochendach des harten Gaumens zu zeigen. »Sehen Sie, wie der Alveolarfortsatz des Oberkiefers zerklüftet und atrophiert ist? Die Entzündung hat den Knochen zerfressen, und das Zahnfleisch hat sich so stark zurückgebildet, dass die Schneidezähne ausgefallen sind. Aber die Atrophie hat da nicht Halt gemacht. Die Entzündung hat sich immer weiter durch den Knochen gefressen und nicht nur den Gaumen, sondern auch die knöchernen Nasenmuscheln zerstört. Das Gesicht wurde buchstäblich von innen her zerfressen, so lange, bis der harte Gaumen durchlöchert war und kollabierte.«

»Und wie sehr war diese Frau hier entstellt?«

Cawley drehte sich zum Leuchtkasten um und betrachtete das Röntgenbild der Rattenfrau. »Wenn sie im Mittelalter gelebt hätte, hätte man sie als Aussätzige bezeichnet und ängstlich gemieden.«

»Die Bilder reichen Ihnen also aus, um eine Diagnose zu stellen?«

Dr. Cawley nickte. »Diese Frau litt mit ziemlicher Sicherheit an Morbus Hansen.«

13

Morbus Hansen – das klang nicht allzu bedrohlich, solange man nicht wusste, was sich hinter der Bezeichnung verbarg. Doch die Krankheit hatte auch noch einen anderen Namen – einen Namen, in dem die Erinnerung an die Schrecken längst vergangener Zeiten mitschwang: Lepra. Das Wort beschwor Bilder von zerlumpten Krüppeln herauf, von Ausgestoßenen, die scheu ihr Gesicht verbargen, wenn sie um Almosen bettelten. Von Lepraglocken, deren Läuten die Gesunden vor dem Herannahen eines Monstrums warnte.

Doch diese »Monstren« waren lediglich die Opfer eines mikroskopisch kleinen Eindringlings: *Mycobacterium leprae* ist ein langsam wachsender Erreger, der sich im Organismus vermehrt und zu grässlichen Entstellungen führt. Die Haut überzieht sich mit hässlichen Knötchen. Die Nerven in Händen und Füßen werden zerstört, so dass diese schließlich schmerzunempfindlich werden. Damit aber sind sie permanent der Gefahr von Verbrennungen, Verletzungen und Infektionen ausgesetzt. Mit den Jahren schreitet die Verstümmelung fort – die Knötchen werden dichter, der Nasensattel fällt ein. Die gefühllos gewordenen Finger und Zehen beginnen abzufaulen. Und wenn der Kranke dann nach langem Leiden stirbt, wird er nicht auf dem Friedhof begraben, sondern außerhalb der Mauern verscharrt.

Noch im Tod wurde der Aussätzige von allen gemieden.

»Es ist so gut wie ausgeschlossen, dass man in den USA auf einen Patienten in einem so fortgeschrittenen Stadium der Erkrankung trifft«, sagte Dr. Cawley. »Die moderne Medizin würde sie eindämmen, lange bevor es zu solchen Entstellungen kommen könnte. Mit einer Dreifachkombination von Medikamenten lassen sich selbst die schwersten Fälle von lepromatöser Lepra heilen.«

»Ich gehe davon aus, dass diese Frau behandelt *wurde*«, erwiderte Maura. »Schließlich konnte ich in den Gewebeproben keine aktiven Erreger finden.«

»Ja, aber offensichtlich kam die Therapie für sie zu spät. Sehen Sie sich diese Verunstaltungen an – den Zahnausfall, die Zerstörung der Gesichtsknochen. Sie muss bereits sehr lange infiziert gewesen sein – vermutlich seit Jahrzehnten –, bevor ihre Krankheit erstmals behandelt wurde.«

»Selbst den ärmsten Patienten würde hierzulande eine Behandlung zuteil werden.«

»Das wäre zumindest zu hoffen. Lepra ist schließlich eine meldepflichtige Infektionskrankheit.«

»Dann liegt die Vermutung nahe, dass diese Frau eine Immigrantin war.«

Cawley nickte. »Die Krankheit ist in manchen Weltgegenden noch unter der Landbevölkerung verbreitet. Die Mehrzahl der Fälle beschränkt sich auf fünf Länder.«

»Und welche sind das?«

»Brasilien, Bangladesch, Indonesien, Myanmar – und natürlich Indien.«

Dr. Cawley legte den Schädel ins Regal zurück und sammelte dann die Fotos von ihrem Schreibtisch ein. Doch Maura registrierte ihre Bewegungen kaum. Gedankenverloren starrte sie das Röntgenbild der Rattenfrau an und dachte dabei an ein anderes Opfer, einen anderen Tatort. An Blut, vergossen im Schatten eines Kruzifixes.

Indien, dachte sie. Schwester Ursula hat in Indien gearbeitet.

Graystones Abbey wirkte kälter und trostloser denn je, als Maura an diesem Nachmittag durch das Tor trat. Die greise Schwester Isabel ging voran über den Hof. Unter dem Saum ihrer schwarzen Tracht lugten in merkwürdigem Kontrast Schneestiefel aus Gore-Tex hervor. Wenn der Winter so richtig zuschlägt, greifen selbst Nonnen auf praktische Outdoor-Bekleidung zurück.

Schwester Isabel führte Maura in das leere Büro der Äbtissin und verschwand dann in dem halbdunklen Korridor. Das Echo ihrer Stiefelsohlen auf den Dielen war bald verhallt.

Maura fasste an den gusseisernen Heizkörper – er war eiskalt. Sie behielt den Mantel an.

Es dauerte so lange, dass sie sich schon zu fragen begann, ob sie schlicht und einfach vergessen worden war – ob die alte Schwester Isabel einfach davongeschlurft und ihre Erinnerung an die Besucherin mit jedem Schritt weiter verblasst war. So stand sie da und lauschte auf das Knacken und Knarren im Gebälk, auf das Klappern der Fensterläden im Wind, und sie malte sich aus, wie es wohl wäre, sein ganzes Leben unter diesem Dach zuzubringen. Jahre des Schweigens und des stillen Gebets, der immer gleichen Rituale. Es hatte etwas Tröstliches, dachte sie. Jeden Morgen aufzuwachen und genau zu wissen, was der Tag bringen würde. Keine Überraschungen, keine Aufregungen. Man steht auf und schlüpft in die immer gleichen Kleider, kniet nieder, um die immer gleichen Gebete zu sprechen, und begibt sich dann über den immer gleichen düsteren Flur zum Frühstück. Draußen mochten die Röcke der Frauen kürzer und wieder länger werden, mochten neue Automodelle den Markt erobern, eine unübersehbare Galaxie von Filmstars und -sternchen über die Leinwand ziehen und wieder in der Versenkung verschwinden. Doch hier in diesen Mauern blieben die Rituale unverändert, blieb ein Tag wie der andere, auch wenn der Körper allmählich gebrechlich wurde, die Hände zu zittern begannen und die Welt für die ertaubenden Ohren immer stiller wurde.

Tröstliche Einförmigkeit, dachte Maura. Stille Zufriedenheit. Ja, es gab Gründe, sich von der Welt zurückzuziehen – Gründe, die sie gut verstehen konnte.

Sie hatte Mary Clement nicht kommen hören, und so schrak sie zusammen, als sie die Äbtissin plötzlich in der Tür stehen sah. Sie hatte Maura wohl schon eine Weile unbemerkt beobachtet.

»Ehrwürdige Mutter!«

»Wie ich höre, haben Sie noch mehr Fragen?«

»Ja. Es geht um Schwester Ursula.«

Mary Clement trat lautlos ein und nahm hinter ihrem Schreibtisch Platz. An diesem bitterkalten Tag hatte selbst sie Zugeständnisse an die winterlichen Temperaturen machen müssen: Unter ihrem Schleier trug sie einen grauen Wollpullover mit weißem Kätzchenmuster. Sie faltete die Hände auf dem Tisch und fixierte Maura mit strengem Blick. Das war nicht mehr das freundliche Gesicht, das sie an jenem ersten Morgen begrüßt hatte.

»Sie haben alles darangesetzt, Unruhe in unser Leben zu bringen und die Erinnerung an Schwester Camille zu trüben. Und jetzt wollen Sie dasselbe Schwester Ursula antun?«

»Sie würde wollen, dass wir den Täter finden.«

»Und welche schrecklichen Geheimnisse glauben Sie bei ihr entdecken zu können? Auf welche Sünden sind Sie diesmal aus, Dr. Isles?«

»Es müssen ja keine Sünden sein.«

»Noch vor ein paar Tagen haben Sie sich nur für Camille interessiert.«

»Und das hat uns vielleicht davon abgehalten, uns intensiver mit Schwester Ursulas Leben zu befassen.«

»Da werden Sie keine Skandale finden.«

»Ich suche auch nicht nach Skandalen. Sondern nach dem Motiv des Täters.«

»Für einen Mordanschlag auf eine achtundsechzigjährige Nonne?« Mary Clement schüttelte den Kopf. »Ich kann mir kein rationales Motiv für eine solche Tat vorstellen.«

»Sie sagten uns doch, dass Schwester Ursula in einer Mission in Übersee gearbeitet habe. In Indien.«

Der abrupte Themenwechsel schien Mary Clement ein wenig aus der Fassung zu bringen. Sie lehnte sich in ihrem Sessel zurück und sah Maura an. »Wieso ist das von Belang?«

»Erzählen Sie mir doch bitte ein wenig mehr über ihre Zeit in Indien.«

»Ich bin mir nicht sicher, was Sie im Einzelnen wissen wollen.«

»Sie ist ausgebildete Krankenschwester?«

»Ja. Schwester Ursula hat in einem kleinen Dorf in der Nähe von Hyderabad gearbeitet. Sie hat ungefähr fünf Jahre dort verbracht.«

»Und vor einem Jahr ist sie nach Graystones zurückgekehrt?«

»Im Januar.«

»Hat sie viel von ihrer Arbeit dort erzählt?«

»Nein.«

»Sie war fünf Jahre dort und hat nie von ihren Erlebnissen gesprochen?«

»Hier in Graystones wissen wir das Schweigen zu schätzen. Wir halten wenig von eitlem Geschwätz.«

»Ich würde es nicht als eitles Geschwätz bezeichnen, wenn eine Nonne von ihrem Missionseinsatz im Ausland berichtet.«

»Haben Sie schon einmal im Ausland gelebt, Dr. Isles?

Ich meine nicht in einem komfortablen Touristenhotel, wo das Zimmermädchen jeden Tag die Bettwäsche wechselt. Ich spreche von Dörfern, in denen die Straßen stinkende Kloaken sind und die Kinder an Cholera sterben. Schwester Ursulas Erfahrungen dort hätten wohl kaum sehr angenehmen Gesprächsstoff abgegeben.«

»Sie sagten uns, es sei dort in Indien zu gewalttätigen Ausschreitungen gekommen. Das Dorf, in dem sie arbeitete, sei überfallen worden.«

Die Äbtissin senkte den Blick auf ihre gefalteten Hände. Die Haut war rot und aufgesprungen.

»Ehrwürdige Mutter?«, sagte Maura.

»Ich kenne nicht die ganze Geschichte. Sie hat nie mit mir darüber gesprochen. Das wenige, was ich weiß, habe ich von Pater Doolin.«

»Wer ist das?«

»Pater Doolin ist in der Erzdiözese von Hyderabad tätig. Gleich nach dem Vorfall rief er hier an, um mir zu sagen, dass Schwester Ursula nach Graystones zurückkehren würde. Dass sie wieder ins Klosterleben einzutreten wünschte. Selbstverständlich haben wir sie bei uns willkommen geheißen. Das hier ist ihr Zuhause. Es war nur natürlich, dass sie hier Trost suchte, nach …«

»Wonach, Ehrwürdige Mutter?«

»Nach dem Massaker von Bara.«

Eine Windbö erfasste plötzlich das Fenster und rüttelte heftig daran. Aus der Welt hinter der Scheibe schienen alle Farben gewichen. Eine graue Mauer, darüber grauer Himmel.

»Das war das Dorf, in dem sie gearbeitet hatte?«, fragte Maura.

Mary Clement nickte. »Ein Dorf, so arm, dass es weder Telefon noch elektrischen Strom hatte. An die hundert Menschen lebten dort, aber nur wenige Fremde fanden je den Weg dorthin. Das war das Leben, für das unsere Schwester sich entschieden hatte – der Dienst an den Ärmsten der Armen.«

Maura dachte an die Autopsie der Rattenfrau. An ihren von der Krankheit deformierten Schädel. Leise sagte sie: »Es war eine Leprakolonie.«

Mary Clement nickte. »In Indien gelten diese Menschen als die Unreinsten von allen. Verachtet und gefürchtet zugleich. Von ihren Familien ausgestoßen. Sie leben in eigenen Dörfern, fern von anderen Menschen, wo sie ihre Gesichter nicht verbergen müssen. Wo alle anderen ebenso entstellt sind wie sie selbst.« Sie sah Maura an. »Aber auch das hat den Überfall nicht verhindern können. Bara existiert nicht mehr.«

»Sie sprachen von einem Massaker.«

»So nannte Pater Doolin es. Einen Massenmord.«

»Wer waren die Täter?«

»Die Polizei hat das nie herausfinden können. Es könnte ein Kastenkonflikt gewesen sein. Vielleicht waren es auch fanatische Hindus, die es nicht ertragen konnten, dass eine katholische Nonne in ihrer Mitte lebte. Oder es waren Tamilen oder irgendeine der diversen Separatistenorganisationen, die sich in dieser Gegend bekämpfen. Sie haben sie alle getötet, Dr. Isles. Frauen und Kinder. Und zwei Schwestern aus der Klinik.«

»Aber Ursula hat überlebt.«

»Weil sie an dem betreffenden Abend nicht in Bara war. Sie war am Tag zuvor nach Hyderabad gefahren, um Medikamente zu besorgen. Als sie am nächsten Morgen zurückkam, fand sie das Dorf in Schutt und Asche. Arbeiter aus der nahe gelegenen Fabrik waren bereits vor Ort und suchten nach Überlebenden, doch sie fanden keine mehr. Selbst die Tiere – die Hühner und Ziegen – hatten sie abgeschlachtet und die Kadaver verbrannt. Schwester Ursula brach zusammen, als sie die Leichen sah, und ein Arzt aus der Fabrik musste sie in seiner Klinik pflegen, bis Pater Doolin eintraf. Sie war die einzige Überlebende von Bara, Dr. Isles. Gott hatte seine schützende Hand über sie gehalten.«

Damals vielleicht, dachte Maura. Sie war dem Massaker entgangen und nach Graystones Abbey zurückgekehrt, nur um feststellen zu müssen, dass der Tod sie nicht vergessen hatte. Dass sie auch hier nicht vor ihm sicher war.

Mary Clement sah Maura in die Augen. »Sie werden in ihrer Vergangenheit keine Schandflecke entdecken, Dr. Isles. Nur ein Leben im Dienst an den Menschen, im Namen des Herrn. Versuchen Sie nicht, den guten Ruf unserer Schwester in den Schmutz zu ziehen. Lassen Sie sie in Frieden.«

Maura stand mit Rizzoli auf dem Gehsteig vor dem ehemaligen Restaurant Mama Cortina. Der Wind drang wie mit eisigen Klingen durch den Stoff ihrer Mäntel. Es war das erste Mal, dass Maura die Umgebung bei Tageslicht sah. Die Straße war menschenleer, und die Fenster der heruntergekommenen Häuser starrten auf sie herab wie leere Augenhöhlen.

»Nette Gegend, in die Sie mich da verschleppt haben«, sagte Rizzoli. Sie sah zu dem verblichenen Restaurantschild auf. »Ihre Unbekannte wurde also hier gefunden?«

»Ja, in der Herrentoilette. Sie war seit etwa sechsunddreißig Stunden tot, als ich die Leiche untersuchte.«

»Und Sie haben noch keinen Hinweis auf ihre Identität?«

Maura schüttelte den Kopf. »In Anbetracht des fortgeschrittenen Stadiums ihrer Lepraerkrankung besteht eine gewisse Wahrscheinlichkeit, dass sie erst seit kurzem im Lande war. Möglicherweise illegal eingewandert.«

Rizzoli hüllte sich enger in ihren Mantel. »*Ben Hur*«, murmelte sie. »Das fällt mir dabei ein. Das Tal der Aussätzigen.«

»*Ben Hur* war nur ein Film.«

»Aber die Krankheit ist echt. Was sie mit dem Gesicht und den Händen anrichtet.«

»Sie kann wirklich schwere Verstümmelungen zur Folge haben. Deshalb hat die Lepra in früheren Zeiten auch solches Entsetzen ausgelöst. Deshalb sind die Menschen schreiend davongelaufen, wenn sie einen Aussätzigen erblickten.«

»Mein Gott. Allein die Vorstellung, so einen Fall hier in Boston zu haben.« Rizzoli schüttelte sich. »Es ist eiskalt. Gehen wir rein.«

Sie traten in den Durchgang zwischen den Häusern. Ihre Schuhe knirschten auf der vereisten Furche, die von den Schritten all der Polizisten und Kriminalbeamten in den Schnee getrampelt worden war. Hier waren sie zwar vor dem Wind geschützt, aber in der düsteren Häuserschlucht schien die Luft noch kälter, die Windstille seltsam bedrückend. Ein Stück Absperrband lag quer über der Schwelle des Seiteneingangs zum Restaurant.

Maura nahm den Schlüssel heraus und steckte ihn in das Vorhängeschloss, doch es sprang nicht auf. Sie ging in die Hocke und bohrte mit dem Schlüssel in dem zugefrorenen Schloss herum.

»Warum fallen einem eigentlich die Finger ab?«, fragte Rizzoli.

»Was?«

»Wenn man Lepra hat. Wieso verliert man da die Finger? Greift die Krankheit die Haut an? Sind das so eine Art Fleisch fressende Bakterien?«

»Nein, der Lepraerreger schädigt das Gewebe auf andere Weise. Er greift die peripheren Nerven an, so dass die Finger und Zehen gefühllos werden. Der Kranke kann keine Schmerzen mehr empfinden. Aber Schmerzen sind die Alarmanlage des Körpers, Teil unserer Schutzmechanismen gegen Verletzungen. Ohne sie kann man die Finger aus Versehen in kochendes Wasser stecken und merkt nicht einmal, wie man sich die Haut verbrüht. Oder man spürt nicht, dass sich am Fuß eine Blase bildet. So wird man sich immer wieder verletzen, und das führt dann zu sekundären Infektionen. Die Wunden werden brandig.« Maura brach ab, frustriert durch das widerspenstige Schloss.

»Lassen Sie mich mal versuchen.«

Maura trat zur Seite und steckte erleichtert die behandschuhten Hände in die Manteltaschen, während Rizzoli mit Schlüssel und Schloss hantierte.

»In ärmeren Ländern«, fuhr Maura fort, »sind meistens Ratten für die Verstümmelungen an Händen und Füßen verantwortlich.«

Rizzoli sah sie fragend an. »Ratten?«

»Sie kommen nachts, wenn die Leute schlafen. Krabbeln in die Betten und nagen ihre Finger und Zehen an.«

»Ist das Ihr Ernst?«

»Und der Kranke spürt nichts, weil die Lepra seine Haut schmerzunempfindlich gemacht hat. Am nächsten Morgen wacht er auf und stellt fest, dass seine Fingerspitzen weg sind. Dass nur noch blutige Stümpfe übrig sind.«

Rizzoli starrte sie an. Dann drehte sie den Schlüssel mit einem kräftigen Ruck um. Das Schloss sprang auf.

Sie stieß die Tür auf. Dahinter war alles dunkel, nur schemenhaft konnten sie einzelne Umrisse erkennen.

»Willkommen bei Mama Cortina«, sagte Maura.

Rizzoli hielt auf der Schwelle inne. Der helle Strahl ihrer Krypton-Taschenlampe durchschnitt die Finsternis. »Da drinnen bewegt sich was«, flüsterte sie.

»Ratten.«

»Lassen Sie uns lieber nicht mehr über die Viecher reden.«

Maura schaltete ebenfalls ihre Taschenlampe ein und folgte Rizzoli in die dunkle Küche, in der es nach ranzigem Fett roch.

»Er hat sie durch diesen Raum ins Restaurant geschleppt«, erklärte Maura und leuchtete den Fußboden an. »Sie haben im Staub Schleifspuren gefunden, die vermutlich von den Fersen der Schuhe des Opfers stammen. Er muss sie unter den Achseln gepackt und rückwärts über den Boden gezogen haben.«

»Dass er sie überhaupt angefasst hat.«

»Ich nehme an, er hat Handschuhe getragen, denn es wurden keine Fingerabdrücke gefunden.«

»Trotzdem – er ist doch mit ihren Kleidern in Berührung gekommen. Er hätte sich anstecken können.«

»Sie denken über die Krankheit wie unsere Vorfahren. Als ob eine einzige Berührung eines Aussätzigen einen in ein Monstrum verwandeln könnte. Die Krankheit ist gar nicht so ansteckend, wie Sie glauben.«

»Aber man *kann* sie bekommen. Man *kann* sich anstecken.«

»Ja.«

»Und ehe man sich's versieht, fallen einem die Finger und die Nase ab.«

»Es gibt Behandlungsmöglichkeiten. Antibiotika.«

»Das ist mir gleich«, erwiderte Rizzoli. Langsam tastete sie sich durch die Küche vor. »Wir reden hier immerhin von Lepra. Das ist eine biblische Plage.«

Sie stießen die Schwingtür auf und betraten den Gastraum. Der Lichtkegel von Rizzolis Lampe beschrieb einen Halbkreis und huschte kurz über gestapelte Stühle. Obwohl sie das Ungeziefer nicht sehen konnten, vernahmen sie deutlich ein leises Rascheln. Die Dunkelheit lebte.

»Wo geht's lang?«, fragte Rizzoli. Sie flüsterte jetzt nur noch, als hätten sie sich auf feindliches Gebiet vorgewagt.

»Immer geradeaus. Dort hinten geht rechts ein Gang ab.«

Der Schein ihrer Taschenlampen flackerte über den Boden. Die letzten Reste der Schleifspuren waren durch die Sohlen der Polizisten, die seither den Raum durchquert hatten, verwischt worden. An dem Abend, als Maura zum Tatort gerufen worden war, hatten Crowe und Sleeper sie empfangen, und sie hatte gewusst, dass draußen eine ganze Armee von Spurensicherungsexperten darauf wartete, mit Kameras, Fingerabdruckpulver und technischem Gerät anzurücken. An diesem Abend hatte sie keine Angst gehabt.

Jetzt aber ging ihr Atem schwer. Sie hielt sich dicht hinter Rizzoli und registrierte zugleich mit Unbehagen, dass niemand da war, der ihr selbst Rückendeckung geben konnte. Maura spürte, wie sich ihre Nackenhaare aufstellten, und voller Anspannung lauschte sie auf das kleinste Geräusch, das geringste Anzeichen einer Bewegung hinter ihrem Rücken.

Rizzoli blieb stehen und schwenkte die Lampe nach rechts. »Ist das der Flur?«

»Die Toilette ist am anderen Ende.«

Rizzoli ging weiter. Der Lichtstrahl sprang zwischen den Wänden hin und her. An der letzten Tür blieb sie stehen, als ahnte sie bereits, was sie dort erwartete. Sie leuchtete hinein und starrte auf die Blutflecken am Fliesenboden. Dann ließ sie den Lichtkegel flüchtig über die Wände, die Tür der Toilettenkabine, die Urinale und die rostigen Waschbecken gleiten, bevor er sich wie magnetisch angezogen auf die Stelle am Boden richtete, wo die Leiche gelegen hatte.

Ein Ort, an dem ein Mensch ermordet wurde, übt eine rätselhafte Anziehungskraft aus. Auch nachdem die Leiche längst abtransportiert ist und die Blutlachen aufgewischt worden sind, scheint er noch die Erinnerung an das schreckliche Geschehen zu bewahren – das Echo der Schreie, den Geruch der Angst. Und wie ein schwarzes Loch zieht er die gebannte Aufmerksamkeit der Lebenden an, die sich nicht abwenden können, die der Versuchung nicht widerstehen können, einen Blick in den Schlund der Hölle zu werfen.

Rizzoli bückte sich, um die blutverschmierten Fliesen zu inspizieren.

»Es war ein glatter Herzschuss«, sagte Maura, indem sie neben Rizzoli in die Hocke ging. »Er löste eine Herzbeuteltamponade aus, die innerhalb kürzester Zeit zum Herzstillstand führte. Deshalb ist so wenig Blut auf dem Fußboden. Sie hatte keinen Herzschlag mehr, der Kreislauf war zusammengebrochen. Als er ihr die Hände und Füße amputierte, war sie bereits tot.«

Stumm blickten sie auf die braunen Flecken auf dem Boden. Die Toilette hatte keine Fenster. Ein Licht in diesem Raum konnte von der Straße aus nicht gesehen werden. Der Täter hatte sich Zeit nehmen und sich ungestört seiner blutigen Tat widmen können. Er musste das Opfer nicht am Schreien hindern, musste nicht befürchten, ertappt zu werden. Er konnte in aller Ruhe durch Haut, Fleisch und Sehnen schneiden und seine grausigen Trophäen einsammeln.

Und nachdem sein Werk beendet war, hatte er die Leiche in diesem Haus liegen lassen, als Festmahl für die Ratten, die hier längst das Regiment übernommen hatten und bald alles, was an Fleisch noch übrig war, vernichtet haben würden.

Maura richtete sich keuchend auf. Obwohl es im Haus sehr kühl war, schwitzten ihre Hände in den Handschuhen, und sie spürte, wie ihr Herz pochte.

»Können wir jetzt gehen?«, fragte sie.

»Einen Augenblick noch. Ich will mich noch ein bisschen umschauen.«

»Es gibt hier sonst nichts zu sehen.«

»Wir sind doch gerade erst gekommen, Doc.«

Maura blickte auf den dunklen Flur hinaus und erschauerte. Sie glaubte einen merkwürdigen Luftzug zu spüren, einen eiskalten Hauch, der ihr die Haare zu Berge stehen ließ. Die Tür, dachte sie plötzlich. Wir haben die Seitentür offen gelassen.

Rizzoli kauerte immer noch neben den Blutflecken und leuchtete mit ihrer Taschenlampe Zentimeter um Zentimeter des Fliesenbodens ab. Sie war vollkommen auf ihre Arbeit konzentriert. Sie ist ganz gelassen, dachte Maura. Warum sollte ich es nicht sein? Ganz ruhig. Beruhige dich.

Langsam bewegte sie sich auf die Tür zu. Dann ließ sie den Lichtstrahl der Lampe, die sie wie einen Säbel gepackt hielt, blitzschnell durch den Flur sausen.

Nichts zu sehen.

Doch das Kribbeln im Nacken wollte sich nicht legen.

»Rizzoli«, flüsterte sie. »Können wir jetzt endlich gehen?«

Erst jetzt nahm Rizzoli die Anspannung in Mauras Stimme wahr. Ebenso leise fragte sie zurück: »Was ist denn?«

»Ich will hier raus.«

»Wieso?«

Maura starrte auf den dunklen Gang hinaus. »Ich habe das Gefühl, dass hier irgendwas nicht stimmt.«

»Haben Sie etwas gehört?«

»Sehen wir einfach zu, dass wir hier rauskommen, okay?«

Rizzoli richtete sich auf und sagte leise: »Okay.« Sie ging an Maura vorbei auf den Gang hinaus. Dort verharrte sie reglos, als ob sie die Witterung der drohenden Gefahr aufzunehmen versuchte. Die furchtlose Rizzoli, immer an vorderster Front, dachte Maura, während sie ihr durch den Flur in den Gastraum folgte. Mit eingeschalteten Taschenlampen gingen sie weiter in die Küche. Für jeden Eindringling deutlich sichtbar, wie ihr jetzt schlagartig klar wurde. Da trampeln wir über die knarrenden Dielen mit unseren Lampen wie zwei wandelnde Zielscheiben.

Maura spürte einen eisigen Luftzug, und im nächsten Moment erblickte sie die Silhouette eines Mannes in der offenen Tür. Reglos verharrte sie, zu geschockt, um eingreifen zu können, als sich urplötzlich um sie herum hektische Stimmen erhoben.

Rizzoli war sofort mit gezogener Waffe in die Hocke gegangen und brüllte: »Keine Bewegung!«

»Waffe fallen lassen!«

»Ich sagte *keine Bewegung,* du Schwein!«, kommandierte Rizzoli.

»Boston P. D.! Ich bin vom Boston P. D.!«

»Wer zum Henker …«

Rizzolis Taschenlampe strahlte plötzlich das Gesicht des Eindringlings an, der sogleich schützend den Arm hob und die Augen zusammenkniff. Dann war es eine ganze Weile still.

Rizzoli stöhnte genervt auf. »Ach, du Scheiße.«

»Die Freude ist ganz auf meiner Seite«, sagte Detective Crowe. »Hier ist ja richtig was los.«

»Mensch, ich hätte dir die Birne wegpusten können«, erwiderte Rizzoli. »Ihr hättet uns irgendwie vorwarnen sollen …« Ihre Stimme erstarb, und sie erstarrte, als eine zweite Silhouette in der Tür auftauchte. Ein groß gewachsener Mann schob sich mit katzenhafter Geschmeidigkeit an Crowe vorbei und trat in den Lichtkegel von Rizzolis Taschenlampe, der plötzlich zu schwanken begann. Es war Rizzolis Hand, die zitterte.

»Hallo, Jane«, sagte Gabriel Dean.

Die Dunkelheit ließ die ausgedehnte Pause noch länger erscheinen.

Als Rizzoli schließlich antwortete, klang ihre Stimme merkwürdig tonlos, nüchtern und geschäftsmäßig: »Ich wusste gar nicht, dass du in der Stadt bist.«

»Ich bin heute erst hergeflogen.«

Sie steckte die Waffe zurück ins Halfter und richtete sich kerzengerade auf. »Was tust du hier?«

»Dasselbe wie du. Detective Crowe will mir den Tatort zeigen.«

»Das FBI schaltet sich in den Fall ein? Wieso?«

Dean blickte sich in dem düsteren Raum um. »Wir sollten uns woanders darüber unterhalten. Irgendwo, wo es wenigstens warm ist. Ich würde gerne hören, welche Verbindungen es zwischen deinem Fall und diesem hier gibt, Jane.«

»Wenn wir reden, müssen die Informationen aber in beide Richtungen fließen«, sagte Rizzoli.

»Natürlich.«

»Alle Karten auf den Tisch.«

Dean nickte. »Du wirst alles erfahren, was ich weiß.«

»Hört mal«, mischte sich Crowe ein, »lasst mich doch erst mal Agent Dean den Tatort zeigen. Wir treffen uns dann nachher im Besprechungszimmer. Da haben wir wenigstens genug Licht, um einander in die Augen sehen zu können. Und wir müssen nicht in der Kälte rumstehen, bis uns der Arsch abfriert.«

Rizzoli nickte. »Also gut, Besprechungszimmer, zwei Uhr. Wir sehen uns dort.«

14

Als Rizzoli mit fahrigen Bewegungen ihren Autoschlüssel aus der Tasche kramte, fiel er ihr in den Schnee. Fluchend bückte sie sich danach.

»Alles okay?«, fragte Maura.

»Er hat mich einfach auf dem falschen Fuß erwischt. Ich habe nicht damit gerechnet…« Sie richtete sich auf und blies eine Dampfwolke in die eisige Luft. »Was hat er hier eigentlich zu suchen? Was *macht* er hier, verdammt noch mal?«

»Vermutlich nur seinen Job.«

»Ich bin nicht dazu bereit. Ich bin nicht bereit, wieder mit ihm zusammenzuarbeiten.«

»Sie haben vielleicht keine andere Wahl.«

»Ich weiß. Und das kotzt mich so an – dass ich keine Wahl habe.« Rizzoli schloss ihren Wagen auf, und sie stiegen ein. Die Sitze waren eiskalt.

»Werden Sie es ihm sagen?«, fragte Maura.

Mit verbissener Miene ließ Rizzoli den Motor an. »Nein.«

»Er würde es sicher wissen wollen.«

»Da bin ich mir nicht so sicher. Er ist bestimmt nicht anders als andere Männer.«

»Sie schreiben das Happy End also von vorneherein ab? Wollen Sie es gar nicht erst versuchen?«

Rizzoli seufzte. »Wenn er nicht er wäre und ich nicht ich, dann hätten wir vielleicht eine Chance.«

»Aber es waren nun einmal Sie beide, die diese Affäre hatten.«

»Genau. Wer hätte das gedacht, hm?«

»Was meinen Sie damit?«

Rizzoli schwieg einen Moment und starrte auf die Straße hinaus. »Wissen Sie, wie meine beiden Brüder mich früher immer genannt haben?«, fragte sie leise. »Den Frosch. Sie haben gesagt, kein Prinz würde je einen Frosch küssen wollen. Von Heiraten ganz zu schweigen.«

»Brüder können grausam sein.«

»Aber manchmal sagen sie einem auch einfach nur die grausame Wahrheit.«

»Wenn Agent Dean Sie anschaut, sieht er bestimmt keinen Frosch.«

Rizzoli zuckte mit den Achseln. »Wer weiß, was er in mir sieht.«

»Eine intelligente Frau?«

»Klar, das ist ja auch unheimlich sexy.«

»Für manche Männer schon.«

»Behaupten sie jedenfalls. Aber wissen Sie was? Ich kann das nicht so recht glauben. Wenn man einen Mann vor die Wahl stellt, schaut er doch zuerst auf die Titten und den Po.«

Mit grimmiger Entschlossenheit konzentrierte sich Rizzoli auf die Straße. Die Gehsteige waren mit einer schmutzigen Schneekruste bedeckt, die Scheiben der parkenden Autos vereist.

»*Etwas* hat er in Ihnen gesehen, Jane. Genug, um Sie zu begehren.«

»Es war der Fall, an dem wir gearbeitet haben. Das Jagdfieber. Das gibt einem das Gefühl, lebendig zu sein, verstehen Sie? Wenn man eine heiße Spur verfolgt, dann fließt das Adrenalin in Strömen, und man sieht alles mit anderen Augen, empfindet alles anders. Und dann arbeitet man mit einem Menschen rund um die Uhr zusammen, kommt ihm so nahe, dass man ihn schon am Geruch erkennt. Man weiß, wie er seinen Kaffee trinkt und wie er seine Krawatte bindet. Und dann wird der Fall immer kniffliger, man teilt die Wut und den Ärger – und die Angst. Und irgendwann glaubt man dann, so etwas wie Liebe zu empfinden. Aber es ist nicht Liebe, wenn zwei Menschen unter solchem Druck und solcher Anspannung zusammenarbeiten, dass sie irgendwann den Kitzel der Jagd mit sexueller Lust verwechseln. Und das ist mit uns passiert, glaube ich. Wir sind uns in einem Wald voller Frauenleichen begegnet. Und nach einer Weile hat er dann sogar mich attraktiv gefunden.«

»Und für Sie war er auch nicht mehr als das? Jemand, den Sie plötzlich attraktiv fanden?«

»Scheiße, er *sieht* nun mal gut aus!«

»Denn wenn Sie ihn wirklich nicht lieben – wenn er Ihnen gar gleichgültig ist –, dann sollte es Ihnen doch nicht so viel ausmachen, ihn wiederzusehen. Oder?«

»Ich weiß nicht!«, entgegnete Rizzoli entnervt. »Ich weiß nicht, was ich für ihn empfinde!«

»Hängt es davon ab, ob er Sie liebt?«

»Ich werde ihn bestimmt nicht fragen.«

»Das wäre eine Möglichkeit, eine offene Antwort zu bekommen.«

»Wie heißt es doch so schön? *Wenn du die Antwort nicht hören willst, dann solltest du auch nicht fragen.*«

»Man kann nie wissen. Vielleicht bekommen Sie eine Antwort, mit der Sie nicht gerechnet haben.«

Im Polizeipräsidium holten sie sich noch rasch einen Kaffee aus der Kantine und nahmen ihre Becher mit nach oben ins Besprechungszimmer. Während sie auf Crowe und Dean warteten, beobachtete Maura Rizzoli, wie sie in ihren Papieren wühlte und Aktenordner durchblätterte, als ob sie ein Geheimnis enthielten, das sie um jeden Preis aufdecken wollte. Um Viertel nach zwei hörten sie endlich das leise *Ping* des Aufzugs und kurz darauf Crowes Lachen auf dem Flur. Rizzolis Schultern strafften sich. Die Männerstimmen kamen immer näher, und sie hielt den Blick starr auf ihre Papiere gerichtet. Und als Dean dann in der Tür erschien, blickte sie nicht sofort auf, als ob sie demonstrieren wollte, dass er keine Macht über sie besaß.

Maura hatte Special Agent Gabriel Dean Ende August kennen gelernt, als er zu dem Team der Mordkommission gestoßen war, das an der Aufklärung einer Reihe von Morden an wohlhabenden Paaren in der Bostoner Region gearbeitet hatte. Dean, ein stattlicher Mann von ruhigem, besonnenem Wesen und scharfem Verstand, hatte sehr bald eine Führungsrolle in dem Team übernommen, womit sein Konflikt mit Rizzoli, die offiziell mit der Leitung der Ermittlungen betraut war, von Anfang an vorprogrammiert war. Maura hatte als Erste registriert, wie sich dieser Konflikt in gegenseitiges Interesse verwandelt hatte. Sie hatte das erste Aufflackern der Affäre beobachtet, hatte die Blicke gesehen, die die beiden sich über die Leichen der Opfer hinweg zugeworfen hatten. Sie hatte bemerkt, wie Rizzoli errötet war, hatte ihre Unsicherheit gespürt. Die erste Phase der Verliebtheit ist oft von Verwirrung und Ungewissheit gekennzeichnet.

Wie auch die letzte Phase einer Beziehung.

Dean trat ein und richtete den Blick sofort auf Rizzoli. Er trug Anzug und Krawatte, und seine gepflegte Erscheinung stand in deutlichem Kontrast zu der Rizzolis mit ihrer zerknitterten Bluse und ihrem widerspenstigen Haarschopf. Als sie schließlich zu ihm aufblickte, war ihre Miene beinahe trotzig. *Bitte sehr, hier bin ich,* schien sie zu sagen. *Was du daraus machst, ist deine Sache.*

Crowe steuerte gleich das Kopfende des Tisches an. »Okay, alles vollzählig versammelt. Dann können wir ja zur Bescherung schreiten.« Er sah Rizzoli an.

»Hören wir uns zuerst an, was das FBI zu sagen hat«, entgegnete sie.

Dean öffnete die Aktentasche, die er mitgebracht hatte, nahm einen Ordner heraus und schob ihn Rizzoli über den Tisch zu.

»Dieses Foto wurde vor zehn Tagen in Providence, Rhode Island, gemacht«, erklärte er.

Rizzoli schlug den Ordner auf. Maura saß neben ihr und konnte das Foto deutlich sehen. Es zeigte die Leiche eines Mannes, der in Embryonalhaltung im Kofferraum eines Autos lag. Die beigefarbene Verkleidung war mit Blut bespritzt. Das Gesicht des Opfers wirkte erstaunlich unversehrt. Die Augen waren geöffnet; die unten liegenden Partien waren durch Totenflecke dunkelviolett gefärbt.

»Der Name des Opfers lautet Howard Redfield. Einundfünfzig Jahre alt, weiß, geschieden, wohnhaft in Cincinnati«, sagte Dean. »Die Todesursache war ein einzelner Schuss in die linke Schläfe. Darüber hinaus wies die Leiche multiple Frakturen beider Kniescheiben auf, verursacht durch Schläge mit einem stumpfen Instrument, möglicherweise einem Hammer. Die Hände waren hinter dem Rücken mit Klebeband gefesselt. Sie wiesen schwere Verbrennungen auf.«

»Er wurde gefoltert«, sagte Rizzoli.

»Ja. Und zwar ausgiebig.«

Rizzoli erbleichte und sank gegen die Rückenlehne ihres Stuhls. Maura war die Einzige im Raum, die den Grund für diese Blässe kannte, und sie beobachtete Rizzoli mit Sorge. Sie konnte an ihrer Miene ablesen, wie verzweifelt sie gegen die aufsteigende Übelkeit ankämpfte.

»Er wurde im Kofferraum seines eigenen Wagens gefunden«, fuhr Dean fort. »Das Auto war in der Nähe des Busbahnhofs von Providence abgestellt. Das ist nur ein bis eineinhalb Autostunden von hier.«

»Aber schon außerhalb unserer Zuständigkeit«, bemerkte Crowe.

Dean nickte. »Deshalb sind Sie auch nicht auf diesen Fall aufmerksam geworden. Der Mörder könnte durchaus mit der Leiche im Kofferraum nach Providence gefahren sein, den Wagen dort abgestellt haben und mit dem Bus nach Boston zurückgefahren sein.«

»Nach Boston *zurückgefahren*? Wie kommen Sie darauf, dass er von hier aufgebrochen ist?«, fragte Maura.

»Das ist lediglich eine Vermutung. Wir wissen nicht, wann genau der Mord sich ereignet hat. Wir haben noch nicht einmal zuverlässige Angaben darüber, wo Mr. Redfield die letzten Wochen verbracht hat. Sein Wohnsitz war in Cincinnati, doch seine Leiche wurde in New England gefunden. Es gibt keinerlei Kreditkarten-Abrechnungen oder sonstige Daten, die Aufschluss darüber geben könnten, wo er sich während dieser Zeit aufgehalten hat. Wir wissen, dass er vor einem Monat eine größere Summe von seinem Konto abgehoben hat. Anschließend ist er offenbar verreist.«

»Hört sich nach jemandem an, der auf der Flucht ist und keine Spuren hinterlassen will«, meinte Maura. »Oder nach jemandem, der panische Angst hat.«

Dean sah das Foto an. »Offensichtlich nicht ohne Grund.«

»Ich wüsste gerne mehr über das Opfer«, sagte Rizzoli. Sie hatte sich jetzt wieder im Griff und konnte das Foto betrachten, ohne mit der Wimper zu zucken.

»Mr. Redfield war bis vor kurzem im Vorstand von Octagon Chemicals für Auslandsgeschäfte zuständig«, antwortete Dean. »Vor zwei Monaten hat er sich aus dem Unternehmen zurückgezogen, angeblich aus persönlichen Gründen.«

»Octagon?«, sagte Maura. »Davon habe ich doch in den Nachrichten gehört. Ermittelt nicht die Börsenaufsichtsbehörde zurzeit gegen die Firma?«

Dean nickte. »Die Vollstreckungsabteilung der Behörde hat gegen Octagon Klage erhoben. Es geht um illegale Transaktionen mit einem Volumen von mehreren Milliarden Dollar.«

»Milliarden?«, wiederholte Rizzoli. »Wow!«

»Octagon ist ein riesiger multinationaler Konzern mit einem Jahresumsatz von zwanzig Milliarden Dollar. Das ist wirklich ein ganz großer Fisch.«

Rizzoli betrachtete das Foto der Leiche. »Und dieses Opfer ist auch in dem Teich herumgeschwommen. Er muss genau gewusst haben, was sich da abspielte. Ob er wohl ein Problem für Octagon dargestellt hat?«

»Vor drei Wochen«, sagte Dean, »hat Mr. Redfield einen Termin für ein Gespräch mit Vertretern des Justizministeriums vereinbart.«

»Tja«, meinte Crowe lachend. »Offenbar war er tatsächlich ein Problem für Octagon.«

»Er wollte sich hier in Boston mit den Beamten des Ministeriums treffen.«

»Warum nicht in Washington?«, fragte Rizzoli.

»Er sagte, es gebe noch weitere Beteiligte, die zur Sache aussagen wollten. Und dass das Treffen hier stattfinden müsse. Was wir nicht wissen, ist, wieso er das Justizministerium kontaktiert hat, anstatt sich direkt an die Börsenaufsicht zu wenden, da wir davon ausgehen, dass es um die Ermittlungen gegen Octagon ging.«

»Aber das ist nur eine Vermutung?«

»Ja. Er ist nämlich zu dem Termin nicht erschienen. Weil er zu diesem Zeitpunkt schon tot war.«

Crowe meldete sich zu Wort. »Also, wenn etwas wie ein Auftragsmord aussieht und auch so riecht …«

»Was hat das alles mit der Rattenfrau zu tun?«, wollte Rizzoli wissen.

»Dazu wollte ich gerade kommen«, sagte Dean. Er wandte

sich an Maura. »Sie haben doch die Autopsie durchgeführt. Was war die Todesursache?«

»Eine Schusswunde in der Brust«, antwortete Maura. »Geschosssplitter sind ins Herz eingedrungen und haben eine massive Blutung im Herzbeutel ausgelöst, wodurch das Herz am Pumpen gehindert wurde. Der Fachausdruck lautet Herzbeuteltamponade.«

»Und welche Art von Munition wurde verwendet?«

Maura dachte an die Röntgenaufnahmen der Brust der Rattenfrau. An die Wolke von Schrotkügelchen, die sich über beide Lungen erstreckt hatte. »Es war eine Glaser-Blue-Tip«, sagte sie. »Kupfermantelgeschoss, gefüllt mit Metallkügelchen. Es ist so konstruiert, dass es im Körper explodiert. Durchschüsse sind so gut wie ausgeschlossen.« Nach einer Pause fügte sie hinzu: »Ein Projektil mit verheerender Wirkung.«

Dean deutete mit dem Kopf auf das Foto, das Howard Redfields Leiche zusammengerollt und blutüberströmt im Kofferraum seines Wagens zeigte. »Mr. Redfield wurde mit einem Glaser-Blue-Tip-Geschoss getötet. Und das Projektil wurde aus derselben Waffe abgefeuert, mit der Ihre Unbekannte erschossen wurde.«

Einige Sekunden lang sprach niemand.

Dann sagte Rizzoli ungläubig: »Aber du hast doch gerade dargelegt, was für einen Auftragsmord spricht. Octagons Methode, einen unliebsamen Informanten zum Schweigen zu bringen. Das andere Opfer, die Rattenfrau ...«

»Detective Rizzoli hat Recht«, sagte Maura. »Ich kann mir niemanden vorstellen, der weniger als Opfer eines wirtschaftspolitisch motivierten Auftragsmordes in Frage käme als diese Rattenfrau.«

»Mag sein«, erwiderte Dean. »Und trotzdem wurde die Kugel, die sie getötet hat, aus derselben Waffe abgefeuert, mit der Howard Redfield erschossen wurde.«

»So ist Agent Dean auf den Fall aufmerksam geworden«, erklärte Crowe. »Ich habe das Kupfermantel-Geschoss, das Sie aus ihrer Brust rausgeholt haben, mit Hilfe von DRUGFIRE überprüfen lassen.«

DRUGFIRE war eine nationale Datenbank des FBI, in der kriminaltechnische Informationen über Schusswaffen und Munition gesammelt wurden, ähnlich dem AFIS-Programm für Fingerabdrücke. Schrammen und andere charakteristische Kennzeichen von sichergestellten Geschossen wurden als digitalisierte Daten eingegeben, die dann auf Übereinstimmungen durchsucht werden konnten. So war es möglich, Verbindungen zwischen Verbrechen aufzudecken, die mit ein und derselben Waffe begangen wurden.

»Die DRUGFIRE-Recherche ergab eine exakte Übereinstimmung«, sagte Dean.

Rizzoli schüttelte konsterniert den Kopf. »Wieso diese beiden Opfer? Ich kann keine Verbindung erkennen.«

»Das macht den Tod dieser unbekannten Frau ja so interessant«, sagte Dean.

Maura fand seine Wortwahl sehr unpassend. Er suggerierte damit, dass andere Todesfälle uninteressant waren und keine besondere Aufmerksamkeit verdienten. Eine Einschätzung, der die Opfer gewiss nicht zugestimmt hätten.

Ihr Blick fiel wieder auf das Foto, ein grausiges Detail in diesem nüchternen Besprechungszimmer. »Unsere Unbekannte passt nicht ins Bild«, sagte sie.

»Wie meinen Sie das, Dr. Isles?«

»Es gibt ein nachvollziehbares Motiv für den Mord an Howard Redfield. Er war möglicherweise ein Informant für die Börsenaufsichtsbehörde. Die Folterspuren verraten uns, dass sein Tod nicht bloß die Folge eines missglückten Raubüberfalls sein kann. Der Mörder wollte etwas von ihm. Vielleicht wollte er sich rächen, vielleicht war er hinter Informationen her. Aber wie passt unsere Unbekannte dazu, die doch höchstwahrscheinlich eine illegale Immigrantin war? Warum sollte irgendjemand ihren Tod gewollt haben?«

»Das ist die Frage, nicht wahr?« Dean sah Rizzoli an. »Wie ich höre, arbeitet ihr noch an einem weiteren Fall, der hiermit im Zusammenhang stehen könnte.«

Sein Blick schien sie aus der Fassung zu bringen. Sie schüttelte nervös den Kopf. »Das ist wieder etwas ganz anderes. Ich sehe keine Verbindung.«

»Detective Crowe sagte mir, es habe einen Mordanschlag auf zwei Nonnen in einem Kloster gegeben«, sagte Dean. »In Jamaica Plain.«

»Aber dieser Täter hat keine Feuerwaffe benutzt. Die Nonnen wurden erschlagen, wie wir glauben mit einem Hammer. Es sieht nach einer Affekthandlung aus. Irgendein Irrer, der einen Hass auf Frauen hat.«

»Vielleicht wollte er, dass ihr das glaubt. Um die Verbindungen zu den anderen Morden zu kaschieren.«

»Na, das hat ja auch hervorragend funktioniert. So lange, bis Dr. Isles bei unserer Unbekannten Lepra diagnostizierte. Wie sich herausstellte, hat eines der Opfer, Schwester Ursula, in einer Leprakolonie in Indien gearbeitet.«

»In einem Dorf, das es nicht mehr gibt«, sagte Maura.

Dean sah sie fragend an. »Wie bitte?«

»Es könnte ein religiös motiviertes Massaker gewesen sein. Fast hundert Menschen wurden dabei abgeschlachtet, und das Dorf wurde niedergebrannt.« Sie machte eine Pause. »Schwester Ursula war die einzige Überlebende.«

Sie hatte Gabriel Dean noch nie so perplex gesehen. Gewöhnlich war Dean derjenige, der mehr wusste als alle anderen und hier und da gezielt mit einer Überraschung aufwartete. Diese neue Information schien ihm die Sprache verschlagen zu haben.

Sie setzte noch eins drauf. »Ich glaube, dass unsere Unbekannte aus eben diesem indischen Dorf stammen könnte.«

»Mir haben Sie doch gesagt, dass Sie sie für eine Latina halten«, meinte Crowe.

»Das war nur eine Vermutung, zu der ich aufgrund ihrer Hautfarbe gelangt war.«

»Und jetzt passen Sie Ihre Vermutung den veränderten Umständen an?«

»Nein, ich passe sie den Ergebnissen der Autopsie an. Erinnern Sie sich noch an den gelben Stofffaden, den wir an ihrem Handgelenk gefunden haben?«

»Klar. Das Labor sagt, es handelt sich um Baumwolle. Wahrscheinlich nur ein Stück Bindfaden.«

»Das Tragen von Baumwollschnüren am Handgelenk soll vor dem bösen Blick schützen. Es ist ein hinduistischer Brauch.«

»Schon wieder Indien«, sagte Dean.

Maura nickte. »Alle Spuren führen nach Indien.«

»Eine Nonne und eine illegale Einwanderin mit Lepra?«, sagte Crowe. »Wie bringen wir das mit einem Mordanschlag im Auftrag eines Konzernmultis in Zusammenhang?« Er schüttelte den Kopf. »Man engagiert keinen Berufskiller, wenn man sich nicht einen massiven Vorteil davon erhofft.«

»Oder wenn man sehr viel zu verlieren hat«, meinte Maura.

»Wenn es sich in allen Fällen um Auftragsmorde handelt«, sagte Dean, »dann können Sie sicher sein, dass der Fortgang unserer Ermittlungen sehr genau verfolgt werden wird. Sie müssen streng darauf achten, dass keinerlei Informationen über diese Fälle nach außen dringen. Denn da draußen gibt es jemanden, der ganz genau beobachtet, was das Boston Police Department tut.«

Und der auch mich beobachtet, dachte Maura. Bei dem Gedanken lief es ihr eiskalt über den Rücken. Und sie war so exponiert. Wenn sie an einem Tatort auftauchte, wenn sie in den Fernsehnachrichten erschien, wenn sie zu ihrem Wagen ging. Sie war es gewohnt, im Mittelpunkt des Medieninteresses zu stehen, doch jetzt musste sie sich darüber im Klaren sein, dass die Reporter vielleicht nicht die Einzigen waren, die sie beobachteten. Und sie erinnerte sich an das Gefühl, das sie dort in den düsteren Räumen des ehemaligen Restaurants beschlichen hatte. Es war die lähmende Angst des Opfers, das schon den Atem des Jägers im Nacken spürt.

»Ich muss mir auch ein Bild von dem anderen Tatort machen«, fuhr Dean fort. »Von dem Kloster, in dem die Nonnen attackiert wurden.« Er sah Rizzoli an. »Könntest du vielleicht eine kleine Führung mit mir machen?«

Einen Moment lang hatte es den Anschein, als hätte Rizzoli ihn nicht gehört. Sie saß nur regungslos da und starrte das Foto des toten Howard Redfield im Kofferraum seines Wagens an.

»Jane?«

Sie atmete tief durch und straffte die Schultern, als ob sie plötzlich etwas gefunden hätte, was ihr neuen Mut gab. Neue Kraft.

»Also gut, auf geht's«, sagte sie und stand auf. Sie sah Dean an. »Scheint, als wären wir wieder ein Team.«

15

Ich habe kein Problem damit. Ich habe kein Problem mit ihm.

Während Rizzoli nach Jamaica Plain fuhr, waren ihre Augen auf die Straße gerichtet, doch ihre Gedanken kreisten nur um Gabriel Dean. Ohne Vorwarnung war er wieder in ihr Leben getreten, und noch immer war sie zu geschockt, um sich über ihre eigenen Gefühlen im Klaren zu sein. Ihr Magen schlug Purzelbäume, ihre Hände fühlten sich taub an. Noch vor vierundzwanzig Stunden hatte sie geglaubt, die Trennung von ihm einigermaßen verwunden zu haben; sie hatte gehofft, mit Hilfe der Zeit und jeder Menge Ablenkung die Affäre irgendwann ganz vergessen zu können. Aus den Augen, aus dem Sinn.

Jetzt würde sie ihn wieder ständig vor Augen haben, und aus ihrem Sinn konnte sie ihn erst recht nicht mehr verbannen.

Sie kam als Erste vor Graystones Abbey an und blieb im Wagen sitzen, um auf ihn zu warten. Sie war ein einziges Nervenbündel, und die Anspannung verursachte ihr Übelkeit.

Reiß dich zusammen, Mensch. Konzentriere dich auf deinen Job.

Im Rückspiegel sah sie seinen Mietwagen hinter ihr einparken.

Sofort stieg sie aus und spürte mit Befriedigung den eisigen Wind in ihrem Gesicht. Je brutaler die Kälte, desto besser – die Schmerzen würden sie wenigstens zur Besinnung bringen. Sie sah zu, wie er aus seinem Wagen stieg, und begrüßte ihn mit einem knappen, kollegialen Nicken.

Dann wandte sie sich zur Pforte um und läutete. Keine Zeit für ein privates Gespräch, kein krampfhaftes Ringen um Worte. Es war ein dienstlicher Termin, und sie kam sofort zur Sache – es war die einzige Möglichkeit, wie sie mit diesem unverhofften Wiedersehen umgehen konnte. Sie war erleichtert, als sie nach kurzer Zeit eine Nonne aus dem Haus treten und durch den Schnee auf die Pforte zuschlurfen sah.

»Das ist Schwester Isabel«, sagte Rizzoli. »Sie gehört noch zu den jüngeren Nonnen – ob du's glaubst oder nicht.«

Isabel musterte sie mit verkniffenen Augen durch die Gitterstäbe. Ihr Blick fiel auf Rizzolis Begleiter.

»Das ist Agent Dean vom FBI«, erklärte Rizzoli. »Ich möchte ihm nur eben die Kapelle zeigen. Wir werden Sie nicht weiter belästigen.«

Isabel öffnete das Tor und ließ sie ein. Mit einem harschen Scheppern fiel es ins Schloss. Der kalte Klang der Endgültigkeit. Des Eingeschlossenseins. Schwester Isabel machte sofort kehrt und strebte zum Haus zurück. Die beiden Besucher blieben im Hof zurück – allein miteinander.

Rizzoli ließ nicht zu, dass das Schweigen sich länger ausdehnte, sondern machte sich sofort an eine Zusammenfassung der bisherigen Erkenntnisse. »Wir können immer noch nicht mit Sicherheit sagen, wie der Täter hineingelangt ist«, sagte sie. »Der Neuschnee hat alle eventuell vorhandenen Fußspuren verwischt, und wir haben keine abgerissenen Efeuzweige gefunden, die darauf hingedeutet hätten, dass er über die Mauer geklettert ist. Der Haupteingang ist immer verschlossen; wenn der Täter also auf diesem Weg hineingelangt ist, muss ihn jemand aus dem Kloster eingelassen haben. Das ist ein Verstoß gegen die

Klosterregeln. Es muss nachts passiert sein, im Schutz der Dunkelheit.«

»Es gibt keine Zeugen?«

»Keinen einzigen. Wir dachten zuerst, dass die jüngere Nonne, Camille, das Tor geöffnet haben könnte.«

»Wieso Camille?«

»Das hat mit dem Ergebnis der Autopsie zu tun.« Rizzoli drehte das Gesicht zur Mauer und mied bewusst seinen Blick, als sie sagte: »Sie hatte kurz vor ihrem Tod ein Kind zur Welt gebracht. Wir haben das tote Baby in einem Teich hinter dem Kloster gefunden.«

»Und der Vater?«

»Zählt natürlich zu den Hauptverdächtigen, wer immer es ist. Wir haben ihn noch nicht identifizieren können; die Ergebnisse der DNA-Tests liegen noch nicht vor. Aber nach dem, was du uns vorhin erzählt hast, sieht es so aus, als ob wir vollkommen auf dem Holzweg wären.«

Ihr Blick schweifte über die Mauern, die sie einschlossen, das Tor, das allen Fremden den Zutritt verwehrte, und mit einem Mal begann sich eine andere Ereignisfolge vor ihrem geistigen Auge abzuspielen – ganz anders als die, von der sie nach ihrem ersten Besuch am Ort des Geschehens ausgegangen war.

Wenn es nun doch nicht Camille gewesen ist, die das Tor geöffnet hat…

»Und wer hat denn nun den Mörder ins Kloster eingelassen?«, fragte Dean, der anscheinend ihre Gedanken gelesen hatte.

Stirnrunzelnd betrachtete sie das Tor, und sie dachte an Schneeflocken, die über das Pflaster wirbelten. »Ursula war mit Mantel und Stiefeln bekleidet…«, sagte sie nachdenklich.

Sie wandte sich zum Haus um und versuchte, es sich in jenen stockfinsteren Stunden vor der Morgendämmerung vorzustellen, alle Fenster dunkel, die Nonnen schlafend in ihren Betten. Der Hof leer und verlassen, das einzige Geräusch das Brausen des Windes.

»Es schneite schon, als sie aus dem Haus kam«, sagte sie. »Sie war entsprechend angezogen. Sie ging über diesen Hof zum Tor, wo jemand auf sie wartete.«

»Jemand, von dem sie gewusst haben muss, dass er kommen würde«, sagte Dean. »Jemand, den sie erwartet hat.«

Rizzoli nickte. Sie drehte sich um und steuerte die Kapelle an. Ihre Stiefel stanzten Löcher in die Schneedecke. Dean war direkt hinter ihr, doch sie beachtete ihn nicht mehr – sie ging jetzt in den Fußstapfen einer Toten.

Eine Nacht, in der die ersten Schneeflocken des Winters vom Himmel herabwirbeln. Die Steine unter deinen Stiefelsohlen sind rutschig. Du schleichst dich leise über den Hof, denn die anderen Schwestern sollen nicht mitbekommen, dass du einen Besucher empfängst. Einen Besucher, für den du bereit bist, die Regeln zu verletzen.

Aber es ist dunkel, das Tor ist nicht beleuchtet. Du kannst also sein Gesicht nicht sehen. Du kannst nicht sicher sein, dass es wirklich der Besucher ist, den du in dieser Nacht erwartest.

Am Brunnen blieb sie abrupt stehen und blickte zu der Fensterreihe hinauf, die auf den Hof hinausging.

»Was ist denn da oben?«, fragte Dean.

»Camilles Zimmer«, antwortete sie und zeigte mit dem Finger darauf. »Das da ist es.«

Er folgte ihrem Blick. Der eisige Wind hatte sein Gesicht gerötet und sein Haar zerzaust. Es war ein Fehler, ihn anzusehen, denn plötzlich überfiel sie ein solches Verlangen nach seiner Berührung, dass sie sich abwenden und die geballte Faust auf ihren Leib pressen musste, um gegen die Leere anzukämpfen, die sie in sich verspürte.

»Es ist möglich, dass sie von ihrem Zimmer aus etwas

gesehen hat«, sagte Dean.

»Das Licht in der Kapelle. Es brannte noch, als die beiden Opfer gefunden wurden.« Rizzoli starrte immer noch zu Camilles Fenster empor, und sie dachte an das blutbefleckte Bettlaken.

Sie wacht auf und stellt fest, dass ihre Binde nass ist. Also steht sie auf und geht ins Bad, um sie zu wechseln. Und als sie in ihr Zimmer zurückkommt, bemerkt sie das Licht, das in den Buntglasfenstern schimmert. Ein Licht, das um diese Zeit nicht brennen dürfte.

Rizzoli wandte sich wieder zur Kapelle um. Gebannt folgte ihr Blick der geisterhaften Gestalt Camilles, die sie jetzt aus dem Haupthaus treten sah. Das Mädchen zitterte, als es den überdachten Gang entlangging; vielleicht bereute sie es schon, dass sie für den kurzen Weg zwischen den Gebäuden keinen Mantel übergezogen hatte.

Rizzoli folgte dem Schatten in die Kapelle.

Dort stand sie in der Dunkelheit. Es brannte kein Licht, die Bankreihen waren kaum mehr als horizontale Schattenlinien. Dean stand schweigend neben ihr, beinahe selbst wie ein Geist, während sich vor ihrem inneren Auge die letzte Szene abspielte.

Camille tritt durch die Tür, eine zierliche Person, ihr Gesicht bleich wie Milch. Ihre Augen weiten sich vor Entsetzen. Sie sieht Schwester Ursula zu ihren Füßen liegen. Der Steinboden ist mit Blut bespritzt.

Vielleicht hatte Camille nicht sofort begriffen, was geschehen war, und auf den ersten Blick geglaubt, Ursula sei nur ausgerutscht und habe sich am Kopf verletzt. Oder vielleicht hatte sie schon in dem Moment, als sie das Blut sah, instinktiv gewusst, dass das Böse in ihren Mauern war. Dass es in diesem Augenblick hinter ihr an der Tür stand – und sie beobachtete.

Dass es auf sie zukam.

Der erste Schlag fährt auf ihren Schädel herab. Sie wankt, aber sie fällt nicht. Benommen, wie sie ist, versucht sie, dennoch zu fliehen. In die einzige Richtung, die ihr offen steht. Den Mittelgang entlang zum Altar, wo sie strauchelt. Wo sie auf die Knie fällt und auf den tödlichen Schlag wartet.

Und als es vorüber ist, als die junge Camille tot am Boden liegt, wendet der Mörder sich wieder dem ersten Opfer zu. Ursula.

Aber er vollendet sein Werk nicht. Er lässt sie am Leben. Warum?

Sie blickte auf die Steinfliesen herab, dort, wo Schwester Ursula gestürzt war. Sie stellte sich vor, wie der Täter sich über sie beugte, um zu überprüfen, ob sein Schlag tödlich gewesen war. Und verharrte reglos, als ihr plötzlich einfiel, was Dr. Isles ihr gesagt hatte.

»Der Mörder hat keinen Puls gefühlt«, sagte sie.

»Was?«

»Schwester Ursula hat an der rechten Halsseite keinen Puls.« Sie sah Dean in die Augen. »Er dachte, sie sei tot.«

Sie folgten Camilles letzten Schritten und gingen zwischen den Bankreihen hindurch Richtung Altar. An der Stelle, wo sie gefallen war, blieben sie stehen. Schweigend blickten sie auf den Boden herab. Obwohl sie in der Dunkelheit nichts erkennen konnten, waren zweifellos noch Reste ihres Bluts in den Fugen zwischen den Fliesen zurückgeblieben.

Ein Schauer durchfuhr Rizzoli. Als sie den Kopf hob, sah sie, dass Dean sie beobachtete.

»Mehr gibt es hier nicht zu sehen«, sagte sie. »Es sei denn, du willst noch mit den Schwestern sprechen.«

»Ich will mit dir sprechen.«

»Ich bin doch hier.«

»Nein, das bist du nicht. Detective Rizzoli ist hier. Ich würde gerne mit Jane sprechen.«

Sie lachte. Es klang blasphemisch in diesem Gotteshaus. »Das klingt ja gerade so, als hätte ich eine gespaltene Persönlichkeit.«

»So weit ist das gar nicht von der Wahrheit entfernt. Du gibst dir so viel Mühe, den harten Cop zu spielen, dass von der Frau nichts mehr zu erkennen ist. Aber es ist die Frau, die ich sehen wollte.«

»Du hast lange damit gewartet.«

»Warum bist du wütend auf mich?«

»Bin ich nicht.«

»Der Empfang, den du mir hier in Boston bereitest, ist, gelinde gesagt, merkwürdig.«

»Das liegt vielleicht daran, dass du es nicht für nötig gehalten hast, mir zu sagen, dass du kommst.«

Er seufzte, und eine gespenstische weiße Wolke stieg aus seinem Mund auf. »Können wir uns vielleicht einen Moment hinsetzen und reden?«

Sie ging zur ersten Reihe und ließ sich auf die Holzbank sinken. Als er neben ihr Platz nahm, hielt sie den Blick starr nach vorne gerichtet. Sie hatte Angst, ihm in die Augen zu sehen. Angst vor den Gefühlen, die er in ihr aufwühlte. Allein seinen Duft einzuatmen, war eine Qual, weil er ein unstillbares Verlangen in ihr weckte. Dies war der Mann, der mit ihr das Bett geteilt hatte; seine Berührung, sein Lachen, der Geschmack seiner Haut verfolgten sie noch in ihren Träumen. Das Ergebnis ihrer Vereinigung wuchs in diesem Moment in ihr heran, und sie presste die flache Hand auf den Bauch, um den geheimen Schmerz zu stillen, der sich plötzlich dort regte.

»Wie waren die letzten Wochen für dich, Jane?«

»Gut. Ich hatte viel zu tun.«

»Und dieser Verband an deinem Kopf? Was ist da passiert?«

»Ach, das.« Sie fasste sich an die Stirn und zuckte mit den Achseln. »Kleines Malheur im Autopsiesaal. Bin ausgerutscht und hab mir den Kopf angeschlagen.«

»Du siehst müde aus.«

»Mit Komplimenten hast du's nicht so, wie?«

»Es ist nur eine Feststellung.«

»Ja, du hast Recht, ich bin müde. Natürlich bin ich müde. Die Woche hat mich ziemlich geschlaucht. Und außerdem steht Weihnachten vor der Tür, und ich habe noch nicht mal die Geschenke für meine Familie gekauft.«

Er sah sie eindringlich an, und sie wandte sich ab, mied immer noch seinen Blick.

»Du bist nicht gerade begeistert darüber, wieder mit mir zusammenzuarbeiten, oder?«

Sie erwiderte nichts. Stritt es nicht ab.

»Warum sagst du mir nicht endlich, was los ist?«, fragte er schließlich gereizt.

Der Zorn in seiner Stimme ließ sie stutzen. Dean war kein Mann, der oft Gefühle zeigte. Das hatte sie damals wütend gemacht, weil sie immer den Eindruck gehabt hatte, dass *sie* es war, die sich nicht im Griff hatte, die jeden Moment zu explodieren drohte. Ihre Affäre hatte überhaupt erst begonnen, weil *sie* den ersten Schritt gemacht hatte, nicht er. Sie hatte das ganze Risiko auf sich genommen, ihren Stolz aufs Spiel gesetzt – und was hatte sie nun davon? Sie liebte einen Mann, der ihr immer noch ein Rätsel war. Einen Mann, dessen einzige erkennbare Gefühlsregung der Zorn war, den sie jetzt in seiner Stimme hörte.

Das machte sie auch wütend.

»Es hat doch keinen Zweck, diese alten Geschichten noch mal aufzuwärmen«, sagte sie. »Wir müssen zusammenarbeiten. Es bleibt uns nichts anderes übrig. Aber alles andere – davon will ich im Moment einfach nichts hören.«

»Wovon willst du nichts hören? Davon, dass wir miteinander geschlafen haben?«

»Ja.«

»Damals schien es dir aber nicht so viel auszumachen.«

»Es ist passiert, das ist alles. Ich bin sicher, es hat dir nicht mehr und nicht weniger bedeutet als mir.«

Er schwieg. Getroffen? Verletzt? Sie glaubte nicht, dass es möglich war, einen Mann zu verletzen, der gar keine Gefühle hatte.

Sie zuckte zusammen, als er plötzlich auflachte.

»Du redest manchmal so einen Blödsinn daher, Jane.«

Sie wandte sich zu ihm um – schaute ihn zum ersten Mal *wirklich* an –, und wieder verschlug es ihr den Atem, als sie sah, was sie an ihm so angezogen hatte. Der markante Unterkiefer, die schiefergrauen Augen. Die gebieterische Ausstrahlung. Sie konnte ihn so viel beleidigen, wie sie wollte – stets würde sie das Gefühl haben, dass er derjenige war, den nichts erschüttern konnte, der immer alles im Griff hatte.

»Wovor hast du Angst?«, fragte er.

»Ich weiß nicht, wovon du redest.«

»Dass ich dich verletzen könnte? Dass ich als Erster gehen könnte?«

»Du warst ja nie da, wie kannst du da gehen?«

»Okay, da hast du Recht. Es ging einfach nicht. Nicht bei unseren Jobs.«

»Und darauf läuft doch letzten Endes alles hinaus, oder nicht?« Sie erhob sich und stampfte mit den Füßen auf, um das Blut wieder zum Fließen zu bringen. »Du bist in Washington, und ich bin hier. Du hast deinen Job, den du nicht aufgeben willst, und ich habe meinen. Keine Kompromisse.«

»Wie du es sagst, klingt es wie eine Kriegserklärung.«

»Nein, es ist einfach nur logisch. Ich versuche, praktisch

zu denken.« Sie drehte sich um und ging in Richtung Ausgang.

»Und du versuchst, dich zu schützen.«

»Sollte ich das etwa nicht?«, fragte sie, indem sie sich zu ihm umwandte.

»Es ist nicht so, dass die ganze Welt nur darauf aus ist, dir wehzutun, Jane.«

»Ja, weil ich das nicht zulasse.«

Sie verließen die Kapelle und gingen über den Hof zum Tor. Mit einem metallischen Dröhnen fiel es hinter ihnen ins Schloss.

»Tja, ich halte es für zwecklos, noch länger an diesem Panzer herumzukratzen«, sagte er. »Ich bin ein gutes Stück auf dich zugegangen. Aber du musst dich auch von der Stelle bewegen. Du musst auch nachgeben.« Er drehte sich um und ging auf seinen Wagen zu.

»Gabriel?«, sagte sie.

Er blieb stehen und wandte sich zu ihr um.

»Was hast du denn geglaubt, was diesmal passieren würde?«

»Ich weiß nicht. Dass du dich zumindest freuen würdest, mich zu sehen.«

»Und was noch?«

»Dass wir wieder vögeln würden wie die Weltmeister.«

Sie lachte nur und schüttelte den Kopf. *Bring mich nicht in Versuchung. Erinnere mich nicht daran, was mir die ganze Zeit gefehlt hat.*

Er sah sie über das Autodach hinweg an. »Ich würde mich auch mit Ersterem zufrieden geben, Jane«, sagte er. Dann stieg er ein und schlug die Tür zu.

Sie sah ihm nach, als er davonbrauste, und dachte: *Wenn wir nicht gevögelt hätten wie die Weltmeister, dann hätte ich jetzt ein Problem weniger.*

Fröstelnd blickte sie zum Himmel auf. Es war erst vier

Uhr nachmittags, und schon schien die Nacht heranzurücken und das letzte graue Licht des Tages zu vertreiben. Sie hatte keine Handschuhe, und der Wind war so schneidend kalt, dass ihre Finger schmerzten, als sie den Schlüssel aus der Tasche zog und den Wagen aufschloss. Sie stieg ein und versuchte den Schlüssel ins Zündschloss zu stecken, doch ihre Hände waren so taub, dass sie ihre Finger kaum noch spürte.

Als sie es endlich geschafft hatte, verharrte sie reglos mit der Hand am Anlasser.

Sie musste plötzlich an die Hände von Leprakranken denken, an Finger, die zu Stümpfen abgefault waren.

Und eine vage Erinnerung regte sich in ihrem Hinterkopf – an eine Frage, in der es um die Hände einer Frau gegangen war. Eine beiläufige Bemerkung, der sie zu der Zeit keine Beachtung geschenkt hatte.

Sie hat gesagt, ich rede zu viel, weil ich gefragt habe, warum die Frau keine Finger hat.

Rizzoli stieg wieder aus, ging zum Tor und läutete. Läutete wieder.

Endlich tauchte Schwester Isabel auf. Das verhutzelte Gesicht, das sie durch die Eisenstäbe anstarrte, drückte nicht gerade Begeisterung aus.

»Ich muss mit dem kleinen Mädchen sprechen«, sagte Rizzoli. »Mit Mrs. Otis' Tochter.«

Sie fand Noni in einem alten Schulzimmer am Ende des Flurs. Hier saß sie ganz allein an einem ramponierten Lehrerpult und baumelte mit den stämmigen Beinchen, vor sich eine Sammlung von Buntstiften in allen Regenbogenfarben. In der Klosterküche, in der Mrs. Otis gerade das Abendessen für die Schwestern vorbereitete, war es viel wärmer, und das Aroma frisch gebackener Schokoladenplätzchen drang bis in diesen düsteren Winkel des Gebäudes. Doch Noni hatte es vorgezogen, sich in dieses kalte Zimmer zu verkriechen, in sicherer Entfernung von dem Geschimpfe und den missbilligenden Blicken ihrer Mutter. Mit kindlichem Griff hielt sie einen giftgrünen Stift gepackt und malte Funken, die aus dem Kopf eines Mannes sprühten. In selbstvergessener Konzentration schob sie die Zungenspitze zwischen den Lippen hervor.

»Gleich explodiert es«, erklärte Noni. »Die Todesstrahlen bringen sein Gehirn zum Kochen, und dann platzt ihm der Kopf. Wie wenn man was in der Mikrowelle kocht, und dann zerplatzt es auf einmal.«

»Und die Todesstrahlen sind grün?«, fragte Rizzoli.

Noni blickte auf. »Müssen die eine andere Farbe haben?«

»Ich weiß nicht. Ich hatte mir Todesstrahlen immer eher – na ja – silbern vorgestellt.«

»Silber hab ich nicht. Conrad hat sich meinen silbernen Stift neulich in der Schule genommen und will ihn nicht mehr rausrücken.«

»Na ja, ich denke, grüne Todesstrahlen tun's zur Not auch.«

Beruhigt wandte sich Noni wieder ihrer Zeichnung zu. Sie nahm einen blauen Stift zur Hand und versah die Strahlen mit Spitzen, so dass sie wie Pfeile aussahen, die auf das bedauernswerte Opfer herabregneten. Das ganze Pult war mit bedauernswerten Opfern übersät. Die verstreuten Zeichnungen zeigten Raumschiffe, die aus allen Rohren feuerten, und blaue Aliens, die den Menschen die Köpfe abschlugen. Das waren keine freundlichen Außerirdischen à la E.T. Das Mädchen, das da am Pult saß und sie zeichnete, kam Rizzoli selbst wie eine Außerirdische vor – ein kleiner Kobold mit rehbraunen Augen, der sich in einem Zimmer versteckt hielt, wo niemand ihn stören würde.

Noni hatte sich einen deprimierenden Zufluchtsort ausgesucht. Das Klassenzimmer sah aus, als wäre es schon lange nicht mehr benutzt worden; die kahlen Wände waren mit zahllosen Reißbrettstiften und vergilbtem Tesafilm verunziert. In der Ecke waren uralte Schulbänke übereinander gestapelt, so dass der zerkratzte Holzboden frei lag. Das wenige Licht, das durch die Fenster fiel, tauchte alles in winterliche Grautöne.

Noni hatte schon die nächste Zeichnung in ihrer Alien-Horror-Serie begonnen. Das Opfer der giftgrünen Todesstrahlen hatte jetzt ein klaffendes Loch im Kopf, aus dem dicke lilafarbene Tropfen spritzten. Darüber erschien eine Sprechblase mit seinem Todesschrei.

Aaaahhhh!!!

»Noni, erinnerst du dich noch an neulich abends, als wir uns mit dir unterhalten haben?«

Die braunen Locken wippten, als das Mädchen nickte. »Du bist gar nicht mehr vorbeigekommen.«

»Na ja, ich bin ziemlich viel in der Gegend rumgerannt.«

»Du sollst nicht immer rumrennen. Du musst lernen, stillzusitzen und dich zu entspannen.«

Eine mahnende Erwachsenenstimme sprach aus dieser Bemerkung. *Hör auf mit der Rennerei und gib endlich Ruhe, Noni!*

»Und du sollst auch nicht so traurig sein«, sagte Noni und griff zu einem neuen Stift.

Rizzoli sah schweigend zu, wie das Kind leuchtend rote Spritzer malte, die aus dem explodierenden Kopf hervorschossen. Mein Gott, dachte sie. Dieses Mädchen sieht es mir an. Dieser furchtlose kleine Kobold sieht mehr als alle Erwachsenen.

»Du hast sehr gute Augen«, sagte Rizzoli. »Du siehst wohl ziemlich viel, was?«

»Ich hab mal gesehen, wie eine Kartoffel geplatzt ist. In der Mikrowelle.«

»Du hast uns neulich ein bisschen was über Schwester

Ursula erzählt. Du hast gesagt, sie hätte mit dir geschimpft.«

»Hat sie auch.«

»Sie hat gesagt, du wärst unhöflich, weil du eine Frage über die Hände einer Frau gestellt hast. Weißt du das noch?«

Noni hob den Kopf und lugte mit einem braunen Auge durch das Lockengewirr. »Ich dachte, du wolltest nur was über Schwester Camille wissen.«

»Nein, ich interessiere mich auch für Schwester Ursula. Und für die Frau mit den komischen Händen. Was war denn mit der?«

»Sie hatte keine Finger.« Noni nahm einen schwarzen Stift und zeichnete einen Vogel, der über dem explodierenden Mann kreiste. Einen Raubvogel mit riesigen schwarzen Schwingen. »Geier«, sagte sie. »Die fressen einen auf, wenn man tot ist.«

So weit ist es mit mir gekommen, dachte Rizzoli. Ich bin auf die Aussage eines kleinen Mädchens angewiesen, das Marsmännchen und Todesstrahlen malt.

Sie beugte sich vor und fragte leise: »Wo hast du diese Frau gesehen, Noni?«

Noni legte den Stift hin und seufzte resigniert. »Okay. Wenn du's unbedingt wissen willst.« Sie sprang von ihrem Stuhl herunter.

»Wo gehst du hin?«

»Ich zeig dir, wo die Frau war.«

Nonis Winterjacke war ihr viel zu groß; sie sah aus wie ein kleines Michelinmännchen, als sie so dick vermummt durch den Schnee stapfte. Rizzoli folgte in den Spuren von Nonis Gummistiefeln, und sie kam sich vor wie ein einfacher Rekrut, der hinter einem entschlossenen General hertrottet. Noni führte sie über den Klosterhof, vorbei an dem Brunnen, der unter der dicken Schneeschicht wie eine riesige Hochzeitstorte aussah. Am Tor blieb sie stehen und zeigte durch die Gitterstäbe.

»Sie war da draußen.«

»Vor dem Tor.«

»Mhm. Sie hatte einen großen Schal ums Gesicht gewickelt. Wie ein Bankräuber.«

»Du hast ihr Gesicht also nicht sehen können?«

Das kleine Mädchen schüttelte den Kopf, dass die braunen Locken flogen.

»Hat die Frau mit dir gesprochen?«

»Nö, nur der Mann.«

Rizzoli starrte sie an. »Es war ein Mann bei ihr?«

»Er hat gesagt, ich soll sie reinlassen, weil sie mit Schwester Ursula reden müssten. Aber das ist gegen die Regeln, und das hab ich ihnen auch gesagt. Wenn eine Schwester sich nicht an die Regeln hält, fliegt sie raus. Meine Mama sagt, dass die Schwestern nirgendwo sonst hinkönnen, und darum halten sie sich *immer* an die Regeln, weil sie sich nicht aus dem Kloster raustrauen.« Noni blickte zu Rizzoli auf und fügte voller Stolz hinzu: »Aber ich gehe raus, wann ich will.«

Weil du vor nichts Angst hast, dachte Rizzoli. *Du bist ein mutiges Mädchen.*

Noni begann eine Furche in den Schnee zu trampeln. Mit militärischer Präzision setzte sie einen pinkfarbenen Stiefel vor den anderen. Nachdem die erste Bahn fertig war, machte sie kehrt und trampelte eine zweite, parallele Linie. Sie hält sich für unbesiegbar, dachte Rizzoli. Dabei ist sie so klein und verletzlich. Nur ein hilfloses kleines Würmchen in einer dick wattierten Jacke.

»Und was ist dann passiert, Noni?«

Das Mädchen kam durch den Schnee auf sie zumarschiert und blieb abrupt stehen, den Blick auf ihre schneebedeckten Stiefel gesenkt. »Die Frau hat einen Brief durchs

Tor gesteckt.« Noni beugte sich vor und flüsterte: »Und da hab ich gesehen, dass sie keine Finger hat.«

»Hast du Schwester Ursula den Brief gegeben?«

Das Mädchen nickte so eifrig, dass ihre Locken wie Drahtfedern wackelten. »Und sie ist *sofort* zu ihnen rausgegangen!«

»Hat sie mit den Leuten geredet?«

Kopfschütteln.

»Warum nicht?«

»Weil sie schon weg waren, als sie rauskam.«

Rizzoli wandte sich zum Tor um und starrte hinaus auf den Gehsteig, wo die beiden Besucher gestanden und dieses störrische Kind angefleht hatten, sie einzulassen.

Sie spürte, wie sich ihre Nackenhaare aufrichteten.

Die Rattenfrau. Sie war hier.

16

Rizzoli trat aus dem Krankenhauslift, marschierte an dem Schild mit der Aufschrift *Zutritt für Besucher nur nach Anmeldung* vorbei und stieß die Doppeltür zur Intensivstation auf. Es war ein Uhr nachts, und die Beleuchtung war gedämpft, damit die Patienten schlafen konnten. Nach dem hell erleuchteten Flur fand sie sich plötzlich in einem abgedunkelten Bereich, in dem die Schwestern und Pfleger nur als gesichtslose Silhouetten erschienen. In einem einzigen Zimmer brannte helles Licht. Sofort steuerte sie darauf zu.

Die schwarze Polizistin, die an der Tür Wache hielt, begrüßte Rizzoli. »Hallo, Detective! Sie waren aber schnell hier.«

»Hat sie schon was gesagt?«

»Kann sie gar nicht. Sie hat immer noch diesen Beatmungsschlauch im Hals. Aber sie ist eindeutig bei Bewusstsein. Ihre Augen sind offen, und ich habe die Schwester sagen hören, dass sie ansprechbar ist. Sie scheinen alle ziemlich überrascht, dass sie überhaupt aufgewacht ist.«

Das Alarmsignal des Beatmungsgeräts schreckte Rizzoli auf. Als sie einen Blick durch die Tür des Zimmers warf, sah sie eine ganze Schar von Ärzten und Helfern, die sich um das Bett drängten. Sie erkannte den Neurochirurgen Dr. Yuen und den Internisten Dr. Sutcliffe, dessen blonder Pferdeschwanz so gar nicht zu dieser Versammlung ernsthafter Fachleute zu passen schien. »Was ist denn da los?«

»Ich weiß nicht«, antwortete die Polizistin. »Irgendwas mit dem Blutdruck. Dr. Sutcliffe war gerade eingetroffen, da ging plötzlich alles drunter und drüber. Dann ist Dr. Yuen dazugekommen, und seitdem sind sie da drin mit ihr beschäftigt.« Sie schüttelte den Kopf. »Ich fürchte, es sieht nicht besonders gut aus. Diese Maschinen piepsen schon die ganze Zeit wie verrückt.«

Rizzoli zwängte sich in die enge Kabine. Das grelle Licht schmerzte in ihren müden Augen. Von Schwester Ursula konnte sie nichts sehen, so dicht drängten sich die Helfer um ihr Bett. Doch sie konnte die Monitore über dem Bett sehen – die Kurve des Herzrhythmus erinnerte an einen Kieselstein, der über das Wasser hüpft.

»Sie versucht, sich den Tubus rauszuziehen!«, rief eine Schwester.

»Binden Sie die Hand fester!«

»... Ursula, entspannen Sie sich! Versuchen Sie, sich zu entspannen!«

»Systolischer Druck auf achtzig gesunken ...«

»Warum ist sie so rot im Gesicht?«, fragte Dr. Yuen. »Sehen Sie sich das mal an!« Er blickte nervös auf, als das Beatmungsgerät erneut zu piepsen begann.

»Der Atemwegswiderstand ist zu hoch«, antwortete eine Schwester. »Sie kämpft gegen den Respirator an.«

»Ihr Blutdruck fällt, Dr. Yuen! Systolisch bei achtzig.«

»Wir geben ihr Dopamin i.v. Los, schnell!«

Plötzlich bemerkte eine der Schwestern Rizzoli, die in der Tür stand. »Sie müssen leider draußen bleiben, Ma'am.«

»Ist sie bei Bewusstsein?«, fragte Rizzoli.

»Verlassen Sie bitte *sofort* das Zimmer!«

»Ich kümmere mich schon drum«, sagte Sutcliffe.

Er packte Rizzoli am Arm und zerrte sie recht unsanft zur Tür hinaus. Dann zog er den Vorhang hinter ihnen zu, so dass Rizzoli der Blick auf die Patientin versperrt war. Im Halbdunkel konnte sie die Blicke der Schwestern nur spüren, die sie von ihren Arbeitsplätzen aus beobachteten.

»Detective Rizzoli«, sagte Sutcliffe, »Sie müssen uns schon unsere Arbeit machen lassen.«

»Ich versuche doch auch nur, meine zu machen. Sie ist unsere einzige Zeugin.«

»Und ihr Zustand ist sehr kritisch. Wir müssen erst zusehen, dass sie diese Krise übersteht, bevor irgendjemand mit ihr sprechen kann.«

»Sie ist aber doch bei Bewusstsein?«

»Ja.«

»Und sie begreift, was um sie herum vorgeht?«

Er antwortete nicht sofort. In der abgedunkelten Station konnte sie seinen Gesichtsausdruck nicht erkennen. Sie sah nur die Silhouette seiner breiten Schultern und das Funkeln seiner Augen, in denen sich der grünliche Schein der Computerbildschirme spiegelte. »Ich bin mir nicht sicher. Ehrlich gesagt hatte ich nicht damit gerechnet, dass sie das Bewusstsein wiedererlangen würde.«

»Warum fällt ihr Blutdruck? Ist das eine neue Entwicklung?«

»Sie ist ganz plötzlich in Panik geraten, vermutlich wegen des Endotrachealtubus. Es ist ein unangenehmes und beängstigendes Gefühl, wenn man so einen Schlauch im Hals stecken hat, aber er muss nun mal drin bleiben, damit sie besser atmen kann. Wir haben ihr Valium gegeben, als ihr Blutdruck in die Höhe schoss. Und dann fing er plötzlich an, in den Keller zu gehen.«

Eine Schwester zog den Vorhang zur Seite und rief durch die Tür: »Dr. Sutcliffe?«

»Ja?«

»Ihr Blutdruck reagiert nicht, trotz Dopamin.«

Sutcliffe ging wieder hinein.

Durch die offene Tür beobachtete Rizzoli das Drama, das sich nur wenige Schritte von ihr entfernt abspielte. Die Nonne hatte die Hände zu Fäusten geballt, und die Sehnen an ihren Armen zeichneten sich ab wie straff gespannte Seile, als sie sich mit aller Kraft gegen die Gurte sträubte, mit denen ihre Handgelenke an das Bettgitter gefesselt waren. Ihr Kopf war dick bandagiert, der Mund verdeckt durch den Tubus, der aus ihrem Hals ragte, doch der Rest ihres Gesichts war deutlich zu erkennen. Es sah geschwollen aus, die Wangen hochrot angelaufen. Und aus dem Gewirr von Schläuchen und dem Verbandmull, der sie wie eine Mumie einhüllte, blickten Schwester Ursulas Augen hervor wie die eines gehetzten Tieres – mit vor Angst geweiteten Pupillen zuckten die Augen nach links und nach rechts, als suchten sie verzweifelt nach einer Fluchtmöglichkeit. Das Bettgitter rasselte wie die Eisenstäbe eines Käfigs, als sie an ihren Fesseln zerrte. Ihr ganzer Rumpf hob sich vom Bett ab, und dann ging plötzlich der Herzalarm los.

Rizzoli blickte sofort zum Monitor, der jetzt eine flache Linie anzeigte.

»Alles okay, alles okay!«, rief Sutcliffe. »Sie hat bloß eins von den Kabeln rausgerissen.« Rasch klemmte er es wieder an, und im nächsten Moment zeigte der Monitor erneut einen Rhythmus an – eine rasche Folge von Ausschlägen.

»Dopaminzufuhr erhöhen«, sagte Yuen. »Drehen Sie voll auf.«

Rizzoli sah zu, wie die Schwester den Regler am Tropf auf Schuss stellte. Kochsalzlösung strömte in Schwester Ursulas Vene. Die Augen der Nonne richteten sich auf Rizzoli. In einem letzten Aufflackern, kurz bevor ihr Blick glasig wurde, bevor der letzte Funke von Bewusstsein darin erlosch, sah Rizzoli die Todesangst in ihren Augen.

»Der Blutdruck will immer noch nicht steigen. Ist jetzt bei sechzig...«

Die Muskeln in Ursulas Gesicht erschlafften, ihre Hände

bewegten sich nicht mehr. Der Blick der halb geschlossenen Augen ging ins Leere – es war klar, dass sie nichts mehr wahrnahmen.

»Extrasystolen!«, rief die Schwester. »Ich sehe Extrasystolen!«

Alle Blicke richteten sich auf den Herzmonitor. Die Kurve, die bis vor wenigen Sekunden noch häufige, aber regelmäßige Ausschläge gezeigt hatte, war jetzt dolchartig gezackt – ventrikuläre Extrasystolen.

»Sie ist tachykard!«, sagte Yuen.

»Ich kriege keinen Blutdruck mehr. Ihr Kreislauf ist kollabiert!«

»Machen Sie das Gitter runter! Los, los, wir müssen mit der Herzmassage anfangen!«

Rizzoli wurde rückwärts aus dem Zimmer geschoben, als eine der Schwestern zur Tür hinausstürmte und rief: »Herzalarm! Wir haben einen Herzalarm!«

Durch das Fenster beobachtete Rizzoli, wie um Ursulas Bett herum alles in hektische Aktivität ausbrach. Sie sah, wie Yuens Kopf sich in regelmäßigen Abständen hob und senkte, während er Ursulas Brustkorb massierte. Sie sah, wie ein Medikament nach dem anderen in den intravenösen Zugang gespritzt wurde und sterile Verpackungen zu Boden regneten.

Rizzoli starrte gebannt auf den Monitor. Die Kurve raste jetzt in einem Sägezahnmuster vorüber.

»Auf zweihundert laden!«

Im Zimmer trat alles einen Schritt zurück, als die Schwester sich mit den Elektroden des Defibrillators über die Patientin beugte. Deutlich konnte Rizzoli Ursulas entblößte Brüste sehen. Die Haut war fleckig gerötet. Irgendwie kam es ihr merkwürdig vor, dass eine Nonne so volle Brüste hatte.

Die Elektroden entluden sich.

Ursulas Oberkörper schnellte wie von Stahlfedern getrieben in die Höhe.

Neben Rizzoli flüsterte die Polizistin: »Ich habe ein ungutes Gefühl. Sie bringen sie nicht durch.«

Sutcliffe blickte noch einmal zum Monitor auf. Dann fing er Rizzolis Blick durch das Fenster auf. Und schüttelte den Kopf.

Eine Stunde später traf Maura im Krankenhaus ein. Nach Rizzolis Anruf war sie gleich aus dem Bett geschlüpft, ohne Victor zu wecken, der friedlich neben ihr weitergeschlafen hatte. Sie hatte auf die Dusche verzichtet und sich gleich angezogen. Im Aufzug zur Intensivstation konnte sie noch seinen Duft auf ihrer Haut riechen; sie war erschöpft und wund von der wilden Liebesnacht. Sie hatte sich aus seiner Umarmung losgerissen, um ins Krankenhaus zu eilen, und es fiel ihr schwer, sich auf das einzustellen, was sie erwartete. Die Lebenden – ganz besonders einer – hatten die Toten aus ihren Gedanken verdrängt. Maura ließ sich gegen die Wand der Aufzugskabine sinken, schloss die Augen und gab sich noch einen kurzen Moment der Erinnerung hin.

Das Zischen der Lifttür riss sie aus ihrem Tagtraum. Mit einem Ruck richtete sie sich auf und blinzelte die beiden Krankenschwestern an, die wartend vor dem Aufzug standen. Rasch schlüpfte sie hinaus und spürte, wie ihr das Blut in die Wangen schoss. Ob sie etwas merken?, dachte sie. Sicher sieht man mir schon am Gesicht an, was wir getrieben haben.

Rizzoli hockte erschöpft auf einem Sofa im Wartezimmer der Intensivstation und schlürfte Kaffee aus einem Styroporbecher. Als Maura eintrat, musterte Rizzoli sie eingehend, als hätte sie eine Veränderung an ihr bemerkt. Fragte sie sich, warum Mauras Wangen so glühten – in dieser Nacht, in der eine Tragödie sie zusammenführte?

»Sie sagen, es sei ein Herzanfall gewesen«, sagte Rizzoli. »Sieht nicht gut aus. Sie hängt jetzt an der Herz-Lungen-Maschine.«

»Um wie viel Uhr war der Herzalarm?«

»Gegen ein Uhr fünfzehn. Sie haben fast eine Stunde lang um ihr Leben gekämpft, bis sie endlich wieder einen Rhythmus hatten. Aber jetzt liegt sie im Koma. Keine Spontanatmung; keine Pupillenreaktion.« Sie schüttelte den Kopf. »Ich fürchte, da drin ist niemand mehr zu Hause.«

»Was sagen die Ärzte?«

»Tja, die Gelehrten streiten sich noch. Dr. Yuen ist noch nicht bereit, den Stecker rauszuziehen. Aber unser Hippieknabe meint, sie sei hirntot.«

»Sie meinen Dr. Sutcliffe?«

»Ja. Dieser Muskelprotz mit dem Pferdeschwanz. Er hat für heute früh ein EEG angeordnet, um die Hirnaktivität zu messen.«

»Wenn das Resultat negativ ausfällt, dürften weitere lebenserhaltende Maßnahmen nur schwer zu rechtfertigen sein.«

Rizzoli nickte. »Ich dachte mir, dass Sie das sagen würden.«

»Gibt es Zeugen für den Herzstillstand?«

»Was?«

»War medizinisches Personal anwesend, als ihr Herz stehen blieb?«

Rizzoli wirkte jetzt leicht gereizt; Mauras nüchterne Fragen schienen ihr nicht zu behagen. Sie stellte ihren Becher ab, und Kaffee schwappte auf den Tisch. »Ja, sogar jede Menge. Ich war auch dabei.«

»Was ging dem Herzalarm voraus?«

»Angeblich ist zuerst ihr Blutdruck in die Höhe geschossen, und ihr Puls hat verrückt gespielt. Aber als ich hier eintraf, hatte der Blutdruck schon wieder zu fallen begonnen. Und dann blieb ihr Herz stehen. Ja, und dafür gibt es wie gesagt einen Haufen Zeugen.«

Es war einen Moment still. Der Fernseher lief, jedoch ohne Ton. Rizzolis Blick fiel auf die CNN-Schlagzeilen, die am unteren Bildschirmrand durchliefen. *North Carolina: Verärgerter Mitarbeiter erschießt vier Menschen in Autofabrik… Colorado: Zug mit giftigen Chemikalien entgleist…* Da führen sie Buch über all die Katastrophen im Land, und hier sitzen wir – zwei erschöpfte Frauen, die sich nur wünschen, diese Nacht wäre endlich vorbei.

Maura setzte sich zu Rizzoli auf die Couch. »Wie geht's Ihnen, Jane? Sie sehen fix und fertig aus.«

»Ich fühle mich beschissen. Ausgelaugt – als ob es mir auch noch den letzten Rest Energie aus den Knochen saugt. Und für mich selbst bleibt nichts mehr übrig.« Sie leerte den Becher in einem Zug und zielte nach dem Abfalleimer. Der Wurf ging fehl. Doch sie starrte den Becher nur an, viel zu müde, um sich aufzuraffen und ihn aufzuheben.

»Das Mädchen hat ihn identifiziert«, sagte Rizzoli.

»Was?«

»Noni.« Sie hielt inne. »Gabriel hat sich richtig geschickt angestellt. Hat mich irgendwie überrascht. Ich hätte nicht gedacht, dass er so gut mit Kindern umgehen kann. Er ist so schwer einzuschätzen, wissen Sie. So verschlossen. Aber er hat sich einfach mit ihr hingehockt, und sie hat ihm gleich aus der Hand gefressen…« Sie blickte versonnen in eine Ecke, doch dann gab sie sich einen Ruck. »Sie hat Redfield auf einem Foto erkannt.«

»Er war also der Mann, der mit unserer Unbekannten in Graystones aufgetaucht ist?«

Rizzoli nickte. »Sie waren beide dort und haben nach Schwester Ursula gefragt.«

Maura schüttelte den Kopf. »Ich verstehe es einfach

nicht. Was in aller Welt hatten diese drei Menschen miteinander zu schaffen?«

»Das ist eine Frage, die nur Schwester Ursula hätte beantworten können.« Rizzoli stand auf und zog ihren Mantel an. Sie wandte sich zur Tür um, hielt dann aber inne und sah Maura an. »Sie war noch bei Bewusstsein.«

»Schwester Ursula?«

»Kurz bevor ihr Herz stehen blieb, hat sie noch mal die Augen aufgeschlagen.«

»Glauben Sie wirklich, dass sie bei vollem Bewusstsein war? Dass sie ihre Umgebung wahrgenommen hat?«

»Sie hat die Hand der Schwester gedrückt. Sie hat auf das reagiert, was man ihr sagte. Aber ich hatte keine Gelegenheit, mit ihr zu sprechen. Und dann stand ich da, und sie hat mich *angeschaut*, kurz bevor …« Rizzoli stockte, als ob der Gedanke sie erschütterte. »Ich bin der letzte Mensch, den sie gesehen hat.«

Maura trat durch die Tür der Intensivstation. Sie ging vorbei an Monitoren mit grün leuchtenden Herzkurven, an Grüppchen von Schwestern, die flüsternd vor den Patientenkabinen standen. Während ihrer Assistenzzeit in der Intensivmedizin war ein nächtlicher Besuch auf der Intensivstation stets mit Stress und Aufregung verbunden gewesen – ob nun einer ihrer Patienten im Sterben lag oder ihre rasche Entscheidung in einer Krisensituation gefragt war. Auch jetzt noch, nach so vielen Jahren, schlug ihr Herz schneller, als sie zu dieser späten Stunde die Station betrat. Doch in dieser Nacht erwartete sie keine medizinische Krise. Sie kam zum Schauplatz einer Schlacht, die bereits verloren war.

In Schwester Ursulas Kabine traf sie auf Dr. Sutcliffe. Er stand am Bett und trug gerade etwas in das Krankenblatt ein. Während sie ihn beobachtete, hielt er plötzlich mit der

Kugelschreiberspitze auf dem Papier inne, als hätte er Schwierigkeiten, den nächsten Satz zu formulieren.

»Dr. Sutcliffe?«, sagte sie.

Er sah sie an. Sein braun gebranntes Gesicht war von Strapazen und Schlafmangel gezeichnet.

»Detective Rizzoli hat mich gebeten vorbeizuschauen. Sie sagte, Sie hätten vor, die Geräte abzuschalten.«

»Sie sind wieder mal ein bisschen zu früh dran«, erwiderte er. »Dr. Yuen hat entschieden, dass wir noch ein oder zwei Tage warten sollten. Er will zuerst das EEG sehen.« Er wandte sich wieder seinen Aufzeichnungen zu. »Das ist doch voller Ironie, oder nicht? Wie viele Seiten in diesem Bericht ihren letzten paar Tagen auf Erden gewidmet sind. Und ihr gesamtes bisheriges Leben nimmt nur einen kurzen Absatz ein. Das finde ich nicht in Ordnung. Irgendwie unwürdig.«

»Immerhin lernen Sie Ihre Patienten kennen, solange sie noch atmen. Dieses Privileg ist mir verwehrt.«

»Ich glaube, Ihr Job wäre nichts für mich, Dr. Isles.«

»Es gibt Tage, da wünsche ich ihn auch zum Teufel.«

»Warum haben Sie dann diesen Beruf gewählt? Warum haben Sie sich für die Toten und nicht für die Lebenden entschieden?«

»Auch sie verdienen Aufmerksamkeit. Sie würden wollen, dass wir herausfinden, woran sie gestorben sind.«

Er sah auf Schwester Ursula herab. »Falls Sie sich fragen, was hier schief gelaufen ist, kann ich Ihnen die Antwort verraten. Wir haben nicht schnell genug reagiert. Wir haben um sie herumgestanden und zugesehen, wie sie in Panik geriet. Wir hätten sie sedieren sollen. Wenn wir sie ein wenig eher ruhig gestellt hätten …«

»Wollen Sie damit sagen, dass die Panik ihre Herzattacke ausgelöst hat?«

»Damit hat es angefangen. Zuerst sind Blutdruck und

Puls in die Höhe geschossen. Dann ist der Druck ganz unvermittelt gefallen, und die Arrhythmien haben eingesetzt. Wir haben zwanzig Minuten gebraucht, um ihren Rhythmus zu stabilisieren.«

»Was sagt ihr EKG?«

»Akuter Myokardinfarkt. Sie ist jetzt tief komatös. Keine Pupillenreaktion. Keine Reaktion auf starke Schmerzen. Sie hat mit ziemlicher Sicherheit einen irreversiblen Hirnschaden davongetragen.«

»Ist es nicht noch ein wenig früh für eine solche Aussage?«

»Ich bin Realist. Dr. Yuen hofft immer noch, sie durchzubringen, aber er ist ja auch Chirurg. Ihm ist daran gelegen, eine glänzende Statistik aufweisen zu können. Solange seine Patientin nur die OP überlebt, kann er sie als Erfolg verbuchen. Auch wenn sie nur noch dahinvegetiert.«

Maura trat näher ans Bett und musterte die Patientin stirnrunzelnd. »Warum ist sie so ödematös?«

»Wir haben sie während des Herzalarms mit Flüssigkeiten vollgepumpt, um ihren Blutdruck zu erhöhen. Deshalb sieht ihr Gesicht geschwollen aus.«

Maura blickte auf die Arme der Patientin und bemerkte mehrere erhabene, rötliche Quaddeln. »Das sieht mir ganz nach abklingender Nesselsucht aus. Welche Medikamente hat sie bekommen?«

»Den üblichen Cocktail, den wir bei Herzalarm verabreichen. Antiarrhythmika, Dopamin.«

»Ich glaube, Sie müssen ein chemisch-toxikologisches Screening veranlassen.«

»Wie bitte?«

»Es handelte sich schließlich um einen Herzstillstand mit unbekannter Ursache. Und dieser Ausschlag sieht mir sehr nach einer Medikamentenreaktion aus.«

»Wir machen normalerweise kein Screening, bloß weil ein Patient einen Herzanfall erleidet.«

»In diesem Fall sollten Sie aber eines veranlassen.«

»Wieso? Glauben Sie etwa, dass wir einen Fehler gemacht haben? Dass wir ihr etwas Falsches gegeben haben?« Er fühlte sich offenbar angegriffen; die Müdigkeit in seiner Stimme war einem zornigen Ton gewichen.

»Sie ist Zeugin eines Verbrechens«, erinnerte Maura ihn. »Die einzige Zeugin.«

»Wir haben eine Stunde lang um ihr Leben gekämpft. Und jetzt deuten Sie an, dass Sie uns nicht vertrauen.«

»Hören Sie, ich will einfach nur gründlich sein.«

»Okay.« Er klappte die Krankenakte zu. »Ich werde das toxikologische Screening veranlassen – weil Sie's nun mal so wollen.« Er ging hinaus.

Maura blieb an Ursulas Bett stehen und betrachtete die Nonne, deren Gesicht in den fahlen Schein einer Nachttischlampe getaucht war. Von dem üblichen Chaos, das nach einer Reanimation regelmäßig zurückblieb, war nichts zu sehen. Die leeren Spritzen und Ampullen, die sterilen Verpackungen, all das war bereits beseitigt worden. Die Brust der Patientin hob und senkte sich nur noch, weil mit jedem Zischen des Beatmungsgeräts Luft in ihre Lungen gepumpt wurde.

Maura zog ihre Pupillenleuchte aus der Tasche und leuchtete in Ursulas Augen.

Weder die linke noch die rechte Pupille reagierte auf den Lichteinfall.

Als sie sich aufrichtete, registrierte sie plötzlich, dass sie beobachtet wurde. Sie drehte sich um und war überrascht, Pater Brophy in der Tür stehen zu sehen.

»Die Schwestern haben mich angerufen«, sagte er. »Sie meinten, es sei wohl an der Zeit.«

Er hatte dunkle Ringe unter den Augen, und Bartstoppeln bedeckten Wangen und Kinn. Wie üblich trug er seinen Priesterkragen und einen dunklen Anzug, doch zu dieser nachtschlafenden Stunde war sein Hemd zerknittert. Sie stellte sich vor, wie ihn der Anruf aus dem Schlaf gerissen hatte, wie er sich aus dem Bett gewälzt hatte und schlaftrunken in seine Kleider geschlüpft war. Wie er automatisch nach diesem Hemd gegriffen hatte, bevor er aus seinem warmen Schlafzimmer in die kalte Nacht aufgebrochen war.

»Möchten Sie, dass ich wieder gehe?«, fragte er. »Ich kann auch später wiederkommen.«

»Nein, kommen Sie doch bitte herein, Pater. Ich wollte nur noch einmal das Protokoll durchgehen.«

Er nickte und trat in die Kabine. Mit einem Mal kam ihr der Raum viel zu eng vor, die Situation zu intim.

Sie griff nach der Patientenakte, die Dr. Sutcliffe hatte liegen lassen. Als sie sich auf den Hocker neben dem Bett setzte, wurde sie sich plötzlich wieder ihres eigenen Geruchs bewusst, und sie fragte sich, ob Pater Brophy ihn ebenfalls wahrnahm. Victors Geruch. Den Geruch nach Sex. Während Pater Brophy mit leiser Stimme zu beten begann, konzentrierte sie sich bewusst auf die Aufzeichnungen der Schwester.

0.15 Uhr: Werte: BD auf 130/90 gestiegen, Puls 80. Augen offen. Vollführt gezielte Bewegungen. Drückt rechte Hand nach Aufforderung. Dr. Yuen und Dr. Sutcliffe gerufen, um über Veränderung in Mentalstatus zu unterrichten.

0.43 Uhr. BD auf 180/100 gestiegen, Puls 120. Dr. Sutcliffe eingetroffen. Patientin erregt, versucht Tubus herauszuziehen.

0.50 Uhr: Systolischer BD auf 110 gefallen. Patientin rot im Gesicht und sehr erregt. Dr. Yuen eingetroffen.

1.55 Uhr: Systolischer 85, P 180, Infusion im Schuss…

Je weiter der Blutdruck sank, desto knapper wurde das Protokoll; die Handschrift wurde entsprechend hastiger, bis sie in ein nahezu unleserliches Gekrakel überging. Maura konnte sich lebhaft vorstellen, was sich in diesem Zimmer abgespielt hatte. Die hektische Suche nach Infusionsbeuteln und Spritzen. Schwestern, die zwischen Bett und Stationszentrale hin- und herrannten, um Medikamente herbeizuschaffen. Sterile Verpackungen wurden aufgerissen, Ampullen geleert, die passenden Dosierungen in aller Eile berechnet. Und all das, während die Patientin in Panik um sich schlug und ihr Blutdruck rapide absackte.

1.00 Uhr: Herzalarm ausgelöst.

Eine andere Handschrift. Eine andere Schwester war eingesprungen, um die Ereignisse zu protokollieren. Die neuen Eintragungen waren sauber und methodisch, das Werk einer Krankenschwester, deren einzige Aufgabe während des Alarms darin bestand, alles zu beobachten und zu dokumentieren.

Kammerflimmern. Defibrillation bei 300 Joule. Lidocain i.v. erhöht auf 4 mg/min.

Defibrillation wiederholt bei 400 Joule. Immer noch Kammerflimmern.

Pupillen geweitet, aber noch lichtreaktiv.

Noch haben sie nicht aufgegeben, dachte Maura; nicht, solange die Pupillen noch reagierten. Solange es noch den Hauch einer Chance gab.

Sie erinnerte sich daran, wie sehr sie sich gegen das Eingeständnis der Niederlage gesträubt hatte, damals während ihrer Assistenzzeit, als sie zum ersten Mal eine Wiederbelebung koordiniert hatte – selbst dann noch, als allen klar gewesen war, dass der Patient nicht mehr zu retten war. Doch die Familie des Mannes hatte draußen vor der Tür gewartet – seine Frau und seine beiden halbwüchsigen Söhne –, und es waren die Gesichter der Jungen gewesen, die

Maura vor sich gesehen hatte, als sie dem Patienten ein ums andere Mal die Elektroden des Defibrillators auf die Brust gedrückt hatte. Sie waren beide schon groß genug, um als Männer durchzugehen, mit riesigen Füßen und pickligen Gesichtern, doch sie weinten wie kleine Kinder; und so setzte Maura die Wiederbelebungsversuche fort, auch als längst schon feststand, dass alle Bemühungen vergeblich waren. Noch ein Mal schocken, hatte sie immer wieder gedacht. Nur noch ein einziges Mal.

Sie bemerkte plötzlich, dass Pater Brophy verstummt war. Als sie den Kopf hob, sah sie, dass seine Augen auf sie gerichtet waren. Ein unverwandter Blick, den sie fast als zudringlich empfand.

Und zugleich merkwürdig erregend.

Sie klappte die Akte zu, eine knappe, geschäftsmäßige Geste, die ihre Verwirrung kaschieren sollte. Eben hatte sie noch mit Victor im Bett gelegen, und nun musste sie feststellen, dass sie sich ausgerechnet zu *diesem* Mann hingezogen fühlte. Oder war sie es, die ihn mit ihrem Geruch anzog? Dem Geruch einer Frau, die so lange auf Sex hat verzichten müssen, dass sie jetzt nicht genug davon bekommen kann?

Sie stand auf und griff nach ihrem Mantel.

Pater Brophy kam auf sie zu, um ihr hineinzuhelfen. Er stand unmittelbar hinter ihr und hielt den Mantel, während sie in die Ärmel schlüpfte. Sie spürte, wie seine Hand ihr Haar streifte. Eine zufällige Berührung, mehr nicht, doch der Schauer, den sie in ihr auslöste, erschreckte sie. Sie machte einen Schritt von ihm weg und knöpfte ihren Mantel zu.

»Bevor Sie gehen«, sagte er, »möchte ich Ihnen gerne etwas zeigen. Kommen Sie mit?«

»Wohin denn?«

»Nach unten, in den vierten Stock.«

Verwirrt folgte sie ihm zum Aufzug. Sie betraten die Kabine, und wieder einmal zwangen die beengten Platzverhältnisse zu allzu großer körperlicher Nähe. Sie stand stocksteif da, die Hände in die Manteltasche gesteckt, und sah mit unbewegter Miene zu, wie die Stockwerksnummern nacheinander aufleuchteten. Und dabei fragte sie sich: Ist es denn eine Sünde, einen Priester attraktiv zu finden?

Vielleicht keine Sünde, aber jedenfalls eine Torheit.

Endlich glitt die Fahrstuhltür auf. Sie folgte ihm den Flur entlang und durch eine Doppeltür in die Herzüberwachungsstation. Wie in der chirurgischen Intensivstation war auch hier die Beleuchtung über Nacht gedämpft. Durch das Halbdunkel führte er sie zur Monitor-Zentrale.

Die füllige Krankenschwester, die vor den Bildschirmen mit den EKGs der Patienten saß, blickte auf und lächelte so breit, dass ihre Zähne wie eine weiße Spange schimmerten.

»Pater Brophy! So spät noch unterwegs?«

Er tätschelte der Schwester zur Begrüßung die Schulter – eine natürliche und ungezwungene Geste, die ein entspanntes, freundschaftliches Verhältnis verriet. Maura fühlte sich daran erinnert, wie sie Brophy zum ersten Mal gesehen hatte. Von Camilles Fenster aus hatte sie ihn über den verschneiten Hof kommen sehen und beobachtet, wie er der älteren Nonne, die ihn begrüßte, tröstend die Hand auf die Schulter gelegt hatte. Dieser Mann hatte keine Scheu vor Berührungen, die menschliche Wärme ausdrückten.

»Hallo, Kathleen«, sagte er. Unvermittelt war er in den weichen, melodischen Akzent der Bostoner Iren verfallen. »Und, war die Nacht bisher ruhig?«

»Bis jetzt schon – hoffen wir, dass es so bleibt. Haben die Schwestern Sie zu einem bestimmten Patienten gerufen?«

»Nicht zu einem von Ihren Schützlingen. Wir waren oben auf der chirurgischen Intensivstation. Aber ich wollte, dass Dr. Isles noch kurz hier hereinschaut.«

»Um zwei Uhr früh?« Kathleen sah Maura an und lachte. »Der Mann hält einen in Atem. Er kommt ja selbst nie zur Ruhe.«

»Ruhe?«, meinte Brophy. »Was ist das?«

»Das ist wohl nur was für gewöhnliche Sterbliche wie uns.«

Brophy blickte auf den Monitor. »Und wie geht es unserem Mr. DeMarco?«

»Ach, Sie meinen Ihren speziellen Freund? Er wird morgen auf Station verlegt. Ich würde also sagen, es geht ihm prima.«

Brophy deutete auf das EKG von Bett 6. Eine ruhige Kurve glitt über den Schirm. »Da«, sagte er und berührte Maura leicht am Arm. Sie spürte den Hauch seines Atems im Haar. »Das wollte ich Ihnen gerne zeigen.«

»Wieso?«

»Mr. DeMarco ist der Mann, den wir auf dem Gehsteig vor dem Kloster wiederbelebt haben.« Er sah sie an. »Der Mann, dem Sie prophezeit haben, dass er nicht überleben würde. Da haben Sie Ihr Wunder. Ihres und meines.«

»Ich würde das nicht unbedingt ein Wunder nennen. Ich habe mich schon öfter geirrt.«

»Überrascht es Sie denn gar nicht, dass dieser Mann das Krankenhaus gesund verlassen wird?«

Sie sah ihn an. Die Stille und die Dunkelheit ringsum schufen eine fast intime Atmosphäre. »Es gibt nicht allzu vieles, was mich noch überraschen kann«, sagte sie. Sie hatte nicht zynisch klingen wollen, aber genauso hörte es sich an, und sie fragte sich, ob er wohl von ihr enttäuscht war. Es schien ihm aus irgendeinem Grund wichtig zu sein, dass sie so etwas wie Verwunderung zum Ausdruck brachte, doch alles, was er von ihr bekommen hatte, war die verbale Entsprechung zu einem Schulterzucken.

Als sie mit dem Fahrstuhl zur Eingangshalle hinunterfuhren, sagte sie: »Ich würde ja gerne an Wunder glauben, Pater. Wirklich. Aber ich fürchte, eine eingefleischte Skeptikerin wie mich kann man nicht so leicht umstimmen.«

Er antwortete mit einem Lächeln: »Sie sind mit einem brillanten Verstand gesegnet, und natürlich sollen Sie ihn auch benutzen. Sie sollen Ihre eigenen Fragen stellen und Ihre eigenen Antworten finden.«

»Ich bin mir sicher, dass Sie sich die gleichen Fragen stellen wie ich.«

»Jeden Tag.«

»Und doch glauben Sie an das Göttliche. Ist Ihr Glaube noch nie erschüttert worden?«

Eine Pause trat ein. »Nein, nicht mein Glaube. Auf den kann ich mich verlassen.«

Sie hörte eine leise Unsicherheit aus seiner Antwort heraus und musterte ihn fragend. »Und woran zweifeln Sie?«

Er erwiderte ihren Blick, und sie hatte das Gefühl, dass er geradewegs in ihr Gehirn sehen und die Gedanken lesen konnte, die sie vor ihm verbergen wollte. »An meiner Stärke«, sagte er leise. »Manchmal zweifle ich an meiner eigenen Stärke.«

Als sie wenig später allein auf dem Parkplatz des Krankenhauses stand, sog sie die schneidend kalte Luft tief in ihre Lungen, wie um sich zu strafen. Die Nacht war klar, die Sterne glitzerten metallisch. Sie stieg in ihren Wagen, und während der Motor warmlief, grübelte sie darüber nach, was gerade zwischen ihr und Pater Brophy passiert war. Im Grunde überhaupt nichts – und dennoch hatte sie das Gefühl, dass etwas geschehen *war*, dass sie etwas Verbotenes getan hatte. Etwas Verbotenes und zugleich ungeheuer Aufregendes.

Über eisglänzende Straßen fuhr sie nach Hause und dachte dabei unentwegt an Pater Brophy und an Victor. Als sie das Haus verlassen hatte, war sie müde gewesen; doch jetzt war sie hellwach und angespannt, wie elektrisiert, und sie fühlte sich so lebendig wie seit Monaten nicht mehr.

Sie stellte den Wagen in der Garage ab und streifte den Mantel schon ab, während sie durch die Verbindungstür ins Haus ging. Und noch ehe sie das Schlafzimmer erreicht hatte, knöpfte sie bereits ihre Bluse auf. Victor schlief tief und fest; er merkte nicht, dass sie direkt neben ihm stand und sich auszog. In den letzten Tagen hatte er mehr Zeit in ihrem Haus als in seinem Hotelzimmer verbracht, und jetzt konnte sie sich ihr Bett schon nicht mehr ohne ihn vorstellen. Ihr Bett – und ihr Leben. Fröstelnd kroch sie zu ihm unter die herrlich warme Decke, und die Berührung ihrer kalten Haut weckte ihn.

Ein paar zärtliche Berührungen, ein paar Küsse, und schon war er hellwach und ebenso erregt wie sie.

Sie nahm ihn gierig in sich auf, trieb ihn an, und auch wenn sie unter ihm lag, war sie doch keineswegs die Unterlegene. Sie nahm sich ihre Lust, so wie er sich die seine nahm, und als sie bekommen hatte, was ihr zustand, stieß sie einen leisen Triumphschrei aus. Doch als sie die Augen schloss und spürte, wie er in ihr zum Höhepunkt kam, war es nicht nur Victors Gesicht, das sie vor ihrem inneren Auge erblickte, sondern auch das von Pater Brophy. Ein Vexierbild, das sich nicht festhalten ließ, das immer wieder hin und her kippte, bis sie nicht mehr wusste, wessen Gesicht sie vor sich hatte.

Beide – und keins von beiden.

17

Im Winter sind die klaren Tage die kältesten. Als Maura am Morgen die Augen aufschlug, blendete sie gleißendes Sonnenlicht auf weißem Schnee. Sie war froh, nach langer Zeit endlich wieder blauen Himmel zu sehen, doch der Wind war gnadenlos, und der Rhododendron vor ihrem Haus schien sich zu ducken wie ein frierender alter Mann und seine Blätter einzurollen, um sich vor der Kälte zu schützen.

Während der Fahrt zur Arbeit hielt sie sich mit Kaffee warm. Die Sonne blendete sie, und sie musste mit aller Macht gegen den Wunsch ankämpfen, umzukehren und gleich wieder nach Hause zu fahren. Sich mit Victor wieder im Bett zu verkriechen und den ganzen Tag dort zu verbringen, eng aneinander gekuschelt unter der warmen Decke. Am Abend zuvor hatten sie zusammen Weihnachtslieder gesungen, er in seinem volltönenden Bariton, sie in ihrem nicht ganz stimmsicheren Alt. Sie hatte versucht, die zweite Stimme zu singen, doch zusammen hatten sie sich einfach fürchterlich angehört, und am Ende hatten sie mehr gelacht als gesungen.

Und jetzt war es Morgen, und wieder sang sie vor sich hin, noch genauso falsch wie zuvor, aber nicht minder fröhlich, während sie an girlandengeschmückten Straßenlaternen vorüberfuhr, an den bunt dekorierten Schaufenstern der Kaufhäuser mit ihren festlichen Glitzerkleidern. Die Weihnachtsdekoration war natürlich schon vor Wochen aufgehängt worden, doch sie hatte sie einfach nicht wahrgenommen. Wann hatte die Stadt je so festlich ausgesehen? Wann hatte der Sonnenschein je so hell auf dem Schnee geglitzert?

Lasst uns froh und munter sein.

Als sie das Rechtsmedizinische Institut in der Albany Street betrat, sah sie im Flur in großen, glänzenden Lettern die Worte *Friede auf Erden* prangen.

Louise blickte auf, als sie zur Tür hereinkam, und lächelte sie an. »Sie sehen heute richtig glücklich aus.«

»Ich freue mich einfach, endlich mal wieder die Sonne zu sehen.«

»Genießen Sie das Wetter, solange es noch hält. Angeblich soll es morgen schon wieder schneien.«

»Gegen Schnee an Heiligabend hätte ich gar nichts einzuwenden.« Sie nahm sich eine Hand voll Pralinen aus der Schale auf Louises Schreibtisch. »Was steht denn heute so an?«

»In der Nacht haben wir nichts Neues reinbekommen. So kurz vor Weihnachten will anscheinend niemand sterben. Dr. Bristol hat um zehn eine Gerichtsverhandlung und könnte danach gleich nach Hause fahren, wenn Sie für ihn die Anrufe annehmen würden.«

»Wenn nicht allzu viel los ist, würde ich vielleicht gerne selbst früher Feierabend machen.«

Louise zog überrascht die Augenbrauen hoch. »Um sich ein bisschen zu amüsieren, hoffe ich doch?«

»Darauf können Sie Gift nehmen«, erwiderte Maura lachend. »Ich gehe nämlich Geschenke kaufen.«

In ihrem Büro warteten stapelweise Laborberichte und Diktate auf sie, doch nicht einmal das konnte ihre gute Laune trüben. Sie setzte sich an den Schreibtisch und machte sich an die Arbeit, verzichtete sogar – gestärkt durch die eine oder andere Praline – auf die Mittagspause, in der Hoffnung, sich um drei davonstehlen und schnurstracks das Saks Fifth Avenue ansteuern zu können.

Womit sie nicht gerechnet hatte, war ein Besuch von Gabriel Dean. Als er an diesem Nachmittag um halb drei ihr Büro betrat, ahnte sie noch nicht, dass sein Auftauchen ihre Pläne für den Rest des Tages vollkommen über den Haufen werfen würde. Wie immer fiel es ihr schwer, seine Gedanken zu erraten, und einmal mehr musste sie über die höchst unwahrscheinliche Affäre zwischen der temperamentvollen Rizzoli und diesem unterkühlten, undurchschaubaren Mann staunen.

»Ich fliege heute zurück nach Washington«, sagte er, während er seine Aktentasche abstellte. »Aber vorher wollte ich Sie noch um Ihre Meinung zu einem bestimmten Thema bitten.«

»Ja, selbstverständlich.«

»Dürfte ich zunächst einmal die Leiche Ihrer unbekannten Toten sehen?«

»Es steht alles in meinem Autopsiebericht.«

»Trotzdem denke ich, dass ich sie mit eigenen Augen gesehen haben sollte.«

Maura erhob sich von ihrem Stuhl. »Ich muss Sie aber warnen«, sagte sie. »Der Anblick ist nicht leicht zu ertragen.«

Durch die Kühlung kann der Prozess der Verwesung nur verlangsamt, aber nicht aufgehalten werden. Als Maura den Reißverschluss des weißen Leichensacks öffnete, musste sie sich gegen den Geruch wappnen. Auf das Aussehen des Leichnams hatte sie Dean bereits vorbereitet, und er zuckte nicht mit der Wimper, als die Plastikhülle sich teilte und das rohe Fleisch sichtbar wurde, dort, wo einmal das Gesicht gewesen war.

»Es wurde in einem Stück abgezogen«, erklärte Maura. »Die Haut wurde am Haaransatz entlang aufgeschlitzt und dann nach unten abgezogen. Mit einem weiteren Schnitt unterhalb des Kinns hat er sie dann ganz abgelöst. Er hat es wie eine Maske abgerissen.«

»Und die Haut hat er mitgenommen?«

»Und das ist nicht das Einzige, was er mitgenommen hat.« Maura zog den Reißverschluss ganz auf. Der Gestank war jetzt so überwältigend, dass sie es bedauerte, keine Schutzmaske angelegt zu haben. Doch Dean hatte nur darum gebeten, einen kurzen Blick auf die Leiche werfen zu dürfen, und so hatten sie lediglich Handschuhe übergestreift.

»Die Hände«, sagte er.

»Sie wurden beide entfernt, ebenso wie Teile der Füße. Zuerst glaubten wir es mit einem Sammler zu tun zu haben. Körperteile als Trophäen. Die andere Möglichkeit war, dass er versucht hatte, ihre Identität zu verschleiern. Keine Fingerabdrücke, kein Gesicht. Das wäre ein praktischer Grund für die Verstümmelungen gewesen.«

»Aber nicht für die Amputation der Füße.«

»Und das war der logische Bruch, der mich darauf brachte, dass es noch einen anderen Grund für die Amputationen geben könnte. Sie dienten nicht dazu, ihre Identität zu verbergen, sondern sollten verschleiern, dass sie an Lepra erkrankt war.«

»Und dieser Hautausschlag? Ist das auch eine Folge der Erkrankung?«

»Diese Erscheinung trägt den Namen *Erythema nodosum leprosum*. Es handelt sich um eine Reaktion auf die Therapie. Sie hat offensichtlich Antibiotika gegen die Hansen-Krankheit bekommen. Deshalb konnten wir in den Gewebeproben der Haut auch keine aktiven Erreger entdecken.«

»Es ist also gar nicht die Krankheit selbst, die diese Geschwüre verursacht?«

»Nein, das ist eine Nebenwirkung der Antibiotika-Behandlung. Nach den Röntgenaufnahmen zu schließen hat sie schon längere Zeit, wahrscheinlich viele Jahre, an der

Hansen-Krankheit gelitten, bevor sie erstmals behandelt wurde.« Sie blickte zu Dean auf. »Haben Sie genug gesehen?«

Er nickte. »Jetzt möchte ich Ihnen etwas zeigen.«

Als sie wieder oben in Mauras Büro waren, öffnete er seine Tasche und nahm einen Aktenordner heraus. »Nach unserem Treffen gestern Nachmittag habe ich Interpol angerufen und um Informationen über das Massaker von Bara gebeten. Das hier hat mir die Sonderkommission Verbrechensbekämpfung der indischen Bundespolizei zugefaxt. Sie haben mir auch einige Digitalaufnahmen gemailt, die ich Ihnen gerne zeigen würde.«

Sie schlug den Ordner auf und warf einen Blick auf das Deckblatt. »Das ist eine Polizeiakte.«

»Aus dem indischen Bundesstaat Andhra Pradesh, in dem das Dorf Bara liegt – oder lag.«

»Wie ist der Stand der Ermittlungen?«

»Sie sind noch nicht abgeschlossen. Es ist jetzt ein Jahr her, und sie treten immer noch auf der Stelle. Ich bezweifle, dass der Fall jemals aufgeklärt werden wird. Wahrscheinlich rangiert er nicht einmal sehr weit oben auf ihrer Prioritätenliste.«

»An die einhundert Menschen wurden abgeschlachtet, Agent Dean.«

»Ja, aber Sie müssen das Ereignis im Kontext sehen.«

»Ein Erdbeben ist ein Ereignis. Ein Hurrikan ist ein Ereignis. Aber wenn ein ganzes Dorf massakriert wird, dann ist das kein ›Ereignis‹. Es ist ein Verbrechen gegen die Menschlichkeit.«

»Sehen Sie sich doch an, was in Südasien sonst noch los ist. Die Massaker in Kaschmir, begangen von Hindus wie von Muslimen. Die Morde von Tamilen und Sikhs in Indien. Und dann die ganzen Kastenkonflikte. Die Bombenanschläge von linken Guerillas …«

»Mutter Mary Clement glaubt, dass es sich um ein religiös motiviertes Massaker gehandelt hat. Eine Attacke gegen Christen.«

»Solche Überfälle kommen dort durchaus vor. Aber der Träger der Klinik, in der Schwester Ursula arbeitete, war eine weltliche Hilfsorganisation. Die beiden anderen Krankenschwestern, die bei dem Massaker ums Leben kamen, waren in keiner Kirche. Deswegen bezweifelt die Polizei von Andhra Pradesh, dass es sich um einen religiös motivierten Anschlag handelte. Möglicherweise gab es politische Hintergründe. Oder es war ein Hassverbrechen, weil die Opfer Leprakranke waren. Es war ein Dorf der Ausgestoßenen.« Er deutete auf den Ordner, den sie in den Händen hielt. »Da drin sind Autopsieberichte und Fotos vom Tatort. Ich möchte Sie bitten, sich die einmal anzusehen.«

Maura blätterte um und starrte das Foto an. Der Anblick verschlug ihr die Sprache – und doch konnte sie die Augen nicht von dem Bild des Grauens abwenden.

Es war wie eine Vision des Weltuntergangs.

Verkohlte Leichen lagen zu Dutzenden auf rauchenden Holz- und Aschehaufen. Die Hitze des Feuers hatte die Beugermuskeln verkürzt, so dass die Körper in der charakteristischen Fechterstellung erstarrt waren. Zwischen den Leichen verstreut lagen Ziegenkadaver mit schwarz versengtem Fell.

»Sie haben alles getötet«, sagte Dean. »Menschen und Tiere. Sogar die Hühner haben sie geschlachtet und verbrannt.«

Maura zwang sich, das nächste Foto anzusehen.

Sie erblickte weitere Leichen, noch stärker verbrannt als die auf dem ersten Bild. Nur noch Haufen verkohlter Knochen waren übrig geblieben.

»Der Überfall ereignete sich irgendwann in der Nacht«,

sagte Dean. »Die Leichen wurden erst am nächsten Morgen entdeckt. Die Arbeiter der Tagschicht in der nahe gelegenen Fabrik sahen dicke Rauchwolken aus dem Tal aufsteigen. Als sie hingingen, um nachzusehen, bot sich ihnen dieses Bild. Siebenundneunzig Tote, viele davon Frauen und Kinder, darunter auch zwei Krankenschwestern aus der Klinik – beide Amerikanerinnen.«

»Und das war die Klinik, in der auch Schwester Ursula gearbeitet hatte.«

Dean nickte. »Und jetzt kommt das wirklich interessante Detail«, sagte er.

Sie blickte auf. Irgendetwas an seinem Tonfall hatte ihre Aufmerksamkeit geweckt. »Ja?«

»Es geht um die besagte Fabrik in der Nähe des Dorfes.«

»Was ist damit?«

»Sie gehörte Octagon Chemicals.«

Sie starrte ihn verblüfft an. »Octagon? Das ist doch die Firma, bei der Howard Redfield gearbeitet hat?«

Er nickte wieder. »Das Unternehmen, gegen das die Börsenaufsichtbehörde ermittelt. Es gibt so viele Verbindungslinien zwischen den drei Opfern, dass es allmählich wie ein riesiges Spinnennetz aussieht. Wir wissen, dass Howard Redfield im Vorstand von Octagon für das Auslandsgeschäft zuständig war – in dem Unternehmen, dem die Fabrik in der Nähe von Bara gehörte. Wir wissen, dass Schwester Ursula in Bara gearbeitet hat. Wir wissen, dass die unbekannte Tote an Lepra litt; das heißt, dass sie ebenfalls in Bara gewohnt haben könnte.«

»Alle Spuren führen zu diesem Dorf«, sagte Maura.

»Zu diesem Massaker.«

Ihr Blick fiel wieder auf die Fotos. »Was erhoffen Sie sich davon, dass ich die Autopsieberichte lese? Was soll ich herausfinden?«

»Sie sollen mir sagen, ob die indischen Pathologen irgendetwas übersehen haben. Etwas, was Licht auf die Hintergründe des Überfalls werfen könnte.«

Sie betrachtete die verbrannten Leichen und schüttelte den Kopf. »Das wird schwierig sein. Bei einer Verbrennung wird so viel zerstört. Wenn Feuer im Spiel war, ist es manchmal unmöglich, die Todesursache zu ermitteln, es sei denn, es liegen andere Beweise vor. Geschosse zum Beispiel, oder auch tödliche Frakturen.«

»Bei einigen der Opfer war laut dieser Obduktionsberichte der Schädel zertrümmert. Man zog daraus den Schluss, dass sie höchstwahrscheinlich im Schlaf erschlagen worden waren. Anschließend wurden die Leichen aus den Hütten gezerrt und auf mehrere Scheiterhaufen verteilt, um sie zu verbrennen.«

Sie wandte sich einem anderen Foto zu. Noch ein Dokument der Hölle auf Erden. »So viele Opfer«, murmelte sie. »Und niemand konnte entkommen?«

»Es muss alles sehr schnell gegangen sein. Viele der Opfer waren wahrscheinlich durch die Krankheit gehbehindert und konnten nicht davonlaufen. Es war schließlich ein Zufluchtsort für Schwerkranke. Das Dorf war von der Zivilisation abgeschnitten, es lag isoliert am Ende einer Straße in einem nach drei Seiten von Bergen umschlossenen Tal. Für eine größere Gruppe von Angreifern muss es ein Leichtes gewesen sein, das Dorf zu überfallen und hundert Menschen zu massakrieren. Und niemand konnte ihre Schreie hören.«

Maura betrachtete das letzte Foto. Es zeigte ein kleines, wohl ursprünglich weiß getünchtes Gebäude mit Wellblechdach, dessen Wände von Rauch geschwärzt waren. Direkt vor dem Eingang lag ein weiterer Leichenhaufen, ein einziges Gewirr von Armen und Beinen, die Gesichter bis zur Unkenntlichkeit verbrannt.

»Diese Klinik war das einzige Gebäude, das noch stand,

da es aus Hohlblocksteinen erbaut war«, sagte Dean. »In diesem Haufen wurden auch die Leichen der beiden amerikanischen Krankenschwestern gefunden. Sie mussten von einem forensischen Anthropologen identifiziert werden. Er sagte, die Leichen seien so gründlich verbrannt, dass er vermutete, die Täter hätten einen Brandbeschleuniger benutzt. Würden Sie dem zustimmen, Dr. Isles?«

Maura gab keine Antwort. Ihr Blick war nicht mehr auf die Leichen gerichtet, sondern auf etwas anderes, das sie weit mehr beunruhigte. Eine Entdeckung, die sie für ein paar Sekunden das Atmen vergessen ließ.

Über dem Eingang der Klinik hing ein Schild mit einem unverwechselbaren Logo: Eine Taube im Flug, die ihre Flügel schützend über einen blauen Globus breitete. Ein Logo, das sie sofort erkannte.

Es war eine Klinik von One Earth.

»Dr. Isles?«, sagte Dean.

Erschrocken blickte sie zu ihm auf, als sie merkte, dass er noch immer auf ihre Antwort wartete. »Es ist ... gar nicht so einfach, eine Leiche zu verbrennen«, sagte sie. »Der Wassergehalt ist zu hoch.«

»Aber diese Leichen sind bis auf die Knochen verkohlt.«

»Ja. Das stimmt. Also dürfte ... Sie haben Recht, es wurde wohl ein Brandbeschleuniger verwendet.«

»Benzin?«

»Benzin würde den Zweck erfüllen. Und es ist auch am leichtesten zu beschaffen.« Ihr Blick fiel wieder auf die Fotos der ausgebrannten Klinik. »Auch sind hier deutlich die Reste eines Scheiterhaufens zu erkennen, der später in sich zusammengefallen ist. Diese verkohlten Äste ...«

»Hat das denn einen Einfluss, ob ein Scheiterhaufen verwendet wird oder nicht?«, fragte er.

Sie räusperte sich. »Dadurch, dass die Leiche nicht auf dem Boden liegt, kann das schmelzende Fett in die Flammen tropfen, die dadurch ... heißer werden.« Abrupt raffte sie die Fotos zusammen und steckte sie wieder in die Klarsichthülle. Und dann saß sie da, die Hände auf dem glatten Kartondeckel des Ordners, während das, was sich darunter verbarg, sich wie ein Messer in ihr Herz bohrte. »Wenn es Ihnen nichts ausmacht, Agent Dean, würde ich mir die Autopsieberichte gerne in Ruhe durchlesen. Ich melde mich dann bei Ihnen. Darf ich den ganzen Ordner behalten?«

»Natürlich.« Dean erhob sich. »Sie können mich in Washington erreichen.«

Sie starrte immer noch auf den Ordner und bemerkte nicht, wie er zur Tür ging, auch nicht, wie er sich dort noch einmal umdrehte und sie ansah.

»Dr. Isles?«

Sie blickte auf. »Ja?«

»Ich habe noch ein anderes Anliegen. Es dreht sich nicht um den Fall – es ist etwas Persönliches. Ich bin mir nicht sicher, ob ich mich damit an Sie wenden sollte.«

»Worum geht es denn, Agent Dean?«

»Sprechen Sie öfters mit Jane?«

»Natürlich. Im Rahmen dieser Ermittlung ...«

»Ich meine nicht über die Arbeit. Sondern über ihre Probleme.«

Sie zögerte. Ich könnte es ihm sagen, dachte sie. Irgendjemand sollte es ihm sagen.

»Sie war immer schon ein bisschen kurz angebunden«, sagte er. »Aber da ist noch irgendetwas anderes. Ich sehe ihr an, dass sie unter enormem Druck steht.«

»Dieser Mordanschlag im Kloster ist ja auch kein einfacher Fall.«

»Es ist nicht die Ermittlung. Da ist noch etwas anderes, das sie beschäftigt. Etwas, worüber sie nicht reden will.«

»Da dürfen Sie nicht mich fragen. Sie müssen mit Jane selbst sprechen.«

»Das habe ich ja versucht.«

»Und?«

»Sie gibt sich immer nur ganz kühl und geschäftsmäßig. Sie wissen ja, wie sie manchmal ist – der reinste Robocop.« Er seufzte und fügte leise hinzu: »Ich glaube, ich habe sie verloren.«

»Beantworten Sie mir eine Frage, Agent Dean.«

»Ja?«

»Lieben Sie sie?«

Er erwiderte ihren Blick, ohne mit der Wimper zu zucken. »Ich hätte Ihnen diese Frage nicht gestellt, wenn es nicht so wäre.«

»Dann dürfen Sie mir eines glauben: Sie haben sie nicht verloren. Wenn Sie ihnen abweisend erscheint, dann liegt es nur daran, dass sie Angst hat.«

»Jane?« Er schüttelte lachend den Kopf. »Die hat vor gar nichts Angst. Und am allerwenigsten vor mir.«

Sie sah ihm nach, als er zur Tür hinausging, und dachte: Du irrst dich. Wir haben alle Angst vor den Menschen, die uns wirklich wehtun können.

Als Kind hatte Rizzoli den Winter geliebt. Den ganzen Sommer über hatte sie sich auf die ersten Schneeflocken gefreut, auf den Morgen, an dem sie den Vorhang ihres Schlafzimmerfensters zurückziehen und auf eine makellose Schneedecke blicken würde, noch unversehrt von Fußspuren. Und wenn der Tag endlich gekommen war, war sie jauchzend hinausgerannt und hatte sich kopfüber in die nächste Schneewehe gestürzt.

Doch als sie sich jetzt durch den dichten Nachmittagsverkehr quälte, fragte sie sich nur noch, wo der ganze Zauber geblieben war.

Die Aussicht, den morgigen Heiligabend mit ihrer Familie zu verbringen, konnte ihre Laune auch nicht heben. Sie wusste genau, wie der Abend ablaufen würde: Ihr Bruder Frankie würde wieder mal zu viel Eierpunsch mit Rum in sich hineinschütten und zunehmend lauter und nerviger werden. Ihr Vater würde die Fernbedienung schwingen wie ein Zepter und den Sportkanal so laut drehen, dass keine vernünftige Unterhaltung mehr möglich war. Und ihre Mutter Angela würde irgendwann erschöpft im Sessel einnicken, nachdem sie von morgens bis abends am Herd gestanden hatte. Jedes Jahr die gleichen alten Rituale – aber das macht uns wohl zu einer Familie, dachte sie. Einmal im Jahr machen wir alle dasselbe, und zwar so, wie wir es immer schon gemacht haben – ob es uns nun glücklich macht oder nicht.

Sie hatte zwar nicht die geringste Lust auf einen Einkaufsbummel, aber sie konnte es nicht länger vor sich herschieben. Bei Rizzolis durfte man nun einmal am Heiligabend nicht ohne den obligatorischen Berg von Geschenken aufkreuzen. Es spielte keine Rolle, wie unpassend sie waren – Hauptsache, es war alles hübsch verpackt, und jeder bekam irgendetwas. Letztes Jahr hatte ihr Bruder Frankie, dieses Arschloch, ihr eine Geldbörse aus Mexiko geschenkt, gefertigt aus einer getrockneten Kröte. Es war eine gemeine Anspielung auf den Spitznamen, mit dem er sie immer geärgert hatte. Eine Kröte für Jane, den Frosch.

Dieses Jahr war Frankie fällig.

Auf der Suche nach einem Pendant zu der getrockneten Kröte schob sie ihren Einkaufswagen durch das Gedränge im Woolworth. Aus den Lautsprechern tönten die immer gleichen Schmalzlieder, und mechanische Weihnachtsmänner grüßten sie mit *Ho-ho-hos* vom Band, als sie mit grimmig entschlossener Miene an lamettabehängten Regalen vorbeistürmte. Für ihren Vater kaufte sie gefütterte Hausschuhe, für ihre Mutter eine irische Teekanne mit einem Muster aus winzigen pinkfarbenen Rosenknospen.

Bruder Michael bekam einen karierten Bademantel, seine neue Freundin Irene Ohrringe aus blutrotem Strass. Auch Irenes kleine Jungen vergaß sie nicht – für die beiden kaufte sie Schneeanzüge mit Rallyestreifen im Partnerlook.

Aber für Frankie, den Blödmann, hatte sie noch immer nichts.

Sie schob den Wagen an den Regalen mit der Herrenunterwäsche vorbei. Hier würde sie vielleicht fündig werden. Frankie, der Macho, im pinkfarbenen String-Tanga? Nein, das war zu eklig – so tief würde sie nicht sinken, auch nicht, um ihm eins auszuwischen. Sie ging weiter, vorbei an den Jockey-Shorts, und verlangsamte ihren Schritt, als sie zu den Boxer-Shorts kam. Sie dachte nicht an Frankie, sondern an Gabriel mit seinen grauen Anzügen und langweiligen Krawatten. Ein Mann mit einem dezenten, konservativen Geschmack, bis hin zur Unterwäsche. Ein Mann, der eine Frau in den Wahnsinn treiben konnte, weil sie nie wusste, woran sie mit ihm war; weil sie nie sicher sein konnte, ob wirklich irgendwo in diesem grauen Anzug ein Herz schlug.

Sie riss sich los und ging weiter. Konzentrier dich, verdammt noch mal! Ein Geschenk für Frankie. Ein Buch? Da fielen ihr auf Anhieb ein paar passende Titel ein. *Die Benimm-Fibel für das moderne Arschloch.* Zu schade, dass es das noch nicht gab; das wäre sicher ein Renner. Sie klapperte ein Regal nach dem anderen ab und suchte und suchte.

Und dann blieb sie plötzlich stehen. Ihre Kehle krampfte sich schmerzhaft zusammen, und ihre Finger wurden taub, so fest hielt sie den Griff des Einkaufswagens gepackt.

Sie starrte auf die Regale mit den Babysachen. Sah kleine Flanell-Strampelanzüge mit aufgestickten Entchen. Fäustlinge und Stiefelchen wie für Puppen, Pelzmützchen mit Troddeln. Stapel von blauen und rosa Babydecken für Neugeborene. Ihr Blick blieb an diesen Decken haften, und sie musste daran denken, wie Camille ihr totes Kind in hellblaue Wolle gewickelt hatte, wie sie es mit der Liebe und Trauer einer Mutter in den weichen Stoff gehüllt hatte, als könnte es die Kälte noch spüren.

Das Handy hatte schon einige Male geläutet, ehe das Geräusch sie aus ihrer Trance riss. Sie nahm es aus der Handtasche und murmelte noch halb benommen: »Rizzoli?«

»Hallo, Detective. Hier ist Walter DeGroot.«

DeGroot arbeitete in der DNA-Abteilung des kriminaltechnischen Labors. Normalerweise war es Rizzoli, die ihn anrief, um ihm Feuer unterm Hintern zu machen, weil sie dringend irgendwelche Testergebnisse brauchte. Aber heute reagierte sie auf seinen Anruf mit merklich gedämpftem Interesse.

»Was haben Sie denn für mich?«, fragte sie, während ihr Blick zurück zu den Babydecken wanderte.

»Wir haben die DNA von der Frauenleiche mit der des Babys verglichen, das Sie im Teich gefunden haben.«

»Und?«

»Das Opfer, Camille Maginnes, ist definitiv die Mutter dieses Kindes.«

Rizzoli stieß einen müden Seufzer aus. »Danke, Walt«, murmelte sie. »Damit hatten wir gerechnet.«

»Moment. Das ist noch nicht alles.«

»Was denn noch?«

»Damit haben Sie bestimmt nicht gerechnet. Es geht um den Vater des Babys.«

Schlagartig hatte sie nur noch Ohren für Walt, für das, was er ihr zu sagen hatte. »Was ist mit dem Vater?«, fragte sie gespannt.

»Ich weiß, wer es ist.«

18

Rizzoli fuhr und fuhr, bis der Nachmittag in die graue Abenddämmerung überging, und sie sah die Straße vor sich durch einen flimmernden Schleier der Wut. Die Geschenke, die sie gerade gekauft hatte, lagen kreuz und quer auf der Rückbank verstreut, zusammen mit Geschenkpapier, Bändern und Schleifchen, doch der letzte Rest von Weihnachtsseligkeit war ihr abhanden gekommen. Ihre Gedanken kreisten stattdessen um ein junges Mädchen, das barfuß durch den Schnee ging. Ein Mädchen, das schmerzhafte Erfrierungen in Kauf nahm, ja suchte, nur um die Qualen ihrer Seele vergessen zu machen. Aber nichts konnte das heimliche Leid dieses Mädchens aufwiegen, auch noch so viele Gebete und Selbstgeißelungen konnten ihre ungehörten Schmerzensschreie nicht zum Verstummen bringen.

Als Rizzoli endlich zwischen den Granitsäulen hindurch in die Einfahrt von Camilles Elternhaus bog, war es fast fünf Uhr, und ihre Schultern schmerzten von den Strapazen der langen Fahrt. Sie stieg aus und atmete eine Lunge voll prickelnder Salzluft ein. Dann ging sie die Stufen hoch und läutete.

Maria, die dunkelhaarige Haushälterin, öffnete ihr die Tür. »Mrs. Maginnes ist leider nicht zu Hause, Detective. Werden Sie erwartet?«

»Nein. Wann ist sie denn zurück?«

»Sie ist mit den Jungen zum Einkaufen gegangen. Sie dürfte zum Abendessen zurück sein. So in einer Stunde, denke ich.«

»Dann warte ich auf sie.«

»Ich weiß nicht recht …«

»Ich leiste einfach Mr. Maginnes ein wenig Gesellschaft, wenn Sie nichts dagegen haben.«

Widerstrebend ließ Maria sie ein. Eine Frau, die es gewohnt war, sich den Wünschen anderer zu beugen, würde einer Vertreterin des Gesetzes kaum die Tür vor der Nase zuschlagen.

Maria musste Rizzoli nicht den Weg zeigen. Sie ging den Flur entlang, über das immer noch glänzende Parkett, vorbei an den bekannten Seegemälden, und betrat den Seesalon. Der Blick über die Bucht von Nantucket verhieß nichts Gutes; die vom Wind aufgewühlten Wellen trugen weiße Schaumkronen. Randall Maginnes lag auf der rechten Seite in seinem Pflegebett, das Gesicht zur Fensterfront gewandt, so dass er den aufziehenden Sturm sehen konnte. Ein Platz in der ersten Reihe bei einem turbulenten Naturschauspiel.

Die Krankenschwester, die an seinem Bett saß, bemerkte die Besucherin und stand auf. »Hallo?«

»Ich bin Detective Rizzoli von der Bostoner Kriminalpolizei. Ich warte nur, bis Mrs. Maginnes zurückkommt; und da dachte ich, ich schaue mal bei Mr. Maginnes rein, um zu sehen, wie es ihm geht.«

»Sein Zustand ist mehr oder weniger unverändert.«

»Hat er seit dem Schlaganfall Fortschritte gemacht?«

»Wir machen nun schon seit ein paar Monaten Physiotherapie mit ihm. Aber das neurologische Defizit ist doch recht ausgeprägt.«

»Ist die Schädigung dauerhaft?«

Die Schwester warf einen verstohlenen Blick auf ihren Patienten und bedeutete Rizzoli dann, ihr vor die Tür zu folgen. Auf dem Flur sagte sie: »Ich rede nicht gerne über ihn, wenn er dabei ist. Ich weiß, dass er alles versteht.«

»Woran merken Sie das?«

»An der Art, wie er mich ansieht. Wie er reagiert. Er kann zwar nicht sprechen, aber sein Verstand funktioniert einwandfrei. Ich habe ihm heute Nachmittag eine CD mit seiner Lieblingsoper aufgelegt – *La Bohème*. Und ich habe Tränen in seinen Augen gesehen.«

»Das war vielleicht gar nicht die Musik. Sondern nur Frustration.«

»Er hat gewiss allen Grund, frustriert zu sein. Nach acht Monaten ist er der Genesung noch keinen Schritt näher gekommen. Da sind die Aussichten ziemlich düster. Er wird wahrscheinlich nie wieder gehen können. Er wird immer halbseitig gelähmt bleiben. Und was das Sprechen betrifft …« Sie schüttelte betrübt den Kopf. »Es war wirklich ein sehr schwerer Schlaganfall.«

Rizzoli wandte sich zur Zimmertür um. »Wenn Sie vielleicht mal eine Kaffeepause machen wollen, setze ich mich gerne so lange zu ihm.«

»Das würde Ihnen nichts ausmachen?«

»Nein, es sei denn, er braucht irgendeine spezielle Pflege.«

»Nein, Sie müssen gar nichts tun, nur mit ihm reden. Er wird Ihnen dankbar sein.«

»Ja. Das werde ich tun.«

Rizzoli ging zurück in den Salon und zog einen Stuhl dicht an das Bett heran. Sie setzte sich so hin, dass sie Randall Maginnes in die Augen schauen konnte. So, dass er ihrem Blick nicht ausweichen konnte.

»Hallo, Randall«, sagte sie. »Erinnern Sie sich an mich? Detective Rizzoli. Ich bin die Polizistin, die den Mord an Ihrer Tochter untersucht. Sie wissen doch, dass Camille tot ist, oder?«

Sie sah den Kummer in seinen grauen Augen aufblitzen. Ein Zeichen, dass er verstanden hatte. Dass er trauerte.

»Sie war ein wunderschönes Mädchen, Ihre Camille.

Aber das wissen Sie ja. Wie sollten Sie das nicht wissen? Sie haben sie ja jeden Tag sehen können, als sie noch hier gewohnt hat. Sie haben beobachtet, wie sie heranwuchs und zu einer jungen Frau wurde.« Sie machte eine Pause. »Und Sie haben gesehen, wie sie zusammenbrach.«

Die Augen starrten sie immer noch unverwandt an, lasen ihr jedes Wort von den Lippen ab.

»Wann habe Sie eigentlich angefangen, sie zu vögeln, Randall?«

Vor den Fenstern peitschten Sturmböen über die Bucht von Nantucket. Auch im schwindenden Tageslicht waren die Schaumkronen noch deutlich zu erkennen, wie weiße Stecknadelköpfe, die auf dem aufgewühlten Wasser tanzten.

Randall Maginnes sah Rizzoli nicht mehr in die Augen. Er hatte den Blick gesenkt und starrte krampfhaft auf den Boden.

»Sie ist erst acht, als ihre Mutter sich das Leben nimmt. Und plötzlich hat Camille keinen Menschen mehr außer ihrem Daddy. Sie braucht Sie. Sie vertraut Ihnen. Und was tun Sie?« Rizzoli schüttelte angewidert den Kopf. »Sie haben gewusst, wie labil sie war. Sie haben gewusst, warum sie barfuß im Schnee spazieren ging. Warum sie sich in ihrem Zimmer einschloss. Warum sie sich schließlich ins Kloster flüchtete. Sie war auf der Flucht vor *Ihnen*.«

Rizzoli beugte sich näher zu ihm hin. So nahe, dass ihr der Gestank seiner uringetränkten Windel in die Nase stieg.

»Das eine Mal, als sie zu Besuch nach Hause kam, dachte sie wohl, dass Sie sie nicht anrühren würden. Dass Sie sie wenigstens diesmal in Ruhe lassen würden. Immerhin hatten Sie das Haus voll Verwandtschaft, die zur Beerdigung gekommen war. Aber das hat Sie nicht abhalten können, oder?«

Die Augen mieden sie immer noch, starrten weiter nach

unten. Sie kauerte sich neben das Bett. Rückte so nahe an ihn heran, dass er sie einfach anschauen *musste*, ganz gleich, wie sehr er den Kopf drehte.

»Es war Ihr Baby, Randall«, sagte sie. »Wir haben gar keine DNA-Probe von Ihnen gebraucht, um es zu beweisen. Die DNA des Kindes ist der seiner Mutter so ähnlich, dass kein Zweifel möglich ist. Ein Kind des Inzests. Haben Sie gewusst, dass Sie sie geschwängert haben? Haben Sie gewusst, dass Sie Ihre eigene Tochter auf dem Gewissen haben?«

Sie setzte sich wieder auf den Stuhl und sah ihn eine Weile einfach nur an. In der Stille konnte sie hören, dass sein Atem schneller ging – das angestrengte Keuchen eines Mannes, der verzweifelt fliehen möchte, es aber nicht kann.

»Wissen Sie, Randall, ich habe eigentlich nie so recht an Gott geglaubt. Aber wenn ich Sie so sehe, denke ich, dass ich mich da vielleicht geirrt habe. Denn sehen Sie doch bloß, wie es *Ihnen* ergangen ist. Im März ficken Sie Ihre Tochter. Im April trifft Sie der Schlag. Sie werden nie wieder gehen können. Oder reden. Sie sind nur noch ein Gehirn in einem nutzlosen Körper, Randall. Wenn das keine göttliche Vergeltung ist, dann weiß ich nicht, was das ist.«

Er wimmerte jetzt kläglich, während er sich vergeblich mühte, seine gelähmten Glieder zu bewegen.

Sie beugte sich vor und flüsterte ihm ins Ohr. »Können Sie nicht riechen, wie Sie langsam vergammeln? Haben Sie sich schon mal überlegt, was Ihre liebe Gattin Lauren so treibt, während Sie hier liegen und Ihre Windel voll pissen? Sicherlich amüsiert sie sich ganz prächtig. Sicherlich hat sie schon jemanden gefunden, der ihr Gesellschaft leistet. Denken Sie mal drüber nach. Man muss gar nicht erst sterben, um in die Hölle zu kommen.«

Mit einem befriedigten Seufzer stand sie auf. »Viel Spaß noch, Randall«, sagte sie und ließ ihn liegen.

Als sie zur Haustür ging, hörte sie Maria rufen: »Wollen Sie schon gehen, Detective?«

»Ja. Ich habe beschlossen, nicht auf Mrs. Maginnes zu warten.«

»Was soll ich ihr ausrichten?«

»Nur, dass ich vorbeigeschaut habe.« Rizzoli warf noch einen Blick über die Schulter in Richtung Seesalon. »Ach, und eins noch.«

»Ja?«

»Ich glaube, Randall vermisst Camille sehr. Warum stellen Sie ihm nicht ein Foto von ihr ans Bett, so dass er es immer sehen kann?« Sie lächelte und griff nach der Türklinke. »Da wird er sich freuen.«

In ihrem Wohnzimmer funkelten die Christbaumlichter.

Das Garagentor öffnete sich rumpelnd, und sie sah, dass Victors Mietwagen die rechte Seite einnahm, als wäre dies sein angestammter Platz. Als wäre dies jetzt auch *sein* Haus. Sie fuhr auf den freien Platz daneben und drehte mit einer ungehaltenen Bewegung den Zündschlüssel um. Sie wartete ab, bis das Tor sich hinter ihr wieder geschlossen hatte, und versuchte sich für die Szene, die ihr bevorstand, zu sammeln.

Dann schnappte sie ihre Aktentasche vom Sitz und stieg aus.

Im Haus zog sie in aller Ruhe den Mantel aus, hängte ihn auf und stellte ihre Handtasche ab. Mit der Aktentasche unter dem Arm ging sie in die Küche.

Victor blickte von dem Cocktailshaker auf, in den er soeben Eiswürfel füllte, und lächelte sie an. »Hallo. Ich mixe dir gerade deinen Lieblingsdrink. Das Abendessen ist schon im Ofen. Ich versuche zu beweisen, dass es wirklich nützlich sein kann, einen Mann im Haus zu haben.«

Sie sah ihm zu, wie er den Behälter mit den Eiswürfeln

schüttelte und den Inhalt in ein Martiniglas goss. Er drückte ihr den Drink in die Hand.

»Für die schwer arbeitende Hausherrin«, sagte er und küsste sie auf den Mund.

Sie blieb stocksteif stehen.

Er wich verunsichert zurück und musterte sie fragend. »Was ist denn los?«

Sie stellte das Glas ab. »Es wird Zeit, dass du mir die Wahrheit sagst.«

»Glaubst du denn, dass ich dich belogen habe?«

»Ich weiß es nicht.«

»Wenn du von dem sprichst, was vor drei Jahren schief gelaufen ist – von den Fehlern, die ich gemacht habe …«

»Es geht nicht um das, was damals passiert ist. Es geht um heute – um die Frage, ob du *jetzt* ehrlich zu mir bist.«

Er lachte verblüfft auf. »Was habe ich denn diesmal falsch gemacht? Wofür soll ich mich entschuldigen? Das werde ich nämlich gerne tun, wenn es das ist, was du willst. Mein Gott, ich bin sogar bereit, mich für etwas zu entschuldigen, was ich gar nicht getan habe!«

»Ich verlange keine Entschuldigung, Victor.« Sie nahm den Aktenordner, den Gabriel Dean ihr überlassen hatte, aus der Tasche und hielt ihn Victor hin. »Ich will nur, dass du mich über das hier aufklärst.«

»Was ist das?«

»Eine Polizeiakte, übermittelt von Interpol. Über einen Massenmord, der sich letztes Jahr in Indien ereignet hat. In einem kleinen Dorf in der Nähe von Hyderabad.«

Er schlug den Ordner auf und zuckte zusammen, als er das erste Foto erblickte. Wortlos blätterte er zum nächsten weiter, zum übernächsten.

»Victor?«

Er klappte den Ordner zu und sah sie an. »Was soll ich denn dazu sagen?«

»Du hast von diesem Massaker gewusst, nicht wahr?«

»Natürlich habe ich davon gewusst. Es war ja schließlich eine One-Earth-Klinik, die überfallen wurde. Wir haben zwei freiwillige Helferinnen verloren. Zwei Krankenschwestern. Es ist mein Job, darüber Bescheid zu wissen.«

»Aber du hast mir nichts davon gesagt.«

»Das war vor einem Jahr. Warum sollte ich dir jetzt davon erzählen?«

»Weil es für unsere Ermittlungen relevant ist. Eine der Nonnen, die in Graystones Abbey überfallen wurden, hat in eben dieser One-Earth-Klinik gearbeitet. Das hast du gewusst, nicht wahr?«

»Was glaubst du denn, wie viele Freiwillige für One Earth arbeiten? Wir haben Tausende von Ärzten und Krankenschwestern im Einsatz, in über achtzig Ländern.«

»Sag mir nur eines, Victor. Hast du gewusst, dass Schwester Ursula für One Earth gearbeitet hat?«

Er wandte sich ab und ging zur Spüle. Dort blieb er stehen und starrte aus dem Fenster, obwohl dort gar nichts zu sehen war. Draußen war es stockdunkel.

»Das ist doch interessant«, sagte sie. »Nach unserer Scheidung habe ich nie wieder von dir gehört. Nicht ein einziges Mal hast du dich gemeldet.«

»Muss ich dich darauf hinweisen, dass du es auch nicht für nötig gehalten hast, dich bei mir zu melden?«

»Nicht ein Brief, nicht ein Anruf. Wenn ich wissen wollte, was du gerade machst, musste ich mir die neueste Ausgabe von *People* besorgen. Victor Banks, der Schutzheilige der humanitären Hilfe.«

»Ich habe mir den Heiligenschein nicht aufgesetzt, Maura. Das kannst du mir nun wirklich nicht vorwerfen.«

»Und dann tauchst du plötzlich aus heiterem Himmel hier in Boston auf und setzt alles daran, mich zu sehen. Genau in dem Moment, als ich mit den Ermittlungen in diesem Mordfall beginne.«

Er wandte sich zu ihr um. »Glaubst du etwa nicht, dass ich dich wiedersehen wollte?«

»Du hast dir drei Jahre Zeit gelassen.«

»Ja. Drei Jahre zu lange.«

»Warum jetzt?«

Er sah sie forschend an, als suchte er nach einer Spur von Verständnis in ihrem Gesicht. »Du hast mir gefehlt, Maura. Wirklich.«

»Aber das war nicht der ursprüngliche Grund, weshalb du mich aufgesucht hast, oder?«

Eine lange Pause. »Nein, das war nicht der Grund.«

Sie fühlte sich plötzlich so erschöpft, dass sie sich auf einen Stuhl am Küchentisch sinken ließ. Sie starrte den Ordner mit den Fotos an. »Und warum hast du es dann getan?«

»Ich war gerade in meinem Hotelzimmer und habe mich angezogen. Der Fernseher lief, und in den Nachrichten hörte ich von dem Mordanschlag im Kloster. Und dann sah ich die Live-Bilder von dir dort am Tatort.«

»Das war der Tag, an dem du die erste Nachricht bei meiner Sekretärin hinterlassen hast. Noch an diesem Nachmittag.«

Er nickte. »Mein Gott, du hast umwerfend ausgesehen auf diesen Fernsehbildern. Mit diesem langen schwarzen Mantel. Ich hatte ganz vergessen, wie schön du bist.«

»Aber das ist nicht der Grund, weshalb du mich angerufen hast, oder? Du hast dich für den Mord interessiert. Du hast angerufen, weil ich als Gerichtsmedizinerin mit diesem Fall betraut bin.«

Er gab keine Antwort.

»Du wusstest, dass eines der Opfer für One Earth tätig war. Du wolltest herausfinden, wie viel die Polizei wusste. Wie viel ich wusste.«

Immer noch keine Antwort.

»Warum hast du mich nicht einfach gefragt? Was hast du zu verbergen?«

Er richtete sich auf und sah sie plötzlich herausfordernd an. »Hast du eigentlich irgendeine Vorstellung davon, wie viele Menschenleben wir jedes Jahr retten?«

»Du hast meine Frage nicht beantwortet.«

»Wie viele Kinder wir impfen? Wie viele schwangere Frauen zur Vorsorge in unsere Kliniken kommen? Sie sind auf uns angewiesen, denn sie haben keine Alternative. Und One Earth wiederum ist von der Gunst seiner Förderer abhängig. Unser Ruf muss untadelig sein. Die kleinste Andeutung von negativer Berichterstattung, und zack!«, er schnippte mit den Fingern, »schon versiegt der Spendenfluss.«

»Was hat das mit unserer Ermittlung zu tun?«

»Ich habe zwanzig Jahre meines Lebens darauf verwendet, One Earth aus dem Nichts aufzubauen, aber es ging mir dabei niemals um mich. Es ging immer nur um die Armen – um die Menschen, um die sich sonst niemand kümmert. Sie sind diejenigen, auf die es ankommt. Und deshalb kann ich nicht zulassen, dass irgendetwas unsere finanzielle Basis gefährdet.«

Geld, dachte sie. Es dreht sich alles nur um Geld. Sie starrte ihn an. »Euer Geldgeber aus der Industrie.«

»Was?«

»Du hast mir davon erzählt. Du hast gesagt, ihr hättet letztes Jahr eine gewaltige Spende von einem Unternehmen erhalten.«

»Wir haben viele potente Spender …«

»War es Octagon Chemicals?«

Sein Gesichtsausdruck war ihr Antwort genug. Sie hörte, wie er Atem holte, als setzte er dazu an, es zu leugnen, doch dann stieß er die Luft wieder aus, ohne ein Wort zu sagen. Die Einsicht in die Nutzlosigkeit jeder Widerrede ließ ihn verstummen.

»Es wäre kein Problem, das zu überprüfen«, sagte Maura. »Warum sagst du mir nicht ganz einfach die Wahrheit?«

Er senkte den Blick. Und nickte resigniert. »Octagon ist einer unserer größten Geldgeber.«

»Und was wird dafür von euch erwartet? Was muss One Earth als Gegenleistung für die Spenden tun?«

»Wie kommst du darauf, dass wir irgendeine Gegenleistung erbringen müssen? Unsere Arbeit spricht für sich. Was glaubst du denn, warum wir in so vielen Ländern mit offenen Armen empfangen werden? Weil die Menschen uns vertrauen. Wir missionieren nicht, und wir mischen uns nicht in die Politik des Landes ein. Wir sind nur da, um den Leuten zu helfen. Das ist doch letzten Endes das Einzige, worauf es ankommt, oder? Menschenleben zu retten.«

»Und Schwester Ursulas Leben? Bedeutet dir das irgendetwas?«

»Natürlich!«

»Sie wird nur noch künstlich am Leben erhalten. Noch ein EEG, dann werden sie wahrscheinlich die Apparate abschalten. Wer will ihren Tod, Victor?«

»Woher soll ich das wissen?«

»Du scheinst so manches zu wissen, was du mir aus irgendeinem Grund nie erzählt hast. Du hast gewusst, dass eines der Opfer für euch gearbeitet hat.«

»Ich dachte nicht, dass das so wichtig wäre.«

»Die Entscheidung hättest du mir überlassen sollen.«

»Du hast gesagt, die Ermittlungen konzentrierten sich auf die andere Nonne. Die jüngere. *Sie* war das einzige Opfer, über das du geredet hast. Ich musste annehmen, dass der Überfall gar nichts mit Ursula zu tun hatte.«

»Du hast der Polizei Informationen vorenthalten.«

»Jetzt redest du schon selbst wie eine verdammte Polizistin. Als Nächstes packst du wohl die Dienstmarke und die Handschellen aus, wie?«

»Ich versuche ja eben, die Polizei *rauszuhalten.* Ich will dir eine Chance geben, alles zu erklären.«

»Wozu denn? Du hast dein Urteil doch schon gefällt.«

»Und du gestehst allein schon durch dein Verhalten deine Schuld ein.«

Er stand reglos da, mit abgewandtem Gesicht, und hielt sich mit einer Hand an der Granitplatte der Anrichte fest. Die Sekunden verstrichen unter angespanntem Schweigen. Und plötzlich fiel ihr Blick auf den hölzernen Messerblock, der gerade in seiner Reichweite stand. Acht edle Küchenmesser, die sie regelmäßig schleifen ließ, damit sie jederzeit einsatzbereit waren. Nie zuvor hatte sie Angst vor Victor gehabt. Aber der Mann, der da so nahe an ihren Messern stand, war nicht der Victor, den sie kannte. Hatte sie ihn je gekannt?

Leise sagte sie: »Ich denke, du solltest jetzt gehen.«

Er drehte sich um und sah sie an. »Was wirst du tun?«

»Bitte geh, Victor.«

Einen Moment lang rührte er sich nicht von der Stelle. Sie starrte ihn an. Ihr Herz hämmerte wie verrückt, ihre Muskeln verkrampften sich. Sie beobachtete seine Hände, wartete auf seine nächste Bewegung, und die ganze Zeit dachte sie nur: *Nein, er würde mir nichts antun. Ich glaube einfach nicht, dass er mir jemals wehtun würde.*

Und gleichzeitig wurde ihr mit Schrecken bewusst, wie kräftig seine Hände waren. Sie fragte sich unwillkürlich, ob diese Hände fähig wären, zu einem Hammer zu greifen und einer Frau den Schädel einzuschlagen.

»Ich liebe dich, Maura«, sagte er. »Aber es gibt Dinge, die sind wichtiger als du und ich. Bevor du irgendetwas unternimmst, denk bitte darüber nach, was du damit anrichten könntest. Wie vielen Menschen – unschuldigen Menschen – du damit schaden könntest.«

Sie zuckte zusammen, als er auf sie zukam. Doch er blieb nicht stehen, sondern ging geradewegs an ihr vorbei. Sie hörte seine Schritte auf dem Flur, dann fiel die Haustür ins Schloss.

Sofort sprang sie auf und lief ins Wohnzimmer. Durch das Fenster beobachtete sie, wie er den Wagen rückwärts aus der Garage fuhr. Sie ging zur Haustür und schob den Riegel vor. Dann verriegelte sie auch die Tür zur Garage. Sie sperrte Victor aus.

Schließlich ging sie in die Küche, um auch die Hintertür abzuschließen. Ihre Hände zitterten, als sie die Kette vorlegte. Als sie sich umdrehte, sah sie ein leeres Zimmer vor sich, ein Zimmer, das ihr plötzlich fremd schien. Die Atmosphäre der Bedrohung hing noch in der Luft. Der Cocktail, den Victor für sie gemixt hatte, stand auf der Anrichte. Sie nahm das Glas, das längst nicht mehr eiskalt war, und goss den Cocktail in den Ausguss, als wenn er verdorben wäre.

Sie selbst fühlte sich mit einem Mal beschmutzt durch seine Berührung. Durch den Sex mit ihm.

Sofort stürmte sie ins Bad, riss sich die Kleider vom Leib und stieg in die Dusche. Und dann stand sie lange unter dem heißen Wasserstrahl und versuchte alle Spuren seiner Berührung von sich abzuwaschen, doch was sie nicht loswurde, waren die Erinnerungen. Wenn sie die Augen schloss, war es immer noch sein Gesicht, das sie sah, seine Berührung, die sie auf ihrer Haut spürte.

Im Schlafzimmer zog sie das Bett ab, und wieder wehte ihr sein Duft entgegen. Wieder eine schmerzliche Erinnerung. Sie bezog das Bett mit frischen Laken und tauschte im Bad die Handtücher, die er benutzt hatte, gegen saubere aus. Dann ging sie in die Küche und warf das Essen vom

Heimservice weg, das er zum Aufwärmen in den Ofen gestellt hatte – Auberginenauflauf mit Parmesan.

An diesem Abend aß sie nichts; stattdessen schenkte sie sich ein Glas Rotwein ein und ging damit ins Wohnzimmer. Dort schaltete sie den Gaskamin ein, setzte sich in den Sessel und starrte den Baum an.

Frohe Weihnachten, dachte sie. Ich kann den Brustkorb einer Leiche aufschneiden und ausräumen. Ich kann eine Lunge in dünne Scheiben schneiden und unter dem Mikroskop auf Krebs, Tuberkulose oder Emphyseme untersuchen. Aber das Geheimnis des menschlichen Herzens entzieht sich meinen Künsten und meinem Skalpell.

Der Wein wirkte wie ein Anästhetikum, er tötete ihren Schmerz ab. Sie trank das Glas aus und ging zu Bett.

Mitten in der Nacht schreckte sie aus dem Schlaf hoch und hörte, wie der Wind ums Haus pfiff und die Balken knackten. Sie rang nach Luft, ihr Herz jagte, und es dauerte eine Weile, bis sie sich ganz aus den Fängen des Albtraums befreit hatte. Verkohlte Leichen, wie schwarze Äste auf einem Scheiterhaufen gestapelt. Flammen warfen ihr flackerndes Licht auf einen Kreis von Gestalten, die um das Feuer herumstanden. Und sie selbst, sie kauerte im Schatten, versuchte sich vor dem Feuerschein zu verbergen. Bis in meine Träume verfolgen mich diese Bilder, dachte sie. Ich muss mit diesem apokalyptischen Inferno in meinem Kopf leben.

Sie streckte die Hand aus und fühlte kühle Laken neben sich, dort, wo Victor letzte Nacht noch geschlafen hatte. Und plötzlich vermisste sie ihn so sehr, dass sie die Arme um ihren Leib schlingen und gegen die schmerzliche Leere ankämpfen musste, die sie in sich fühlte.

Wenn er nun doch Recht gehabt hatte? Wenn er ihr tatsächlich die Wahrheit gesagt hatte?

Als der Morgen graute, stand sie auf. Sie fühlte sich unausgeschlafen, wie benommen vor Müdigkeit. In der Küche kochte sie Kaffee und setzte sich mit der Tasse an den Tisch. Fahles Morgenlicht fiel durchs Fenster, als sie ihren Kaffee trank. Ihr Blick fiel auf den Ordner mit den Fotos, der immer noch auf dem Tisch lag.

Sie schlug ihn auf und sah die Bilder, die ihre Albträume ausgelöst hatten. Die verbrannten Leichen, die geschwärzten Ruinen der Hütten. So viele Tote, dachte sie, allesamt Opfer einer einzigen nächtlichen Gewaltorgie. Welche rasende Wut hatte die Angreifer angetrieben, dass sie selbst die Tiere abgeschlachtet hatten? Sie blickte auf das Foto von toten Ziegen und Menschen, ein einziges Durcheinander menschlicher und tierischer Überreste.

Die Ziegen. Wieso die Ziegen?

Vergeblich grübelte sie darüber nach, versuchte zu begreifen, was das Motiv für diese sinnlose Zerstörungswut gewesen sein mochte.

Tote Tiere.

Sie nahm sich das nächste Foto vor. Es zeigte die One-Earth-Klinik, die Hohlblockmauern von Feuer geschwärzt, vor dem Eingang der Haufen verbrannter Leichen. Doch es waren nicht die Toten, auf die sie sich konzentrierte, es war das Dach des Klinikgebäudes, ein Wellblechdach, dem die Flammen nichts hatten anhaben können. Bisher hatte sie sich dieses Dach nie richtig angesehen. Jetzt betrachtete sie eingehend die dunklen Kleckse, die wie totes Laub aussahen und über das gewellte Metall verstreut waren. Doch sie waren zu klein, und sie konnte keine Einzelheiten erkennen.

Sie ging mit dem Foto in ihr Arbeitszimmer und schaltete das Licht ein. Dann kramte sie in ihren Schubladen, bis sie eine Lupe gefunden hatte. Im hellen Schein der Schreibtischlampe studierte sie das Bild, konzentrierte sich ganz auf das Wellblechdach und das Laub. Und unter der Lupe nahmen die dunklen Punkte mit einem Mal eine erschreckende neue Gestalt an. Ein eiskalter Schauder durchfuhr sie. Sie ließ die Lupe fallen und saß da wie vom Donner gerührt.

Vögel. Es waren tote Vögel.

Sie ging in die Küche, griff nach dem Telefon und wählte die Nummer von Rizzolis Pager. Als ihr Apparat wenige Minuten später läutete, fuhr sie erschrocken zusammen.

»Ich muss Ihnen etwas sagen«, begann sie unvermittelt.

»Morgens um halb sieben?«

»Ich hätte es Agent Dean gestern schon sagen sollen, bevor er nach Washington zurückgeflogen ist. Aber ich wollte nichts sagen, bevor ich nicht mit Victor gesprochen hatte.«

»Mit Victor? Ihrem Exmann?«

»Ja.«

»Was hat der denn damit zu tun?«

»Ich glaube, er weiß, was dort in Indien passiert ist. In diesem Dorf.«

»Hat er Ihnen das gesagt?«

»Noch nicht. Und deshalb müssen Sie ihn verhören.«

19

Sie saßen zu dritt in Barry Frosts Wagen, der direkt vor dem Hotel Colonnade geparkt war; Frost und Rizzoli vorne, Maura auf dem Rücksitz.

»Lassen Sie mich zuerst mit ihm reden«, sagte Maura.

»Es wäre besser, wenn Sie hier im Auto warten würden, Doc«, meinte Frost. »Wir wissen nicht, wie er reagieren wird.«

»Er wird wahrscheinlich weniger Widerstand leisten, wenn ich mit ihm spreche.«

»Aber wenn er bewaffnet ist ...«

»Er wird mir nichts antun«, sagte Maura. »Und ich will auch nicht, dass Sie ihm wehtun, ist das klar? Sie nehmen ihn ja nicht fest.«

»Und wenn er sich weigert, mitzukommen?«

»Er wird mitkommen.« Sie drückte die Wagentür auf. »Überlassen Sie das nur mir.«

Mit dem Lift fuhren sie in den vierten Stock, zusammen mit einem jungen Paar, das sich wohl über die drei finster dreinblickenden Gestalten wunderte, die ihnen schweigend gegenüberstanden. Flankiert von Rizzoli und Frost klopfte Maura an die Tür von Zimmer 426.

Einige Sekunden verstrichen.

Sie wollte eben ein zweites Mal klopfen, als die Tür endlich aufging und Victor vor ihr stand. Er sah sie aus müden Augen an, und sein Blick war unendlich traurig.

»Ich habe mich schon gefragt, wie du dich entscheiden würdest«, sagte er. »Ich hatte fast gehofft ...« Er schüttelte den Kopf.

»Victor …«

»Aber eigentlich sollte ich mich ja nicht wundern.« Sein Blick ging zu Rizzoli und Frost, die hinter ihr auf dem Flur standen, und er lachte verbittert. »Haben Sie auch die Handschellen dabei?«

»Sie brauchen keine Handschellen«, sagte Maura. »Sie wollen nur mit dir reden.«

»Ja, natürlich. Nur reden. Sollte ich einen Anwalt anrufen?«

»Das ist deine Entscheidung.«

»Nein, sag du es mir. Werde ich einen Anwalt brauchen?«

»Du bist der Einzige, der das wissen kann, Victor.«

»Aha, das ist wohl die Nagelprobe, wie? Nur wer schuldig ist, verlangt einen Anwalt.«

»Es kann nie schaden, einen Anwalt zu haben.«

»Nun, dann werde ich keinen anrufen, wenn auch nur, um dir etwas zu beweisen.« Er sah wieder die beiden Detectives an. »Ich muss nur noch Schuhe anziehen. Falls Sie nichts dagegen haben.« Er drehte sich um und ging zum Schrank.

Maura wandte sich an Rizzoli: »Könnten Sie hier draußen warten?« Sie folgte Victor ins Zimmer und ließ die Tür hinter sich zufallen, um einen letzten ungestörten Moment mit ihm zu haben. Er saß auf einem Stuhl und band sich die Schnürsenkel zu. Sie sah, dass sein Koffer auf dem Bett lag.

»Du packst deine Sachen?«

»Ich wollte mit der Vier-Uhr-Maschine nach Hause fliegen. Aber das kann ich ja jetzt wohl vergessen, oder?«

»Ich musste es ihnen sagen. Es tut mir Leid.«

»Ja, sicher.«

»Ich hatte keine Wahl.«

Er stand auf. »Du hattest die Wahl, und du hast dich entschieden. Ich denke, das sagt wohl alles.« Er ging an ihr vorbei und öffnete die Tür. »Ich bin so weit«, sagte er und drückte Rizzoli einen Schlüsselbund in die Hand. »Ich nehme an, dass Sie meinen Mietwagen durchsuchen wollen. Es ist ein blauer Toyota; er steht in der Parkgarage, Ebene drei. Nun sagen Sie bloß nicht, dass ich Ihnen Schwierigkeiten mache.«

Frost ging mit Victor zum Aufzug. Maura wollte ihnen folgen, doch Rizzoli zupfte sie am Ärmel.

»Jetzt müssen Sie leider das Feld räumen«, sagte sie.

»Ich habe Sie doch schließlich zu ihm geführt.«

»Und deshalb dürfen Sie nicht dabei sein.«

»Ich war einmal mit ihm verheiratet.«

»Genau. Sie müssen jetzt zur Seite treten und den Rest uns überlassen. Das wissen Sie selbst.«

Natürlich wusste sie das.

Sie folgte ihnen dennoch nach unten. Mit ihrem eigenen Wagen fuhr sie ihnen nach bis zum Polizeipräsidium. Sie konnte ihn auf dem Rücksitz von Frosts Wagen sehen. Nur einmal, als sie an einer roten Ampel warteten, drehte er sich zu ihr um. Für ein paar Sekunden trafen sich ihre Blicke durch die Scheiben. Dann wandte er sich ab und sah sie nicht mehr an.

Bis sie einen Parkplatz gefunden und das Gebäude betreten hatte, waren sie schon mit Victor nach oben gefahren. Maura nahm den Fahrstuhl in den ersten Stock und steuerte gleich die Räume der Mordkommission an.

Barry Frost trat ihr in den Weg. »Sie können da jetzt nicht rein, Doc.«

»Wird er schon verhört?«

»Rizzoli und Crowe kümmern sich darum.«

»Ich habe Ihnen Victor *ausgeliefert*, verdammt noch mal! Lassen Sie mich wenigstens hören, was er zu sagen hat. Ich könnte doch vom Nebenzimmer aus zuhören.«

»Sie müssen leider hier warten.« Mit sanfter Stimme fügte er hinzu: »Bitte, Dr. Isles.«

Sie sah das Mitgefühl in seinen Augen. Von allen Detectives der Mordkommission war er der Einzige, der mit einem freundlichen Blick ihren Protest zum Verstummen bringen konnte.

»Warum setzen Sie sich nicht so lange da drüben an meinen Schreibtisch?«, schlug er vor. »Ich bringe Ihnen eine Tasse Kaffee.«

Sie ließ sich auf einen Stuhl sinken und betrachtete das Foto auf Frosts Schreibtisch – seine Frau, wie sie vermutete. Eine hübsche Blondine mit aristokratischen Wangenknochen. Gleich darauf kam er mit einem Becher Kaffee zurück, den er vor sie auf den Tisch stellte.

Sie rührte ihn nicht an. Noch eine ganze Weile saß sie so da, starrte das Foto von Frosts Frau an und dachte über andere Ehen nach. Über glücklichere Paare.

Rizzoli fand Victor Banks unausstehlich.

Er saß am Tisch im Vernehmungsraum und nippte seelenruhig an einem Becher Wasser; seine Haltung wirkte entspannt, ja locker. Er sah gut aus und wusste es auch. *Zu* gut. Wenn sie ihn so vor sich sah mit seiner abgewetzten Lederjacke und seiner Khakihose, kam er ihr vor wie eine Nobelversion von Indiana Jones – nur die Peitsche fehlte. Und dann hatte er auch noch einen Doktortitel in Medizin und einen untadeligen Ruf als Wohltäter der Menschheit. Kein Wunder, dass die Frauen auf ihn flogen. Sogar Dr. Isles, die im Autopsiesaal immer so kühl und nüchtern zu Werke ging, hatte ihr Herz an diesen Mann verloren.

Und du hast sie nach Strich und Faden belogen, du Mistkerl.

Darren Crowe saß rechts von ihr. Sie hatten zuvor vereinbart, dass Rizzoli grundsätzlich die Fragen stellen würde.

Bisher hatte Victor sich kooperativ, wenn auch recht frostig gezeigt und ihre einleitenden Fragen kurz und knapp beantwortet. Offenbar wollte er die Sache möglichst schnell hinter sich bringen. Und er schien auch nicht allzu viel Respekt vor der Polizei zu haben.

Wenn sie mit ihm fertig war, würde er ihr seinen Respekt nicht mehr verweigern können, das schwor sie sich.

»Also, wie lange sind Sie jetzt schon in Boston, Mr. Banks?«, fragte sie.

»*Dr.* Banks, bitte. Und wie ich bereits sagte, ich bin seit etwa neun Tagen hier. Ich bin vorigen Sonntagabend mit dem Flugzeug angekommen.«

»Sie sagten, Sie seien zu einer Besprechung nach Boston gekommen?«

»Ja, mit dem Dekan der Harvard School of Public Health.«

»Worum ging es bei dieser Besprechung?«

»Meine Organisation bietet regelmäßig Praktikumsplätze für Studenten diverser Universitäten an.«

»Ihre Organisation, das ist One Earth?«

»Ja. Wir sind eine internationale medizinische Hilfsorganisation und betreiben Kliniken in aller Welt. Selbstverständlich bieten wir Medizinstudenten und angehenden Krankenschwestern oder Pflegern gerne die Möglichkeit, in unseren Kliniken als freiwillige Helfer zu arbeiten. Im Gegenzug profitieren wir von ihren Fähigkeiten und Kenntnissen.«

»Und wer hat das Treffen in Harvard vereinbart?«

Er zuckte mit den Achseln. »Es war ein Routinebesuch.«

»Aber wer von Ihnen hat zum Hörer gegriffen, um den Termin zu vereinbaren?«

Schweigen. *Ertappt!*

»Das waren Sie, nicht wahr?«, sagte sie. »Sie haben vor zwei Wochen in Harvard angerufen und dem Dekan erzählt, Sie seien demnächst sowieso in Boston und würden gerne bei ihm im Büro vorbeischauen.«

»Ich muss eben meine Kontakte pflegen.«

»Warum sind Sie tatsächlich nach Boston gekommen, Dr. Banks? Gab es nicht noch einen anderen Grund?«

Eine Pause. »Ja.«

»Und der wäre?«

»Meine geschiedene Frau lebt hier. Ich wollte sie sehen.«

»Aber wie lange war es her, dass Sie zuletzt mit ihr gesprochen hatten – fast drei Jahre?«

»Offensichtlich hat sie Ihnen schon alles erzählt. Wieso müssen Sie es dann noch mal von mir hören?«

»Und urplötzlich hatten Sie solche Sehnsucht nach ihr, dass Sie sich ins Flugzeug gesetzt haben und den ganzen Weg von der Westküste nach Boston geflogen sind, ohne zu wissen, ob sie Sie überhaupt sehen wollte?«

»Für die Liebe muss man eben manchmal Risiken eingehen. Es ist eine Frage von Glauben und Vertrauen. Man muss an etwas glauben, was man weder sehen noch berühren kann. Man muss einfach den Sprung ins Ungewisse wagen.« Er sah ihr in die Augen. »Nicht wahr, Detective?«

Rizzoli spürte, wie sie errötete. Einen Augenblick lang wusste sie nicht, was sie erwidern sollte. Victor hatte den Spieß einfach umgedreht und ihr das Gefühl gegeben, dass es in diesem Gespräch um *sie* und nicht um ihn ging. *Für die Liebe muss man Risiken eingehen.*

Crowe sprang in die Bresche. »Na ja, sie sieht ja schon klasse aus, Ihre Ex«, sagte er. Nicht feindselig, sondern im lockeren Ton von Mann zu Mann. Beide schienen sie Rizzoli zu ignorieren. »Ich kann verstehen, wieso Sie eigens nach Boston geflogen sind, um zu versuchen, die Beziehung wieder zu kitten. Und hatten Sie damit Erfolg?«

»Wir haben uns ganz gut verstanden.«

»Ja, ich habe gehört, dass Sie die letzten paar Tage bei ihr gewohnt haben. Das würde ich schon einen Fortschritt nennen.«

»Kommen wir doch vielleicht mal zur Wahrheit, wie wär's?«, schaltete Rizzoli sich ein.

»Zur Wahrheit?«, fragte Victor.

»Ich meine den wahren Grund, weshalb Sie nach Boston gekommen sind.«

»Warum sagen *Sie* mir nicht, auf welche Antwort Sie aus sind? Dann sage *ich* Ihnen einfach, was Sie hören wollen, und wir haben alle eine Menge Zeit gespart.«

Rizzoli knallte einen Aktenordner auf den Tisch. »Ich möchte, dass Sie sich das einmal anschauen.«

Er schlug den Ordner auf und sah, dass es sich um die Fotos des verwüsteten indischen Dorfes handelte. »Ich kenne diese Fotos«, sagte er und klappte den Ordner wieder zu. »Maura hat sie mir gezeigt.«

»Sie scheinen nicht sonderlich interessiert.«

»Es ist ja auch kein sehr erfreulicher Anblick.«

»Das soll es auch nicht sein. Sehen Sie sich die Fotos noch mal genau an.« Sie schlug den Order auf, zog eines der Bilder heraus und legte es obenauf. »Besonders dieses hier.«

Victor sah Crowe an, als suchte er einen Verbündeten gegen diese unangenehme Frau, doch Crowe zuckte nur mit den Achseln, wie um zu sagen: *Da kann man nichts machen.*

»Das Foto, Dr. Banks«, sagte Rizzoli.

»Was genau wollen Sie von mir hören?«

»Die Klinik in diesem Dorf wurde von One Earth betrieben.«

»Ist das so überraschend? Wir gehen dorthin, wo die Menschen uns brauchen. Und das bedeutet, dass wir manchmal in unangenehme Situationen oder sogar in ernste Gefahr geraten.« Immer noch sah er das Foto nicht an, immer noch mied er den grässlichen Anblick. »Das ist der Preis, den wir als humanitäre Organisation bezahlen müssen. Wir gehen die gleichen Risiken ein wie unsere Patienten.«

»Was ist in dem Dorf tatsächlich passiert?«

»Ich denke, das ist ziemlich offensichtlich.«

»Sehen Sie sich das Bild an.«

»Ich bin sicher, es steht alles im Polizeibericht.«

»Sehen Sie sich das verdammte *Bild* an und sagen Sie mir, was Sie sehen!«

Endlich richtete er den Blick auf das Foto. Nach einer Weile sagte er. »Verbrannte Leichen. Sie liegen vor dem Eingang unserer Klinik.«

»Und woran sind die Leute gestorben?«

»Man hat mir gesagt, es sei ein Massaker gewesen.«

»Wissen Sie das ganz sicher?«

Er blickte gereizt zu ihr auf. »Ich war nicht dabei, Detective. Ich war zu Hause in San Francisco, als ich den Anruf aus Indien bekam. Sie können also kaum erwarten, dass ich Ihnen irgendwelche Details liefere.«

»Woher wissen Sie, dass es ein Massaker war?«

»Das steht in dem Bericht der Polizei von Andhra Pradesh, der uns übermittelt wurde. Es heißt, es habe sich um ein religiös oder politisch motiviertes Verbrechen gehandelt, und da das Dorf sehr abgelegen sei, habe es keine Zeugen gegeben. Die meisten Menschen meiden ja eher den Kontakt mit Leprakranken.«

»Und doch haben die Täter die Leichen verbrannt. Finden Sie das nicht merkwürdig?«

»Was soll daran merkwürdig sein?«

»Die Leichen wurden zu großen Haufen zusammengetragen, bevor man sie anzündete. Man sollte doch annehmen, dass niemand einen Leprakranken anfassen mag. Also, warum haben sie das wohl getan?«

»Ich nehme an, weil es so effizienter war, als wenn man sie einzeln verbrannt hätte.«

»Effizienter?«

»Ich versuche doch nur, logisch an die Sache heranzugehen.«

»Und was war der logische Grund dafür, sie alle zu verbrennen?«

»Blinder Hass? Zerstörungswut? Was weiß denn ich.«

»Ganz schön viel Arbeit, so viele Leichen zusammenzutragen. Und die ganzen Benzinkanister ranzuschleppen. Die Scheiterhaufen zu errichten. Und das alles, während man ständig befürchten muss, entdeckt zu werden.«

»Worauf wollen Sie hinaus?«

»Ich will damit sagen, dass die Leichen verbrannt werden *mussten*. Um die Beweise zu vernichten.«

»Beweise wofür? Dass es ein Massaker war, ist doch offensichtlich. Das kann kein Feuer kaschieren.«

»Aber ein Feuer könnte die Tatsache verschleiern, dass es *kein* Massaker war.«

Es überraschte sie nicht, dass er den Blick senkte, dass er es plötzlich krampfhaft vermied, ihr in die Augen zu sehen.

»Ich weiß nicht, warum Sie mir alle diese Fragen stellen«, sagte er. »Warum glauben Sie dem Polizeibericht nicht?«

»Weil die indischen Kollegen sich entweder geirrt haben – oder bestochen wurden.«

»Das wissen Sie ganz genau, wie?«

Sie tippte auf das Foto. »Schauen Sie noch mal genau hin, Dr. Banks.«

»Lieber nicht.«

»Es sind nicht nur menschliche Überreste, die hier verbrannt wurden. Die Ziegen wurden geschlachtet und ebenfalls verbrannt. Genau wie die Hühner. Was für eine Vergeudung – das ganze nahrhafte Fleisch. Warum sollte irgendjemand Ziegen und Hühner abschlachten und sie anschließend verbrennen?«

Victor lachte sarkastisch. »Vielleicht, weil sie auch mit

Lepra infiziert gewesen sein könnten? Was weiß denn ich!«

»Das erklärt aber noch nicht, was mit den Vögeln passiert ist.«

Victor schüttelte verwirrt den Kopf. »Was?«

Rizzoli zeigte auf das Wellblechdach der Klinik. »Ich wette, das ist Ihnen noch gar nicht aufgefallen. Aber Dr. Isles hat es bemerkt. Hier, diese schwarzen Flecken auf dem Dach. Auf den ersten Blick sehen sie wie Laub aus. Aber ist es nicht seltsam, das da Blätter auf dem Dach liegen, obwohl da weit und breit keine Bäume stehen?«

Er erwiderte nichts, saß nur vollkommen reglos da und hielt den Kopf gesenkt, so dass sie seinen Gesichtsausdruck nicht sehen konnte. Doch schon seine Körpersprache verriet ihr, dass er sich auf das Unvermeidliche gefasst machte.

»Es sind nämlich gar keine Blätter, Dr. Banks. Es sind tote Vögel. Irgendeine Art Krähen, nehme ich an. Drei von ihnen sind hier am Bildrand deutlich zu erkennen. Wie erklären Sie sich das?«

Er zuckte mit den Schultern. »Vielleicht hat jemand sie geschossen.«

»Im Polizeibericht gibt es keinerlei Hinweise auf Schusswaffengebrauch. Keine Einschusslöcher in dem Gebäude, keine Hülsen, die am Tatort gefunden wurden. Auch keine Geschosssplitter in den Körpern der Opfer. Was in dem Bericht steht, ist, dass viele der Opfer Schädelfrakturen aufwiesen. Daher nahm man an, dass die Opfer alle im Schlaf erschlagen wurden.«

»Das würde ich auch annehmen.«

»Und wie erklären wir uns dann die toten Vögel? Diese Krähen sind doch wohl nicht seelenruhig dort auf dem Dach sitzen geblieben und haben gewartet, bis jemand raufgeklettert ist und ihnen mit dem Knüppel eins übergebraten hat.«

»Ich weiß immer noch nicht, worauf Sie hinauswollen. Was haben denn ein paar tote Vögel mit dem Ganzen zu tun?«

»Sie haben sehr viel damit zu tun. Sie wurden weder erschlagen noch abgeschossen.«

Victor schnaubte verächtlich. »Rauchvergiftung vielleicht?«

»Zu dem Zeitpunkt, als das Dorf in Brand gesetzt wurde, waren die Vögel bereits tot. Alles war tot. Vögel, Vieh, Menschen. Nichts hat sich mehr gerührt, nichts hat mehr geatmet. Es war eine Todeszone. Alles Leben ausgelöscht.«

Darauf wusste er nichts zu erwidern.

Rizzoli beugte sich vor und sah ihm direkt ins Gesicht. »Wie viel hat Octagon Chemicals Ihrer Organisation dieses Jahr gespendet, Dr. Banks?«

Victor hob den Wasserbecher an die Lippen und trank, wofür er sich auffallend viel Zeit ließ.

»Wie viel?«

»Es war… es war eine achtstellige Summe.« Er sah Crowe an. »Ich hätte gerne noch etwas Wasser, wenn's geht.«

»Eine achtstellige Summe?«, wiederholte Rizzoli. »Wie wär's denn mit fünfundachtzig Millionen Dollar?«

»Das könnte hinkommen.«

»Und im Jahr davor hat Octagon Ihnen gar nichts gespendet. Was hat sich denn in der Zwischenzeit geändert? Hat Octagon Chemicals plötzlich sein humanitäres Gewissen entdeckt?«

»Da müssen Sie die Leute schon selbst fragen.«

»Ich frage aber Sie.«

»Ich hätte wirklich gerne noch einen Schluck Wasser.«

Crowe seufzte, nahm den leeren Becher und ging damit hinaus. Jetzt war Rizzoli mit Victor allein im Zimmer.

Sie rückte noch näher heran, so nahe, dass es ihm unangenehm sein musste. »Es dreht sich alles um das Geld, nicht wahr?«, sagte sie. »Fünfundachtzig Millionen Dollar sind eine satte Abfindung. Da muss für Octagon einiges auf dem Spiel gestanden haben. Und für Sie gab es offensichtlich sehr viel zu gewinnen, indem Sie das Spiel mitmachten.«

»Welches Spiel?«

»Schweigen und kassieren. Sie mussten nur Octagons schmutziges Geheimnis für sich behalten.«

Sie griff nach einer anderen Akte und warf sie vor ihn auf den Tisch.

»In der Fabrik, die Octagon dort betrieb, wurden Pestizide hergestellt. Nur anderthalb Meilen von Bara entfernt lagerten mehrere Tonnen Methylisocyanat. Die Fabrik wurde letztes Jahr geschlossen, wussten Sie das? Unmittelbar nach dem Überfall auf Bara hat Octagon die Fabrik aufgegeben. Einfach das ganze Personal abgezogen und die Gebäude niederreißen lassen. Angst vor Terroranschlägen, so lautete die offizielle Begründung. Aber das glauben Sie doch selbst nicht, oder?«

»Ich habe nichts mehr zu sagen.«

»Es war kein Massaker, das die Dorfbevölkerung ausgelöscht hat. Und es war auch kein Terroranschlag.« Sie wartete einen Moment und fügte dann mit leiser Stimme hinzu: »Es war eine Industriekatastrophe.«

20

Victor saß reglos auf seinem Stuhl. Er sah Rizzoli nicht an.

»Sagt Ihnen der Name ›Bhopal‹ irgendetwas?«

Es dauerte einen Moment, ehe er antwortete. »Ja, natürlich«, sagte er leise.

»Erzählen Sie mir, was Sie darüber wissen.«

»Bhopal in Indien. Die Union-Carbide-Katastrophe von 1984.«

»Wissen Sie, wie viele Menschen damals ums Leben gekommen sind?«

»Es waren … Tausende, glaube ich.«

»Rund sechstausend Menschen«, sagte sie. »Aus dem Werk der Firma Union Carbide war eine Giftgaswolke ausgetreten und hatte sich auf die schlafende Stadt Bhopal gelegt. Am nächsten Morgen waren sechstausend Menschen tot. Hunderttausende trugen Verletzungen davon. Bei so vielen Überlebenden, so vielen Zeugen, konnte die Wahrheit nicht vertuscht werden. Sie konnte nicht unterdrückt werden.« Sie blickte auf das Foto herab. »Anders als in Bara.«

»Ich kann mich nur wiederholen. Ich war nicht dort. Ich habe es nicht gesehen.«

»Aber Sie können sich doch sicherlich denken, was passiert ist. Wir warten zurzeit noch darauf, dass Octagon eine Liste seiner Angestellten herausgibt, die in dieser Fabrik gearbeitet haben. Einer von ihnen wird irgendwann mit Sicherheit reden. Einer von ihnen wird bestätigen, dass es so gewesen ist. Es ist die Nachtschicht, und einer der überarbeiteten Angestellten passt einen Moment lang nicht auf. Oder er schläft am Schaltpult ein, und *ffft!* – schon ist die Giftgaswolke draußen und wird vom Wind fortgeweht.« Sie hielt einen Moment inne. »Wissen Sie, wie der menschliche Körper auf Kontakt mit Methylisocyanat reagiert, Dr. Banks?«

Natürlich wusste er es. Er musste es wissen. Doch er gab keine Antwort.

»Es ist stark ätzend, und schon die bloße Berührung mit der Haut kann zu Verbrennungen führen. Also können Sie sich vielleicht vorstellen, was es mit den Schleimhäuten Ihrer Atemwege und Ihrer Lungen anrichtet, wenn Sie es inhalieren. Sie beginnen zu husten, Ihr Hals schmerzt, und Ihnen wird schwindlig. Und dann kriegen Sie keine Luft mehr, weil das Gas Ihnen buchstäblich die Schleimhäute wegätzt. Sie werden regelrecht durchlöchert, und Flüssigkeit dringt in Ihre Lungen ein. Das nennt man ein Lungenödem. Sie ertrinken in Ihren eigenen Körpersekreten, Dr. Banks. Aber das wissen Sie ja sicherlich selbst; Sie sind schließlich Arzt.«

Ein resigniertes Nicken war die Antwort.

»Die Leute von der Octagon-Fabrik wussten es auch. Es kann nicht sehr lange gedauert haben, bis sie merkten, dass ihnen ein katastrophaler Fehler unterlaufen war. Sie wissen, dass Methylisocyanat dichter als Luft ist, dass es sich in den tieferen Regionen sammeln wird. Also machen sie sich gleich auf dem Weg zu der Leprakolonie im Tal, das genau in der Richtung liegt, in die der Wind weht. Sie gehen nach Bara. Und was sie dort vorfinden, ist eine Zone des Todes. Menschen, Tiere – nichts hat überlebt. Sie stehen entsetzt vor den Leichen von fast hundert Menschen, und sie wissen genau, dass sie für ihren Tod verantwortlich sind. Sie wissen, dass sie in gewaltigen Schwierigkeiten stecken. Es wird mit an Sicherheit grenzender Wahrscheinlichkeit zu einer Anklage kommen, möglicherweise auch zu Verhaftungen. Was glauben Sie also, was die Leute als Nächstes getan haben, Dr. Banks?«

»Ich weiß es nicht.«

»Sie sind natürlich in Panik geraten. Wäre es Ihnen nicht genauso gegangen? Sie wollten sich das Problem vom Hals schaffen. Aber wie die Spuren verwischen? Man kann doch hundert Leichen nicht einfach so verschwinden lassen. Geschweige denn ein ganzes Dorf. Und dann waren auch noch zwei US-Bürgerinnen unter den Toten – zwei Krankenschwestern. Ihr Tod würde gewiss nicht stillschweigend übergangen werden.«

Sie breitete die Fotos auf dem Tisch aus, so dass alle drei gleichzeitig zu sehen waren. Drei Aufnahmen, drei verschiedene Leichenberge.

»Sie haben sie verbrannt«, sagte sie. »Sie haben sich darangemacht, ihren Fehler zu vertuschen. Vielleicht haben sie sogar ein paar Schädel zertrümmert, um die Ermittler in die Irre zu führen. Was in Bara passiert ist, war ursprünglich kein Verbrechen, Dr. Banks. Aber in dieser Nacht wurde es zu einem.«

Victor schob seinen Stuhl zurück. »Wollen Sie mich jetzt festnehmen, Detective? Sonst würde ich nämlich ganz gerne gehen, damit ich meine Maschine noch erreiche.«

»Sie haben das alles schon vor einem Jahr gewusst, nicht wahr? Aber Sie haben den Mund gehalten, weil Octagon Sie bestochen hat. Ein Desaster wie dieses hätte die Firma einige hundert Millionen Dollar Strafe gekostet. Dazu wären noch Prozesskosten und Einbußen an der Börse gekommen, ganz zu schweigen von einer möglichen Strafverfolgung. Da war es weit billiger, Sie stattdessen zu kaufen.«

»Sie haben sich den Falschen vorgenommen. Ich kann es nur immer wieder sagen, ich war nicht dort.«

»Aber Sie wussten davon.«

»Da bin ich nicht der Einzige.«

»Wer hat es Ihnen gesagt, Dr. Banks? Wie haben Sie davon erfahren?« Sie beugte sich vor und sah ihn über den Tisch hinweg an. »Warum sagen Sie uns nicht ganz einfach die Wahrheit? Dann kommen Sie vielleicht sogar noch rechtzeitig zu Ihrem Flug nach San Francisco.«

Einen Moment lang blickte er nur stumm auf die Fotos, die sie vor ihm ausgebreitet hatte. »Sie hat mich angerufen«, sagte er schließlich. »Aus Hyderabad.«

»Schwester Ursula?«

Er nickte. »Das war zwei Tage nach dem … Vorfall. Inzwischen hatte ich schon von den indischen Behörden gehört, dass es im Dorf zu einem Massaker gekommen sei. Dass zwei unserer Krankenschwestern dabei ums Leben gekommen seien und dass man glaubte, es habe sich um einen Überfall von Terroristen gehandelt.«

»Hat Schwester Ursula Ihnen etwas anders erzählt?«

»Ja, aber ich wusste nicht recht, was ich von ihrem Anruf halten sollte. Sie klang verängstigt und erregt. Der Fabrikarzt hatte ihr Beruhigungsmittel gegeben, und ich denke, dass die Pillen ihre Verwirrung noch verstärkt haben.«

»Was genau hat sie Ihnen gesagt?«

»Dass bei den polizeilichen Ermittlungen irgendetwas faul sei. Dass die Leute nicht die Wahrheit sagten. Sie hatte in einem der Lastwagen von Octagon einige leere Benzinkanister entdeckt.«

»Hat sie das der Polizei gesagt?«

»Sie müssen sich einmal in ihre Lage versetzen. Als sie an jenem Morgen in Bara ankam, sah sie überall nur verbrannte Leichen – die Leichen von Menschen, die sie gekannt hatte. Sie war die einzige Überlebende, und überall um sie herum waren Fabrikarbeiter. Dann traf die Polizei ein, und sie nahm einen der Beamten beiseite und machte ihn auf die Benzinkanister aufmerksam. Sie nahm an, dass die Polizei der Sache nachgehen würde.«

»Aber es passierte nichts dergleichen.«

Er nickte. »Und da bekam sie es mit der Angst zu tun. Sie fragte sich, ob der Polizei überhaupt zu trauen war. Erst nachdem Pater Doolin sie nach Hyderabad gefahren hatte, glaubte sie es riskieren zu können, mich anzurufen.«

»Und was haben Sie auf ihren Anruf hin unternommen?«

»Was konnte ich denn tun? Ich war doch auf der anderen Seite des Globus.«

»Ich bitte Sie, Dr. Banks. Soll ich Ihnen wirklich glauben, dass Sie einfach dort in Ihrem Büro in San Francisco gesessen und die Hände in den Schoß gelegt haben? Sie sind nicht der Typ, der untätig bleibt, wenn jemand eine solche Bombe platzen lässt.«

»Was hätte ich denn tun sollen?«

»Was Sie dann auch tatsächlich getan haben.«

»Und was wäre das?«

»Ich muss ja nur Ihre Telefonverbindungen überprüfen lassen. Da wird er bestimmt irgendwo auftauchen – Ihr Anruf bei der Zentrale von Octagon Chemicals in Cincinnati.«

»Natürlich habe ich dort angerufen! Ich hatte gerade erfahren, dass Mitarbeiter des Unternehmens ein Dorf niedergebrannt hatten und zwei meiner Freiwilligen unter den Toten waren.«

»Mit wem haben Sie bei Octagon gesprochen?«

»Mit einem Mann. Irgendjemand aus dem Vorstand.«

»Erinnern Sie sich an den Namen des Mannes?«

»Nein.«

»Er hieß nicht zufällig Howard Redfield?«

»Ich weiß es nicht mehr.«

»Was haben Sie ihm gesagt?«

Victor blickte zur Tür. »Wieso dauert das mit dem Wasser so lange?«

»Was haben Sie ihm gesagt, Dr. Banks?«

Victor seufzte. »Ich habe ihm gesagt, dass es gewisse Gerüchte über das Massaker von Bara gebe. Dass Mitarbeiter der Octagon-Fabrik in den Vorfall verwickelt sein könnten. Er sagte, er wisse nichts davon, versprach mir aber, der Sache nachzugehen.«

»Und was geschah dann?«

»Etwa eine Stunde später rief mich der Generaldirektor von Octagon an. Er wollte wissen, woher ich das Gerücht hätte.«

»Und hat er bei dieser Gelegenheit Ihrer Hilfsorganisation ein Bestechungsgeld in vielfacher Millionenhöhe angeboten?«

»So war es nicht formuliert!«

»Ich kann es Ihnen gar nicht verdenken, dass Sie auf den Deal eingegangen sind, Dr. Banks«, sagte Rizzoli. »Schließlich war das Kind bereits in den Brunnen gefallen. Man kann Tote nicht wieder zum Leben erwecken, also konnten Sie ebenso gut die Tragödie zum Wohle der Menschheit nutzen.« Sie senkte die Stimme, und ihr Ton wurde beinahe vertraulich. »Haben Sie die Sache so betrachtet? Warum nicht das viele Geld, das sonst nur in den Taschen der Anwälte verschwunden wäre, gleich einem guten Zweck zuführen? Das ist doch nur vernünftig.«

»Das haben Sie gesagt, Detective, nicht ich.«

»Und wie wurde Schwester Ursulas Schweigen erkauft?«

»Die Frage müssten Sie der Erzdiözese von Boston stellen. Ich bin sicher, dass auch mit ihr irgendein Deal gemacht wurde.«

Rizzoli hielt inne. Sie musste plötzlich an Graystones Abbey denken. An das neue Dach, an die Renovierungsarbeiten. Wie war es einem verarmten Nonnenorden möglich, eine so wertvolle Immobilie nicht nur zu behalten, sondern auch noch zu modernisieren? Sie erinnerte sich an das, was Mary Clement gesagt hatte: Ein großzügiger Spender sei ihnen unverhofft zu Hilfe gekommen.

Die Tür ging auf, und Crowe kam mit einem vollen Wasserbecher herein, den er auf den Tisch stellte. Victor griff sogleich mit fahrigen Bewegungen danach und trank gierig einen Schluck. Der Mann, der zu Beginn der Vernehmung noch so ruhig, geradezu unverschämt gelassen gewesen war, wirkte nun erschöpft und ausgelaugt, all seine Selbstsicherheit war wie weggeblasen.

Jetzt war der Zeitpunkt gekommen, auch noch den letzten Rest Wahrheit aus ihm herauszuquetschen.

Rizzoli beugte sich vor und setzte zur letzten Attacke an. »Warum sind Sie wirklich nach Boston gekommen, Dr. Banks?«

»Das habe ich Ihnen doch gesagt. Ich wollte Maura sehen ...«

»Octagon hat Sie gebeten zu kommen. Habe ich Recht?«

Er nahm noch einen Schluck Wasser.

»Ja oder nein?«

»Sie waren beunruhigt.«

»Weswegen?«

»Die Börsenaufsicht ermittelt zurzeit gegen das Unternehmen. Das hat nichts mit den Ereignissen in Indien zu tun, aber wegen der Höhe der Zuwendung an One Earth befürchtete Octagon, dass die Behörde Verdacht schöpfen könnte. Dass Fragen gestellt würden. Man wollte sichergehen, dass unsere Aussagen übereinstimmten, falls wir dazu vernommen würden.«

»Man hat von Ihnen verlangt, für Octagon zu lügen?«

»Nein. Nur den Mund zu halten. Weiter nichts. Wir sollten nur nicht ... über Indien reden.«

»Und wenn man von Ihnen verlangt hätte, unter Eid auszusagen? Wenn Sie direkt zu dem Thema verhört worden wären? Hätten Sie dann die Wahrheit gesagt, Dr. Banks? Dass Sie Geld angenommen haben, um bei der Vertuschung eines Verbrechens zu helfen?«

»Wir reden hier nicht von einem Verbrechen. Sondern von einem Industrieunfall.«

»Sind Sie deswegen nach Boston gekommen? Um Schwester Ursula zu überreden, ebenfalls Verschwiegenheit zu wahren? Um dafür zu sorgen, dass die Lügenfront geschlossen blieb?«

»Nicht Lügen. Schweigen. Das ist ein Unterschied.«

»Aber von hier ab wird es irgendwie kompliziert. Ein Vorstandsmitglied von Octagon namens Howard Redfield beschließt, sich an das Justizministerium zu wenden und auszupacken. Und nicht nur das, er kann auch eine Zeugin präsentieren. Eine Frau, die er eigens zu diesem Zweck aus Indien hat einfliegen lassen.«

Victor hob den Kopf und starrte sie ehrlich verblüfft an. »Was für eine Zeugin?«

»Sie war in Bara dabei. Eine der Leprakranken, die überlebt haben. Überrascht Sie das?«

»Ich weiß von keiner Zeugin.«

»Sie hatte mit eigenen Augen gesehen, was in dem Dorf passierte. Sie hatte gesehen, wie die Fabrikarbeiter die Leichen auf Scheiterhaufen zusammentrugen und anzündeten. Sie hatte gesehen, wie sie ihren Freunden und Verwandten die Schädel einschlugen. Was sie gesehen hatte, was sie wusste, konnte Octagon zu Fall bringen.«

»Davon weiß ich nichts. Niemand hat mir gesagt, dass es Überlebende gegeben hat.«

»Es wäre alles ans Licht gekommen. Der Unfall, der Vertuschungsversuch. Die Bestechungsgelder. *Sie* wären vielleicht bereit gewesen, weiterhin zu lügen, aber Schwester

Ursula? Wie bringt man eine Nonne dazu, unter Eid die Unwahrheit zu sagen? *Eine* ehrliche Ordensschwester hätte das ganze Lügengebäude zum Einsturz bringen können. Sie macht den Mund auf, und schon gehen Ihre schönen fünfundachtzig Millionen Dollar flöten. Und die ganze Welt sieht zu, wie der heilige Victor von seinem Podest gestoßen wird.«

»Ich glaube, ich bin hier fertig.« Er stand auf. »Ich muss jetzt zum Flughafen.«

»Sie hatten die Gelegenheit. Und Sie hatten ein Motiv.«

»Ein Motiv?« Er lachte ungläubig. »Für den Mord an einer *Nonne*? Da könnten Sie ebenso gut die Erzdiözese beschuldigen, denn ich bin mir sicher, dass die Herrschaften auch ein hübsches Sümmchen eingesteckt haben.«

»Was hat Octagon Ihnen versprochen? Noch mehr Geld, falls Sie bereit wären, nach Boston zu kommen und das Problem für sie aus der Welt zu schaffen?«

»Erst beschuldigen Sie mich des Mordes, und jetzt behaupten Sie auch noch, Octagon habe mich dafür bezahlt? Können Sie sich wirklich vorstellen, dass irgendein Manager eine Anklage wegen Mordes riskieren würde, nur um einen Industrieunfall zu vertuschen?« Victor schüttelte den Kopf. »Kein Amerikaner musste wegen Bhopal ins Gefängnis. Und auch wegen Bara wird kein Amerikaner ins Gefängnis kommen. Also, kann ich jetzt gehen oder nicht?«

Rizzoli warf Crowe einen fragenden Blick zu. Er antwortete mit einem resignierten Nicken, woraus sie schließen konnte, dass er bereits eine Rückmeldung von der Spurensicherung bekommen hatte. Während sie Victor vernommen hatte, hatten sich die Kollegen seinen Mietwagen vorgenommen. Offenbar hatten sie nichts finden können.

Sie hatten nicht genug Belastungsmaterial, um ihn noch länger festhalten zu können.

»Sie können vorläufig gehen, Dr. Banks«, sagte sie. »Aber wir müssen genau wissen, wo wir Sie finden können.«

»Ich fliege direkt nach Hause. Sie haben ja meine Adresse in San Francisco.« Victor griff nach der Türklinke, hielt dann inne und drehte sich noch einmal zu ihr um. »Bevor ich gehe«, sagte er, »möchte ich, dass Sie eines über mich wissen.«

»Was denn, Dr. Banks?«

»Ich bin Arzt. Vergessen Sie das nicht, Detective. Mein Beruf ist es, Leben zu retten – und nicht zu zerstören.«

Maura sah ihn aus dem Vernehmungszimmer herauskommen. Er ging stur geradeaus und würdigte sie keines Blickes, als er an dem Schreibtisch vorbeikam, an dem sie saß.

Sie stand auf und rief: »Victor?«

Er blieb stehen, drehte sich aber nicht zu ihr um; es war, als könnte er es nicht ertragen, sie anzusehen.

»Was ist passiert?«

»Was glaubst du denn, was passiert ist? Ich habe ihnen gesagt, was ich weiß. Ich habe ihnen die Wahrheit gesagt.«

»Das ist das Einzige, was ich von dir hören wollte. Mehr habe ich nie verlangt.«

»Ich muss mich beeilen, mein Flugzeug wartet nicht.«

Ihr Handy klingelte. Genervt starrte sie das Ding an; am liebsten hätte sie es aus dem Fenster geworfen.

»Geh lieber dran«, sagte er giftig. »Es ist vielleicht eine Leiche, die dich dringend braucht.«

»Die Toten verdienen unsere Aufmerksamkeit.«

»Weißt du, Maura, das ist der Unterschied zwischen dir und mir. Dir sind die Toten wichtiger als die Lebenden. Bei mir ist es umgekehrt.«

Sie sah ihm nach, als er davonging, ohne sich noch einmal umzudrehen.

Ihr Telefon hatte aufgehört zu läuten.

Sie klappte es auf und sah, dass der Anruf vom St.-Francis-Hospital gekommen war. Sie hatte auf die Ergebnisse von Ursulas zweitem EEG gewartet, doch jetzt konnte sie sich nicht damit befassen. Erst einmal musste sie noch Victors letzte Worte verdauen.

Rizzoli kam aus dem Vernehmungszimmer und ging direkt auf sie zu. Ihre Miene drückte Bedauern aus. »Es tut mir Leid, dass wir Sie nicht mithören lassen konnten«, sagte sie. »Sie verstehen doch, wieso, nicht wahr?«

»Nein, ich verstehe es nicht.« Maura ließ das Handy in ihre Handtasche fallen und sah Rizzoli in die Augen. »Ich habe ihn zu Ihnen gebracht. Ich habe Ihnen die Antwort präsentiert.«

»Und er hat alles bestätigt. Das Bhopal-Szenario. Sie hatten Recht, was die toten Vögel betraf.«

»Und doch haben Sie mich ausgesperrt. Als ob Sie mir nicht vertrauten.«

»Ich habe versucht, Sie zu schützen.«

»Wovor? Vor der Wahrheit? Vor der Tatsache, dass er mich missbraucht hat?« Maura lachte verbittert auf und wandte sich zum Gehen. »Das wusste ich schon vorher.«

Maura fuhr durch das immer dichter werdende Schneetreiben zum Krankenhaus. Mit ruhigem, sicherem Griff hielt sie das Lenkrad gepackt. Die Königin der Toten, auf dem Weg, um eine neue Seele in ihr Reich zu holen. Noch ehe sie im Parkhaus aus dem Wagen stieg, hatte sie sich so weit gefasst, dass sie wieder bereit war, die Rolle zu spielen, die sie so gut beherrschte, und jene Maske aufsetzen konnte, die alles war, was die Welt von ihr sehen durfte.

Sie stieg aus ihrem Lexus und steuerte mit wehendem schwarzen Mantel den Aufzug an. Das Klacken ihrer Stiefelabsätze hallte von den Betonmauern wider. Die Natriumdampflampen tauchten die Autos in ein unwirkliches Licht, und sie hatte das Gefühl, durch einen orangefarbenen Nebel zu wandeln, der sich auflösen würde, sobald sie sich die Augen rieb. Sie sah keinen Menschen weit und breit und hörte nichts als das Echo ihrer eigenen Schritte.

In der Eingangshalle des Krankenhauses ging sie an dem mit bunten Lichtern behängten Weihnachtsbaum vorbei. An der Rezeption saß eine ältere Frau, offenbar eine freiwillige Helferin, die sich eine rote Nikolausmütze keck auf die grauen Locken gesetzt hatte. Aus dem Lautsprecher tönte »Jingle Bells«.

Selbst in der Intensivstation herrschte fröhliche Weihnachtsstimmung, es war, als hätte sich Monty Python diese Szenerie ausgedacht. Die Stationszentrale war mit Girlanden aus Plastik-Tannenzweigen geschmückt, und die Stationssekretärin trug Ohrringe in Form von winzigen goldenen Christbaumkugeln.

»Ich bin Dr. Isles vom Rechtsmedizinischen Institut«, stellte sie sich vor. »Ist Dr. Yuen hier?«

»Er ist gerade zu einer Not-OP gerufen worden. Er hat Dr. Sutcliffe gebeten, zu kommen und das Beatmungsgerät abzuschalten.«

»Haben Sie eine Kopie der Patientenakte für mich?«

»Ist alles für Sie vorbereitet.« Die Sekretärin deutete auf einen dicken Umschlag mit der Aufschrift »Kopie für Gerichtsmedizin«, der auf dem Tresen lag.

»Vielen Dank.«

Maura öffnete den Umschlag und zog die fotokopierten Blätter heraus. Dort las sie die traurige Anhäufung von Indizien dafür, dass Schwester Ursula nicht mehr zu retten war: Zwei separate EEGs hatten keinerlei Hirnstromaktivität gezeigt, und eine handgeschriebene Notiz des Neurochirurgen Dr. Yuen gestand die Niederlage ein.

Patientin reagiert weiterhin nicht auf starke Schmerz-

reize. Keine Spontanatmung. Pupillen unverändert mittelweit und lichtstarr. Wiederholungs-EEG zeigt keinerlei Hirnstromaktivität. Herzenzyme bestätigen Myokardinfarkt. Dr. Sutcliffe beauftragt, Familie über Status zu informieren.

Beurteilung: Irreversibles Koma, bedingt durch längere Hirnanoxie infolge kürzlich erlittenen Myokardinfarkts.

Schließlich wandte sie sich den Seiten mit den Laborergebnissen zu und erblickte säuberlich ausgedruckte Auflistungen von Blut- und Urinwerten. Welch eine Ironie, dachte sie, als sie die Kopien wieder in den Umschlag steckte, mit einem so einwandfreien Blutbild sterben zu müssen.

Maura ging weiter zu Kabine 10, wo die Patientin gerade zum letzten Mal gewaschen wurde. Vom Fußende des Bettes sah sie zu, wie die Krankenschwester das Laken zurückschlug und Ursula den OP-Kittel auszog. Es war nicht der Körper einer Asketin, den sie da erblickte, sondern der einer Frau, die gerne gut und reichlich gegessen hatte. Ihre üppigen Brüste hingen seitlich herab, ihre Oberschenkel mit der weißen, von Zellulitis eingedellten Haut waren massig. Im Leben war sie gewiss eine Respekt heischende Erscheinung gewesen, mit ihrer kräftigen Statur, die durch die wallende Ordenstracht noch imponierender gewirkt haben musste. Jetzt aber, ohne diese Gewänder, war sie wie jede andere Patientin. Der Tod macht keine Unterschiede zwischen den Menschen; ob Heilige oder Sünder, am Ende sind sie alle gleich.

Die Schwester wrang den Waschlappen aus und wusch Ursula den Oberkörper, bis die Haut überall feucht glänzte. Dann wandte sie sich den Beinen zu und beugte die Knie der Patientin, um auch die Waden säubern zu können. Die Schienbeine waren mit alten Narben bedeckt, den unschönen Folgeerscheinungen entzündeter Insektenstiche, Souvenirs ihrer Auslandsaufenthalte. Als sie ihre Arbeit beendet hatte, nahm die Krankenschwester die Waschschüssel und ließ Maura mit der Patientin allein.

Was hast du gewusst, Ursula? Was hättest du uns sagen können?

»Dr. Isles?«

Sie drehte sich um und erblickte Dr. Sutcliffe. Sein Blick war weitaus misstrauischer als bei ihrer ersten Begegnung. Von dem freundlichen Hippie mit dem Pferdeschwanz war nichts mehr zu spüren.

»Ich wusste gar nicht, dass Sie vorbeikommen wollten«, sagte er.

»Dr. Yuen hat mich angerufen. Unser Institut wird den Leichnam in Verwahrung nehmen.«

»Wieso? Die Todesursache ist doch ziemlich offensichtlich. Sie müssen sich nur ihr EKG anschauen.«

»Es ist nun mal Vorschrift. Wir werden immer eingeschaltet, wenn eine Straftat vorliegt.«

»Nun, ich finde trotzdem, dass das in diesem Fall eine Verschwendung von Steuergeldern ist.«

Sie ignorierte seine Bemerkung und sah Ursula an. »Ich nehme an, Sie haben mit der Familie über die Einstellung der lebenserhaltenden Maßnahmen gesprochen?«

»Der Neffe hat seine Einwilligung gegeben. Wir warten nur noch auf den Geistlichen. Ihre Mitschwestern haben darum gebeten, dass Pater Brophy dabei ist.«

Sie sah zu, wie Ursulas Brust sich im Rhythmus des Beatmungsgeräts hob und senkte. Das Herz schlug weiter, die Organe funktionierten nach wie vor. Man hätte Ursula Blut abnehmen und es ins Labor schicken können, und keiner der Tests, die dort mit all den hochmodernen Apparaten und Verfahren durchgeführt wurden, hätte erkennen lassen, dass die Seele dieser Frau den Körper bereits verlassen hatte.

»Ich wäre Ihnen dankbar, wenn Sie die letzten Eintragungen in die Patientenakte und den Totenschein an mein Büro weiterleiten könnten.«

»Dr. Yuen wird das Ganze diktieren. Ich sage ihm Bescheid.«

»Und auch alle Laborwerte, die Sie noch hereinbekommen.«

»Die müssten schon in der Patientenakte sein.«

»Die Ergebnisse des Toxikologie-Screenings fehlen noch. Es ist doch gemacht worden, oder?«

»Davon gehe ich aus. Ich werde beim Labor nachfragen und Ihnen die Ergebnisse telefonisch durchgeben.«

»Das Labor soll den Bericht direkt an uns schicken. Wenn kein Screening gemacht wurde, müssen wir es im Institut nachholen.«

»Machen Sie etwa bei allen Verstorbenen Tox-Screens?« Er schüttelte den Kopf. »Klingt mir wieder mal nach Verschwendung von Steuergeldern.«

»Wir machen das nur, wenn es angezeigt erscheint. Ich denke da an die Quaddeln, die ich entdeckt habe, in der Nacht, als sie den Herzinfarkt hatte. Ich werde Dr. Bristol bitten, das Screening durchzuführen, wenn er sie obduziert.«

»Ich dachte, das würden Sie selbst machen?«

»Nein, ich werde diesen Fall an einen meiner Kollegen abgeben. Wenn Sie nach den Feiertagen noch irgendwelche Fragen haben sollten, wenden Sie sich bitte an Dr. Abe Bristol.«

Sie war erleichtert, als er nicht nachfragte, wieso sie die Autopsie nicht selbst durchführte. Was hätte sie darauf antworten sollen? *Mein Exmann zählt neuerdings zu den Verdächtigen in diesem Mordfall. Ich kann auch nicht den geringsten Zweifel aufkommen lassen, dass ich es bei der Autopsie an Genauigkeit und Gründlichkeit habe mangeln lassen.*

»Der Geistliche ist da«, sagte Sutcliffe. »Dann ist es wohl so weit.«

Maura blickte sich um und merkte, wie ihr das Blut in die Wangen schoss, als sie Pater Brophy in der Tür stehen sah. Sie tauschten einen viel sagenden Blick – zwei Menschen, die just in diesem tragischen Moment erkannten, dass zwischen ihnen ein Funke übergesprungen war. Maura schlug die Augen nieder, als er ins Zimmer trat, und zog sich mit Sutcliffe zurück, damit der Priester der Patientin die Sterbesakramente spenden konnte.

Durch das Sichtfenster sahen sie Pater Brophy an Ursulas Bett stehen. Seine Lippen bewegten sich im stillen Gebet, als er die Nonne von ihren Sünden lossprach.

Und was ist mit meinen Sünden, Pater?, fragte Maura sich, während sie sein markantes Profil betrachtete. *Wärst du schockiert, wenn du erfahren würdest, wie ich über dich denke, was ich für dich empfinde? Würdest du mich auch von meinen Sünden freisprechen und mir meine Schwäche verzeihen?*

Der Priester salbte Ursula, indem er ihr mit dem Finger das Kreuz auf die Stirn zeichnete. Dann blickte er auf.

Es war an der Zeit, Ursula sterben zu lassen.

Pater Brophy kam heraus und trat zu Maura ans Fenster, während Sutcliffe mit einer Krankenschwester zu Ursula hineinging.

Was nun geschah, war erschreckend in seiner nüchternen Sachlichkeit. Sutcliffe drehte an ein paar Schaltern, und das war auch schon alles. Das Zischen des Beatmungsgeräts verstummte. Die Schwester blickte zum Herzmonitor auf, wo die Signale in immer längeren Abständen aufleuchteten.

Maura registrierte, dass Pater Brophy näher an sie herantrat, wie um ihr zu versichern, dass er für sie da war, sollte sie Trost und Beistand brauchen. Aber seine Nähe wirkte nicht beruhigend auf sie, sondern verwirrend. Wieder fühlte sie sich zu ihm hingezogen. Sie zwang sich, den Blick nicht von dem Drama abzuwenden, das sich hinter dem Fenster abspielte, und dachte dabei: Immer gerate ich an die falschen Männer. Warum fühle ich mich immer zu Männern hingezogen, die ich nicht haben kann oder darf?

Der Monitor zeigte einen ersten stockenden Herzschlag an, dann den nächsten. Das Herz bekam keinen Sauerstoff mehr, doch immer noch schlug es hartnäckig weiter, während seine Zellen bereits abstarben. Eine Folge von stotternden Ausschlägen ging rasch in die letzten Zuckungen des Kammerflimmerns über. Maura musste sich zwingen, nicht einzuschreiten, musste gegen den Impuls ankämpfen, der ihr nach vielen Jahren der medizinischen Ausbildung in Fleisch und Blut übergegangen war. Diese Arrhythmie würde nicht behandelt werden; dieses Herz würde niemand mehr retten.

Endlich zeigte der Monitor eine flache Linie an.

Maura blieb noch am Fenster stehen, um das triviale Nachspiel von Ursulas Sterben zu verfolgen. Für Trauer oder Besinnung schien keine Zeit zu sein. Dr. Sutcliffe horchte Ursulas Brust mit dem Stethoskop ab, schüttelte den Kopf und ging hinaus. Die Schwester schaltete den Monitor aus und bereitete den Leichnam für den Transport vor, indem sie die Kanülen herauszog und die EKG-Elektroden entfernte. Die Männer mit der Bahre waren bereits unterwegs.

Für Maura gab es hier nichts mehr zu tun. Sie ließ Pater Brophy vor Ursulas Zimmer stehen und ging zurück zur Stationszentrale.

»Ich habe noch etwas vergessen«, sagte sie zu der Sekretärin.

»Ja?«

»Ich brauche für unsere Unterlagen noch die Kontaktinformationen für die nächsten Verwandten. In der Patientenakte habe ich nur die Telefonnummer des Klosters finden können. Soweit ich weiß, hat die Verstorbene noch einen Neffen. Haben Sie seine Nummer da?«

»Dr. Isles?«

Sie blickte sich um und sah, dass Pater Brophy hinter ihr stand. Er knöpfte gerade seinen Mantel zu und lächelte sie entschuldigend an.

»Tut mir Leid, ich wollte ja nicht lauschen, aber was das betrifft, kann ich Ihnen helfen. Bei uns im Pfarrbüro haben wir sämtliche Kontaktinformationen für die Schwestern von Graystones Abbey. Ich suche Ihnen die Nummer raus und rufe Sie später an.«

»Das wäre sehr nett von Ihnen. Vielen Dank.« Sie nahm den Umschlag mit den Kopien der Patientenakte und wandte sich zum Gehen.

»Ach, Dr. Isles?«

Sie drehte sich um. »Ja?«

»Ich weiß, der Moment ist vielleicht nicht sehr passend, aber ich wollte es Ihnen trotzdem gesagt haben.« Er lächelte. »Ich wünsche Ihnen ein frohes Weihnachtsfest.«

»Das wünsche ich Ihnen auch, Pater.«

»Kommen Sie doch einfach mal auf einen Plausch vorbei, wenn Sie Zeit haben.«

»Ich werde es bestimmt versuchen«, erwiderte sie. Und wusste doch in dem Moment, als sie es sagte, dass es nur eine höfliche Lüge war. Das einzig Vernünftige war, zu gehen und sich nie mehr nach diesem Mann umzudrehen.

Und genau das tat sie auch.

Als sie aus dem Krankenhaus ins Freie trat, traf die kalte Luft sie wie ein Schlag. Sie presste den Umschlag mit den Kopien fest an ihre Brust und stemmte sich mit gesenktem Kopf gegen den eisigen Wind. An diesem heiligen Abend war sie ganz allein unterwegs – und die Patientenakte einer

Toten ihre einzige Begleiterin. Auch im Parkhaus begegnete ihr kein Mensch, und wieder hörte sie nichts als das Geräusch ihrer Schritte, die von den Betonwänden widerhallten.

Sie beschleunigte ihren Schritt. Zweimal blieb sie stehen und vergewisserte sich, dass niemand ihr folgte. Schwer atmend erreichte sie endlich ihren Wagen. Ich habe zu lange dem Tod in die Augen geschaut, dachte sie. Jetzt habe ich das Gefühl, dass er überall lauert.

Sie stieg ein und verriegelte die Türen.

Frohe Weihnachten, Dr. Isles. Jeder erntet, was er gesät hat, und deine Ernte heißt heute Abend Einsamkeit.

Als sie aus dem Parkhaus hinausfuhr, blendeten sie plötzlich die Scheinwerfer eines anderen Autos im Rückspiegel. Irgendjemand war kurz nach ihr losgefahren – Pater Brophy vielleicht? Und wohin würde er heute, an Heiligabend, fahren? Zurück in seine Wohnung im Pfarrhaus? Oder würde er den Abend in der Kirche verbringen, um für die Einsamen aus seiner Gemeinde da zu sein, die vielleicht den Weg dorthin finden würden?

Ihr Handy läutete.

Sie kramte es aus der Tasche und klappte es auf. »Dr. Isles?«

»Hallo, Maura«, meldete sich ihr Kollege Abe Bristol. »Was hast du mir denn da für eine Überraschung aus dem St. Francis geschickt?«

»Ich kann diese Autopsie nicht machen, Abe.«

»Also drückst du sie mir aufs Auge – und das an Heiligabend. Sehr nett von dir.«

»Tut mir wirklich Leid. Du weißt, dass ich normalerweise nicht anderen Leuten meine Arbeit aufhalse.«

»Ist das diese Nonne? Ich hab schon von dem Fall gehört.«

»Ja. Es ist nicht dringend. Die Autopsie hat Zeit bis nach

Weihnachten. Sie hat seit dem Überfall im Krankenhaus gelegen, und sie haben erst vor kurzem die Apparate abgeschaltet. Es wurde ein umfangreicher neurochirurgischer Eingriff durchgeführt.«

»Eine intrakranielle Untersuchung dürfte also wenig bringen.«

»Nein, die postoperativen Veränderungen würden das Ergebnis verfälschen.«

»Todesursache?«

»Sie war nach einem Myokardinfarkt vor zwei Tagen ins Koma gefallen. Da ich ja mit dem Fall vertraut bin, habe ich die Vorarbeiten schon mal erledigt. Ich habe eine Kopie der Patientenakte, die bringe ich übermorgen mit.«

»Dürfte ich fragen, wieso du das nicht übernehmen willst?«

»Ich denke, mein Name sollte besser nicht in dem Bericht erscheinen.«

»Warum?«

Sie schwieg.

»Maura, warum gibst du den Fall ab?«

»Aus persönlichen Gründen.«

»Kanntest du die Patientin?«

»Nein.«

»Was ist es dann?«

»Ich kenne einen der Tatverdächtigen«, antwortete sie. »Ich war mit ihm verheiratet.«

Sie beendete das Gespräch, warf das Handy auf den Beifahrersitz und konzentrierte sich auf die Fahrt. Auf den Rückzug in die Sicherheit ihres Heims.

Schneeflocken, so dick wie Wattebäusche, fielen vom Himmel, als sie in ihre Straße einbog. Es war eine verwunschene Kulisse, die sich ihr bot, der dichte Vorhang aus Flocken, die silbrig glänzende Schneedecke auf Vorgärten und Wegen. Die Stille einer heiligen Nacht.

Sie schaltete das Gasfeuer im Kamin ein und kochte sich ein frugales Mahl, bestehend aus Tomatensuppe und überbackenem Käsetoast. Nachdem sie sich noch ein Glas Rotwein eingeschenkt hatte, trug sie alles ins Wohnzimmer, wo die Lichter am Baum immer noch funkelten. Aber noch nicht einmal diese kleine Mahlzeit brachte sie hinunter. Sie schob das Tablett von sich und trank den letzten Schluck Wein, während sie versonnen ins Feuer starrte. Sie musste gegen die Versuchung ankämpfen, nach dem Telefonhörer zu greifen und Victor anzurufen. Hatte er seine Maschine nach San Francisco noch erreicht? Sie wusste nicht einmal, wo er heute Abend war, geschweige denn, was sie ihm sagen würde. Wir haben einander verraten, dachte sie; das kann keine Liebe der Welt überleben.

Sie stand auf, schaltete das Licht aus und ging zu Bett.

21

In dem großen Topf auf dem Herd köchelte die Kalbfleischsauce schon seit zwei Stunden vor sich hin, und das Aroma von Kirschtomaten, Knoblauch und zartem Schmorfleisch überdeckte den milderen Duft des Acht-Kilo-Truthahns, der knusprig gebraten und glänzend im Bräter auf der Anrichte stand. Rizzoli saß in der Küche ihrer Mutter am Tisch und schlug Eier und zerlassene Butter unter die noch warmen Kartoffeln, die sie zuvor gekocht und zerstampft hatte. In ihrer eigenen Wohnung nahm sie sich nur selten die Zeit zum Kochen; ihre Mahlzeiten waren zumeist eilig zusammengewürfelt aus allem, was Küchenschränke und Gefrierfach so hergaben. Doch hier bei ihrer Mutter war Kochen niemals mit Hektik verbunden. Es war vielmehr eine ehrfürchtige Handlung, in der sich der Respekt vor dem Essen selbst ausdrückte, auch wenn die Zutaten noch so einfach waren. Jeder Schritt, vom Schneiden des Gemüses über das Rühren der Sauce bis hin zum Übergießen des Bratens mit dem Fleischsaft, war Teil eines feierlich zelebrierten Rituals. Dazu gehörte als Abschluss und Höhepunkt auch die sorgsam choreographierte Parade, in der die Speisen aufgetragen wurden – gebührend untermalt von den entzückten Seufzern der am Tisch versammelten Familie. In Angelas Küche war kein Platz für Hektik.

Und so nahm auch Jane sich Zeit, als sie nun das Mehl zu dem Kartoffelbrei und den Eiern hinzufügte und die warme Masse mit bloßen Händen durchknetete. Die stupide, rhythmische Bewegung wirkte beruhigend auf sie, und es fiel ihr nicht schwer zu akzeptieren, dass sich dieser Vorgang nun einmal nicht beschleunigen ließ. So vieles in ihrem Leben konnte oder wollte sie nicht akzeptieren. Sie verwendete allzu viel Energie darauf, immerzu schneller, besser, tüchtiger zu sein als alle anderen. Es war ein gutes Gefühl, sich zur Abwechslung einmal voll und ganz auf die mechanischen Zwänge der Gnocchi-Zubereitung einzulassen.

Sie streute noch etwas Mehl über den Teig und knetete es ein. Bewusst registrierte sie die samtige Konsistenz der Masse, die durch ihre Finger glitt. Nebenan im Wohnzimmer, wo die Männer vor dem Fernseher hockten, lief der Sportkanal in voller Lautstärke. Doch hier in der Küche konnte sie ruhig und gelassen vor sich hin werkeln und ihren Teig kneten, ungestört vom hektischen Geplapper des Reporters und dem Gejohle der Zuschauermassen im Stadion. Nur einmal wurde sie in ihrer Konzentration gestört, als einer von Irenes kleinen Zwillingen durch die Schwingtür in die Küche gewackelt kam, sich den Kopf an der Tischplatte anstieß und zu schreien begann. Gleich darauf kam Irene hereingestürmt und nahm ihn auf den Arm. »Angela, bist du *sicher*, dass ich euch beiden nicht beim Kochen helfen kann?«, fragte Irene. Es klang, als suchte sie verzweifelt nach einer Gelegenheit, dem Lärm im Wohnzimmer zu entkommen.

Angela, die gerade die Teigröllchen für die Cannoli in Öl frittierte, antwortete: »Kommt gar nicht in Frage! Du hast mit deinen zwei Jungs genug zu tun.«

»Michael kann doch auf sie aufpassen. Der sitzt sowieso nur vor der Glotze.«

»Nein, du setzt dich jetzt schön ins Wohnzimmer und entspannst dich. Janie und ich haben alles im Griff.«

»Na, wenn du wirklich ganz sicher bist …«

»Bin ich, bin ich.«

Irene seufzte und ging mit dem zappelnden Jungen im Arm hinaus.

Jane begann den Gnocchi-Teig auszurollen. »Ich glaube, sie würde uns wirklich gerne ein bisschen zur Hand gehen, Mom.«

Angela schöpfte die knusprigen, goldbraun ausgebackenen Teigröllchen aus dem Öl und legte sie zum Abtropfen auf Küchenpapier. »Es ist besser, wenn sie auf ihre Kleinen aufpasst. Ich habe nun mal mein System. Sie würde sich doch in dieser Küche gar nicht zurechtfinden.«

»Im Gegensatz zu mir, wie?«

Angela drehte sich um und sah sie an. Das Öl tropfte von ihrem Schaumlöffel. »Natürlich. Du kennst dich schließlich aus hier.«

»Ich weiß nur, was du mir beigebracht hast.«

»Und ist das etwa nicht genug? Hätte ich mir mehr Mühe geben sollen?«

»Du weißt, dass ich es nicht so gemeint habe.«

Mit kritischem Blick beobachtete Angela, wie ihre Tochter den Teig in zwei Zentimeter breite Streifen schnitt. »Denkst du vielleicht, Irenes Mutter hätte ihr beigebracht, wie man Gnocchi macht?«

»Das glaube ich kaum. Ihre Familie stammt schließlich aus Irland.«

Angela schnaubte verächtlich. »Das ist noch ein Grund, sie nicht in die Küche zu lassen.«

Plötzlich wurde die Tür aufgestoßen. »Hey, Ma«, rief Frankie, »hast du vielleicht noch irgendwas zum Knabbern da?«

Rizzoli blickte auf, als ihr älterer Bruder in die Küche geplatzt kam. Er war bei den Marines, und so sah er auch aus – seine muskelbepackten Schultern waren so breit wie der Kühlschrank, den er gerade inspizierte. »Sag bloß, ihr habt das ganze Tablett schon weggeputzt«, meinte sie ungläubig.

»Nee, aber diese kleinen Bälger haben mit ihren dreckigen Pfoten alles betatscht. Das ess ich nicht mehr.«

»Im unteren Fach ist noch Käse und Salami«, sagte Angela. »Und in der Schüssel dort auf der Anrichte sind gegrillte Paprika. Mach doch einfach noch ein Tablett zurecht.«

Frankie nahm sich eine Dose Bier aus dem Kühlschrank und riss den Verschluss auf. »Kannst du das nicht machen, Ma? Ich will das letzte Viertel nicht verpassen.«

»Jane, mach ihnen doch noch ein Tablett, sei so gut!«

»Wieso ich? Er kann sich auch mal ein bisschen nützlich machen«, wandte Jane ein.

Aber Frankie war bereits verschwunden. Inzwischen saß er wohl schon wieder vor der Glotze und kippte sein Bier in sich hinein.

Sie ging zur Spüle, um sich das Mehl von den Händen zu waschen. Von der heiteren Gelassenheit, die sie noch vor wenigen Augenblicken empfunden hatte, war nichts mehr zu spüren. Stattdessen kochte die altbekannte Wut in ihr hoch. Sie schnitt einen frischen Laib Mozzarella in Würfel und arrangierte diese zusammen mit hauchdünnen Salamischeiben auf einer Platte. Dann legte sie noch ein paar geröstete Paprikastreifen und ein Häufchen Oliven dazu – ja nicht zu viel, damit die Männer sich nicht den Appetit verdarben.

Mein Gott, jetzt denke ich schon genau wie meine Mutter. Was kümmert es mich denn, ob sie sich den Appetit verderben oder nicht?

Sie trug die Vorspeisenplatte ins Wohnzimmer, wo ihr Vater und ihre beiden Brüder mit offenen Mündern auf der Couch hockten und auf die Mattscheibe stierten. Irene kniete unter dem Weihnachtsbaum am Boden und sammelte Kekskrümel auf.

»Tut mir echt Leid«, sagte Irene. »Dougie hat ihn auf den

Boden fallen lassen – ich konnte ihn nicht mehr erwischen …«

»He, Janie«, rief Frankie. »Gehst du vielleicht mal zur Seite? Ich kann überhaupt nichts sehen.«

Sie stellte die Platte mit den Antipasti auf den Couchtisch und räumte die andere ab, die Irenes Kinder mit ihren ungewaschenen Händen angetatscht hatten. »Weißt du«, sagte sie, »es wäre ja wohl nicht zu viel verlangt, wenn ihr Irene mal ein bisschen helfen würdet, auf die Kleinen aufzupassen.«

Jetzt endlich schien Michael sie wahrzunehmen. Mit glasigen Augen sah er zu ihr auf. »Hä? Ach, ja …«

»Janie, du bist nicht durchsichtig!«, meckerte Frankie.

»Ich gehe erst aus dem Weg, wenn du danke sagst.«

»Wofür denn?«

Sie schnappte ihm die Vorspeisenplatte weg, die sie eben erst hingestellt hatte. »Na ja, da du es ja sowieso gar nicht gemerkt hast …«

»Okay, okay. Verdammt. *Danke,* Schwesterherz.«

»*Bitte,* Bruderherz.« Sie knallte ihm die Platte wieder hin und ging zurück in die Küche. In der Tür blieb sie kurz stehen und betrachtete die Szene im Wohnzimmer. Unter dem Weihnachtsbaum mit seinen funkelnden Kerzen lagen Berge von Geschenken, wie Opfergaben für den mächtigen Gott des Überflusses. Die drei Männer hockten nebeneinander auf der Couch und stopften sich Salamischeiben in den Mund, während die Zwillinge wie die Irrwische im Zimmer herumtollten. Und die arme Irene kroch derweil auf dem Boden herum und pickte mühlselig die Kekskrümel vom Teppich. Strähnen ihres wunderschönen roten Haares hatten sich aus dem Pferdeschwanz gelöst und hingen ihr ins Gesicht.

Ohne mich, dachte Rizzoli. Lieber tot als in einem solchen Albtraum gefangen.

Sie flüchtete sich in die Küche und stellte die Platte ab. Dann blieb sie noch einen Moment lang stehen und atmete tief durch, versuchte das schreckliche Gefühl der Beklemmung abzuschütteln, das sie erfasst hatte. Und zugleich registrierte sie das Völlegefühl in ihrem Bauch, den ungewohnten Druck auf ihre Blase. Ich darf das einfach nicht zulassen, dachte sie. Ich darf nicht so werden wie Irene – erschöpft und entnervt, hin und her gezerrt von schmierigen Kinderhänden.

»Was hast du denn?«, fragte Angela.

»Nichts, Mom.«

»Was ist los? Ich merke doch, dass etwas nicht stimmt.«

Sie seufzte. »Ach, Frankie geht mir halt ziemlich auf den Sack, weißt du.«

»Kannst du das nicht etwas netter ausdrücken?«

»Nein, das ist genau das richtige Wort. Merkst du denn gar nicht, was für ein Arschloch er ist?«

Angela schöpfte schweigend die letzten Cannoli aus dem Öl und legte sie zum Abtropfen beiseite.

»Wusstest du, dass er Mikey und mich immer mit dem Staubsauger durchs Haus gejagt hat? Hat ihm einen Heidenspaß gemacht, wenn der kleine Mikey sich vor Angst fast in die Hose gemacht hat, weil er ihm gedroht hat, ihn in den Schlauch zu saugen. Aber das hast du ja nie mitgekriegt, weil Frankie es immer nur gemacht hat, wenn du nicht da warst. Du hast nie erlebt, wie fies er zu uns war.«

Angela setzte sich an den Küchentisch und starrte die kleinen Gnocchi-Klümpchen an, die ihre Tochter geformt hatte. »Ich habe es gewusst«, sagte sie.

»Was?«

»Ich weiß, er hätte netter zu dir sein können. Er hätte ein besserer Bruder sein können.«

»Und du hast ihm immer alles durchgehen lassen. Das

hat uns so geärgert, Mom. Mike ist immer noch nicht drüber weg, dass du Frankie immer bevorzugt hast.«

»Du verstehst Frankie eben nicht.«

Rizzoli lachte. »Ich verstehe ihn nur zu gut.«

»Setz dich, Janie. Komm schon, lass uns die Gnocchi zusammen machen. So geht es schneller.«

Mit einem Seufzer ließ Jane sich auf den Stuhl gegenüber von Angela sinken. Schweigend, mit mühsam unterdrücktem Groll, begann sie, die Gnocchi mit Mehl zu bestäuben und mit dem Finger eine Delle in jedes einzelne Klümpchen zu drücken. Wie kann eine zornige Köchin dem Essen besser ihren eigenen Stempel aufdrücken als dadurch, dass sie auf jedem Happen ihren Fingerabdruck hinterlässt?

»Du darfst nicht so hart über Frankie urteilen«, sagte Angela.

»Wieso nicht? Bei mir nimmt er ja auch kein Blatt vor den Mund.«

»Du weißt nicht, was er durchgemacht hat.«

»Wenn du die Marines meinst – darüber habe ich schon mehr zu hören bekommen, als ich je wissen wollte.«

»Nein, ich spreche von der Zeit, als er noch ganz klein war. Von dem, was ihm als Baby zugestoßen ist.«

»Da ist ihm was zugestoßen?«

»Es läuft mir immer noch eiskalt den Rücken runter, wenn ich daran denke, wie sein Kopf auf dem Boden aufgeschlagen ist.«

»Wie – ist er aus seinem Bettchen gefallen?« Sie lachte. »Na ja, das könnte eine Erklärung für seinen IQ sein.«

»Nein, das ist ganz und gar nicht zum Lachen. Es war ernst – sehr ernst. Dein Vater war damals gerade nicht zu Hause, und so musste ich mit Frankie ins Krankenhaus fahren. Sie haben ihn geröntgt, und da war ganz deutlich ein Riss zu erkennen, genau hier.« Angela fasste sich über dem Ohr an den Kopf. Das Mehl an ihren Fingern hinterließ einen hellen Fleck in ihrem dunklen Haar. »In seinem Schädel.«

»Ich hab doch schon immer gesagt, dass er ein Loch im Kopf hat.«

»Das ist wirklich nicht witzig, Jane. Er wäre fast gestorben.«

»Ach was – Unkraut vergeht nicht.«

Angela starrte die Mehlschüssel an. »Er war erst vier Monate alt«, sagte sie.

Jane verharrte regungslos, den Finger in den weichen Teig gedrückt. Sie konnte sich Frankie nicht als Baby vorstellen. Sie konnte sich ihren Bruder beim besten Willen nicht als hilfloses, wehrloses Wesen vorstellen.

»Die Ärzte mussten ihm Blut aus dem Gehirn ableiten. Sie sagten, es wäre möglich …« Angela verstummte.

»Was?«

»Dass er etwas zurückbehalten würde.«

Die spitze Bemerkung lag Jane schon auf der Zunge, doch sie beherrschte sich. Sie begriff, dass jetzt nicht der Moment für ihren sarkastischen Humor war.

Angela sah sie nicht an. Sie hatte den Blick gesenkt und starrte ihre eigene Hand an, die einen Teigklumpen hielt. Sie mied es, ihrer Tochter in die Augen zu sehen.

Vier Monate alt, dachte Jane. Irgendwas stimmt hier nicht. Wenn er erst vier Monate alt war, dann konnte er noch gar nicht krabbeln. Er konnte nicht aus seinem Gitterbettchen klettern oder sich aus dem Hochstuhl herauswinden. Ein so kleines Kind kann nur fallen, wenn jemand es fallen *lässt*.

Jane sah ihre Mutter an, und plötzlich war ihr alles klar. Sie fragte sich, wie oft Angela schon mitten in der Nacht aus dem Schlaf hochgeschreckt sein musste, wenn sie an den Moment zurückdachte, als ihr das Baby aus den Händen geglitten und heruntergefallen war. Frankie, ihr Goldjunge, um ein Haar der Unachtsamkeit seiner Mutter zum Opfer gefallen.

Sie streckte die Hand aus und tätschelte Angelas Arm. »Na komm, er hat sich ja dann doch noch völlig normal entwickelt, oder?«

Angela holte tief Luft. Sie machte sich wieder daran, im Akkord Gnocchi mit Mehl zu bestäuben und mit dem Finger einzudellen.

»Mom, Frankie war immer schon der Zäheste von uns allen.«

»Nein, das stimmt nicht.« Angela legte ein Teigkügelchen auf das Tablett und blickte zu ihrer Tochter auf. »Das bist du.«

»Ja, da hast du Recht.«

»Du bist die Zäheste, Jane. Als du auf die Welt kamst, habe ich dich nur angesehen und mir gleich gedacht: Um die werde ich mir nie Sorgen machen müssen. Die wird sich immer zu wehren wissen, egal was kommt. Unseren Mikey, den hätte ich wahrscheinlich mehr in Schutz nehmen müssen. Der kann sich nicht so gut wehren.«

»Mikey ist mit der Opferrolle groß geworden. Und er wird sich immer wie ein Opfer verhalten.«

»Aber du nicht.« Ein verhaltenes Lächeln zuckte um Angelas Mundwinkel, als sie ihre Tochter ansah. »Als du drei Jahre alt warst, habe ich mit angesehen, wie du gefallen und dir das Gesicht am Couchtisch aufgeschlagen hast. Du hattest eine böse Schnittwunde, hier unter dem Kinn.«

»Ja, die Narbe habe ich immer noch.«

»Die Wunde war so tief, dass sie genäht werden musste. Du hast den ganzen Teppich voll geblutet. Und weißt du, wie du reagiert hast? Rate mal!«

»Ich nehme an, ich habe gebrüllt wie am Spieß.«

»Nein. Du hast auf den Couchtisch eingeschlagen. Hast

ihn mit den Fäusten bearbeitet – so!« Angela ließ die Faust so schwungvoll auf den Tisch niederfahren, dass eine Wolke von Mehl aufwirbelte. »Deine ganze Wut hast du an dem Tisch ausgelassen. Du bist nicht zu mir gerannt, hast nicht geweint, als du das Blut gesehen hast. Dein einziger Gedanke war, dich an dem blöden Ding zu rächen, das dir so wehgetan hatte.« Angela lachte und wischte sich mit dem Handrücken über die Augen. Ein weißer Streifen blieb auf ihrer Wange zurück. »Du warst wirklich ein merkwürdiges kleines Mädchen. Auf keins meiner Kinder war ich so stolz wie auf dich.«

Rizzoli starrte ihre Mutter an. »Das habe ich gar nicht gewusst. Das hätte ich niemals gedacht.«

»Ha, das ist mal wieder typisch! Ihr Kinder habt ja auch keine Ahnung, was ihr euren Eltern zumutet. Wart ab, bis du selber welche hast, dann weißt du, was ich meine. Dann weißt du erst, was das für ein Gefühl ist.«

»Was denn?«

»Liebe«, sagte Angela.

Rizzoli blickte auf die schwieligen Hände ihrer Mutter, und plötzlich brannten ihre Augen, und der Hals tat ihr weh. Sie stand auf und ging zum Spülbecken, um Wasser für die Gnocchi in einen Kochtopf zu füllen. Während sie darauf wartete, dass es kochte, dachte sie: Vielleicht weiß ich ja wirklich nicht, wie Liebe sich anfühlt. Weil ich mich immer mit Händen und Füßen dagegen gewehrt habe. Wie ich mich gegen alles wehre, was mich verletzen könnte.

Sie ließ den Topf auf dem Herd stehen und ging hinaus.

Oben im Schlafzimmer ihrer Eltern griff sie nach dem Telefon. Einige Sekunden lang saß sie mit dem Hörer in der Hand auf dem Bett und kratzte all ihren Mut für den Anruf zusammen.

Tu es. Du musst es tun.

Sie begann zu wählen.

Es klingelte viermal, dann hörte sie die kurze, nüchterne Ansage: »Hier spricht Gabriel. Ich bin im Moment nicht zu Hause. Bitte hinterlassen Sie eine Nachricht.«

Sie wartete auf den Pfeifton und holte noch einmal tief Luft.

»Ich bin's, Jane«, begann sie. »Ich muss dir etwas sagen, und ich denke, es ist besser, wenn du es auf diesem Weg erfährst. Jedenfalls besser, als wenn ich es dir persönlich sagen würde – so muss ich wenigstens nicht deine Reaktion mit ansehen. Also, wie dem auch sei, kommen wir zur Sache. Ich... hab's wieder mal gründlich vermasselt.« Sie musste plötzlich lachen. »Mein Gott, ich komme mir so blöd vor. Ich werde nie wieder Witze über dumme Blondinen reißen. Also, jedenfalls – es ist so, dass... na ja, also, ich bin schwanger. Ungefähr achte Woche, denke ich. Und falls du irgendwelche Zweifel haben solltest, kann ich dich beruhigen – ja, das bedeutet, es ist definitiv von dir. Ich verlange gar nichts von dir. Ich will nicht, dass du dich verpflichtet fühlst, irgendetwas zu tun, was Männer normalerweise in so einer Situation tun. Du brauchst mich noch nicht mal zurückzurufen. Aber ich dachte mir, du hast ein Recht, es zu erfahren, weil...« Sie musste sich räuspern, weil ihr plötzlich die Stimme versagte. »Weil ich beschlossen habe, das Kind zu behalten.«

Sie legte auf.

Eine ganze Weile noch saß sie reglos da und starrte nur ihre Hände an, während die Gefühle mit ihr Achterbahn fuhren. Erleichterung, Angst, gespannte Erwartung – alles, nur keine Zweifel. Sie war sich absolut sicher, die richtige Entscheidung getroffen zu haben.

Sie stand auf und hatte plötzlich das Gefühl, schwerelos zu sein – befreit von der drückenden Last der Ungewissheit. Es gab so vieles zu bedenken und zu planen, so viele

Veränderungen zu bewältigen, und doch verspürte sie eine neue Leichtigkeit in ihrem Schritt, als sie die Treppe hinunterging, zurück in die Küche.

Das Wasser im Topf kochte inzwischen. Der aufsteigende Dampf wärmte ihr Gesicht wie die zärtliche Hand einer Mutter.

Sie gab zwei Teelöffel Olivenöl dazu und ließ dann die Gnocchi ins Wasser gleiten. Drei weitere Töpfe standen bereits auf dem Herd, und aus jedem strömte ein anderer Duft. Das Aroma der Küche ihrer Mutter. Sie sog die Düfte ein, und ihr Herz krampfte sich zusammen, als sie diesen wunderbaren Ort plötzlich mit neuen Augen zu sehen begann – einen Ort, wo Liebe wirklich durch den Magen ging.

Als die Teigklößchen an die Oberfläche stiegen, schöpfte Jane sie ab, lud sie auf eine Platte und goss die Fleischsauce darüber. Dann öffnete sie die Ofentür und nahm die Auflaufformen heraus, die sie zum Warmhalten hineingestellt hatten: Geröstete Kartoffeln, grüne Bohnen, Fleischklößchen, Manicotti. Eine Parade der Köstlichkeiten, die sie nun zusammen mit ihrer Mutter im Triumphzug ins Esszimmer trug. Und zuletzt kam natürlich der Truthahn, der fürstlich in der Mitte des Tisches platziert wurde, umringt von seinen italienischen Vettern. Es war mehr, als die Familie je würde essen können, aber das war eben der Sinn der Sache – eine Überfülle an Essen und Liebe.

Am Tisch saß sie Irene gegenüber und sah ihrer Schwägerin zu, wie sie die Zwillinge fütterte. Noch vor einer Stunde, als sie Irene im Wohnzimmer beobachtet hatte, hatte sie nur eine erschöpfte junge Frau gesehen, die ihr Leben praktisch bereits hinter sich hatte, deren Rocksaum schon ganz ausgeleiert war vom ständigen Zupfen der kleinen Hände. Jetzt sah sie dieselbe Frau an und erblickte eine ganz andere Irene, die lachend Preiselbeersoße in die kleinen Münder stopfte und deren Augen einen zärtlichen, verträumten Ausdruck annahmen, als sie ihre Lippen an einen der wuscheligen Lockenköpfe presste.

Ich sehe eine andere Frau, weil ich diejenige bin, die sich verändert hat, dachte sie. Nicht Irene.

Und als sie nach dem Essen Angela half, Kaffee zu kochen und süße Schlagsahne in die Cannoli-Röhrchen zu füllen, stellte sie fest, dass sie auch ihre Mutter nun mit neuen Augen sah. Sie sah Silberfäden in ihren Haaren, die sie bisher nie bemerkt hatte, und ein Gesicht, dessen Haut allmählich schlaff wurde. Bereust du es je, dass du uns bekommen hast, Mom? Hältst du jemals inne und fragst dich, ob du nicht einen Fehler gemacht hast? Oder warst du dir immer so sicher, wie ich es jetzt bin, wenn es um mein Baby geht?

»He, Janie!«, brüllte Frankie aus dem Wohnzimmer, »dein Handy klingelt in der Handtasche!«

»Kannst du bitte rangehen?«, rief sie zurück.

»Wir gucken das Spiel!«

»Ich habe die Hände voll Schlagsahne! Gehst du bitte ran?«

Kurz darauf kam er in die Küche gestapft und drückte ihr das Telefon in die Hand. »Ist irgendso 'n Typ.«

»Frost?«

»Nee. Keine Ahnung, wer es ist.«

Gabriel, war ihr nächster Gedanke. *Er hat meine Nachricht gehört.*

Sie ging zur Spüle und ließ sich bewusst viel Zeit beim Händewaschen. Als sie schließlich das Telefon nahm, konnte sie sich mit ruhiger Stimme melden. »Hallo?«

»Detective Rizzoli? Hier spricht Pater Brophy.«

Alle Anspannung fiel mit einem Schlag von ihr ab. Sie ließ sich auf einen Stuhl sinken. Aus dem Augenwinkel konnte sie sehen, dass ihre Mutter sie beobachtete, und sie war bemüht, sich die Enttäuschung nicht an der Stimme anmerken zu lassen.

»Ja?«

»Tut mir Leid, dass ich Sie an Heiligabend belästigen muss, aber ich kann Dr. Isles offenbar nicht ans Telefon bekommen, und – nun ja, es hat sich da etwas herausgestellt, was Sie meiner Meinung nach wissen sollten.«

»Was ist es?«

»Dr. Isles wollte die Anschrift von Schwester Ursulas nächsten Verwandten, und ich habe ihr angeboten, sie für sie herauszusuchen. Aber wie sich herausstellte, ist die Kartei unserer Pfarrei nicht mehr ganz aktuell. Wir haben eine alte Telefonnummer ihres Bruders in Denver, aber der Anschluss existiert nicht mehr.«

»Mutter Mary Clement hat mir gesagt, der Bruder sei gestorben.«

»Hat sie Ihnen auch gesagt, Schwester Ursula hätte einen Neffen, der in einem anderen Bundesstaat lebt?«

»Den hat die Äbtissin nicht erwähnt.«

»Er soll mit den Ärzten in Kontakt gestanden haben. Das haben die Krankenschwestern mir jedenfalls gesagt.«

Ihr Blick fiel auf die Platte mit den gefüllten Cannoli, die von der Sahnefüllung langsam, aber sicher aufgeweicht wurden. »Worauf wollen Sie hinaus, Hochwürden?«

»Ich weiß, es erscheint auf den ersten Blick wie ein nebensächliches Detail, einen Neffen ausfindig zu machen, der seine Tante seit Jahren nicht mehr gesehen hat. Und ich weiß auch, wie schwer es ist, jemanden zu finden, der in einen anderen Staat umgezogen ist, zumal wenn man den Vornamen nicht kennt. Aber die Kirche hat ihre eigenen Informationsquellen, die nicht einmal der Polizei zur Verfügung stehen. Ein guter Pfarrer kennt seine Gemeinde, Detective. Er kennt die Familien, die Namen der Kinder. Ich habe also den Pfarrer der Gemeinde in Denver angerufen, der Schwester Ursulas Bruder angehörte. Er kann sich noch gut an den Bruder erinnern. Er hat selbst den Trauergottesdienst gehalten.«

»Haben Sie ihn nach ihren Verwandten gefragt? Nach diesem Neffen?«

»Ja.«

»Und?«

»Es gibt keinen Neffen, Detective. Er hat nie existiert.«

22

Maura träumte von Scheiterhaufen.

Sie kauerte im Schatten und sah zu, wie die Flammen um die wie Klafterholz gestapelten Körper züngelten, wie ihr Fleisch von der Hitze des Feuers verzehrt wurde. Um die brennenden Leichen herum waren Silhouetten von Männern zu erkennen, ein Kreis aus stummen Beobachtern, deren Gesichter sie nicht sehen konnte. Und sie konnte auch nicht von ihnen gesehen werden, denn sie verharrte geduckt im Schutz der Dunkelheit.

Funken flogen aus der von Menschenfleisch genährten Feuersbrunst und wirbelten durch den schwarzen Nachthimmel. Sie erhellten die Szenerie, und was Maura in dem flackernden Schein sehen konnte, steigerte ihr Entsetzen ins Unermessliche: Die Leichen bewegten sich noch. Ihre verkohlten Gliedmaßen zuckten und wanden sich in der Flammenhölle.

Einer der Umstehenden drehte sich langsam um und starrte Maura an. Sie erkannte das Gesicht, dessen seelenlose Augen auf sie gerichtet waren.

Victor.

Im nächsten Augenblick war sie hellwach. Ihr Herz hämmerte gegen die Rippen, ihr Nachthemd war mit Schweiß getränkt. Ein Windstoß erfasste das Haus, und das Rattern der Fenster, das gespenstische Ächzen der Mauern drang an ihre Ohren. Vollkommen reglos lag sie da, immer noch wie gelähmt von den Schrecken ihres Albtraums, und spürte, wie der Schweiß auf ihrer Haut kühl wurde. War es bloß der Wind gewesen, der sie geweckt hatte? Sie lauschte, und jedes Knarren und Knacken des Hauses hörte sich plötzlich an wie ein Schritt. Ein Eindringling, der langsam näher kam.

Plötzlich spannte sie alle Muskeln an – ein anderes Geräusch hatte sie aufgeschreckt. Ein Kratzen an der Haustür, wie von den Krallen eines Tieres, das einzudringen versuchte.

Sie warf einen Blick auf die Leuchtanzeige des Weckers. Es war Viertel vor zwölf.

Maura wälzte sich aus dem Bett. Das Zimmer schien eiskalt. Im Dunkeln tastete sie nach dem Bademantel; das Licht wollte sie nicht einschalten, um sich ihr Nachtsichtvermögen zu bewahren. Als sie ans Fenster trat, sah sie, dass es aufgehört hatte zu schneien. Der schneebedeckte Rasen schimmerte weiß im Mondlicht.

Da war es wieder – ein Geräusch wie von etwas, das an der Wand entlangstreifte. Sie presste das Gesicht so dicht wie möglich an die Scheibe und sah für einen Sekundenbruchteil einen Schatten, der an der vorderen Hausecke vorüberhuschte. Ein Tier?

Barfuß ging sie hinaus auf den Flur und tastete sich im Dunkeln in Richtung Wohnzimmer voran. Dort zwängte sie sich am Weihnachtsbaum vorbei und spähte aus dem Fenster.

Fast wäre ihr das Herz stehen geblieben.

Ein Mann stieg die Stufen zu ihrer Haustür herauf.

Sie konnte sein Gesicht nicht erkennen, es lag im Schatten. Als hätte er gespürt, dass sie ihn beobachtete, drehte er sich nun zu dem Fenster um, an dem sie stand, und sie konnte seine Silhouette deutlich sehen. Die breiten Schultern, den Pferdeschwanz.

Maura wich vom Fenster zurück. Die Nadeln des Weihnachtsbaums piekten sie in den Rücken. Sie versuchte zu begreifen, wieso Matthew Sutcliffe hier vor ihrer Haustür stand. Wie kam er dazu, um diese nachtschlafende Zeit unangemeldet hier aufzutauchen? Sie hatte sich noch immer nicht ganz aus dem Netz der Angst befreit, mit dem ihr Albtraum sie umfangen hatte, und dieser spätabendliche Besuch beunruhigte sie. Sie hatte große Bedenken, irgendjemandem um diese Zeit die Tür zu öffnen – auch wenn sie den Mann persönlich kannte.

Es klingelte an der Tür.

Sie zuckte zusammen. Eine Glaskugel fiel vom Baum und zerschellte auf dem Holzfußboden.

Draußen näherte der Schatten sich dem Fenster.

Sie rührte sich nicht vom Fleck und überlegte hin und her, was sie tun sollte. Ich schalte einfach kein Licht ein, dachte sie. Dann wird er es aufgeben und mich in Ruhe lassen.

Es klingelte erneut.

Geh weg, dachte sie. Geh weg und ruf mich morgen früh an.

Sie seufzte erleichtert auf, als sie hörte, wie er die Stufen hinunterging. Vorsichtig schob sie sich ans Fenster und spähte hinaus, doch sie konnte ihn nicht sehen. Auch keinen Wagen, der vor dem Haus parkte. Wohin war er gegangen?

Jetzt hörte sie wieder Schritte, das Knirschen von Schuhen im Schnee. Die Schritte bewegten sich auf die Seite des Hauses zu. Was fiel ihm ein, mitten in der Nacht auf ihrem Grundstück herumzuschleichen?

Er sucht nach einer Möglichkeit, ins Haus einzudringen.

Sie schlüpfte hastig aus dem Winkel hinter dem Baum hervor und musste mit aller Gewalt einen Schmerzensschrei unterdrücken, als sie auf die zerbrochene Glaskugel trat und ein Splitter sich in ihre nackte Fußsohle bohrte.

Plötzlich tauchte seine Silhouette in einem Seitenfenster auf. Er spähte herein, versuchte in dem dunklen Wohnzimmer etwas zu erkennen.

Sie flüchtete auf den Flur. Bei jedem Schritt zuckte sie zusammen; schon war ihre Fußsohle feucht von Blut.

Es wird allmählich Zeit, dass ich die Polizei rufe.

Sie machte kehrt und humpelte in die Küche. Mit den Händen tastete sie sich an der Wand entlang, suchte blind nach dem Telefon. In der Hektik stieß sie den Hörer von der Gabel. Rasch schnappte sie ihn auf und hielt sich die Muschel ans Ohr.

Kein Freizeichen.

Der Anschluss im Schlafzimmer, dachte sie sofort. Liegt der Hörer nicht richtig auf?

Sie hängte den Hörer des Küchentelefons ein und humpelte zurück auf den Flur. Der Glassplitter bohrte sich noch tiefer in ihre Sohle, und dort, wo sie entlanggegangen war, war der Boden bereits rot von ihrem Blut. Im Schlafzimmer angelangt, setzte sie vorsichtig einen Fuß vor den anderen, während sie verzweifelt versuchte, im Dunkeln etwas zu erkennen. Schließlich stieß sie mit dem Schienbein gegen das Bett. Sie tastete sich über die Matratze zum Kopfteil und weiter zum Nachttisch vor, wo das Telefon stand.

Kein Freizeichen.

Die Panik durchfuhr sie wie ein eisiger Windstoß. *Er hat die Telefonleitung gekappt.*

Sie ließ den Hörer fallen und stand reglos im Zimmer, lauschte angestrengt auf seinen nächsten Schritt. Das Haus knarrte im Wind, und bis auf das Pochen ihres eigenen Herzens konnte sie nichts hören.

Wo ist er? Wo ist er?

Dann dachte sie: *Mein Handy.*

Sie stürzte sich auf die Kommode, wo sie ihre Handtasche abgestellt hatte. Riss sie auf, kramte hektisch in dem Durcheinander nach ihrem Handy. Sie fischte ihre Geldbörse heraus, ihre Schlüssel, Kugelschreiber, eine Bürste. Das Handy, wo war nur das verfluchte Handy?

Im Auto. Ich habe es auf dem Vordersitz liegen lassen.

Das Geräusch von splitterndem Glas ließ sie auffahren. War es von vorne oder von hinten gekommen? Wo versuchte er einzudringen?

Sie stürzte hinaus auf den Flur, ignorierte die Schmerzen in ihrem Fuß. Die Tür zur Garage ging direkt vom Hausflur ab. Sie drückte die Klinke, schlüpfte hindurch und hörte im gleichen Moment, wie wieder eine Scheibe zerbrach und die Splitter zu Boden regneten.

Sie zog die Tür hinter sich zu. Ihr Atem ging in kurzen, krampfhaften Stößen, ihr Puls jagte. Rückwärts näherte sie sich dem Auto. *Nur keinen Lärm machen.* Langsam schloss sie die Finger um den Türgriff und zuckte unwillkürlich zusammen, als die Verriegelung mit einem lauten Klacken aufsprang. Hastig riss sie die Tür auf und glitt auf den Fahrersitz – und musste ein frustriertes Stöhnen unterdrücken, als ihr einfiel, dass der Autoschlüssel noch im Schlafzimmer war. Sie konnte nicht einfach den Motor anlassen und davonfahren. Ihr Blick ging zum Beifahrersitz. Dort, im Schein der Innenbeleuchtung, entdeckte sie ihr Handy. Es steckte in der Polsterritze.

Sie nahm es, klappte es auf und sah, dass die Leuchtanzeige der Batterie auf *Voll* stand.

Gott sei Dank, dachte sie und tippte die Notrufnummer ein.

»Hier Notrufzentrale.«

»Hier ist Buckminster Road 2130«, flüsterte sie. »Jemand bricht gerade in mein Haus ein.«

»Können Sie die Adresse wiederholen? Ich kann Sie nicht verstehen.«

»Buckminster Road 2130! Ein Einbrecher…« Sie verstummte und starrte wie gebannt auf die Verbindungstür zum Haus. Ein dünner Lichtstreifen fiel durch die Ritze.

Er ist drin. Er durchsucht das Haus.

Sie stieg hastig aus und drückte die Wagentür so lautlos wie möglich zu, um die Innenbeleuchtung auszuschalten. Wieder stand sie in völliger Dunkelheit. Der Sicherungskasten war nur ein paar Schritte entfernt an der Garagenwand, und sie überlegte kurz, ob sie sämtliche Sicherungsschalter umlegen und so im ganzen Haus den Strom unterbrechen sollte. Dann würde zwar die Dunkelheit sie schützen, doch er würde mit Sicherheit sofort erraten, wo sie sich versteckte, und in der Garage nachsehen.

Verhalte dich einfach ganz ruhig, dachte sie. Vielleicht denkt er, dass ich nicht zu Hause bin. Vielleicht denkt er, das Haus ist leer.

Dann fiel ihr das Blut ein. Sie hatte eine Blutspur hinterlassen.

Schon konnte sie seine Schritte hören, das Geräusch von Schuhsohlen auf dem Parkett. Die Schritte folgten ihren blutigen Fußspuren aus der Küche auf den Gang. Zunächst würden ihn die Spuren vielleicht verwirren; sie waren verschmiert, führten den Flur entlang und dann wieder zurück.

Doch irgendwann würde er ihnen bis zur Garage folgen.

Sie dachte daran, wie die Rattenfrau gestorben war, erinnerte sich an die unzähligen hellen Punkte auf dem Röntgenbild ihres Brustkorbs, die Wolke von Schrotkugeln aus dem kupferummantelten Glaser-Geschoss. An den Pfad der Verwüstung, die das Projektil in einem menschlichen Körper hinterließ, wenn die Bleiladung die inneren Organe zerfetzte. Die zerrissenen Arterien, die massiven Blutungen in der Brusthöhle.

Lauf. Sieh zu, dass du aus dem Haus rauskommst.

Und dann – was? Schreien, um die Nachbarn zu wecken? An die Türen hämmern? Sie wusste noch nicht einmal, wer von ihren Nachbarn an diesem Abend zu Hause war.

Die Schritte kamen näher.

Jetzt oder nie.

Sie stürzte sich auf die Tür, die zum Garten führte und riss sie auf. Ein Schwall kalter Luft schlug ihr entgegen, als sie ins Freie trat. Mit den bloßen Füßen sank sie bis über die Knöchel im Schnee ein. Die Schneewehe an der Hauswand kam ins Rutschen und blockierte die Tür.

Sie musste sie halb offen lassen und stapfte weiter zum Gartentor. Mit einem Ruck löste sie den festgefrorenen Riegel. Als sie mit aller Kraft an dem Tor zog, um es gegen den Widerstand des Schnees zu öffnen, fiel ihr das Handy aus der Hand. Sie ließ es liegen. Endlich hatte sie das Tor so weit offen, dass sie sich hindurchzwängen konnte. Sie stolperte hinaus in den Vorgarten.

Alle Häuser in ihrer Straße waren dunkel.

Sie rannte los, stampfte mit bloßen Füßen durch den tiefen Schnee. Sie war gerade an der Straße angelangt, als sie ein Geräusch hörte. Ihr Verfolger hatte das Tor erreicht und zerrte daran, um es weiter zu öffnen.

Auf der Straße hätte sie keinerlei Deckung gehabt. Sie schlug sich seitlich durch die Hecke in Mr. Telushkins Vorgarten; doch hier waren die Schneeverwehungen noch tiefer, sie sank fast bis zu den Knien ein und kam nur mühsam vorwärts. Ihre Füße waren taub, ihre Beine von der Kälte steif und unbeweglich. Vor dem Hintergrund der weißen Schneefläche, die das helle Mondlicht reflektierte, war sie ein leichtes Ziel – eine schwarze Silhouette, die sich gegen ein Meer von gnadenlos strahlendem Weiß klar abzeichnete. Sie kämpfte sich weiter vor, und während ihre Beine immer tiefer im Schnee versanken, fragte sie sich, ob er vielleicht in diesem Moment schon auf sie anlegte.

Sie versank bis zu den Oberschenkeln in einer Schneewehe und stürzte, schmeckte Schnee auf der Zunge. Mit letzter Kraft stemmte sie sich hoch und kroch auf allen vieren weiter. Nur nicht aufgeben. Noch war sie nicht bereit zu sterben. Sie grub sich durch den Schnee, schleppte ihre gefühllosen Beine hinter sich her, und dann hörte sie seine knirschenden Schritte, die auf sie zukamen. Er hatte sie gestellt, jeden Moment würde er den tödlichen Schuss abfeuern.

Plötzlich zerriss ein heller Lichtschein die Dunkelheit.

Sie blickte auf und sah zwei Scheinwerfer, die sich langsam näherten. Ein Auto.

Meine einzige Chance.

Mit einem erstickten Schluchzen sprang sie auf und rannte zur Straße. Ruderte mit den Armen, schrie.

Das Auto bremste ab, schlitterte noch ein paar Meter und kam genau vor ihr zum Stehen. Der Fahrer stieg aus. Sie erblickte eine hohe, beeindruckende Gestalt, die über den gespenstisch schimmernden Schnee auf sie zukam.

Sie riss die Augen auf und begann langsam zurückzuweichen.

Es war Pater Brophy.

»Es ist alles in Ordnung«, sagte er. »Beruhigen Sie sich.«

Sie drehte sich zum Haus um, doch sie konnte niemanden sehen. *Wo ist er? Wohin ist er verschwunden?*

Wieder näherten sich Lichter. Zwei weitere Autos hielten vor dem Haus. Sie sah das blinkende Blaulicht eines Streifenwagens, dessen grelle Scheinwerfer sie blendeten. Sie musste sich die Hand vor die Augen halten, um zu erkennen, wer da auf sie zukam.

Sie hörte Rizzoli rufen: »Doc? Alles in Ordnung?«

»Ich kümmere mich um sie«, sagte Pater Brophy.

»Wo ist Sutcliffe?«

»Ich habe ihn nicht gesehen.«

»Das Haus«, sagte Maura. »Er war in meinem Haus.«

»Bringen Sie sie in Ihren Wagen, Hochwürden«, sagte Rizzoli. »Bleiben Sie einfach nur bei ihr.«

Maura hatte sich noch immer nicht von der Stelle gerührt. Sie stand da wie angewurzelt, als Pater Brophy auf sie zukam. Er zog seinen Mantel aus und hängte ihn ihr über die Schultern. Dann legte er den Arm um sie und half ihr auf den Beifahrersitz seines Wagens.

»Ich verstehe nicht«, flüsterte sie. »Warum sind Sie hier?«

»Schsch. Jetzt wollen wir Sie erst mal ins Warme bringen.«

Er stieg neben ihr ein. Aus der Heizung strömte heiße Luft auf ihre Knie, und sie hüllte sich fröstelnd enger in den Mantel. Ihre Zähne klapperten so sehr, dass sie kein Wort hervorbrachte.

Durch die Windschutzscheibe erblickte sie dunkle Gestalten auf der Straße. Sie erkannte Barry Frosts Silhouette; er ging auf ihre Haustür zu. Gleich darauf sah sie Rizzoli und einen Streifenbeamten mit gezogenen Waffen zum Seitentor vorrücken.

Sie drehte sich zu Pater Brophy um. Sie konnte seinen Gesichtsausdruck nicht erkennen, doch sie spürte die Intensität seines Blicks ebenso deutlich wie die Wärme, die von seinem Mantel ausging. »Woher haben Sie es gewusst?«, flüsterte sie.

»Ich konnte Sie am Telefon nicht erreichen, und da habe ich Detective Rizzoli angerufen.« Er ergriff ihre Hand, hielt sie mit beiden Händen gefasst. Die Berührung ließ ihr die Tränen in die Augen steigen. Plötzlich konnte sie es nicht mehr ertragen, ihn anzusehen. Sie blickte geradeaus auf die Straße, doch sie sah alles nur durch einen vielfarbigen Schleier, als er ihre Hand an seine Lippen führte und sie lange und zärtlich küsste.

Sie blinzelte die Tränen weg. Das Bild der Straße wurde wieder scharf – und was sie jetzt sah, erschreckte sie. Hektisch umherlaufende Gestalten. Rizzoli, wie sie im Schein des Blaulichts über die Straße eilte. Frost, wie er mit gezogener Waffe hinter dem Streifenwagen in Deckung ging.

Warum kommen sie alle auf uns zu? Wissen sie etwas, was wir nicht wissen?

»Verriegeln Sie die Türen«, sagte sie.

Brophy sah sie verwirrt an. »Was?«

»*Verriegeln Sie die Türen!*«

Rizzoli schrie von der Straße aus auf sie ein – eine Warnung.

Er ist hier. Er versteckt sich hinter unserem Wagen!

Maura drehte sich zur Seite und tastete nach dem Türknopf, doch in der Dunkelheit konnte sie ihn nicht gleich finden. Panik ergriff sie.

Matthew Sutcliffes Silhouette tauchte im Seitenfenster auf. Sie zuckte zurück, als die Tür aufgerissen wurde und kalte Luft hineinströmte.

»Steigen Sie aus, Pater«, sagte Sutcliffe.

Der Priester verharrte reglos auf seinem Sitz. Mit ruhiger Stimme sagte er: »Der Schlüssel steckt. Nehmen Sie den Wagen, Dr. Sutcliffe. Maura und ich steigen beide aus.«

»Nein, nur Sie, Pater.«

»Ich steige nur aus, wenn sie es auch tut.«

»*Verdammt, steigen Sie endlich aus!*«

Er packte ihre Haare und riss sie an sich.

Sie spürte den kalten Pistolenlauf an ihrer Schläfe. »Bitte«, flüsterte sie Brophy zu. »Tun Sie, was er sagt. Steigen Sie ganz einfach aus.«

»Okay!« Brophys Stimme verriet Panik. »Ich tu's! Ich gehe ja schon…« Er stieß die Tür auf und stieg aus.

»Setzen Sie sich ans Steuer!«, forderte Sutcliffe Maura auf.

Zitternd und mit unbeholfenen Bewegungen kletterte sie über den Schalthebel auf den Fahrersitz. Sie warf einen verstohlenen Blick aus dem Fenster und sah Brophy, der noch immer neben dem Wagen stand und sie hilflos anstarrte. Rizzoli schrie ihm zu, er solle weglaufen, doch er schien wie gelähmt.

»Fahren Sie los«, befahl Sutcliffe.

Maura legte den Gang ein und löste die Handbremse. Sie presste die nackte Fußsohle auf das Gaspedal, dann zog sie den Fuß wieder zurück.

»Sie können mich nicht töten.« Die logisch denkende Dr. Isles hatte wieder das Kommando übernommen. »Wir sind von Polizei umzingelt. Sie brauchen mich als Geisel. Sie brauchen mich als Fahrerin.«

Einige Sekunden verstrichen. Eine Ewigkeit.

Sie schnappte erschrocken nach Luft, als er die Pistole von ihrer Schläfe nahm und die Mündung fest gegen ihren Oberschenkel drückte.

»Und Sie brauchen Ihr linkes Bein nicht zum Fahren. Also, wollen Sie Ihr Knie gern behalten?«

Sie schluckte. »Ja.«

»Na, dann fahren Sie los!«

Sie trat aufs Gaspedal.

Der Wagen fuhr langsam an, rollte vorbei an dem geparkten Streifenwagen, hinter dem Frost in Deckung gegangen war. Vor ihnen erstreckte sich die dunkle Straße. Der Weg war frei. Der Wagen rollte weiter.

Plötzlich erblickte sie Pater Brophy im Rückspiegel. Im flackernden Schein des Blaulichts rannte er hinter ihnen her. Er holte sie ein, packte Sutcliffes Tür und riss sie auf. Brophy bekam Sutcliffes Arm zu fassen und versuchte, ihn aus dem Wagen zu zerren.

Ein Schuss fiel. Der Priester wurde nach hinten geschleudert.

Maura stieß ihre Tür auf und warf sich aus dem fahrenden Wagen. Sie landete auf dem vereisten Gehsteig und sah nur noch grelle Blitze vor den Augen, als sie mit dem Kopf auf dem Pflaster aufschlug.

Einen Moment lang konnte sie kein Glied rühren. Sie lag da in völliger Dunkelheit, umfangen von eisiger Kälte, die ihr jegliches Gefühl raubte. Sie empfand weder Schmerzen noch Angst. Spürte nichts als den Wind, der ihr Schneeflocken ins Gesicht wehte. Wie aus großer Ferne drangen Rufe an ihr Ohr.

Die Rufe wurden lauter. Kamen näher.

»Doc? *Doc?*«

Maura schlug die Augen auf und musste sie gleich wieder zusammenkneifen, als der Lichtstrahl von Rizzolis Taschenlampe sie traf. Sie wandte das Gesicht ab und sah etwa zehn Meter weiter den Wagen stehen. Er hatte einen Baum gerammt. Sutcliffe lag mit dem Gesicht nach unten auf der Straße. Er drehte und wand sich in dem vergeblichen Versuch aufzustehen. Seine Hände waren hinter dem Rücken mit Handschellen gefesselt.

»Pater Brophy«, murmelte sie. »Wo ist Pater Brophy?«

»Wir haben schon einen Krankenwagen gerufen.«

Langsam setzte Maura sich auf und blickte die Straße hinunter. Sie sah Frost am Boden knien, neben dem reglosen Körper des Priesters. *Nein*, dachte sie. *Nein*.

»Noch nicht aufstehen«, sagte Rizzoli und versuchte, sie zu halten.

Doch Maura stieß sie weg und richtete sich unbeholfen auf. Ihre Beine zitterten, das Herz klopfte ihr bis zum Hals. Sie spürte kaum den eiskalten Asphalt unter ihren Sohlen, als sie auf Brophy zutaumelte.

Frost blickte auf, als sie näher kam. »Es ist eine Brustwunde«, sagte er leise.

Sie fiel neben ihm auf die Knie, riss das Hemd des Priesters auf und sah die Stelle, wo die Kugel eingedrungen war. Und sie hörte das ominöse Geräusch der Luft, die zischend in die Brust gesogen wurde. Maura presste die Handfläche auf die Wunde und fühlte warmes Blut auf feuchtkalter

Haut. Er zitterte vor Kälte. Der Wind fegte durch die Straße, schneidend wie eine scharfe Klinge. Und ich trage deinen Mantel, dachte sie. Den Mantel, den du mir gegeben hast, um mich zu wärmen.

Über dem Heulen des Windes hörte sie plötzlich die Sirenen des herannahenden Rettungswagens.

Sein Blick ging ins Leere. Sein Bewusstsein schien zu schwinden.

»Bleib wach, Daniel«, sagte sie. »Hörst du mich?« Ihre Stimme war brüchig. »Du wirst überleben.« Sie beugte sich vor, und ihre Tränen tropften auf sein Gesicht, als sie ihm flehend ins Ohr flüsterte.

»Bitte! Tu's für mich, Daniel. Du darfst nicht sterben. Du darfst nicht sterben …«

23

Der Fernseher im Wartezimmer des Krankenhauses zeigte wie immer CNN.

Maura hatte ihren bandagierten Fuß auf einen Stuhl gelegt und fixierte mit starrem Blick den Schlagzeilen-Ticker, der am unteren Bildschirmrand durchlief. Doch sie registrierte kein Wort von dem, was sie da las. Obwohl sie inzwischen einen Wollpullover und eine Cordhose trug, fror sie immer noch, und sie hatte das Gefühl, dass ihr nie wieder warm sein würde. Vier Stunden, dachte sie. Er liegt jetzt seit vier Stunden auf dem OP-Tisch. Maura betrachtete ihre Hand. Sie konnte noch Daniel Brophys Blut unter ihren Fingernägeln sehen, und immer noch glaubte sie, sein Herz zu spüren, das wie ein flatternder Vogel gegen ihre Handfläche geschlagen hatte. Sie brauchte keine Röntgenbilder, um zu wissen, welchen Schaden das Geschoss angerichtet hatte; sie hatte die tödliche Spur gesehen, die ein Glaser-Blue-Tip-Projektil im Brustkorb der Rattenfrau hinterlassen hatte, und wusste genau, womit es die Chirurgen in diesem Moment zu tun hatten. Die Lunge durchlöchert von Metallsplittern. Blutungen aus einem Dutzend verschiedener Gefäße. Die Panik, die ein OP-Team erfasst, wenn es zusehen muss, wie der Patient ausblutet und die Operateure mit dem Anbringen der Gefäßklemmen nicht mehr nachkommen.

Sie blickte auf, als Rizzoli das Zimmer betrat. In der einen Hand hielt sie einen Becher Kaffee, in der anderen ein Handy. »Wir haben Ihr Telefon gefunden, es lag neben dem Gartentor im Schnee«, sagte sie und drückte Maura das Gerät in die Hand. »Und der Kaffee hier ist für Sie. Trinken Sie.«

Maura nippte daran. Der Kaffee war zu süß, aber heute Nacht war ihr die Überdosis Zucker gerade recht. Alles war ihr recht, was ihrem erschöpften und malträtierten Körper neue Energie zuführte.

»Kann ich Ihnen sonst noch irgendwas bringen?«, fragte Rizzoli. »Brauchen Sie irgendwas?«

»Ja.« Maura sah von ihrem Kaffeebecher auf. »Ich muss die Wahrheit wissen.«

»Ich sage immer die Wahrheit, Doc. Das wissen Sie doch.«

»Dann sagen Sie mir, dass Victor nichts damit zu tun hatte.«

»Hatte er nicht.«

»Sind Sie sich da absolut sicher?«

»So sicher, wie man nur sein kann. Ihr Ex ist vielleicht ein Riesenarschloch, er hat Sie vielleicht nach Strich und Faden belogen – aber ich bin mir ziemlich sicher, dass er niemanden umgebracht hat.«

Maura ließ sich gegen die Rückenlehne der Bank sinken und seufzte. Dann starrte sie den dampfenden Becher in ihrer Hand an und fragte: »Und was ist mit Matthew Sutcliffe? Ist er wirklich Arzt?«

»Ja, das ist er tatsächlich. Er hat einen Doktortitel von der University of Vermont. Seine Assistenzzeit in der Inneren Medizin hat er in Boston absolviert. Es ist schon interessant, Doc, wie diese zwei kleinen Buchstaben vor dem Namen einem alle Türen öffnen. Da kann ich ganz einfach in ein Krankenhaus reinspazieren, dem Personal erzählen, einer meiner Patienten sei gerade eingeliefert worden, und niemand stellt mir irgendwelche Fragen. Schon gar nicht, wenn ein Verwandter des Patienten anruft und meine Geschichte bestätigt.«

»Ein Arzt, der als bezahlter Killer arbeitet?«

»Wir wissen nicht, ob Octagon ihn tatsächlich bezahlt hat. Ich glaube eigentlich nicht, dass die Firma irgendetwas mit diesen Morden zu tun hatte. Sutcliffe hatte vielleicht seine eigenen Motive.«

»Welche Motive?«

»Sich selbst zu schützen. Die Wahrheit über das, was in Indien passiert ist, zu vertuschen.« Rizzoli bemerkte Mauras verwunderten Blick und fuhr fort: »Octagon hat jetzt endlich eine Liste seiner Mitarbeiter in dieser Fabrik in Indien herausgerückt. Es gab da auch einen Betriebsarzt.«

»Und das war er?«

Rizzoli nickte. »Dr. Matthew Sutcliffe.«

Maura starrte den Fernsehbildschirm an, doch in Gedanken war sie nicht bei den bunten Bildern, die sie dort sah. Sie dachte an Scheiterhaufen, an brutal zerschmetterte Schädel. Und sie dachte an ihren Albtraum, an das Feuer, genährt von Menschenfleisch. An die Leiber, die sich noch bewegt hatten, die sich in den lodernden Flammen gewunden und gezuckt hatten.

»In Bhopal sind sechstausend Menschen gestorben«, sagte sie.

Rizzoli nickte.

»Aber am nächsten Morgen waren Hunderttausende noch am Leben.« Maura sah Rizzoli an. »Wo sind die Überlebenden von Bara geblieben? Die Rattenfrau kann doch nicht die Einzige gewesen sein.«

»Und wenn sie nicht die Einzige war, was ist dann aus den anderen geworden?«

Sie starrten einander entgeistert an. Plötzlich begriffen sie beide, was Sutcliffe so verzweifelt zu verheimlichen versucht hatte. Nicht den Unfall selbst, sondern das, was anschließend passiert war. Und die Rolle, die er selbst dabei gespielt hatte. Maura dachte an die Bilder des Grauens, die ihn an jenem Abend erwartet haben mussten, nachdem die

Giftwolke über das Dorf hinweggezogen war. Ganze Familien, die tot in ihren Betten lagen. Leichen auf den Wegen zwischen den Hütten, erstarrt im Todeskampf. Der Fabrikarzt musste der Erste gewesen sein, den sie ausgeschickt hatten, um den angerichteten Schaden zu begutachten.

Vielleicht war ihm gar nicht klar gewesen, dass einige der Opfer noch am Leben waren. Vielleicht hatte er es erst bemerkt, nachdem die Entscheidung, die Leichen zu verbrennen, schon gefallen war. Es mochte ein Stöhnen gewesen sein, das ihn darauf aufmerksam gemacht hatte, oder das Zucken eines Arms oder Beins, als sie die Leichen zu dem lodernden Scheiterhaufen schleppten. Und als schon der Geruch des Todes, der Gestank versengten Fleisches die Luft erfüllte, welche Panik musste ihn da beim Anblick der Überlebenden erfasst haben? Aber da gab es schon kein Zurück mehr; sie waren bereits zu weit gegangen.

Das war es, was du der Weltöffentlichkeit vorenthalten wolltest: was ihr mit den Lebenden gemacht habt.

»Warum hat er heute Nacht versucht, Sie zu töten?«, fragte Rizzoli.

Maura schüttelte den Kopf. »Ich weiß es nicht.«

»Sie haben ihn im Krankenhaus gesehen. Sie haben mit ihm gesprochen. Was ist da gewesen?«

Maura dachte an ihr Gespräch mit Sutcliffe zurück. Sie hatten an Schwester Ursulas Bett gestanden und über die Autopsie gesprochen. Über Labortests und Totenscheine. Und über Toxikologie-Screenings. »Ich glaube, die Autopsie wird uns die Antwort liefern«, sagte sie.

»Was glauben Sie, was Sie da finden werden?«

»Den Grund für den Herzstillstand. Sie waren doch in der Nacht dabei. Sie haben mir gesagt, dass Schwester Ursula kurz vor dem Herzalarm Anzeichen von Panik gezeigt habe. Dass sie ausgesehen habe, als ob sie schreckliche Angst hätte.«

»Weil *er* da war?«

Maura nickte. »Sie wusste, was passieren würde, und sie konnte nicht sprechen, weil sie diesen Schlauch im Hals hatte. Ich habe schon zu viele solche Situationen miterlebt. Ich weiß, wie es da zugeht. Alles drängt sich am Krankenbett, es herrscht Chaos und Konfusion. Ein halbes Dutzend Medikamente werden gleichzeitig verabreicht.« Sie hielt inne. »Ursula war allergisch gegen Penizillin.«

»Würde das bei dem Screening herauskommen?«

»Ich weiß es nicht. Aber er muss so etwas befürchtet haben, nicht wahr? Und ich war die Einzige, die auf dem Test bestanden hat.«

»Detective Rizzoli?«

Sie blickten sich um. Eine OP-Schwester stand in der Tür.

»Ich soll Ihnen von Dr. Demetrios sagen, dass die Operation gut verlaufen ist. Sie nähen den Patienten gerade zu. In etwa einer Stunde dürfte er auf die chirurgische Intensivstation verlegt werden.«

»Dr. Isles wartet hier schon die ganze Zeit; sie möchte gerne zu ihm.«

»Es wird noch eine Weile dauern, bis er Besuch haben kann. Wir haben ihn intubiert und ihm Beruhigungsmittel gegeben. Es ist besser, wenn sie später noch mal herkommen; vielleicht am Nachmittag.«

Maura nickte und erhob sich langsam.

Rizzoli stand ebenfalls auf. »Ich fahre Sie nach Hause«, sagte sie.

Der Morgen graute schon, als Maura ihr Haus betrat. Ihr Blick fiel auf die Blutspur, die sie auf dem Fußboden hinterlassen hatte – der sichtbare Beweis eines Albtraums, der Wirklichkeit geworden war. Sie ging durch alle Zimmer, als ob sie jedes einzelne der Dunkelheit entreißen wollte – als ob sie sich vergewissern wollte, dass dies immer noch ihr Heim war und in diesen Mauern kein Platz für die Angst war. Sie ging in die Küche und sah, dass das eingeschlagene Fenster bereits mit Brettern vernagelt worden war, damit das Haus nicht auskühlte.

Jane musste das angeordnet haben.

Irgendwo klingelte ein Telefon.

Sie nahm den Hörer des Wandapparats ab, doch niemand meldete sich, und es war auch kein Freizeichen zu hören. Die Leitung war noch nicht repariert worden.

Mein Handy, dachte sie.

Sie ging ins Wohnzimmer, wo sie ihre Tasche abgestellt hatte. Doch bis sie das Telefon endlich hervorgekramt hatte, war das Läuten bereits verstummt. Sie tippte die PIN ein, um die Mailbox abzuhören.

Der Anruf war von Victor. Sie sank wie benommen auf die Couch, als sie seine Stimme hörte.

»Ich weiß, ich hätte noch warten sollen, ehe ich dich anrufe. Und du fragst dich wahrscheinlich, warum du dir überhaupt noch anhören sollst, was ich zu sagen habe, nachdem … nach allem, was passiert ist. Aber jetzt liegt ja alles offen auf dem Tisch. Du weißt, dass ich das nicht tue, weil ich mir davon irgendeinen Vorteil erhoffe. Also wirst du mir vielleicht glauben, wenn ich dir sage, wie sehr ich dich vermisse, Maura. Ich glaube, wir könnten das wieder hinbekommen mit uns beiden. Wir könnten es noch einmal versuchen. Gib mir noch eine Chance, ja? Bitte.«

Eine ganze Weile noch blieb sie auf der Couch sitzen, das Handy in den klammen Fingern, und starrte in den kalten Gaskamin. Nicht jedes Feuer kann man wieder entfachen, dachte sie. Manchmal ist es einfach besser, die Asche erkalten zu lassen.

Sie steckte das Handy wieder in die Tasche. Dann stand sie auf und machte sich daran, das Blut vom Boden aufzuwischen.

Gegen zehn Uhr riss die Wolkendecke endlich auf. Es hatte wieder geschneit, und die weiße Pracht glänzte so blendend hell im Sonnenschein, dass Rizzoli während der Fahrt nach Hause immer wieder die Augen zusammenkneifen musste. Sie hatte die Straße fast für sich, und eine unberührte Schneedecke überzog die Gehsteige. An diesem Weihnachtsmorgen fühlte sie sich wie neu geboren. Von allen Zweifeln befreit.

Sie legte eine Hand auf den Bauch und dachte: *Das kriegen wir beide schon hin, Kleines, du und ich.*

Vor ihrem Wohnblock stellte sie den Wagen ab und stieg aus. Auf dem Gehsteig blieb sie noch einen Moment stehen, um den Sonnenschein zu genießen und die kristallklare Luft tief in ihre Lungen zu saugen.

»Frohe Weihnachten, Jane.«

Sie erstarrte, und ihr Herz begann wie wild zu klopfen. Ganz langsam drehte sie sich um.

Gabriel Dean stand vor dem Hauseingang. Sie sah, wie er auf sie zukam, doch sie wusste einfach nicht, was sie zu ihm sagen sollte. Sie waren sich einmal so nahe gewesen, wie ein Mann und eine Frau es nur sein können, doch nun standen sie einander gegenüber wie zwei Fremde und brachten keinen Ton heraus.

»Ich dachte, du bist in Washington«, sagte sie schließlich.

»Ich bin vor etwa einer Stunde hier angekommen. Ich habe die erste Maschine von D.C. genommen.« Er hielt inne. »Danke, dass du es mir gesagt hast«, sagte er schlicht.

»Tja, nun.« Sie zuckte mit den Achseln. »Ich war mir gar nicht so sicher, ob du es überhaupt wissen wolltest.«

»Warum denn nicht?«

»Weil es eine Komplikation bedeutet.«

»Das Leben besteht nun mal aus Komplikationen. Wir müssen sie einfach nehmen, wie sie kommen, und damit fertig werden.«

Eine nüchterne, sachliche Antwort. *Der Mann im grauen Anzug* – das war ihr erster Eindruck von Gabriel Dean gewesen, als sie ihn kennen gelernt hatte, und so sah sie ihn auch jetzt, als er in seinem dunklen Mantel vor ihr stand. So ruhig, so beherrscht, so distanziert.

»Wie lange weißt du es schon?«, fragte er.

»Bis vor ein paar Tagen war ich mir nicht hundertprozentig sicher. Da habe ich dann so einen Schwangerschaftstest aus der Apotheke gemacht. Aber geahnt habe ich es schon seit ein paar Wochen.«

»Und warum hast du es mir erst jetzt gesagt?«

»Ich wollte es dir eigentlich gar nicht sagen. Weil ich dachte, ich würde es nicht behalten wollen.«

»Warum denn nicht?«

Sie lachte. »Na, erstens bin ich ein absolut hoffnungsloser Fall, was Kinder betrifft. Wenn mir jemand ein Baby in die Hand drückt, weiß ich einfach nicht, was ich damit anfangen soll. Soll ich es nun Bäuerchen machen lassen oder ihm die Windel wechseln? Und wie soll ich das mit meiner Arbeit vereinbaren, wenn ich ein kleines Kind zu Hause habe?«

»Ich wusste gar nicht, dass man sich zur Kinderlosigkeit verpflichten muss, wenn man in den Polizeidienst eintritt.«

»Aber es ist so *schwer*, verstehst du das denn nicht? Ich schaue mir andere Mütter an und begreife einfach nicht, wie die das schaffen. Und ich weiß nicht, ob *ich* es schaffen kann.« Sie stieß eine weiße Atemwolke aus und straffte die Schultern. »Immerhin habe ich das Glück, dass meine Eltern hier in der Stadt wohnen. Ich bin mir ziemlich sicher, dass meine Mutter total begeistert wäre, wenn sie auf das Kleine aufpassen dürfte. Und ein paar Straßen von hier gibt es auch eine Tagesstätte. Ich muss da mal anrufen und fragen, ab welchem Alter sie die Kinder aufnehmen.«

»Aha. Du hast also alles schon minuziös geplant.«

»Mehr oder weniger.«

»Einschließlich der Betreuung für unser Baby.«

Unser Baby. Sie schluckte. Und dachte an das neue Leben, das in ihr heranwuchs. Es war auch ein Teil von Gabriel.

»Ich muss noch die eine oder andere Einzelheit klären.«

Er stand kerzengerade vor ihr, spielte immer noch den Mann im grauen Anzug. Doch als er sprach, hörte sie einen zornigen Unterton in seiner Stimme, der sie verblüffte. »Und was ist mit mir?«, fragte er. »Da breitest du deine ganzen Pläne vor mir aus, und nicht ein Mal sprichst du von mir. Na ja, eigentlich überrascht mich das nicht.«

Sie schüttelte den Kopf. »Wieso bist du denn so sauer?«

»Das ist schon wieder deine alte Nummer, Jane. Du kannst es einfach nicht lassen. Rizzoli, die Unbesiegbare, die ihr Leben fest im Griff hat. Unnahbar in ihrer eisernen Rüstung. Wer braucht schon einen Mann? *Du* jedenfalls nicht.«

»Was soll ich denn sagen? Ach bitte, *bitte*, rette mich? Ich kann dieses Kind nicht ohne einen Mann großziehen?«

»Nein, wahrscheinlich würdest du das auch ganz alleine hinkriegen. Du würdest schon einen Weg finden, und wenn du dabei draufgehen solltest.«

»Also, was willst du denn nun von mir hören?«

»Es ist ja nicht so, als hättest du keine Wahl.«

»Und ich habe mich entschieden. Wie ich dir schon gesagt habe, ich will das Baby behalten.« Mit entschlossenem Schritt stapfte sie durch den Schnee auf den Hauseingang zu.

Er hielt sie am Arm fest. »Ich spreche nicht von dem Baby. Ich spreche von uns.« Leise fügte er hinzu: »Entscheide dich für mich, Jane.«

Sie sah ihm ins Gesicht. »Was soll das heißen?«

»Es soll heißen, dass wir das auch zusammen schaffen können. Es heißt, dass du bei mir deine Rüstung ablegen musst. Nur so kann es funktionieren – wenn du zulässt, dass ich dir wehtue, und umgekehrt.«

»Na prima. Dann können wir hinterher beide unsere Wunden lecken.«

»Oder wir können einander vertrauen.«

»Wir kennen uns doch kaum.«

»Wir haben uns immerhin so gut gekannt, dass wir zusammen ein Kind gemacht haben.«

Sie spürte, wie ihr Gesicht glühend heiß wurde, und plötzlich konnte sie ihm nicht mehr in die Augen sehen. Sie starrte in den Schnee zu ihren Füßen.

»Ich will ja nicht behaupten, dass es nicht schief gehen kann«, sagte er. »Ich weiß doch selbst nicht genau, wie wir das bewerkstelligen sollen, du hier in Boston und ich in Washington.« Er machte eine Pause. »Und seien wir doch mal ehrlich, Jane. Manchmal kannst du eine richtige Zicke sein.«

Sie lachte. Fuhr sich mit dem Handrücken über die Augen. »Das weiß ich doch. Das weiß ich nur zu gut.«

»Aber manchmal ...« Er hob die Hand und berührte zärtlich ihre Wange. »Manchmal ...«

Manchmal, dachte sie, siehst du mich auch genauso, wie ich bin.

Und davor habe ich Angst. Schreckliche Angst.

Das ist vielleicht das Mutigste, was ich je in meinem Leben tun werde.

Endlich hob sie den Kopf und sah ihm in die Augen. Sie holte tief Luft und sagte: »Ich glaube, ich liebe dich.«

24

Drei Monate später.

Maura saß in der Kirche St. Anthony's in der zweiten Reihe. Die Orgelklänge riefen Erinnerungen an ihre Kindheit wach. Sie musste an den sonntäglichen Kirchgang mit ihren Eltern denken und daran, wie hart und unbequem die Holzbänke gewesen waren, wenn man eine halbe Stunde lang mucksmäuschenstill darauf sitzen musste. Nach einer Weile hatte sie immer begonnen, unruhig hin und her zu rutschen, und dann hatte ihr Vater sie gepackt und auf den Schoß genommen – den besten Platz von allen, wo sie von zwei schützenden Armen umfangen war. Sie hatte zu den Buntglasfenstern aufgeschaut, und die Bilder hatten ihr Angst gemacht. Die heilige Johanna, gefesselt auf dem Scheiterhaufen. Jesus am Kreuz. Heilige, die mit gesenktem Haupt vor ihrem Henker knieten. Und Blut, so viel Blut, alles vergossen im Namen des Glaubens.

Doch an diesem Tag hatte die Kirche nichts Abschreckendes. Die Orgelmusik war heiter und festlich. Girlanden aus rosa Blüten schmückten den Kirchenraum. Sie sah Kinder, die fröhlich auf dem Schoß ihrer Eltern herumzappelten, Kinder, denen die Darstellungen des Leidens in den Buntglasfenster keine Albträume bereiten konnten.

Die Orgel intonierte Beethovens *Ode an die Freude*.

Zwei Brautjungfern in hellgrauen Hosenanzügen schritten durch den Mittelgang auf den Altar zu. Maura erkannte sie; beide waren vom Boston Police Department. Die ganze Kirche war heute voller Polizisten. Als sie sich umdrehte, sah sie Barry Frost und Detective Sleeper in der Reihe hinter ihr sitzen. Beide sahen entspannt und zufrieden aus. Wenn sich Polizisten und ihre Familien in einer Kirche zusammenfanden, war der Anlass oft genug ein trauriger – der Abschied von einem Kollegen oder einer Kollegin. Doch heute sah sie nur lächelnde Gesichter und festliche Kleider.

Und jetzt erschien Jane am Arm ihres Vaters. Ihr dunkler Schopf war zur Feier des Tages in einem eleganten Knoten gebändigt. Der weiße Hosenanzug aus Satin mit der weiten Jacke konnte die Wölbung ihres Bauchs nicht ganz kaschieren. Als sie an Mauras Bank vorbeikam, wechselten sie einen kurzen Blick, und Maura sah, wie Jane die Augen verdrehte, als wollte sie sagen: *Wer hätte das gedacht – ausgerechnet ich?* Dann ging Janes Blick zum Altar.

Zu Gabriel.

Manchmal, dachte Maura, stehen die Sterne eben günstig. Die Götter lächeln auf uns herab, und dann bekommt die Liebe tatsächlich einmal eine reelle Chance. Nicht mehr als eine Chance – das ist alles, was wir uns erhoffen dürfen. Es gibt keine Garantien, keine Sicherheiten. Sie sah zu, wie Gabriel Janes Hand nahm. Dann wandten sich beide zum Altar um. Heute schlossen sie hier den Bund der Ehe, doch es würde gewiss auch Tage geben, an denen böse Worte fielen oder an denen eisiges Schweigen zwischen ihnen herrschte. Tage, an denen die Liebe kämpfen musste, um nicht abzustürzen, wie ein Vogel, der auf einem Flügel durch die Lüfte flattert. Tage, an denen Janes ungestümes Temperament und Gabriels etwas unterkühlte Natur aufeinander prallten, bis jeder sich in seine Ecke zurückzog und beide sich fragten, ob es wirklich so klug gewesen war, diese Verbindung einzugehen.

Und dann würde es Tage wie diesen geben, die einfach nur perfekt waren.

Es war Spätnachmittag, als Maura aus der Tür von St.

Anthony's trat. Die Sonne schien, und zum ersten Mal in diesem Jahr verspürte sie einen warmen Lufthauch. Eine erste leise Ahnung des Frühlings. Sie hatte das Autofenster geöffnet und ließ die Gerüche der Stadt hereinwehen, als sie in Richtung Jamaica Plain fuhr. Nicht nach Hause – ihr Ziel war die Pfarrkirche Unserer Lieben Frau vom Himmlischen Licht.

Sie trat durch die massive Vordertür ein und fand sich in einem düsteren, stillen Raum. Nur letzte Reste von Tageslicht drangen durch die Buntglasfenster. Sie sah nur zwei Frauen, die nebeneinander in der ersten Reihe knieten, die Köpfe im Gebet gesenkt.

Mit leisen Schritten ging Maura auf den kleinen Seitenaltar zu. Dort zündete sie drei Kerzen für drei Frauen an. Eine für Schwester Ursula. Eine für Schwester Camille. Und eine für eine Leprakranke ohne Gesicht, deren Namen sie nie erfahren würde. Sie glaubte nicht an Himmel und Hölle, sie war sich nicht einmal sicher, ob sie an die Unsterblichkeit der Seele glaubte. Und doch stand sie hier in diesem Haus des Gebets und entzündete drei kleine Flammen, und sie fand Trost in dieser Handlung, denn an eines glaubte sie wahrhaftig: an die Macht der Erinnerung. Nur wer vergessen ist, ist wirklich tot.

Sie trat aus dem Alkoven ins Kirchenschiff und sah, dass Pater Brophy sich zu den beiden Frauen gesetzt hatte und ihnen tröstende Worte zuflüsterte. Er blickte auf. Und im Schein der letzten Sonnenstrahlen, die wie flüssige Juwelen durch die Fenster strömten, trafen sich ihre Blicke. Für einen kurzen Moment vergaßen sie beide, wo sie waren. Und wer sie waren.

Sie hob die Hand zum Abschiedsgruß.

Dann verließ sie seine Kirche und kehrte zurück in ihre eigene Welt.

Danksagung

Mein herzlicher Dank gilt: Peter Mars und Bruce Blake für die Einblicke in die Arbeit des Boston Police Department; Dr. Margaret Greenwald, die mir die Welt der Gerichtsmedizin näher gebracht hat; Gina Centrello für ihren unermüdlichen Enthusiasmus; Linda Marrow – einer Lektorin, wie sie sich jede Autorin nur wünschen kann; Selina Walker, die für mich auf der anderen Seite des großen Teichs Wunder wirkt; Jane Berkey, Donald Cleary und dem wunderbaren Team der Jane Rotrosen Agency; Meg Ruley, meiner Agentin, Fürsprecherin und Quelle der Inspiration – niemand kann dir das Wasser reichen;... und meinem Mann Jacob, der nach all den Jahren immer noch mein bester Freund ist.